中关村的故事

上册

齐　忠　著

团结出版社

图书在版编目（ＣＩＰ）数据

中关村的故事 / 齐忠著. -- 北京 ：团结出版社，
2020.9
　　ISBN 978-7-5126-7971-9

　　Ⅰ．①中… Ⅱ．①齐… Ⅲ．①报告文学－中国－当代
Ⅳ．①I25

　　中国版本图书馆CIP数据核字(2020)第 099153 号

出　版：团结出版社
　　　　（北京市东城区东皇城根南街 84 号　邮编：100006）
电　话：（010）65228880　65244790　（出版社）
　　　　（010）65238766　85113874　65133603（发行部）
　　　　（010）65133603（邮购）
网　址：http://www.tjpress.com
E-mail：zb65244790@vip.163.com
　　　　fx65133603@163.com（发行部邮购）
经　销：全国新华书店
印　装：天津盛辉印刷有限公司

开　本：170mm×240mm　　　16 开
印　张：59.75
字　数：820 千字
版　次：2020 年 9 月　　第 1 版
印　次：2020 年 9 月　　第 1 次印刷

书　号：978-7-5126-7971-9
定　价：118.00 元（全两册）
　　　　（版权所属，盗版必究）

本书谨献给

中关村电子一条街创办四十周年

（1980 年 10 月 23 日—2020 年 10 月 23 日）

1980 年 10 月 23 日，中国科学院物理研究所等离子体专家陈春先、高级工程师纪世瀛、崔文栋等七人，创办中关村首家公司"北京等离子体学会先进技术发展服务部"。

2020 年 10 月 23 日，是中关村电子一条街创办四十周年。

四十年来，中关村为中国乃至世界各国提供了全新的、伟大的创新模式，使不发达国家在没有证券市场、没有风险投资、没有私募基金的情况下，打造出高科技产业群体，成为不发达国家抗衡发达国家的利器。

今天的中关村，已成为中国走向繁荣富强，永久屹立在世界民族之林的一个标杆。

四十年来，为中关村电子一条街作出巨大贡献的科研工作者、科技企业家以及社会各界的朋友们，历史会永远记载你们为中国的科技体制改革勇于探索、坚忍不拔、艰苦创业的光辉历程，如同天上的日月永照中华大地！

目 录

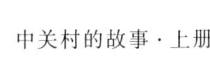

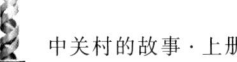

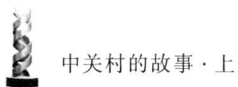

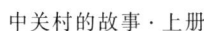

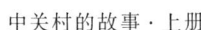

初读《中关村的故事》的感受

——中关村精神的诠释

中关村老村民纪世瀛　2020 年 6 月 4 日

《中关村的故事》一书的作者齐忠，是北京及中关村民营科技事业热心的支持者、参与者、见证者、促进者、呐喊者，也可以说是个创业者。从1990 年开始，在我担任北京民营科技实业家协会会长的 14 年间，他一直是我的亲密助手——协会的常务副秘书长，兼任民营科技的喉舌刊物——《科技之光报》的主编。在那个令人神往的年代里，由于民营科技处在创业阶段和艰难时期，当年的北京民营科技实业家协会可以说是企业家的娘家，齐忠是协会的骨干，始终身处民营科技的第一线，尤其是担任《科技之光报》的主编，与各个企业有着十分紧密的联系，在为中关村的企业家服务过程中，与中关村的创业元老们风雨同舟、患难与共，建立了深厚的感情。在和企业家们的共同奋斗中，掌握了大量的第一手材料。此后，几十年如一日深入企业实际，调查探访，潜心研究民营理论，把推动中关村民营科技发展作为自己的奋斗目标，撰写了大量的专题作品。齐忠几乎把一生的心血都倾注在中关村民营科技事业上，经过十年的时间，废寝忘食、艰苦劳作，所以才有了今天《中关村的故事》这本书的诞生。

我应当是这本书最早的读者之一。在他编写这本书的过程中，他每撰写完一个故事，我都会精心地阅读。完稿之后我看了洋洋数十万言的《中关村的故事》，勾起了我们对那段峥嵘岁月的美好回忆，可以说是高度的兴奋和十分的激动。那些创业英雄惊天地、泣鬼神的故事，生动地、全面地、形象地诠释了中关村精神。

1990 年初，我曾经形象地说过，中国改革大潮扑面而来就是两个村的故事，一个是代表农村改革的安徽"小岗村的故事"。另一个就是代表中国经济技术革命的"中关村的故事"。中国改革开始的历史就是"三把火炬"的历程。20 世纪 80 年代看深圳，90 年代看浦东，21 世纪看中关村。不管从哪个角度上说，中关村都是中国改革的前沿，《中关村的故事》就是中国改革大潮的典型缩影。

全世界的经济学家早就预言未来世界的希望在东方，东方的希望在中国，中国的希望在北京的中关村。中关村所发生的一切，过去发生的、正在发生的和将要发生的一切必定会影响中国 21 世纪的历史进程。

中关村形成了一个能够引导时代潮流、焕发新的民族精神、实现中华民族伟大理想的光辉典范。中关村不但是改革开放的试验田，而且是高新技术的研发中心、高新技术人才的聚集地，是高新技术企业实现国际化、规模化、产业化、现代化、股份化的巨大平台。

这里的人随着新形势的发展产生了巨大的变化：人生目的、价值取向、思维模式、生活方式、人际关系、利益格局甚至家庭关系都发生了巨大的变化，在这里焕发了新的民族精神，他们一改在计划经济体制下的生活方式、就业方式、思维方式，成为能够适应新时代新潮流的新生一代，或者说这里的人们开始成为国际化新时代的人。而且这种人的变化不是以个人的形态出现，而是以群体的形态出现，形成了鼓励创新、允许失败、推崇标新立异，甚至鼓励冒险，自然就会出现一支改革创新的先遣部队，所以形成的不仅仅是一个局部的创业行为，而是出现了一个接着一个的创业浪潮，可以说在这里发生了一场创业革命。这种变化是综合的、立体的、全面的、深刻的，更重要的是这种变化几乎天天在升华、在发展、在进步，不但有量的变化，而且不断地发生质的飞跃，《中关村的故事》正是全面地、真实地、生动地描写了这个创业革命的群体。

1990年初，曾有一个电视片叫《大潮动》，有一集叫"电子一条街的诉说"，其中一段解说词至今读起来仍耐人寻味：

"今天的人们喜欢把中关村一条街称为中国新技术革命的摇篮和心脏，无论称作什么，我们相信，这条街所发生的一切，对中国的现代化进程关系重大。这条街创造的观念、模式及文化，将直接和间接地影响中国21世纪的历史进程。"

几十年过去了，今天再细细咀嚼这段解说词的味道，仍然具有振聋发聩的内涵。

齐忠所编写的《中关村的故事》采用了描述创业英雄们的故事群形式，生动地再现了在中国改革史上大潮涌动的潮头浪尖，用一个创业群体的故事生动地、形象地诠释了"中关村精神"：

一、社会责任感和民族精神是中关村精神的脊梁

二、锐意改革的创新精神是中关村精神的核心

三、勇于开拓的创业精神是中关村精神的主线

四、持之以恒的创造精神是中关村精神的基石

五、孜孜不倦的探索精神是中关村精神的前卫

六、敢于牺牲的冒险精神是中关村精神的本性

七、敢于拼搏的竞争精神是中关村精神的内涵

八、始终遵循的诚信精神是中关村精神的生命线

九、求实求是的学习精神是中关村精神的底蕴

十、"以人为本"的服务精神是中关村精神的基本宗旨

十一、海纳百川的包容精神是中关村精神的重要延伸

　　仔细认真阅读《中关村的故事》，每一个传奇故事里都可看到中关村精神的影子。

　　《中关村的故事》里不但有一代创业者惊天地、泣鬼神的传奇故事，有日新月异的创新，有惊人的科学技术成果，更重要的是他们用自己的亲身实践积累了大量的经验和教训，这种沉痛的教训和成功的经验，不是用笔和纸写成的，那些惨痛的教训里面，有他们的血和肉，甚至生命；在他们成功的经验里，有他们付出的心血和汗水，缴纳了数以亿计的巨额学费。所有这些经验和教训对于任何人都有非常重要的意义，中关村精神深刻地影响着整整一代人，影响着中国发展的历史进程。中关村精神就渗透在每一个创业英雄的故事里。

　　我认为所有的人都应该读一读《中关村的故事》这本书，只有潜心地研读《中关村的故事》这本书，才能慢慢地从故事里潜移默化地读懂中关村。可以说它是读懂中关村的启蒙教科书，没有艰涩的深奥的理论，而是在故事趣味中获得教益。一个现代的人只有读懂中关村，才能真正认识今天社会的发展；只有读懂中关村，才能对未来充满希望、才能对人生充满信心。对于一切有志之士，读懂了中关村，就会有勇气实现自己的人生理想；对于想创业的人，读懂了中关村，就会激发你的创业激情；对于创业已经成功的人，读懂了中关村，就会给你点冷静的思考，增强你的危机意识，使你的企业稳步前进，从胜利走向胜利；对于那些创业遇到困难暂时失败的人，读懂了中关村，就会给你屡败屡战的信心，直到胜利，永远保持一个奋斗者的良好心态，从那些死而复生、东山再起的企业再创业成功历程中看到新的希望；即使对暂时还不想创业的人，读懂了中关村，也能引发你对人生的思考，加深你对社会的认识。《中关村的故事》就是读懂中关村的科普读本，可以说是开卷有益。

前　言

铁笔金钩刻画中关村

齐　忠

作者齐忠。

孔子曰：温故而知新，可以为师矣。

撰写中国改革开放的瑰宝——中关村电子一条街早期科技公司的创业历史，正是遵循孔子的理念。

2019年9月17日，凌晨1点59分，《中关村的故事》的手稿终于完成。该书近六十万字，记载了从公元25年东汉时期至2019年，海淀与中关村的历史，还收集了100多幅首次公开发表的反映中关村电子一条街早期科技公司历史的珍贵照片，可以说是一部关于中关村电子一条街的字典。

铁笔如刀刻青史。这是作者在撰写本书时发自内心的话，也是写作本书的宗旨。但是，在动笔写作《中关村的故事》这本书时，才感到实现这个宗旨是"蜀道难，难于上青天"。

一、真实是写作历史传记的唯一准则

首先用什么标准来描写中关村早期科技公司创业历史。在众多原因的束缚下，有些创业者很难真实地还原当年历史的原貌。

1993年，我在北京大学光华管理学院攻读MBA研究生，厉以宁老师在讲课时，他说："要说话，就说实话，否则就不说话。"

厉以宁老师这句话富有哲理，把这个哲理贯穿到中关村科技公司创业历史的过程中就成为写作标准，即"要写就写真实的历史，否则就不写"。任何人要坚持这个写作标准，是要付出极大的勇气的。

探索中关村著名的科技产品"联想汉卡"起源，就是坚持了这个标准。联想汉卡是由信通公司、中航深圳工贸中心合作，由两家公司为倪光南提供风险投资和设备，才研制成功的。

撰写中关村早期科技公司的历史，这个工作太沉重，是相当困难的事情。因为中关村早期科技公司的负责人多年来不断地变化，还形成一个恶性循环。现任公司负责人"雪藏"上一任公司负责人，公司任何对外宣传资料、相关书籍、回忆录等，无上一任公司负责人的信息，公司的历史发生人为的断层。

例如北大方正公司创始人之一、首任总裁楼滨龙仅用七年的时间，把北大方正公司从小小的校办企业，经营成为闻名全国的企业，是中关村优秀企业家之一。

可是今天的北大方正公司官方网站，对外宣传资料，公司出版的相关书籍、回忆录等，都没有楼滨龙的名字，等于抹去公司艰难困苦的创业历史，让人无法研究。

再有，中关村科技公司早期相关历史，虽然有不少专家、学者、媒体记者出版了大量纪实文学、回忆录等，但是不少纪实文学、回忆录掺杂了公司出钱而写的因素，相当于"拿人钱财替人消灾"，丧失了纪实文学、回忆录真实性原则。

例如，中关村某大公司重金请人捉刀出版关于公司的某书，为了制造出该书在销售排行榜上"皇冠"之位，中关村某大公司每天从北京西单图书大楼购买八百本。

有些人为了获得阅读流量，吸引粉丝不惜用幻想甚至臆想去写，用"故事不够爱情凑"这个现代流行的时髦写作手法，来描写中关村早期科技公司创业历史，虽然让不少年轻人看后"热泪盈眶"，但是，这是对中关村早期科技公司企业家、科研工作者艰苦创业、拼搏精神的亵渎。

例如《王选院士带领北大方正推出激光照排系统》《陈春先等四人创办泰山会》《柳传志是中关村民营企业的教父》等文章，不仅违背了真实原则，更可怕的是误导了很多人。有关部门把"王选院士带领北大方正推出激光照排系统"这句话刻在中关村的宣传墙上，让人感到无奈！

二、史、志、传、资料索引、图、考证等表现手法

为了使《中关村的故事》这本书，经得起历史推敲，向人们还原当年中关村早期科技公司的创业历史，作者采用史、志、传、有关资料索引、图片等表现手法，全面、准确、真实地再现中关村电子一条街早期科技公司创业历史。

史：本书在叙述中关村早期科技公司创业历史时，采用详细描述历史横断面的方式，讲解当年"民营企业""国有企业""科技企业""知青社""校

办企业""748 工程""外汇额度"等历史起源，向读者展现当年历史原貌。

志：本书准确地记录中关村早期科技公司创业历史中大事件的起源、名称、人员、公司结构、资金运作、公司成立的日期等，并且准确到年、月、日。

例如，四通公司正确的成立日期为 1984 年 5 月 11 日，而不是四通公司所称的 1984 年 5 月 16 日。

联想公司正确的成立日期为 1984 年 11 月 9 日，而不是联想公司所说的 1984 年 11 月 1 日。而联想公司最初的名称为"中科院计算所计算机技术公司"，而不是联想公司对外宣传的"中国科学院计算技术研究所新技术发展公司"。

传：本书对中关村早期科技公司创业历史中的重要人物，用简介、传记、口述历史等各种方式，刻画出人物的个性与特征，增强阅读感与欣赏性。例如，"徐可倬传""倪振伟传""田志强传""楼滨龙传"等。

资料索引：本书为了保证中关村早期科技公司创业历史中大事件的准确性与真实性，在各篇章中增加注、有关资料索引等注明出处。

图片：本书采用首次披露的大量珍贵历史图片，反映中关村早期科技公司的创业历史。

考证：《中关村的故事》中的每篇文章，要面对的是无休止的考证、无休止的对文章更改和补充。例如《陈春先创办中关村首家公司传》这篇文章，数年内作者两次得到陈春先夫人毕慰萱提供的有关材料。还有严陆生院士、物理所相关领导人的女儿李莉、李昌同志的女儿李玉等人提供的大批资料，使作者陷入不断地修改、考证的"怪圈"之中。

2019 年 7 月 10 日，作者在一份资料中发现，陪同陈春先去美国硅谷考察的中科大等离子体专家项志麟教授的名字应为"项志遴"，只好马上改过。这也是这篇文章在 2005 年动笔，历时多年才"竣工"的原因。

作者用了十多年的时间，阅读了三千多万字的相关资料，用大量的资金向社会方方面面、中关村相关人士购买相关资料，终于向人们清晰地展现了四通公司、京海公司、联想公司、信通公司、北大方正公司、海华公司、泰山会等成立的日期、最初的名称、公司的结构、创业人员状况等情况。

在这一过程中也让人感到中关村公司创业历史是美丽的，不时会抛出神秘的微笑让人感到惊喜。

三、改变艰涩难懂的技术名词增加阅读感

中关村早期科技公司，在科技产品的技术开发的历史过程中，有不少让人感到艰涩难懂的技术名词，例如托卡马克、等离子体、核聚变、汉卡、四通打字机与热敏纸、热阻现象、晶体振颤器、线路板的屏蔽、照排控制器等，使文章写起来很难下笔，写不好会让读者进入"云雾"中产生厌烦而不愿读下去。

受人尊敬的北大王选教授如何入选"748"工程，北大方正公司攻克难关对"华光激光照排"二次开发的过程，涉及汉字字模信息压缩技术、热阻现象、晶体振颤器、线路板的屏蔽、照排控制器等技术名词。为彻底弄懂、弄清这些技术名词，作者"喝"下数百万字相关资料的"水"，其中有王选院士写的回忆文章，王选纪念室的文章，陆永基、楼滨龙、唐晓阳等人的口述历史，北大方正公司相关的资料等。再把这些技术性文字重新"熟化"，用通俗性、阅读性强的文字描写出来，让人们在阅读中不再感到"苦涩"。

作者多次拜访严陆光院士、中科院物理所有关人士，聆听他们的讲解，购买有关托卡马克、等离子体、核聚变的书籍，终于弄懂了什么是托卡马克、等离子体、核聚变，以及托卡马克在中国的起源。

一位研究等离子体的女士，看完《陈春先创办中关村首家公司传》后，她说："一个外行人能把托卡马克写得这么清晰，真是不容易。"

王缉志先生发明的四通打字机，是中关村乃至中国在 20 世纪 80 年代

最伟大的个人发明。为了写好四通打字机这篇文章，弄懂每一个技术名词、每一个细节，我向王缉志先生请教了近十年。

四、要有纠正错误的敏感功能

撰写历史回忆文章，还要有纠正错误的敏感功能。因为很多当年历史的经历者在口述历史时，往往用现代的思维来形容 20 世纪七八十年代的事情。

例如有人说"1979 年，陈春先参观美国硅谷后受到启发，回到中关村开公司搞新技术扩散"。这是典型的用现代思维形容 20 世纪七八十年代的事情。因为陈春先当年在搞 4000 万元大项目合肥托卡马克 8 号，不可能去开公司。

中关村有位大名人出了本回忆录，在正式出版之前在新浪博客上刊登了一部分。这位大名人写道："1984 年底，我认为卖一台电脑才赚 3000 元太少了。"

这也是典型的用现代思维形容 20 世纪七八十年代的事情。因为在 1984 年，3000 元是一般科研人员两年的工资总和。

例如四通公司有关负责人回忆说："1984 年 6 月，科海公司付给四通公司 200 万元定金，四通公司才有钱去购买日本兄弟牌打印机，并二次开发。"

这也是一种错误，四通公司在 1984 年 5 月 11 日才成立，科海公司不可能把 200 万元定金，付给刚成立的小公司，因为当年的 200 万元相当于 2019 年的 2 亿元。

为了纠正这种错误，我采访了近百位当事人，还亲自开车数百里实地考察，用真实的"手"触摸尘封多年的历史脉搏。

五、天道酬勤万事即成

周文王姬昌《周易》卦辞中所述："天行健，君子以自强不息；地势坤，君子以厚德载物。"这便是"天道酬勤"的来源。

在撰写中关村早期科技公司历史回忆文章时，天道酬勤是最重要的一点。《中关村的故事》中有关王永民先生的五笔字型案一文，作者追踪了近十年，参加有关五笔字型案的会议上百次，采访过王永民先生、倪光南先生、邵欣平先生等多人。

为确保本书所述事件的真实性，作者还建立了《齐忠中关村电子一条街历史档案库》，保存了中关村电子一条街早期相关的数千万文字资料、近万张图片。

2019年1月5日，作者收集到四通公司创始人之一万达邦先生在1952年1月23日中国补习学校二校成本会计班毕业时与同学的合影照片，天道酬勤真不谬也！

随着中关村老一代创业者渐渐隐去，记录中关村历史成为紧迫的事情，作者希望当年参与中关村创业的人们，拿起笔把历史记录下来，使中关村的历史永远流传下去。

中关村最伟大的成就是，为中国、世界各国提供了一种伟大的创新模式，在不发达的国家没有证券市场、没有风险投资、没有私募基金支持的环境下，如何打造出高科技产业群体，成为不发达国家抗衡发达国家的利器。今天的中关村，已成为中国走向繁荣富强，永久屹立在世界民族之林的一个标杆。

人生如同黎明前荷叶上晶莹的露珠，在微风滚动中折射出点点星光。当东方火红太阳照耀的刹那，化为青烟回归苍天。只有文字在历史中永存，这是"铁笔如刀刻青史"的真正含义。

最后，作者向陈春先先生（已故）、徐可倬先生（已故）、毕慰萱女士、纪世瀛先生、张大中先生、段永基先生、王洪德先生、柳传志先生、赵绮秋女士、印甫盛先生、严陆光院士、倪光南院士、于维栋先生、韩秀峰先生、钟琪女士、沈国钧先生、王缉志先生、刘长兴先生、刘子明先生、李玉女士、李莉女士、吴琼女士、王文京先生、王永民先生、王江民先生（已故）、王殿儒先生、秦革先生（已故）、楼滨龙先生（已故）、倪振伟先生（已故）、华贻芳先生（已故）、陆永基先生、胡定淮先生、邵欣平先生、曹永训先生、魏新高先生、方兴东先生、曹述玮先生、杜维先生、董超英先生等为本书提供的帮助，表示衷心的感谢！

2019 年 9 月 17 日，1 点 59 分，于北京市海淀区中关村。

中关村的故事（1）

北京海淀的名称来源

北京市的海淀区，是有近两千年历史的古镇。据史书记载，东汉初公元25年左右，在海淀清河就出现有人居住的迹象，因为该地多为水泊湖渠，人们称这块地方为"海凌"。

公元1268年，元朝至元五年左右，海淀作为地名出现在文献记载中。元朝监察御史王恽所著《中堂记事》中，记载元世祖忽必烈行程时他写道："三月五日发燕京，宿通元北郭，六日午憩海店，距京城二十里。"这里的"海店"就是指现在的海淀。

明朝称海淀区为"海店"或"海淀"。清朝称海淀区为"海甸"或"海淀"。

民国时期，海淀区分属河北与北平郊区，称宛平县与昌平县，没有正式的名称。

1949年1月31日，北平和平解放。

1949年1月12日，中共中央北平市委城工部将香山与海淀划分为第17区和18区，后来又称第13区。

1952年8月27日，北京市政府宣布，将第13区改称海淀区。又以第14区的德胜门到清河镇的马路为界，以西的划归海淀区。原宛平县北安河

1985 年 7 月 18 日，北京市园林局在海淀区学院路元代城墙遗址上竖立的"蓟门烟树"碑。齐忠摄影。

等村庄也划归海淀区。

　　1952 年 9 月 1 日，正式实施，从此海淀区名称沿用至今。

　　海淀区在明朝与清朝时，处处泉水，遍地溪流，夏日湖泊荷叶花香，河边垂柳随风而舞，千顷稻田虾戏蛙鸣。

　　明朝万历年间，诗人王嘉谟在《丹棱沜记》中赞叹海淀之美"盖神皋之

1987年6月，海淀区新技术产业分布简图。齐忠摄影。

佳丽，郊居之选胜"。

清朝时期位于海淀区学院路的"蓟门烟树"，被古人评为北京八景之一。

1750年（清乾隆十五年），乾隆皇帝路过该地，看到河边垂柳晴烟拂空的美景，作诗一首："十里轻杨烟霭浮，蓟门指点认荒丘。青帝贳酒今何少，黄土填入即渐稠。牵客未能留远别，听鹂谁解作清游。梵钟欲醒红尘梦，断续常飘云外楼。"

今天，乾隆皇帝的诗被刻碑留念，立于海淀区学院路。

海淀还是鱼米之乡，海淀种植的稻米被称为"京西稻"，是中国优质的

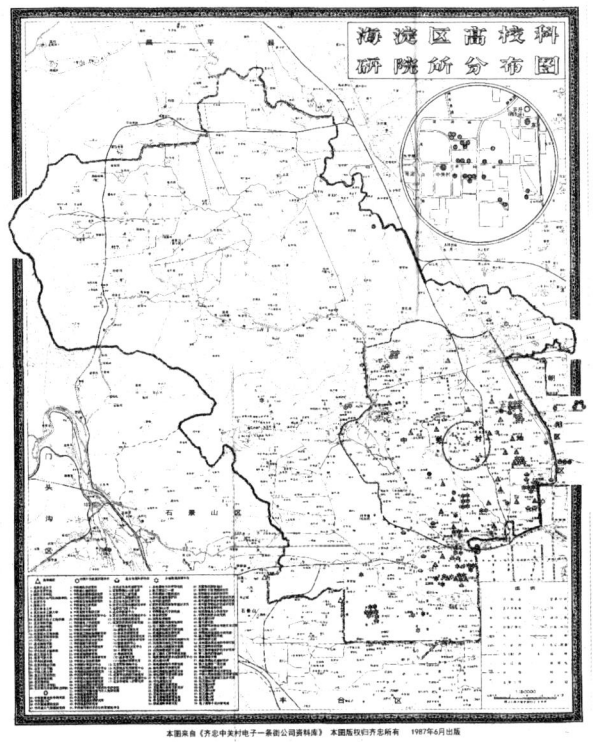

1987年6月，海淀区高校科研院所分布图。齐忠摄影。

稻米，清朝年间"京西稻"和天津小站种植的稻米"小站稻"，被指定为朝廷的贡米。数万亩种植"京西稻"的水稻田，成为海淀自然的空气调节器。

1990年时，海淀夏季的气温比北京城里要低3℃—5℃。人们在八月的三伏天走到圆明园附近，会感觉空气清凉汗水全无。

2008年，随着海淀房地产开发的火热，最后种植"京西稻"的八百亩水田被征用，"京西稻"不仅成为历史名词，海淀的气温也失去原有的特色。

有关资料索引：

《海淀区地名志》《北京市海淀区志》。

中关村的故事（2）

中关村的名称来源

中关村这个名称，首次在海淀出现的时期是在明朝，当时叫"中官屯"。明朝有不少太监在这块地方建造墓地、养老的庄园。据历史资料记载，在香山、大觉寺、魏公村、真觉寺等地发现明朝太监钱义、高明时等人的墓地。

在青龙桥、恩济庄、皂君庙等地发现清朝太监林允升、李莲英等人的墓地。

明朝时太监的地位很高，他们可以过问朝廷政务，为皇帝出谋划策，太监也就被叫"中官"，著名的"郑和下西洋"的首领郑和就是太监，所以人们管这个地方叫"中官屯"。

1960年1月，群众出版社出版了清朝末代皇帝溥仪写的第一稿《我的前半生》，俗称"灰皮版"的《我的前半生》。溥仪在该书中写道："在北京西郊附近，就有一个太监公墓，其中所埋的并不只是清朝时代的太监，还有不少明朝太监的坟墓。"

今天在海淀香山碉楼演武厅遗址公园，还保存有数块明朝与清朝的太监墓碑，证实了溥仪所说。

1913年，有关人员在编制相关地图时，感觉海淀区"中官屯"的"中官"两字寓意为太监既不好看也不好听，故将其地名雅化为"中关"，叫

1987年10月18日，由中国科学院与海淀区政府出资联合制造，在中关村大街黄庄环岛竖立起的人类DNA双螺旋结构"生命"模型。

1987年2月，北京师范学院美术系讲师孙贤陵（女），用英国科学家沃森（Watson）、克里克（Crick）发现的DNA双螺旋结构分子模型，设计并完成中关村标志DNA雕塑，并命名为《生命》。

1992年5月18日，由北京长城钛金公司总裁王殿儒出资，将该DNA双螺旋结构"生命"雕塑模型重新制作并镀上钛金使之金碧辉煌，成为中关村的标志。齐忠摄影。

　　［注：1953年2月，英国科学家沃森（Watson）、克里克（Crick）通过维尔金斯看到了女科学家富兰克林（Rosalind Franklin）在1951年11月拍摄的DNA晶体Ｘ射线衍射照片，激发了他们的灵感。他们确认了DNA一定是螺旋结构，1953年2月28日，人类第一个DNA双螺旋结构的分子模型终于诞生。1962年，沃森、克里克、维尔金斯三人获诺贝尔生物及医学奖，女科学家富兰克林因于1958年去世，未获此殊荣。］

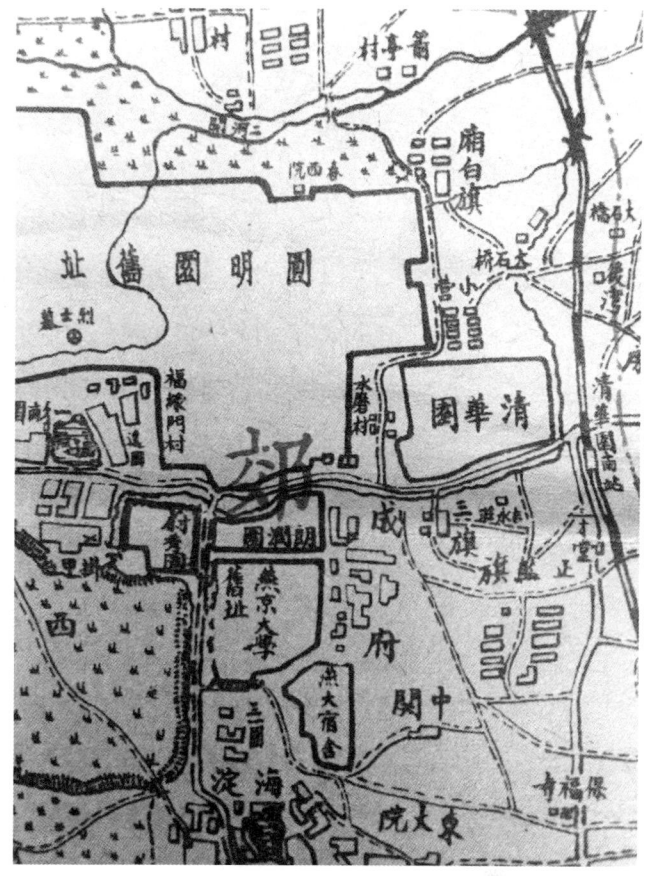

1947年出版的北平市城郊地图中显示的"中关"两字地名。齐忠摄影并收藏该地图。

"中关屯"。该年出版的北京地图"二万五千分之一京西图",是首次刊登带有"中关"两字地名的地图。但是,人们还是习惯把这块地方称为"中官屯",对外正式的地址名称仍为"中官屯"。

1951年,国务院有关部门选择"中官屯"作为中国科学院院址,有关部门负责人也觉得"中官"二字不好听,北师大校长陈垣先生提议改名为"中关村",得到有关方面的同意,从此该地的正式名称从"中官屯"改为中关村。但是有的地方还叫"中关园",如北京大学老宿舍区,至今仍叫中

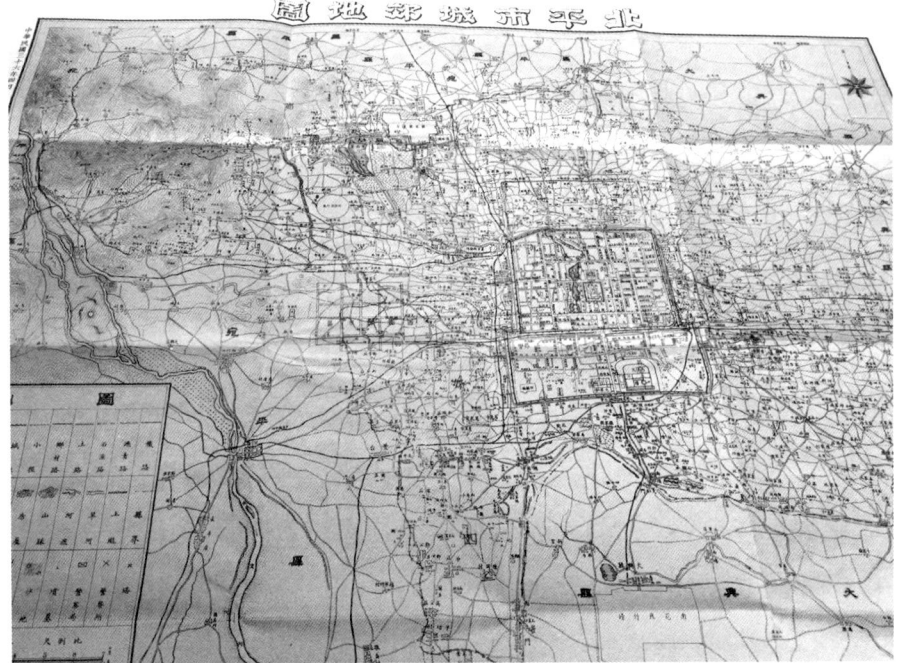

1947 年出版的北平市城郊地图。齐忠摄影并收藏该地图。

关园。

　　20 世纪 80 年代前，中关村只是海淀北街普通的公共汽车站名，远不如魏公村、农科院、四季青等地名的知名度高。

　　1980 年 10 月 23 日，中科院物理所等离子体核聚变专家、研究员陈春先，高级工程师纪世瀛等七名科研人员，在位于中关村的物理研究所仓库，创办了中关村首家公司，也是中国第一家民营科技企业"北京等离子体学会先进技术发展服务部"。

　　1983 年 1 月 8 日，胡耀邦、胡启立、方毅等中央领导同志作出批示，支持陈春先和"服务部"。这个批示激励中关村附近科研院所的知识分子纷纷走出高墙在中关村创办公司。

　　当年在中关村周围创办的科技公司有华夏硅谷、京海、小京海、科海、四通、信通、联想（注：联想当年叫"中科院计算所计算机技术公司"）、北大方正（注：北大方正当年叫"北京理科新技术公司"）、华海、海华等，这些公司的成立为中关村带来极大的人气，中关村也成为全国最大的计算机和电子产品的集散地，每日客流量达 20 万人次，使中关村的知名度不断攀升并超过了海淀，中关村被人们称为中国的"硅谷"。

有关资料索引：

《海淀区地名志》《北京市海淀区志》，王殿儒回忆录《点铁成金》。

中关村的故事（3）

中关村电子一条街调查报告

1983—1987 年，中关村的公司如雨后春笋般涌现，成为中国最大的计算机与电子产品集散地，每天到中关村采购的人流量，最高达到 20 万人次。人们称这里为"中关村电子一条街"。

早期的中关村企业家，对"中关村电子一条街"这个称谓很是自豪。用友公司总裁王文京，他在文章中写道："在改革初期，中国各地出现许多服装一条街、百货一条街、制鞋一条街，就是没有'电子一条街'，只有中关村出现'电子一条街'，因为中关村拥有独特的、大量的高科技人才，只有他们才能在出售计算机时，把计算机硬件和软件技术的相关知识传授给消费者，中国其他地方无法复制。"

"中关村电子一条街"这个改革开放的新生事物，是如何得到官方的认可的？它是通过新华社记者的一次新闻采访而形成的。

1987 年 8 月，新华社北京分社为了庆祝新中国成立 38 周年，准备推出一篇反映"中关村电子一条街"改革发展成就的综合报道，并派该社记者夏俊生来完成这个任务。

1987 年 10 月 3 日，新华社总社向全国播发了夏俊生写的《首都"科学城"边出现一条高技术产业街》。

2007 年 9 月 18 日，中共中央调研室科技局原局长于维栋与《希望的火光》一书。齐忠摄影。

　　1987 年 11 月，夏俊生又写出一组四篇有关"中关村电子一条街"的新华社内参：《中国的"硅谷"》《经营活效率高》《民办科技企业家的希望和建议》《民办科技企业几个值得研究的问题》。（注：新华社内参是专供领导人阅读的内部报道）

　　1987 年 11 月 30 日，新华社总社发出了前两篇。

　　12 月 1 日，又发出后两篇。只是把《中国的"硅谷"》题目，改为《科技的春天　高技术的产业》。

　　1987 年 12 月 7 日，时任某部门负责人，在这组报道的第一篇《科技的春天　高技术的产业》首页上作出了批示。随后，中央书记处组织了由中共中央调研室牵头，国家科委、国家教委、中国科学院、中国科协、北京市科委、海淀区政府七家单位组成的"中关村电子一条街"联合调查组。

1987年12月28日，中共中央联合调查组进驻中关村，调查组负责人为中共中央调研室科技局局长于维栋。调查组对中关村的科技公司状况、架构、营销、运行机制进行了详细的调查。

1988年2月24日，联合调查组向中共中央财经领导小组提交了调查报告，报告主标题为《中关村电子一条街调查》。这个报告对中关村的发展具有深远意义，使中共中央财经领导小组作出决定，在中关村成立我国第一家科技园区"北京市新技术产业开发试验区"。

1988年3月12日，《人民日报》在一版发表中共中央联合调查组的调查报告，标题为《中关村电子一条街调查报告》，这是"中关村电子一条街"第一次出现在中国官方正式出版物，从此中关村牢牢地加冕在电子一条街之前，人们称这里为"中关村电子一条街"。

1988年5月，该调查报告及调查材料，由中国人民大学出版社出版发行，定名为《希望的火光》。

有关资料索引：

《中关村改革风云纪事》《希望的火光》。

中关村的故事（4）
中关村试验区建立过程

1988 年 2 月 24 日，中共中央书记处原书记芮杏文主持召开会议，联合调查组七家单位负责人参加了会议，最后决定《中关村电子一条街调查》的报告主题为"建立中关村科技工业园区"。

1988 年 3 月 7 日，中央财经领导小组召开会议，决定同意建立中关村科技工业园区。

1988 年 3 月 9 日，中央召开会议，向北京市传达中央财经领导小组关于建立中关村科技工业园区的决定。并报请国务院批准，筹建工作由北京市负责。

1988 年 5 月 10 日，国务院批准在中关村建立我国首家科技园区——"北京市新技术产业开发试验区"。

A—中关村试验区初期的组织结构

1988 年春，海淀区委书记张福森决定，在试验区组建过程中用招聘制代替委任制，择优录用。从试验区主任到普通工作人员，实行全员大招聘。招聘方案确立后，在《北京日报》和《北京晚报》头版刊登招聘启事，激

原试验区办公大楼，后拆掉建成海龙大厦。齐忠摄影。

发了全区乃至全市广大干部的热情和积极性，仅几天时间就有 1500 余人报名。

（注：张福森，男，1940 年 3 月生，北京顺义人。1965 年毕业于清华大学自动控制系电子计算机专业，曾任清华大学学生会主席、海淀区委书记、北京市副市长、司法部部长等职）

1988 年 5 月 12 日，由北京市副市长陆宇澄主持，北京市委组织部常务副部长杨心辉等领导面试四位试验区主任应聘者。面试时主要问了两个问题：一是为什么要应聘到试验区；二是到试验区后怎样开展工作。时任北京市医药总公司副总经理的胡昭广，结合他到硅谷学习考察的体会对答如流。

再经过综合考察、政审等环节，最终确定：

胡昭广为试验区主任。

（注：胡昭广，男，1939年生，1964年毕业于清华大学电机系，是时任海淀区委书记张福森的清华大学同学。从北京市医药总公司副总经理一职，应聘为试验区办公室主任。后出任北京市副市长等职）

随后又确定：胡定淮为试验区常务副主任。

［注：胡定淮，男，1931年出生，1954年毕业于农业学院（现为中国农业大学）。时任海淀区科委主任］

王思红为试验区办公室副主任。

（注：王思红，女，时任航天部信息处处长。后任试验区主任兼海淀区副区长等职）

赵凤桐为试验区办公室副主任。

（注：赵凤桐，男，1954年12月出生，1978年9月毕业于吉林工业大学，时任北京工业学院化工系党总支副书记。后任北京市副市长。现任国土资源部党组成员）

郑建中为试验区总工程师。

（注：郑建中，男，时任中科院高级工程师）

1988年6月20日，开始招聘试验区两部、三所负责人和工作人员。邵欣平笔试成绩排名第一，面对严格的面试考官，他作出满意的应答，最后成为企管部副部长，后来他出任海淀科技园区管委会常务副主任。

1988年7月1日，北京市新技术产业开发试验区办公室第一任主任胡昭广，采用幻灯片投影方式向北京市委、北京市领导汇报试验区筹办与启动工作，北京市政府领导看了后对试验区的工作非常满意。

北京市政府领导对胡昭广提出五点要求。

1.要搞大海淀的战略思想，发挥大院、大所、大学的优势，使试验区成为北京市新技术企业的孵化器。

2. 不许贪污受贿。

3. 遵纪守法，严格执行政策。

4. 勇于拼搏，不断开拓。

5. 抓好 100 平方公里的发展规划，不要搞乱了。

1988 年 7 月 4 日，试验区协调委员会成立并召开第一次会议。北京市副市长陆宇澄主持了会议，该会议主要研究筹集试验区启动资金问题。

会议研究决定，试验区协调委员会各委员单位，先拿出部分资金作为试验区的启动资金，平均每家出资 200 万元左右。为落实这项工作，陆宇澄决定由首都规划委办公室协助研究制定规划，北京市计委协助专项研究贷款问题，北京市科委协助催办国家科委、国防科工委、国家教委、中国科学院几家的资金问题。

1988 年 8 月 5 日，北京市新技术产业开发试验区（**注：以下简称试验区**）在人民大会堂召开新闻发布会，有 20 个国家和地区的 150 多名记者参加了大会。

试验区主任胡昭广在大会上宣布："第一个国家级高新技术产业开发区'北京市新技术产业开发试验区办公室'正式对外办公。"并向参会记者散发了《北京市高新技术产业开发试验区基本情况介绍》等资料。该资料主要介绍了试验区的由来和意义、试验区办公室的组织结构、试验区的总体设想及基本工作方针、试验区的优惠政策等，重点宣传的是对新技术企业减免税政策。

试验区总体设想是建立有地方特色的外向型、开放型新技术产业开发区，逐步形成试验区的管理模式和规范；跟踪世界先进水平，建立一批在国内外有影响的"技、工、贸"一体化的高技术、高效率企业；争取在不久的将来，使中关村地区成为在世界上有一定影响力的、高水平的新技术开发区。

试验区基本工作方法是坚持改革，鼓励竞争，发挥中关村地区的智力密集优势，充分利用园区的条件和基础，吸引大批科技人才、科技成果和资金，使科技成果迅速转化为生产力；把经济效益作为试验区成败的根本标志；与国内外建立广泛联系，参与国际交往和竞争，使试验区成为新技术、高技术的辐射源和孵化器。

1988 年 8 月 6 日，北京市新技术产业开发试验区办公室，在北京展览馆大剧场召开《北京市新技术产业开发试验区条例》宣讲大会。

2018 年 8 月 13 日，用友公司总裁王文京回忆创办公司历程时说："那天从单位偷偷跑出来，参加了宣讲大会后决定辞去公职，创办私营用友公司。"

中关村试验区这种招聘制组建办法，使一大批有志于改革开放的人士归于试验区"囊中"。这些人朝气蓬勃，办事效率高，一扫过去衙门作风，全心全意地为新技术企业服务。

康拓公司首任总裁秦革，回忆 1988 年公司认定为新技术企业过程时说："我们公司的主管单位是国防科委军工企业 502 所，条条框框特别多。试验区企管部部长王素菊和副部长邵欣平，亲自到 502 所说服所领导，要给公司自主经营的权力，要放权给公司，否则不会认定公司为新技术企业，我听了非常感动。"

1991 年春，在北京评选优秀高科技产品大会上，有关方面对亚都公司参加评选的五种产品，只认可三种产品为优秀高科技产品。

试验区参会代表邵欣平，立刻向在座的专家评委介绍参加评选的五种产品的技术先进性、质量可靠性等多种优点。邵欣平滔滔不绝地讲了 45 分钟，最后终于说服在座的专家评委，亚都公司的五种产品全部被评为优秀高科技产品。

原留苏学生、中科院力学所钛金科学家王殿儒，回忆起试验区对他创办"长城钛金公司"的支持时说："当年的试验区对于我来说，跟家一样。"

联想公司因制造的联想汉卡市场需求变化太快，在进口联想汉卡元器件时只好临时更改产品型号，造成入关的联想汉卡元器件与申报的产品型号不同，被有关方面认定为走私。试验区副主任王思红，亲自到海关说明问题，使海关方面改变走私的认定，对进口的联想汉卡元器件放行。

当年企业家对中关村试验区工作人员的评价是，"门好进，脸好看，话好听"！

B—中关村试验区名字与地理范围的确定过程

1981年，海淀区人大代表就建议在海淀区内设"特区"，随后又有"新型产业区""科学城""新技术、新产业开发区"等多种名称设想。中央联合调查组初步设想为"工业园区或新技术开发区"。

1988年2月16日，北京市副市长陆宇澄、海淀区委书记张福森、海淀区副区长邵干坤、北京市科委副主任高原四人，对名称进行认真的讨论，认为叫"新技术产业开发区"比较好，陆宇澄又提议加上"试验"两字。

同时确定试验区的地理范围："以中关村为中心，东到德清路前屯东路，西至农大路、万泉河路、京密引水渠、玉泉路，北至西三旗路、东北旺路，南至新开渠以北的区域。另在海淀区永丰乡划定试验区新技术产业中间试验基地，属试验区范围。"

1988年5月10日，国务院颁布的《条例》，只保留了"以中关村地区为中心，在北京市海淀区划出100平方公里左右的区域"，具体范围体现在北京市政府发布的《〈北京市新技术产业开发试验区暂行条例〉实施办法》中。

C—试验区条例对新技术企业税收优惠引发的争议

1988年5月10日，国务院批准发布《北京市新技术产业开发试验区暂

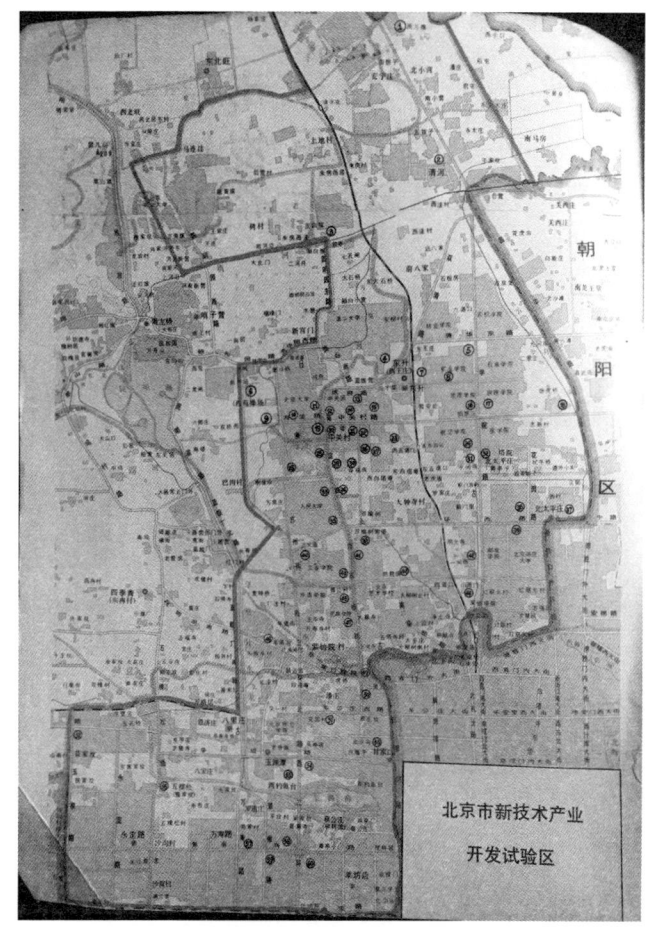

北京市新技术产业开发试验区地图。齐忠摄影。

行条例》（注：以下简称试验区条例）。

1988年5月20日，北京市政府正式发布试验区条例。因试验区条例共有十八条，所以中关村企业家对试验区暂行条例简称为"十八条"。

试验区条例起草过程分三个阶段，1988年1月至3月，是海淀区起草初稿阶段。3月初到3月底，是北京市政府完善阶段。4月至5月10日，是国务院法制局调研、修改和批准阶段。

有关部门对试验区条例争议最大的是，试验区条例中对新技术企业的税收优惠。例如试验区条例第二条规定"新技术企业自开办之日起，三年内免征所得税，第四至第六年可按当前规定税率，减半征收所得税"。

所得税又称企业所得税，是企业上缴的最大税种，税务部门规定"企业年利润的30%，要作为所得税上缴"。也就是说企业年利润为100万元人民币，要拿出30万元人民币作为所得税上缴。改革开放之初，为了吸引外资，国家规定对外资、合资企业三年内免征企业所得税。

有关部门负责人认为，对新技术企业税收优惠太大，甚至超过对外资企业的税收优惠。

还有的部门负责人指出，百货大楼卖毛巾与新技术企业卖电脑，同是做买卖，为什么要给新技术企业税收优惠？

海淀区科委机构科原科长，后任试验区企管部部长王素菊，她回答说："新技术企业在出售电脑的同时，还要教会购买者如何使用电脑，传授电脑硬件、软件的相关知识，变相地传播新技术，这种作用百货大楼是做不到的。"

从实践来看，试验区条例第二条为中关村试验区新技术企业带来巨大的税收优惠，企业因此得到快速发展。

例如，四通公司从1985年5月，经海淀区政府批准从乡镇企业转为城市集体企业，享受知青企业三年内免征所得税待遇。

1988年至1989年6月，又享受新技术企业三年内免征所得税待遇，四通公司数年来享受减免税收待遇高达8000万元左右。

再有，中关村试验区新技术企业可以利用试验区条例第二条，无休止地合理避税。例如，A公司在1988年被中关村试验区认定为新技术企业，享受三年内免征所得税待遇。三年后，A公司又在中关村试验区注册新的新技术企业AB公司，A公司的业务大部分转到AB公司，再次享受三年内免征所得税待遇。

试验区条例还对中关村试验区新技术企业在奖金税、进出口关税、建筑税等多方面给予税收优惠。

中关村试验区这种对新技术企业多方面的支持和给予税收优惠，自然吸引大批企业。又因为中关村试验区规定，只有在中关村试验区地区范围内的企业才能认定为新技术企业，促使北京市和全国各地的新技术企业纷纷投奔而来，在中关村试验区扎根注册公司。

1988年9月，亚都公司总裁何鲁敏，下令在三个月内必须把公司从北京市东城区重新注册到中关村试验区。数年后何鲁敏在回忆这件事时，写道："某部门负责人对我们有偏见，我们必须去中关村试验区，因为不仅关系到公司的生死，那里的环境还适合企业生长。三个月内公司终于在中关村试验区注册成功，公司负责这事的张宏女士，让我赔她一双鞋。公司另一位副总对我说，去海淀试验区的事办好后，那天夜里做了一个梦，梦见满口的牙全掉光了。我听后心中感叹不已。今天的亚都公司虽然长成大树，但是在中关村试验区面前还要弯下腰低头表示感谢。"

1986年5月，原浙江杭州民营科技企业家戴晓钟，以"科技投机倒把罪"关入监狱800多天，在国家科委的干预下才被无罪释放。

1988年9月8日，出监狱只有20天的戴晓钟只身一人，手提一个小包连夜坐火车来到中关村试验区，并在中关村试验区支持下，重新注册北京天然香妆品研究所，并获得新技术企业认定，从此东山再起。

（注：2003年3月20日，戴晓钟突发脑溢血在北京逝世，享年66岁）

1990年，据有关方面统计，全国注册公司共有十万多家，北京海淀区注册公司有一万多家，占全国注册公司的10%。可见中关村试验区对企业的吸引力有多大。

发展就是硬道理！今天中关村科技园企业年产值已经突破10000亿元人民币。回首往昔，再次证明，发展不仅是硬道理还是真理！

有关资料索引：

　　《中关村改革风云纪事》《北京市新技术产业开发试验区暂行条例》，采访胡昭广文章《试验出的真经》。

中关村的故事（5）
中关村科技园区改革开放的硕果

A—中关村科技园区成立的过程

1999 年 6 月 5 日，国务院正式批复北京市政府和科技部《关于实施科教兴国战略，加快建设中关村科技园区的请示》。

1999 年 6 月 23 日，建设中关村科技园区领导小组成立，北京市市长刘淇任组长，科技部副部长徐冠华、教育部副部长韦钰、中科院副院长陈宜瑜任副组长。

1999 年 8 月 10 日，北京市政府办公厅印发《北京市新技术产业开发试验区管理委员会更名为中关村科技园区管理委员会的通知》。中关村科技园区管理委员会作为北京市政府派出机构，对园区实行统一领导和管理。

科技部原党组成员、火炬中心主任张景安回忆中关村科技园区创建过程时写道："1998 年，我任火炬中心主任，上任第二天就到试验区管委会找到管委会主任赵凤桐，商量组成一个班子，研究中关村科技园区率先发展方案。在科技部副部长徐冠华和北京市副市长林文漪的支持下，组成由科技部火炬中心、高新司、试验区管委会、北京市科委、海淀区委参加的调研组。最后形成关于实施科教兴国战略，加强中关村科技园区建设的请示，1999

中关村电子一条街早期黄庄胡同里的公司，现为黄庄欧美汇大厦所在地。齐忠摄影。

年 6 月 5 日，国务院批复中关村科技园区的发展报告。"

当人们回顾中关村发展历史时会发现，从 1980 年 10 月 23 日，中科院物理所科研人员陈春先、纪世瀛等七人创办中关村首家公司，到 1988 年中国首家科技园中关村试验区的建立，用了 8 年的时间，再到 1999 年中关村科技园区的建立，又用了 11 年的时间。

在这近 20 年的时间内，中国改革开放完成计划经济向市场经济转变，中关村高科技企业也汇入世界潮流进入信息时代。

B—创建中国首家科技园　市场经济与计划经济的博弈

1981 年 1 月 20 日，罗纳德·里根当选美国第 49 届总统。当时的美国面临经济低潮，在日本资本的进攻下节节败退。里根总统为了振兴美国经济，对美国经济领域进行了大规模的调研，发现美国硅谷与128公路的新兴科技产业集群，如苹果电脑公司、王安电脑公司、惠普公司等新兴科技企业是美国唯一新的经济增长点。特别是苹果电脑公司从成立到进入世界500强企业，在创始人乔布斯的带领下只用了一年时间。

里根政府在这种情况下，推出支持新兴科技企业的优惠政策，使美国经济很快得到复苏。其实，美国硅谷与128公路的新兴科技产业集群现象，在里根总统上任之前就受到不少国家和地区的关注，特别是中国大陆与台湾地区。

1980年12月15日，中国台湾模仿美国硅谷与128公路，推出"新竹科技园区"。1998年底，园区引进厂商292家。其中，上市公司有47家。园区的宏碁电脑推出世界首台笔记本电脑，曾经被列入世界1000家大企业之中。园区的台湾积体电路公司，还曾被评为台湾十大优秀企业之首。由于新竹科技园区采用的是"自上而下"的行政管理手段，没有抛弃传统工业模式向知识经济模式转型，新竹科技园区在进入21世纪以后，逐渐被中关村科技园区超越。

1982年，中国有关方面负责人提出"科技工作要面向经济建设，经济建设要依靠科学技术的战略方针"。

1983年10月9日，国务院召集北京、上海、天津、广州、大连等城市和国务院技术经济中心、国家科委、国家经委、国家计委、中国社会科学院、国防科工委等机构相关人士，以"应当注意研究世界新的产业革命和我们的对策"为题举行了一次小型座谈会。为了保证研究深入进行，会议还决定以"世界新的产业革命与中国现代化建设的关系"为题，由国务院和上海各成立一个研究小组，任务是提出一个中国在新的世界形势下取得发展机会的最佳方案，应对世界新技术革命的挑战。

1984年3月下旬，国务院在北京先后召开了两次"世界新的产业革命与我国对策"讨论会。会上，中关村地区由于智力密集区的优势，得到不少与会学者的关注。中科院的赵文彦、陈益升等五位与会人员提出应该借鉴美国硅谷和我国经济特区的经验，充分利用中关村智力资源建立科技特区的建议。

1984年3月28日，会议秘书组将其整理成书面材料，并以《充分开发中关村地区智力资源，发展高技术密集区》为题刊发在《会议简报》第36期上。

1984年4月4日，新华社《经济参考报》在头版头条转发了这一建议。

在这期间，中国社科院副院长宦乡受胡启立的委托，考察了中关村地区，并设计出一幅关于"中关村电子一条街"的发展战略图。

1984年9月4日，国家计委中关村开发办公室提出《中关村科技、教育、新兴产业开发区规划纲要（汇报稿）》（注：以下简称汇报稿）。这份汇报稿有数千字，《北京市新技术产业开发试验区暂行条例》（注：以下简称试验区暂行条例）三处关键内容与汇报稿非常相似，可以说是"抄袭"汇报稿的。

例如，在汇报稿中提出：

1. 把中关村办成科技、教育和新兴产业开发区。

2. 成立开发区管理委员会。

3. 经开发区管理委员会批准，对新技术开发公司给予免税三年的优惠。

汇报稿从总体上看，完全是计划经济为主体。对开发区的新技术开发公司经营方向、开发项目等制定出众多条条框框，连开发区内宿舍楼都由国家出资包办。这样的开发区设计方案与改革开放是背道而驰的。

汇报稿在资金来源上，主要依靠国家拨款。汇报稿提出："规划提出的项目将分别列入'七五计划'各种渠道，其中国家微电子研究中心1.75亿元，基础研究、重点实验室、科技攻关和工业性实验1.96亿元，部门安排0.9亿元，集资与自筹1.3亿元。由于建设开发区而需专项拨款2亿元。按汇报稿列举的国家拨款资金总共为7.91亿元人民币。

国家某部门负责人看了汇报稿方案说："北京方案要 8 个亿，我们搞不起。"

因为 1984 年时，中国的经济处在极为困难的境地，刚刚从崩溃的边缘中复苏。例如，1980 年，国家对中科院计划全年拨款为 3.2 亿元人民币。由于该年中国经济极度困难，国家取消中科院该年三分之一的科研基建工程，并相应减少对中科院的计划拨款。

（注：见 1979—1980 中科院官方网站大事记）

1984 年，海淀区全年行政支出在 3000 万元人民币左右。时任海淀区委书记张福森回忆当年的情景时说："当年海淀区扣除工作人员工资后，3000 多万元剩不了什么，日子过得紧。"

所以，国家没有钱拨出 8 亿元人民币巨款，搞中关村开发区。

海淀区科委原主任、中关村试验区常务副主任胡定淮，回忆 1984 年国家计委汇报稿方案时说："国家计委汇报稿方案，当年要求国家拨出 8 亿元人民币巨款搞中关村开发区，在中央和国务院那里肯定通不过，因为国家没有钱。1988 年，我们搞的中关村试验区方案是不要国家投资，只要政策支持，所以得到中央和国务院的批准。"

中关村试验区如何解决自身财政问题？是采用税收超出分成的办法。例如，1989 年初，中关村试验区与北京市政府协定，在 1989 年底，中关村试验区新技术企业上缴税金 5000 万元。如果中关村试验区新技术企业在 1989 年底完成上缴税金 5000 万元，北京市政府就要按一定比例返还部分税金给中关村试验区，作为财政支出和发展基金。如果中关村试验区新技术企业在 1989 年底完成上缴税金 7000 万元，北京市政府就要把超出的 2000 万元中的一部分，返还给中关村试验区。

中关村试验区这种不要国家投资，还为国家上缴巨额税金，只用返还部分税金作为财政支出和发展基金的做法，国家自然会大力支持的。

1987 年初，国家某部门负责人视察上海，希望上海依靠强大的国有企业基础创办新技术开发区，上海方面要求国家投资6亿元人民币。该负责人对上海方面说："北京有个中关村，那里的企业不要国家一分钱，却发展得很快，向国家上缴上千万元税款，特别是四通公司。"

不久，上海方面邀请四通公司负责人，对上海工业、经济相关部门负责人介绍中关村与科技企业。可惜，这次介绍活动非常不成功，上海工业、经济相关部门负责人对中关村科技企业的"二不四自"机制，即不要国家投资、不要国家编制，自由结合、自筹资金、自主经营、自负盈亏，不仅不理解，还摆出抵制的态度。

只有时任上海市科学技术协会专职副主席刘吉，对中关村科技企业的"二不四自"机制深有感触，他对四通公司负责人说："中关村科技企业是改革开放的新生事物，中国的希望。"

1988年8月5日，北京市新技术产业开发试验区正式成立。

1989年夏至1990年，社会上出现对民营科技企业姓"资"姓"社"的疑问，在全国范围内引起对民营科技企业错误的对待。

1990年11月，北京民营科技实业家协会副秘书长齐忠到安徽省马鞍山市调研时，马鞍山市民营科技实业家协会负责人告知，马鞍山市民营新技术企业在清理整顿后，只残存13家企业。

就是在这种环境下，中关村试验区的民营科技企业却向人们展现出旺盛的生命活力，用崭新的经济成果向人们展示出勃勃生机。

据中关村试验区官方统计：

1988年，中关村试验区共有新技术企业527家，技、工、贸总收入14亿元人民币，上缴国家税金0.5亿元人民币。

（注：在1988年，只有大型国有企业如中石化、中石油等，每年上缴1000万元至3000万元税金）

1989年，中关村试验区共有新技术企业850家，技、工、贸总收入17.8亿元人民币，上缴国家税金0.7亿元人民币。

1990 年，中关村试验区共有新技术企业 974 家，技、工、贸总收入 25 亿元人民币，上缴国家税金 1.2 亿元人民币。

1991 年，中关村试验区共有新技术企业 1343 家，技、工、贸总收入 37 亿元人民币，上缴国家税金 1.5 亿元人民币。

1992 年，中关村试验区共有新技术企业 2442 家，技、工、贸总收入 60 亿元人民币，上缴国家税金 2.3 亿元人民币。

1993 年，中关村试验区共有新技术企业 3709 家，技、工、贸总收入 100 亿元人民币，上缴国家税金 3.6 亿元人民币。

实践是检验真理的唯一标准！中关村试验区用令人瞩目的成绩，向人们再一次展示了改革开放的伟大成就，社会主义市场经济的非凡活力，也为我国大力推广高新技术产业开发区，提供了重要的依据。

1991 年 3 月 6 日，国务院发出《关于批准国家高新技术产业开发区和有关政策规定的通知》，决定继 1988 年批准北京市新技术产业开发试验区之后，在各地已建立的高新技术产业开发区中，再选定武汉东湖新技术开发区等 26 个开发区作为国家高新技术产业开发区。

1992 年批复 26 家，1997 年批复 1 家，2007 年批复 1 家，2009 年批复 2 家，2010 年批复 27 家，2011 年批复 5 家，2012 年批复 17 家，2014 年批复 9 家，2015 年批复 16 家。至此国家高新区由原来的 129 家增加至 145 家，2017 年 3 月增至 157 家。

C—中关村试验区获得巨大发展

1994 年 4 月，国家科学技术委员会批准将丰台园、昌平园纳入实验区政策区范围。

1999 年 1 月，经国家科委批准，试验区区域再次调整，将电子城、亦庄园纳入实验区政策区范围。从此，北京市新技术产业开发试验区形成"一区五园"的空间格局。

1999 年 8 月 10 日，北京市新技术产业开发试验区更名为中关村科技园区。经过几十年的发展，中关村科技园区现已形成一区十六园的发展格局，包括海淀园、昌平园、顺义园、大兴——亦庄园、房山园、通州园、东城园、西城园、朝阳园、丰台园、石景山园、门头沟园、平谷园、怀柔园、密云园、延庆园等"一区多园"发展格局。

摸着石头过河！发展就是硬道理！实践是检验真理的唯一标准！这是中国改革开放的指导方向。

1988 年 8 月 5 日，中国摸起中关村电子一条街这块"石头"，创办中国首家科技园——北京市新技术产业开发试验区。

1999 年 8 月 10 日，中国又用"硬道理"，创建中关村科技园区。

2019 年的今天，中关村科技园区技、工、贸总产值突破万亿元人民币的成绩，向人们证实：实践是检验真理的唯一标准！

有关资料索引：

国家计委中关村开发办公室《中关村科技、教育、新兴产业开发区规划纲要（汇报稿）》《中关村改革风云纪事》《北京民办科技大事记》《中关村电子一条街大事记》《中关村园区创新发展 30 年大事记》《北京市新技术产业开发试验区科技企业介绍》、光明日报《中关村的曙光》。

中关村的故事（6）

陈春先创办中关村首家公司传（一）

导读：陈春先给中关村、中国、全世界带来了伟大的创新模式，那就是在"一穷二白"的中国，在没有证券市场、私募基金、风险投资的情况下，打造出高科技产业并形成集群的创新模式，超越欧洲、日本等发达国家，成为世界上唯一与美国相匹敌的高科技产业集群。

1980 年 10 月 23 日，中科院优秀的核聚变科学家陈春先，在改革开放的推动下，毅然走出中科院的高墙，在中关村开创首家公司"北京等离子体学会先进技术发展服务部"，并得到国家领导人的支持，这颗星星之火最终在中关村形成燎原之势。回顾这段历史，人们可以看到中西方文化碰撞的火花、当年中国改革开放的滚滚大潮，触摸到中国知识分子实业报国的梦想与决心。

A—飞跃太平洋访问美国

1976 年 10 月，中国历时十年的"文革"浩劫终于结束，国家政治动荡

北京及中关村民营科技首家公司"北京等离子体学会先进技术发展服务部"三位创始人，右起：纪世瀛、陈春先、崔文栋。图片由纪世瀛提供。

局面得到平静。

1977 年，党中央、国务院为打破科技界的封闭状态，让科技人员走出国门，学习先进的科学技术，制订多项对外科技交流计划。在这个历史背景下，有关方面与美国签署"中美民用核物理学术交流计划"。该计划规定："中美科学家进行学术交流期间，访问所需的费用由接待方负责。"当年出国访问的路线和费用，是由上级规定的，不能更改。但是，这项规定使陈春先有权向美方提出访问地点，到美国硅谷和 128 号公路参观考察高科技公司，就是他加上去的。

诺贝尔奖奖金获得者丁肇中教授访问中国期间，向公众解释如何进行科学研究时说："科学试验的结果，往往会打破人们原来想象的结果，产生出新的粒子，新的世界。"

"中美民用核物理学术交流计划"产生的结果，正如丁肇中教授所说，超出原来想象的结果，带来新的粒子、新的世界——中关村电子一条街，高科技产业集群，中国首家科技园区。

B—陈春先研制托卡马克一举成名

1978 年夏，中科院物理所核聚变科学家，44 岁的陈春先成为这项计划的访美人员，这也是他留苏归国以后第一次访问美国。在美国他参观了全球最先进的托卡马克装置美国普林斯顿等离子物理实验室（PPPL）、环形聚变实验反应堆（TFTR）的托卡马克（一种环形磁约束装置），用该实验室数据对比自己研制的北京托卡马克 6 号实验数据。陈春先访美期间与美国核聚变负责人弗斯（H.P.Furth）教授，进行多次学术交流并成为好朋友。还邀请弗斯教授到中国访问，陪同他参观北京、合肥的托卡马克。弗斯教授去世后，陈春先还写了深情的怀念文章。

美国科研的爆发力给陈春先印象最深，托卡马克、人造卫星都是苏联科学家首先研制成功的。弗斯教授带领科技人员，只用几个月就研制出托卡马克并超过苏联，航天事业也很快赶上苏联把人类送上月球。陈春先还发现中国与美国的科研体制不同，中国核聚变民用研究是空白，对核聚变全是投入没有收入。美国核聚变的研究，是军事和民用两条腿走路，在提高军事实力的同时又推进民用核发电，促进经济的发展。为此他下决心，以美国托卡马克为蓝本，筹建国家投资 4000 万元人民币的合肥托卡马克 8 号，从核聚变中探索新的能源。

20 世纪 40—50 年代，人类研制出原子弹、氢弹后，科学家想把原子弹、氢弹爆炸后核聚变产生的巨大能量，作为新能源运用到军事、民用领域。为了实现这个理想，首先要解决如何控制核聚变和存放等离子体，因为核聚变产生的近亿度高温，使物质全部变成气体，也叫等离子体。科学家提出用封闭磁场组成的容器约束等离子体，这种容器又叫磁瓶或磁笼，它由磁力线组成，不怕高温烈火。

1954年，苏联原子能之父萨哈罗夫，在西伯利亚库尔恰托夫原子能研究所，研制出存放等离子体的容器，命名为托卡马克（TOKAMAK），在俄语中是由"环形""真空""磁""线圈"几个词组合而成，这是一种形如面包（多纳）圈的环流器，依靠等离子体电流和环形线圈产生的强磁场，将极高温等离子状态的聚变物质约束在环形容器里，以此来实现聚变反应。但人们很快发现约束等离子体的磁场，虽然不怕高温却很不稳定，等离子体在加热过程中能量也不断损失。

1968年8月4日，以苏联高能物理学家列夫·阿齐莫维奇为首的研究组，发明高能物理中一种利用环形磁场的约束技术，用以实现受控核聚变的装置托卡马克，为此，阿齐莫维奇被称为托卡马克之父。苏联科学家在托卡马克装置T-3上取得重大突破，在千万度高温以上获得稳定环形高温等离子体。

1969年，英国科学家对苏联T-3进行测试，证实苏联获得的重大突破后，在全球引起轰动。西方各国纷纷建造托卡马克，在中国也引起关注。

还有一种军事上的推测，因为氢弹必须在原子弹产生的上亿度高温下爆炸，如果人类能够推出产生上亿度高温的托卡马克，就可以直接引爆氢弹。

1976年，中国投资4000万元人民币，相当于1979年中科院全年经费的三分之一以上，研制合肥托卡马克-8号，也间接证明了这一点。（注：2005年，中科院官网"大事记"显示，1978年，国务院批准1979年拨给中科院全年经费为3.2亿元人民币）

1966年以前，二机部和中科院的领导协商，确定科学院也开展受控核聚变的研究工作，而且有二机部主攻磁镜、科学院开展箍缩类装置研究之议。当时在科学院物理所负责筹建的位于三线汉中的"技术物理中心"规划中，也包含等离子体物理的内容。

1966年5月，在哈尔滨召开第三届"全国电工会议"，即聚变学术会议。中科院物理所派人参加。这个会议结束后，随着政治运动爆发该业务工作停止，领导机关瘫痪，"技术物理中心"的建设也随之搁浅。

陈春先在"文化大革命"极度混乱的情况下，仍然关注这个项目，在他的推动下该项目重新启动。

1972年4月，物理所成立"托卡马克"研制课题组。陈春先任组长，郑少白、李文莱为副组长。项目命名为"CT-6"，"CT"是中国托卡马克的意思，"6"代表其储能水平为10&J。

1974年，陈春先研制出的我国首台托卡马克6号，成为中科院在1974年唯一的科研成果。

1978年3月18日，全国科学大会在北京召开，托卡马克6号荣获重大成果奖一等奖。（注：见2006年中科院官方网站，中科院1974年大事记）

C—陈春先学派

陈春先是四川成都人，1953年到苏联斯维尔德洛夫斯克矿业学院学习。因国家需要大量的核物理人才，1957年他又考入莫斯科大学物理系。1959年，陈春先从莫斯科大学物理系毕业。因苏共中央总书记赫鲁晓夫的女儿也在该校，陈春先通过这层关系，邀请到赫鲁晓夫出席毕业典礼，陈春先作为优秀学员代表从他的手中接过毕业证，这件事还让他在"文革"时期挨过好几次批斗。

陈春先回国后被分配到国防科委工作，中国科学院物理研究所（注：以下简称物理所）年轻的业务骨干孟宪振，听说从苏联回来了一位学习固体理论和统计物理的毕业生，就"闯"到陈赓大将的办公室，把陈春先争取到新成立的物理所理论室。

（注：孟宪振，男，1931年出生，毕业于清华大学，留学苏联期间获副博士。精通英语、俄语，是物理所青年物理学家。1965年，成为物理所党

委委员。1967年4月13日，因受"文革"迫害，自己吊死在香山的一棵树上，终年36岁。以上引自蒲富恪、章综、郝柏林所著《怀念优秀的青年物理学家孟宪振》）

物理所位于海淀中关村南3街8号，附近还有计算所、数学所、力学所、自动化所等，社会上知名度最高的是数学所。

作家徐迟的报告文学《哥德巴赫猜想》中的主人公陈景润，就出自数学所。

1978年2月17日，《人民日报》发表该报告文学后，陈景润成为中国最知名的人物，他也从7平方米的蜗居搬到院士楼。这篇文章在全国引发哥德巴赫猜想研究热。每天有成千上万的人，日以继夜地计算和证实猜想的最后课题"1+1"，数学所每天收到的有关论文，可以装满两大麻袋。1980年，数学所对外发表声明，不再接收有关猜想的论文。

物理所在老百姓中间没有名，在科技界非常有名，原子弹、氢弹、卫星、导弹各种武器的研制都与物理所有关。改革开放前我国的工业物资供应紧张，为保证物理所的军事科研，有关方面批准物理所为"特供"单位，代号为04。我国物理学泰斗严济慈、著名物理学家施汝为都出任过物理所所长。

陈春先在工作中表现很突出，中科院把他作为骨干培养和使用。陈春先担任过物理所七室固体理论室的室主任、十室高分子半导体室的室主任兼党支部书记。

物理所的陈春先、陈式刚、霍裕平、郝柏林、于渌等人，被物理所人士戏称是"陈春先学派"。"文革"前夕陈春先学派在国内固体理论和统计物理领域发表的文章数量，达到"三分天下有其二"。陈式刚院士回忆这段历史时说："我与陈春先一起工作时期，是我感觉最好的时期，他是我们的保护伞，大树底下好乘凉。"

物理所的陈春先、陈式刚、霍裕平、郝柏林、于渌五人，只有陈春先没当选中科院院士。（注：见于渌院士回忆录中"怀念物理所的两段经历"）

理论研究在科学研究过程中起到决定性作用，我国"两弹元勋"邓稼先也是一位理论核物理学家。

陈春先比较关注苏联的科技动态，20世纪70年代初，他想研制托卡马克，为得到上级的批准四处奔走，在有关负责人家里游说托卡马克时，他情绪失控地大声说："苏联都做出不同型号的托卡马克，中国什么都没有，你为什么不着急！"从此人们给他起个外号叫"黏豆包"，是指他要想干某件事，马上像"黏豆包"似的粘上去，不解决誓不罢休。物理所的老同事今天说起这件事，仍然敬佩陈春先的执着。

陈春先穿着打扮也给人很深的印象，经常是上衣的扣子扣错，右脚穿白袜子左脚穿黑袜子。"你怎么穿的跟陈春先似的。"这句话也成为同事之间的玩笑话。

用大智若愚形容陈春先是再准确不过的了，合肥托卡马克8号立项、拨款的过程中，陈春先利用其岳母黄绍湘与一二·九学生运动领导人、时任中科院负责人李昌是老战友的关系，亲自到李昌的家里游说并获得支持，顺利地拿下4000万元投资的合肥托卡马克8号，中科院也为拿到4000万元的大项目出过专题报道。

1978年是陈春先最辉煌的时刻，他和陈景润、何祚庥、郝柏林被中科院破格提拔为正研究员。在友谊宾馆报告厅陈春先宣读申请研究员的学术报告后，严济慈、钱三强、钱伟长、华罗庚、周培源等全体评委给予高度评价全票通过。当年在中科院主持工作的方毅，对陈春先留下深刻印象。

1979年，著名美国科学家Furth Rosenbluth应邀访问中国。华裔科学家刘全生和他同来，在参观物理所以后，刘全生写道："当时他们已经有了自己制造的托卡马克。我们更惊讶的是，这实验室的房子，都是科学家们一砖一瓦自己动手造成的。但艰辛之后做成了中国第一部能运转的小型托卡马克，而且做了许多物理实验和测验。"

D—陈春先在硅谷碰撞中西方文化

陈春先在访问硅谷时，让他震惊的是美国硅谷的教授当商人开公司做买卖。当年在中国"万般皆下品，惟有读书高"，大学教授是读书人的领袖，商人再有钱也是"倒爷"。

1979年10月，陈春先第二次访问美国，这次的重点是参观美国各民用核聚变实验室及设备、试验周期、制造流程等，为建造合肥托卡马克8号获得帮助。美方陪同人员是刘全生教授，随同陈春先访问的有中国科技大学等离子体专家项志遴教授（注：项志遴，中国科技大学教授、等离子体专家，为中国著名哲学家胡绳之弟，已故）和中科院电工所严陆光教授（注：严陆光是严济慈第六子，后为中科院院士、宁波大学校长）。

严陆光教授当年与陈春先共同研制托卡马克6号，为托卡马克6号电磁系统作出重大贡献。严陆光教授回忆说："1979年，我用两个月时间，参观美国所有的核聚变研究实验室，熟悉核聚变电工，从此我下决心要为核聚变献身。"

严陆光教授后来当选中科院院士，担任中科院电工所所长、宁波大学校长。他与陈春先的私交甚好，经常帮助陈春先。晚年的陈春先身患多种疾病，经济非常困难。夫人与大儿子在美国，小儿子在深圳工作，只有小保姆照顾他的生活。陈春先为解决医疗保险问题需要5万元，严陆光教授借给陈春先这笔钱。陈春先去世后夫人毕慰萱整理遗物时，在陈春先日记上看到借款的事。有人曾向严陆光教授问起陈春先夫人可否还款时，严陆光大度地说，不提此事，不提此事。后来陈春先夫人归还了这笔钱。

让陈春先感到难以理解的是，美国核聚变研究实验室的设备是由几十人的小公司制造的。当年在中国几十人的小工厂只能造煤球炉、烟筒等小商品，拥有上万人的大工厂才能制造核实验室设备。

他问刘全生："这些小公司怎么能为核实验室制造设备？"

刘全生说："这些小公司是美国新技术扩散区的新技术公司，该区在波士顿128号公路、旧金山硅谷两地，那里有几千家新技术公司。这种公司由两部分人组成，一部分人是教授、工程师、大学生，他们有技术，负责产品设计、研发、制造、销售。另一部分人是风险投资家、企业家、金融界人士，他们有钱，负责提供创业资金。实验室使用的超导磁体，就是128号公路的永磁公司制造，公司老板汤姆克是核物理教授。"

陈春先首次听到新技术扩散区、新技术公司、教授开公司做买卖这些事。在中国流传数千年的文化理念是"万般皆下品，惟有读书高。满朝朱紫贵，尽是读书人"。俗话讲：九商、十丐，商人再有钱也是"倒爷"，地位与要饭的就差一步。大学教授是读书人的领袖，上上品的人物。

陈春先为解开心中的疑问，向美方提出参观新技术扩散区，美方答应陈春先的请求，让他首先参观128号公路的永磁公司。

128号公路相当于北京的三环路，公路两边有大量的闲置土地，交通方便、土地价格便宜，吸引不少高科技公司在这里创业。

永磁公司的老板汤姆克教授是荷兰裔美国人，波士顿大学核物理教授。因为是同行缘故，他对陈春先非常热情，亲自引领他们参观公司。他说："公司目前有20多人，买卖多的时候还要再招些临时工。公司负责产品设计，零部件加工委托给外面的工厂，最后拉回公司组装。全球各个核聚变试验室，都在使用公司生产的核聚变设备。"

陈春先听完后问："开公司与当大学教授有什么不同？"

汤姆克教授微笑地说："开公司能赚到很多钱，比当大学教授挣的钱要多几十倍，给我的家庭、夫人和孩子在生活中增添很多快乐，住上宽敞舒适的房子，购买游艇、好车，周游世界各地。对于我来说，设计的产品能够在市场上销售，在全球各地使用，这种自我价值的体现，自我满足的快感，超过赚钱后的快乐与享受。"

汤姆克教授的话，对陈春先是强大的冲击。虽然陈春先干的合肥托克马

克8号，比永磁公司大千倍，可是别说买豪宅、游艇、名车，他还要把每天国家发的两美元零花钱放在钱包收好，给妻儿买点洋货，给家里添台电视。

陈春先向汤姆克教授表示佩服时，汤姆克教授连连摇头，他说："永磁公司是小公司不值得学习，华裔科学家王安博士创办的王安电脑公司，是128号公路最好和最大的公司，你们应该去那里看看。"陈春先没有去王安公司，却记住王安博士的名字，当年很多美国媒体都指出："王安公司不久要代替IBM公司。"

陈春先等人参观的第二站是位于旧金山南60至70公里处的硅谷，当年硅谷是个小村庄，在地图上根本找不到。

刘全生介绍硅谷公司时，他说："斯坦福大学位于硅谷，校长特纳先生把校园的土地低价提供给教授，让他们开办公司，才有今天的硅谷。惠普公司（HP）就是斯坦福大学电机系两个教授在1939年创办的，第一个产品是高频振荡器。还有大学生乔布斯，在车库里设计出全球首台个人电脑后，拿图纸找风险投资商洽谈投资，投资商同意给乔布斯创业资金。"

1976年4月1日，乔布斯创办苹果公司，当年苹果公司营业额已达到几千万美元，成为最快进入全球500强的企业。

陈春先听完刘全生的介绍后，想到物理所的科研成果。物理所几十年来研制国防产品中有大量的科研成果，例如与美国同步启动的激光技术，比日本只相差半年的半导体技术。有些科研成果还打破"巴统"封锁。可是这些科研成果长年躺在实验室、仓库、档案里睡大觉。

（注："巴统"是巴黎统筹组织的简称。它是20世纪50年代西方国家成立的联合组织，目的是阻止向我国出口高级技术产品）

20世纪70年代后期，有这样一句话形容中关村："中关村科研院所大墙外，是牛马拉车中世纪的田园风光。大墙内是日新月异的现代高科技。"这句话形容得恰到好处，中关村大墙内外的差别，是旧科技体制造成的。中科院科技人员只满足于实验室的成果、评奖的"象牙之塔"。在研制科技成果时，花多少钱、成本多高、老百姓是否买得起从不关心。如计算所成立于20世纪50年代，有近千名科技人员。联想公司总裁柳传志评价中科院计算所时，他幽默地说："计算所在联想公司成立以前，是不下蛋的公鸡，没造出一台老百姓买得起的计算机。"

陈春先还发现中关村与硅谷在人才密集度上极为相似，他还对技术扩散区进行详细的调查，得知技术扩散区是美国政府对自身反省的结果。

20世纪60年代，美国投资200亿美元的载人飞船登上月球，在几十年的美苏"冷战"中投入数万亿美元研发军事装备，在全球军备竞赛中处处领先。但是巨额投入没给美国经济带来好处，美国与日本等国家在经济竞争中处处败阵。日本的汽车、半导体、彩电、录像机、复印机等产品畅销全球，美国产品处于竞争劣势。美国政府通过大量调研发现，众多的小型新技术公司如苹果、微软等公司，具有强大的生命力，是美国经济重振的希望。美国政府推出128号公路、硅谷技术扩散区，颁布税收、贷款、风险投资、企业上市等优惠政策，鼓励科研人员办公司，扩散新技术，使新技术产业成为美国经济新的增长点。

陈春先虽然了解这些情况，但是也没有想在中关村开公司，进行新技术扩散试验。由于合肥托卡马克8号的停建，他与中科院院士擦肩而过这两件事，成为推动他在中关村开创首家公司的"核聚变"。

E—国家经济困难合肥托卡马克停建

1980年初，陈春先等人从美国考察归来刚下飞机，中科院到机场迎接的同志对陈春先说："老陈，合肥托克马克8号下马停建了。"

这个消息对陈春先如同晴天霹雳，他问："为什么，谁批准停建的？"

中科院的同志说："目前国家经济发生困难，实行经济紧缩和宏观调控政策，要求中科院停建、缓建一批科研工程。在聂荣臻元帅主持的工作会议上，决定合肥托卡马克8号下马。"

十年的"文革"动乱给中国带来巨大灾难。

1966年至1976年国民经济是负增长，国家面临经济崩溃的边缘。

1979年，国家给中科院1980年的拨款预定为3.2亿元人民币，而1980年，实际拨款仅为预定的2/3。

（注：以上数字来源于2005年中科院官方网站"中科院大事记"）

1980年，党中央、国务院为使国家经济免于崩溃，决定大规模减少基本建设投资。中科院在建的科研基本建设工程，在这次调控中有1/3下马，其中有邓小平批准、诺贝尔奖得主李政道主持的中国高能物理加速器"八七工程"。

（注：以上消息来源于2005年中科院官方网站"中科院大事记"）

1976年，钱三强等权威科学家批准立项合肥托卡马克8号，陈春先是该项目的主报告人。当年为解决8号装置急需的科研经费，陈春先和夫人毕慰萱从中关村骑自行车，晚上10点到东总布胡同中科院负责人李昌家，向他就合肥所经费的急迫性、重要性逐项汇报。李昌最后表示给予支持，尽快落实合肥所的科研经费。陈春先走出李昌家后异常高兴，他说："合肥项目有人、有钱了，可以干出成绩了。"他提议夫妻两人骑自行车，绕天安门广场两圈以示庆贺。

（注：以上消息来源于陈春先夫人毕慰萱的回忆录）

1977年，该项目获得国家计委批准，拨款4000万元。

1978年，该项目基建工程开工。

1980年初，该项目工厂和电源部已经基本完成，还成立了"中国科学院等离子体物理研究所"管理该项目，中科院派李吉士、陈春先两同志任研究所负责人，严陆光、邱励俭、季幼章等人也为筹建该所作出重大贡献。

（注：以上消息来源于中国科学院等离子体物理研究所官网）

严陆光回忆当年的情景时，他说："当时该所已有科研人员400多人，其中研究生学历的有 100 多人。如何处理停建带来的问题也很棘手。我和陈春先、项志遴就在机场开会协商，最后决定向中科院提出建议，对建成的工厂、电源部、研究所进行保留，用已到账的 2500 万元作为这些机构的运转资金，这些建议在中科院郁文等领导的支持下都得到落实。"

2009 年春，严陆光院士回忆托卡马克 8 号时说："托卡马克 8 号是基础科学项目，运用到实际中要用 80—100 年的时间，国家没钱下马是无奈之举。"

后来合肥托卡马克 8 号，在国家经济好转的情况下，又投资两亿元人民币终于建成。

（注：以上消息来源于中国科学院等离子体物理研究所官网）

托卡马克 8 号的下马，在物理所引起不小的震动，对陈春先打击是巨大的，但是他没有怨天怨地。

他对同事们说："托卡马克 8 号的下马事件对我们是清醒剂，我们要重新看待国家给科研的拨款。党和政府当年为国家安全的需要，对国防科研、两弹一星的拨款不惜代价。改革开放后，国家以经济建设为主，减少对国防科研项目的拨款，还要求我们为国民经济服务。我们要主动为国分忧，在中关村进行新的试验，把我们的知识运用到技术扩散领域。"

陈春先直白地说："我们是贫穷落后的国家，受综合国力的影响，要在核聚变领域中领先世界是不现实的，在国家经济困难时期，要探索新路使国家繁荣昌盛。"

F—陈春先与院士擦肩而过

1980 年 10 月，中科院进行"文革"后首次增补学部委员，也就是现在的院士。物理所的管惟炎、章综、洪朝生、李荫远、李林，数学所的陈景润被增补为学部委员，陈春先却在这次增补中擦肩而过。

有人说，物理所的负责人管惟炎，上报增补学部委员名单中没有写陈春先的名字，从此陈春先与管惟炎关系紧张。

有人说，是合肥托卡马克8号下马，让他没当上院士。这话有道理，在中科院没有科研项目的科学家与下岗工人差不多。

没有当上院士，对陈春先的晚年生活影响很大，他在中关村开办的公司多数倒闭和亏损，欠债高达千万元，经常发生债主上门要债的情况。陈春先去世前的最后几年，患有严重的糖尿病及其他疾病，每月的治疗费用相当庞大。如果陈春先当上院士，可以搬进院士楼，享受国家对院士的高干医疗，生命的火花不会在刚刚70岁就熄灭。

塞翁失马，焉知非福。1980年，如果陈春先当选院士，会在科研上投入全部精力，不会去创办服务部。

中关村的故事（7）

陈春先创办中关村首家公司传（二）

A—星星之火点燃中关村的火炬

陈春先是个闲不住的人，科研项目没有了就会找新的研究方向。他想在物理所开个"试验田"，把美国的128号公路、硅谷、扩散新技术、开科技公司移植到这块试验田上。陈春先向同事们讲美国技术扩散区、128号公路、硅谷、汤姆克教授的永磁公司、乔布斯的苹果公司。他还画张卡通画，画的上半部分是美国硅谷，分A、B、C、D、E五个部分。他说："A、B代表硅谷的科技公司，是风险投资与技术结合的符号。C是金融投资体制，D是管理体系，E是工业和美国的社会文化。"卡通画下半部分是中国的科研体制，画面上有棵大树，树下有众多小草。

他说："大树代表中国的科研体制，小草代表科研项目。在中国所有的小草都要向大树靠拢，因为只有这棵树上有钱，科研项目才能干。我国所有的科研项目都固定在这棵树上，科研工作者一辈子要在这棵树上。僵化的科研体制，对科学技术的创新和扩散很不利。我们要为小草脱离大树创造氛围，在中关村开公司移植硅谷经验，扩散新技术。"

陈春先的设想得到不少人赞同，纪世瀛是最积极的支持者，物理所的崔

2003年9月13日，陈春先用早期画的一幅图，来讲解1980年中美两国科技体制。他指出，图中A、B代表硅谷的科技公司，是风险投资与技术结合的符号。C是金融投资体制，D是管理体系，E是工业和美国的社会文化。美国科技体制是市场化、多元化。而中国科技体制都固定在国家这棵树上，科研工作者一辈子要在这棵树上。僵化的科研体制，对科学技术的创新和扩散很不利。齐忠摄影。此图是陈春先生前唯一的画作，并有他的亲笔签名，现为齐忠收藏。

文栋、刘春城、刘培铭、李兵、耿秀敏等人也表示支持。

（注：纪世瀛，男，1942年出生，北京市昌平纪家窑人。1967年毕业于中国科技大学物理系原子核工程专业，中国科技大学原校长严济慈的弟子。毕业后分配到中科院物理所工作。1980年，他与陈春先创办中关村首家公司"北京等离子体学会先进技术发展服务部"，并追随和支持陈春先，直至陈春先去世。1990年，他出任北京民营科技实业家协会会长，并连任三届，是中国民营科技企业和中关村发展的主要推动者之一和代言人，被社会和民营科技企业家及媒体称为"中关村村长""中关村第一村民"，被国家科委、中国科协等部门授予"中国优秀民办科技企业家"称号）

陈春先在实际工作中遇到不少困难，首先是当年人们对开公司的旧观念上的歧视。那年头公司的主要业务是倒卖钢材、玻璃、汽车等，开公司的人被称为"倒爷"。陈春先要是辞职开公司当"倒爷"，人们会认为他是疯子。陈春先也不敢辞职开公司，中关村不是美国硅谷，没有风险投资，他辞职会没饭吃、没房住。

1985年，陈春先和夫人毕慰萱在办公司的过程中有了积蓄，才向中科院正式辞职，又开办了"华夏硅谷公司"。

陈春先想用物理所的名义开办公司，向领导请示好几次都是"泥牛"入海无消息，当年没有领导的批准是无法开公司的。陈春先得知同事们在北京市科协的组织下，每个星期天到北京市各工厂和单位开展科技咨询活动的消息后，就与市科协咨询部联系，是否能帮助开公司推广新技术。咨询部负责人赵绮秋是个女同志，40多岁，颇有主见，原来是《北京日报》记者，她对陈春先表示欢迎和支持。

（注：赵绮秋，女，1938年8月生于上海市。1960年11月提前毕业于吉林大学物理系，留校任教。1980年调至北京市科协组建科技咨询部，后任市科协副主席、党组成员，又任北京科技协作中心副主席、党组成员，期间兼任北京科技协作中心副理事长、北京民办科技实业家协会理事长，是中国民营科技企业和中关村发展的主要推动者之一）

1980年10月初，赵绮秋在北京市科协热情接待陈春先，北京市科协党组书记田夫亲自出面与陈春先会谈。赵绮秋认真地打量着陈春先，只见他身材不高，衣着很普通，手里拿着黑色的人造革手提包，一口浓浓的四川口音，只有头颅圆圆的非常大。有人说天安门广场纪念碑上的科学家雕像，是以他的大头颅做模特的，有位名人还把这个说法写到文章里。

陈春先向田夫讲述美国技术扩散区、128号公路、硅谷等地公司的情况，表示要在中关村移植硅谷经验，请市科协支持。

田夫在中科院工作过，他说："只要对'四化'有利我们都支持，对老陈这样的科学家，市科协举双手欢迎，有问题提出来我们尽快解决。"

赵绮秋说："你的想法非常新，我表示支持。开公司很麻烦，要有 50 万元的注册资金，100 平方米的门市用房，上级主管单位同意等，工商局才批准开公司，这些手续半年都办不完。你是北京等离子体学会的副理事长，在学会下面搞个服务部，全部工作由你负责，和办公司差不多。"

陈春先很高兴地说："赵部长的意见非常好，就搞个服务部，有独立的银行账号更好。"

田夫说："老陈用等离子体学会的名义打个报告，我来批。市科协给科技咨询活动拨了 3000 元经费，开账号的钱就由这里面出。"

陈春先和同事们协商后决定创办服务部，名字叫"北京等离子体学会先进技术发展服务部"。纪世瀛骑着自行车，用市科协拨的 400 元钱的一张支票，在海淀工商银行开了账号。

1980 年 10 月 23 日，北京市等离子体学会扩大常务理事会，在海淀区二里沟北京市科委自然科学研究院小会议室召开。会上陈春先宣读题为《技术扩散与新兴产业》的访美报告，向大家介绍美国硅谷经验和技术扩散区，随后他宣布"北京等离子体学会先进技术发展服务部"（注：以下简称服务部）正式成立。

服务部的董事长，由中科院力学所著名科学家谈镐生出任，陈春先任副董事长。谈镐生在美国留学时期接触过公司，他在会议上介绍了公司的运行模式和管理架构，使在座的科研人员首次得到公司的有关知识。

长城钛金公司总裁王殿儒回忆说："我从谈镐生先生的讲话中，第一次知道公司是怎么回事，第一次知道公司还要有董事长。谈镐生先生对服务部很支持，让等离子体学会拿出 3000 元钱，给服务部作为启动资金，当年我任等离子体学会秘书长，这件事是我亲自办理的。"

服务部的管理由管理小组负责，组长为市科协的陈庆国和陈春先。

副组长为纪世瀛和崔文栋，崔文栋是物理所的政工人员。

服务部成员有：

中科院物理所的刘春城、潘英、李兵、耿秀敏；

电子所的吴德顺；

力学所的曹永仙、王殿儒、汪诗金；

电工所的陈首燊；

清华大学的罗承沫。

服务部的成员为什么还有物理所以外的人？因为陈春先在研制托卡马克6号成立课题组时，中科院各所和大学都派人到该组参加研制工作，这些人自然也成为积极的参加者。

当年在改革开放大潮推动下，南方深圳等地兴起公司热，对中关村科技人员有很大的诱惑，他们也想开公司改变"一穷二白"的境地。

联想公司老板柳传志回忆在计算所工作的穷困时，他说："当年我买条棉毛裤，都要算计算计。"

陈春先的服务部，为知识分子开公司提供新模式和重要的理论基础，他们是扩散新技术，为国家富强不是当"倒爷"。

服务部的成员后来在中关村开公司的有：

陈春先，创办"北京华夏硅谷信息系统有限公司"，任董事长。

纪世瀛，创办"北京市理化应用技术研究所"，任所长。

有人问陈春先，服务部后来的成员有多少？

陈春先幽默地说，最少时3个人，最多时100多人。物理所往死里整服务部时，除了我和纪世瀛、崔文栋硬顶着不交枪，服务部其他成员都宣布退出，所以说3个人。服务部最兴旺时开办两个培训班，有100多人参加。

B—服务部的第一桶金三万元

服务部开始时的买卖是"空手套白狼"，用中科院的牌子和市科协的关

1980年8月8日，北京等离子体学会第一届理事会成员合影。

第一排右五为中科院院士谈镐生。

第二排右四为陈春先、右五为中科院电工所所长杨昌琦。

第三排左起为吴兴运、汪诗金、金佑民、王殿儒（学会秘书长、常务理事、学会创办人之一）。照片由王殿儒提供。

系，到北京乡镇企业搞设计解决技术问题，讲课传授实用技术。不久服务部的业务转到研制产品。

1981年，陈春先第三次访问美国后带回不少电子芯片，服务部人员用这些芯片制造出核聚变试验的电源开关，销售后获得很大的利润，也成为服务部与物理所纷争的起源。

不久服务部赚到三万多元钱，陈春先在物理所外面的空地上，盖起两座30多平方米的木板房，作为服务部的办公室。等离子体学会所属的"北京等离子体学报编辑部"也在这里办公，他亲自为这张小报刻蜡纸，撰写有关硅谷的文章宣传硅谷经验。

服务部还开办电子培训班，为待业青年讲授计算机和电子技术。电子培训班造就大批人才，被人们称为中关村各公司的"黄埔军校"。培训班的老师从清华、北大、北航等大学聘请，为请到优秀老师，给老师的授课费为每小时 6 元，当时国家规定的授课费为每小时 1.5 元。

服务部承接海淀锅炉厂的技术设计改造工程，使该厂生产的锅炉降低耗煤又增加热量因而成为抢手货，受到有关方面的好评。服务部还开办新技术系列讲座，讲授计算机技术的是美国大学副教授郭保光，他是陈春先首次访美的陪同翻译。孙良方教授和香港企业家郑庆飞、关博文也到服务部讲课。

服务部还为引进《科技导报》杂志，做了不少工作。陈春先访美期间，结识美籍华人加州大学物理学家孙良方教授和夫人钱宁，钱宁是《科技导报》的发行人。陈春先帮助《科技导报》获得在中国出版发行的许可证，打通《科技导报》在中国的发行渠道。

当年科技人员到外单位干活拿到的是支票，换成现金非常困难。服务部有账号能把支票换成现金，为科技人员解决这个问题后，服务部成为中关村科技人员聚集的地方，如同一块小小"石头"抛入中关村平静的"湖水"，引起阵阵涟漪不断向四面八方扩散。

服务部的工作成员每月可得到 7—15 元的津贴。陈春先在这方面再次显示大智若愚，决定不拿一分钱津贴，这个决定在后来的财务清查中保护了他。

服务部赚到的三万元，工作人员每月有 7—15 元的津贴，两间木板房的实物证明，使每月只拿 56—82 元工资的科研人员，终于看到知识是能够挣大钱的。

1981 年的三万元是笔巨款，是中科院正研究员 10 年的工资。从美国回来的邓稼先是副教授，每月工资也只有 230 元钱。

中关村的故事（8）

陈春先创办中关村首家公司传（三）

导读：2018 年，中科院推出"中科院对外宣传纪录片"，在片中介绍中科院是"科学创造财富沃土"。其中第一位人物是中科院物理所陈春先，排在柳传志前面。并且称赞陈春先为改革开放中"开创中关村第一人"。该宣传片也是中科院第一次向人们展现陈春先的工作影像，弥足珍贵。回想 1980 年，陈春先、纪世瀛等人，在中关村创办第一家公司的艰苦拼搏、惨遭打击的历史，38 年后的今天中科院终于承认是改革开放的壮举，让人感慨万端！

A—物理所所长管惟炎对服务部的不满

物理所所长管惟炎是在新中国成立前入党、中科院重点培养的"又红又专"苗子，还是我国超导学科权威。他认为陈春先没有经过上级批准，开办服务部是不能容忍的。在他的眼里科研人员在工作时的一举一动，一言一行，都要经过上级的批准，工作以外做什么也要经过上级批准。从这个角度看，管惟炎也是旧体制的受害者。

1981 年 5 月，物理所所长施汝为退休。中科院学部委员、超导物理学

1990 年 11 月 23 日，中科院物理所研究员、华夏硅谷公司总裁陈春先（右）与中科院物理所高级工程师、北京市自然科学院院长、北京民协会长纪世瀛，在人民大会堂召开的"纪念北京民办科技实业创办十周年暨首届科技之光颁奖大会"上的合影。齐忠摄影。

家、52 岁的管惟炎出任物理所所长。他上任后对物理所研究方向进行调整，向超导方面偏移，在超导方面还要向他认为的方向再偏移。这引起物理所相关研究人员的极大不满，也使陈春先的核聚变研究受阻，两人多次发生争论，关系逐渐交恶。

陈春先任物理所十室主任，十室的上千万元经费和几百万元的物资，只要他签字就可对外支付。服务部赚钱后，管惟炎找陈春先谈话，他说："老陈，你是物理所室主任，出任服务部的负责人不太好。反过来讲，如果你是大公司高级管理人员，又办个小公司当负责人，这件事谁都会认为不妥。"

陈春先说："服务部的事，向你打报告请求支持，回复是画的几个圆圈。没办法只好办服务部，扩散新技术为国分忧，不存在大公司与小公司的关系。"

管惟炎在谈话碰钉子后很是恼火，让他真正感到头痛的是陈春先开办服务部后，给物理所的平静、领导的威信带来冲击。物理所的人开始学陈春先，悄悄地出外寻找挣钱的门道。有的为乡镇企业解决技术问题，有的画图纸，有的讲课。中关村希望公司总裁周明陶，原是计算所科研人员。他说："下海开公司之前，每月我出外讲课的费用能达到60—70元钱，感到生活很富裕。"人们对服务部的议论，更加引起管惟炎的反感。

有人说："陈春先把物理所的物资拿到服务部卖，赚到的钱装入私人腰包。"

有人说："陈春先利用手里的签字权，偷偷把国家的钱转到别的单位，再从别的单位转到服务部私分。"

有人说："中关村各研究所都在传说，物理所陈春先开了个服务部，想干私活赚大钱就去服务部。"

有人说："陈春先在服务部每月拿15元津贴，给自己涨两级工资。"巧了，陈春先两级工资正好是15元。

还有人说："陈春先他们拿着国家的工资，在服务部干活是损公肥私，吃里扒外，干私活捞钱，抢物理所生意。"

其实说这些话的人，全是让穷困闹的。改革开放前，科研人员每月56元的工资，在平均工资只有30—40元的年代里显得很优越。

1978年，改革开放后，北京街头卖鸡蛋的小贩，给人剃头的理发匠，每天就能挣8块、10块钱的，每月挣的钱比院士还多。虽然每两年国家给科研单位30%的人长一级工资，为涨工资同事之间瞪红眼、打破头，有些地方还有跳楼死人的。

1981年春，中科院某工程师退休，在欢送会上这位工程师说："我为国家研制过原子弹、导弹、卫星，干了一辈子退休后每月工资98块钱。搞原子弹的不如卖鸡蛋的，拿手术刀的不如拿剃头刀的。"这位工程师说完大哭起来。

管惟炎在留苏期间因毕业论文优秀，被苏联诺贝尔物理奖获得者卡皮察看中，成为他的研究生。1960 年归国后，成为我国超导物理领域的带头人，在他的心里陈春先那点本事不算什么。他决心要收拾陈春先，用查账的办法让服务部倒闭。

（注：管惟炎，男，1928 年 8 月生，江苏如东人。抗日战争时期他在初中时入党。1957 年毕业于苏联莫斯科大学物理系，是苏联诺贝尔物理奖获得者卡皮察的研究生，并获副博士学位，相当于今天的博士后。他历任中国科学院物理研究所所长、中国科学技术大学校长、中国科学技术大学研究生院院长。2003 年 3 月 20 日，在台湾台中市因车祸去世）

B—科技二道贩子的帽子

1982 年 1 月 11 日，北京市科协召开全体科协委员大会，身为科协委员的管惟炎，在会上发言攻击陈春先和服务部。他说："陈春先在市科协的支持下，创办服务部另搞一套，打乱物理所的科研秩序。每月还从服务部拿15 元津贴，给自己涨两级工资，据我们了解服务部还有其他经济问题。"

管惟炎的发言对参会人员影响很大，他们也纷纷发言，指责北京市科协支持陈春先创办服务部的做法不妥。

赵绮秋对管惟炎的发言很生气，想反驳又考虑管惟炎的来头大，争吵起来影响不好。会后她与田夫、副主席孙洪找管惟炎交换意见。

赵绮秋说："北京市科协推出的科技咨询活动，是中国科协发起的，是加快'四化'的重要举措。陈春先和服务部是在科技咨询范围内进行的，市科协还派陈庆国同志负责指导服务部工作。服务部工作人员每月拿 7—15元的津贴没有问题，是按照中国科协文件规定的。"

赵绮秋最支持陈春先和服务部，认为这是改革开放的新生事物。她用中国科协的文件，把管惟炎说陈春先涨两级工资的话顶回去。

田夫说："科技人员业余时间搞技术咨询，是中国科协提倡的没有错，不能上纲上线说是抛开物理所另搞一套，搞乱科研秩序。"

当年的管惟炎正是春风得意，他在物理所一言九鼎没人敢反对，没想到市科协领导和他唱反调，支持陈春先和服务部。他说："物理所对陈春先负责的财务和材料进行检查，发现有十多万元与服务部有关，还把物理所的东西拿到服务部使用和卖掉。"

田夫在中科院工作过，清楚中科院的办事程序。如果发现陈春先有经济问题，没有调查清楚前不能对外人讲，讲了等于通风报信，管惟炎讲的事可能是捕风捉影。

田夫打个官腔说："管所长讲的情况，市科协刚知道，需要了解情况，事情搞清楚会找管所长协商解决。"

田夫不软不硬的官腔让管惟炎哭笑不得，他只好说："眼看快到春节了，过节咱们再碰。"

赵绮秋第二天就赶到服务部，找陈春先核实服务部是否有经济问题。陈春先见到赵绮秋很高兴，带领她参观服务部新的木板房，又介绍服务部近期的工作。赵绮秋看到服务部从出外讲课，发展到制造专用电源开关等新项目很高兴，随后她把管惟炎对服务部的指责告诉了陈春先。

陈春先听完气愤地说："管惟炎是旧科技体制的代表，他认为农民没工资吃不饱饭，才搞改革开放土地承包。科技人员每月有 56 块钱工资能吃饱饭，还搞什么改革开放扩散新技术，老老实实听领导的，让干什么就干什么。前几天有个美国大学校长到物理所参观，问中国的一机部、二机部、三机部是干什么的。物理所规定回答外国人的问题，不请示领导不能说。我就编瞎话说，这些部跟美国的波音、IBM 公司差不多，在场的人都知道我在说谎全都哈哈大笑。"

陈春先又说："旧体制如同大铁链紧紧地束缚着科技人员，科技人员怎么说话，说什么，下班干什么领导都要管，服务部的建立就是要打破旧科研体制。"陈春先越说越激动，两手紧紧地握成拳头。

赵绮秋很受感动，她说："老陈，你不要生气，搞改革肯定有阻力，服务部的事情没有错，跟管惟炎讲清楚他会理解。"

陈春先解释说："国家给核聚变项目的拨款，服务部没有动。在服务部工作的同志每月有7—15元钱津贴，我一分钱没有拿，怕让人家说拿双工资。物理所的钳子、改锥、检测设备等，服务部人员借用过，这些事在账上记得很清楚。"

赵绮秋提醒陈春先说："今后服务部不要和物理所争业务，使用单位东西要取得人家的同意还要给使用费。你们初次办服务部对财务没经验，有的账目可能不清楚，让市科协会计先看看，别让人家抓小辫。"陈春先听完表示同意。

随后北京市科协派出会计查看服务部所有账本，对全部20多笔收入、350多笔支出进行检查，没有发现财务问题，就是"白条"多，这些"白条"是工作人员领津贴时签字的纸条。北京市科协领导非常开明，认为知识分子首次开公司没有经验，出点错是免不了的。

春节过后，孙洪和赵绮秋到物理所找管惟炎谈服务部问题。在路上孙洪对赵绮秋说："管惟炎说陈春先和服务部的问题，我考虑很长时间，春节也没过好。如果真有经济问题北京市科协领导的日子也不好过。"

他们见到管惟炎后，赵绮秋说："北京市科协对服务部的账本进行检查，没有发现任何经济问题。服务部人员每月7—15元津贴，是多劳多得打破'大锅饭'有力的行动。服务部人员使用物理所的工具，不是原则问题可以原谅。陈春先办服务部没有经验，大家也知道陈春先对小节不注意，穿袜子经常是一只黑一只白，衣服扣子上下弄错，在物理所是出名的。"

孙洪说："陈春先开办服务部市科协是支持的，有问题希望物理所与市科协共同协商解决。"

号	姓名	工作单位	内 容	时间	申报金额	实批金额	归类	备注
	黄钱海	电工所	咨询	82.9	10元	10元		
	陈春先	〃		〃	10元	10元		
	刘磊	〃		〃	10元	10元		
	刘丁中	706厂		〃	10元	10元		
	相小夏	〃		〃	10元	10元		
	范祖春	〃		〃	10元	10元		

付大写金额（实批金额） 陆拾元正

此表用圆珠笔写清楚，复写两份，一份离底不得涂改。

制表人、财务主管、董事会代表签字并加盖公章后方能生效，手续不全。

此表和支付凭单放在一起做为财务手续依据。 财务拒绝执行。

董事会代表 财务主管 制表人 张正培 公章

当年服务部按中国科协规定给工作人员发津贴的"白条"，上面有陈春先的签名。图片由纪世瀛提供。

　　管惟炎认为市科协偏袒陈春先，他说："我们审查陈春先负责的十室账目，不少重大问题都与服务部有关，所以物理所也要查服务部的账，并将查账结果上报中科院。"管惟炎的这种态度，使双方的谈话不欢而散。

　　管惟炎随后向科学院有关部门打报告，说陈春先把国家财产非法转移到服务部卖掉，还有十多万元国家拨款也被转移到服务部私分，要求立案查处。

　　管惟炎又召开物理所全体员工大会，他说："陈春先办服务部移植硅谷经验扩散新技术，实际上跟大街上卖菜、卖肉的'二道贩子'差不多，把国家几十年积累的科研成果贩卖出去，是'科技二道贩子'。服务部每月还给干私活的人发津贴，是鼓励科研人员不务正业，腐蚀科研队伍搞歪门邪道。"

管惟炎的话引起很大震动，大会散场后没人敢和陈春先、纪世瀛他们一块走，服务部的工作人员也后悔，今后物理所涨工资、评职称、分房子的时候，领导肯定给穿"小鞋"。当天晚上就有服务部的成员到陈春先家，放下从服务部拿到的津贴不说话就走，让陈春先很难受。

过了几天管惟炎找陈春先正式谈话，他说："老陈，你是物理所的业务骨干，要以工作为重。不要再创办什么服务部，相关的事写份材料跟所里说清楚，做个检查以后别干也就算了，你要是特别想干，就辞职做买卖怎么样。"

陈春先听完冷笑着说："物理所每天打开大门要花掉国家多少钱，你知道吗？计算过吗？告诉你是三万元人民币。物理所过去以国防科研为主，只花钱没收入是没有办法的事，改革开放的今天则不同，我们要认真想想国家的难处，怎样为国分忧为四化作贡献，不能当一天和尚撞一天钟。我办服务部是为改革开放，为'四化'添砖加瓦，所里不支持也罢，还逼我离开物理所彻底弄垮服务部这办不到。"

陈春先越说越激动，声音越来越大。管惟炎很恼怒，他打断陈春先的话说："老陈，告诉你物理所就要查服务部的账，服务部不让查也要查。"

查服务部财务账是大事，谈话结束后陈春先马上召集服务部骨干成员开会，把查账的事告诉大家，骨干成员都反对查账。

纪世瀛说："老陈，现在把人搞臭有两个办法，男女不正当的作风问题，财务上的贪污。我太了解物理所这些查账的人，服务部的账哪怕是清如水，也肯定能找出毛病来，从账目中找不出毛病来，那不等于查账的人没水平，搞我们搞错了。只要从账上查出一分钱的错，就会把我们搞臭。管惟炎只要把每月领津贴的人记下来，再到这个人的单位说该人私下捞钱，证据是服务部给的，服务部就会臭名远扬，谁也不会跟服务部打交道。"

陈春先也觉得大家说的有道理，他说："我参加工作多年，查账的事也见过也参加过，被查的人都没有好下场。"

纪世瀛又说："老陈，咱们找找北京市科协怎么样？"

陈春先问："找北京市科协有用吗？"

纪世瀛知道陈春先是个书呆子。他耐心地说："老陈，咱们中国的事有些特别，办事要讲管理系统。中科院虽是正部级单位，它的权力只能管中科院的事，没有权力管外单位的事，就是小小的街道居委会，中科院也没有权力管。服务部是北京市科协批准成立的，物理所没有权力查账。"

陈春先和服务部其他成员听完，认为说的有道理，就用北京市科协这块"盾牌"挡物理所查账的"暗箭"。

陈春先找到赵绮秋，把物理所要查账这件事告诉她，赵绮秋非常生气，报告给田夫、孙洪。两人听后表示不同意物理所查账，让赵绮秋与管惟炎协商。

管惟炎还是那个态度，他说："陈春先放着物理所的科研工作不干，办服务部捞钱肯定有问题。这个问题不解决让老老实实搞科研的人吃亏，科研工作今后没人干，服务部的账一定要查。"

赵绮秋听完后说："陈春先在完成本职工作的情况下，利用业余时间搞科技咨询，我们应该支持。再说服务部是北京市科协批准成立的下属机构，只接受市科协的财务检查，物理所没有权力查账。"

管惟炎说："陈春先是服务部负责人也是所里的人，物理所查账是正常的。"

赵绮秋再也忍不住心中的怒火，她说："物理所为什么要查服务部的账，是要整垮陈春先和服务部，所以北京市科协不同意物理所检查服务部的账。"赵绮秋说完甩袖而去。

管惟炎知道不查账就无法鸡蛋里挑骨头，弄倒服务部。他多次打电话给北京市科协领导，要求检查服务部的账，又向中科院有关部门汇报该事，让有关部门与北京市科协协商，联合检查服务部的账目。北京市科协领导为避免管惟炎的纠缠，同意物理所与北京市科协联合查账。

不久，物理所某副所长带队与北京市科协人员组成工作组，进驻服务部对所有的账目进行审查。服务部平时人来人往的热闹场面没有了，只有陈春先站在大门口，胸怀坦荡地迎接工作组，他说："服务部的账本放在桌子上，有什么问题叫我。"他说完搬把椅子坐在门外。

服务部的账半天就查完了，物理所的副所长拿着几张"白条"问陈春先，他说："服务部发放这些津贴，有什么上级指示和根据。"

陈春先回答说："中国科协和国家科委规定，科技人员在不影响本职工作的前提下，利用业余时间进行科技咨询工作，每月可以获得7—15元左右的津贴。"

副所长听完笑笑说："把中国科协和国家科委的文件，拿出来给我看看。"

这是故意刁难陈春先，当年部级文件都属于保密文件，陈春先上哪找去？谁知道陈春先不慌不忙拿出份复印件递给副所长，他说："这是方毅副总理的讲话稿复印件，他在讲话中说'科技人员在不影响本职工作的前提下，利用业余时间进行科技咨询工作，每月可以获得15元的津贴'。"

陈春先太清楚管惟炎整人的手段有多狠，知道津贴会成为查账主要问题，他通过关系到国家科委办公厅存档处找到相关的文件时，看到方毅副总理的讲话稿，看到有科研人员可以领取津贴的内容后很高兴，因为方毅副总理不仅是国务院主管科技的副总理，还当过中科院院长，有很高的威望。陈春先把这份讲话稿复印下来，用来抵制物理所查账的人。

副所长看完讲话稿后，不敢对方毅副总理的讲话说三道四，但是还要在鸡蛋里挑挑骨头。他说："这是领导人讲话不是正式文件。再说，科技人员是脑力工作者，怎么分清大脑的工作时间和业余时间，怎么分清大脑的本职工作和业余工作，因为谁也管不住大脑。"

陈春先听后反问道："真是奇怪！科研人员干什么，你们要管；科研人员的大脑什么时间思考，你们也要管。我这时候走路先抬左腿还是右腿，是否也要请示物理所。"陈春先的话引得众人哈哈大笑。

物理所的副所长板着脸，不顾陈春先和市科协人员的反对，把服务部的账本全部复印交给管惟炎。

管惟炎利用账本记载的情况，派人到北京和外地与服务部有关系的单位进行调查，理由是追查陈春先的经济问题。物理所在服务部拿津贴的科研人员，他亲自面谈施加压力打击服务部。

管惟炎又在物理所大会上说："今年国家开展的重要活动，是打击经济领域严重犯罪活动。物理所已经把陈春先列为重点审查对象，谁在服务部工作过，要主动向组织讲清楚。今后物理所人员无论是工作时间，还是业余时间到服务部工作，都要经过领导批准。"

2003年9月23日，陈春先对作者回忆当年情景时，他说："听完管惟炎的讲话我很害怕，想不干服务部向物理所里缴枪投降。但是又想自己是正研究员，服务部的成员中就数自己名气大，要看看管惟炎有多大本事能把我怎么样。"

破屋逢大雨，这期间陈春先让美籍华人物理学家孙良方，在他的家中住了几天。按照当时有关保密规定，陈春先这种接触过国家核秘密的人，是不能够私自在家中接待外国人的。管惟炎两事并举，向中科院有关部门递材料要求立案审查陈春先。在物理所开始流传有关陈春先的小道消息说，陈春先被中科院定为经济犯罪团伙首要分子；服务部的账像天书，是本花账谁也看不懂；服务部账上全是白条；陈春先明着给自己涨两级工资，暗着不知道长多少级。

物理所也开始对服务部不客气，外面来找服务部的人，门卫如临大敌严格盘查。物理所在服务部工作的人，在长级、评职称、分房子等方面受到刁难，如同狡兔脱巷、众人争擒。

服务部的一些人不甘心"人为刀俎，吾为鱼肉"，问管惟炎为什么这样刁难我们？

管惟炎冷言冷语地说："服务部的人不用涨级，想涨几级就给自己涨几级。房子更不用物理所里分，做个花账，想给自己买几间就买几间。"在物理所工作，吃公家饭、拿工资的人，这辈子就是涨级、评职称、分房子，没有这几样干什么劲。

陈春先被管惟炎多次点名后，他的心情十分沉重。每日回家吃完饭总是坐在沙发上闭目沉思，他感到旧的科研体制是座厚厚、高高的墙，想做什么美国128号公路、硅谷、开公司扩散新技术的举动多么可笑，结果可能是受处分，劳动教养，判刑入大牢。

毕慰萱劝他说："你是近50岁的人了，职务是正研究员，住房是三室一厅，今后不干服务部人家就不会找麻烦。"

陈春先不愿向夫人解释心中的苦闷，他找到赵绮秋想听听她的意见。他和赵绮秋见面后，双手紧紧地握在一起，好长时间才控制住激动的情绪。

赵绮秋说："听到你被立案审查的消息我很难过，本想到单位看你，物理所的人肯定不欢迎。"赵绮秋说完眼含热泪。

陈春先笑笑说："不要难过，这件事没有什么。要是向管惟炎屈服，就证明服务部的路走错了，我认为移植硅谷经验没有错，所有的事情我承担，不连累别人。"

他还安慰赵绮秋说："我们搞科研的人都有执着精神，不怕失败和冷落。陈景润研究哥德巴赫猜想用了10年的时间，成功后大家认为没有什么。反过来想想，如果陈景润不成功，就要在6平方米小屋与废纸堆度过一生，这种执着精神平常人是不会理解的，还会认为是精神病。我现在的处境比陈景润当年好多了，我是正研究员还有北京市科协领导的支持，不会有什么大问题。"

赵绮秋见陈春先心态坦然很高兴，她说："搞改革开放是党中央的号召，服务部没有错，我不仅支持到底，还要到中科院纪委反映情况。"

那天的月亮非常明亮，赵绮秋和陈春先谈话的身影印在窗户上，在月光下看得非常清楚。

C—赵绮秋为陈春先喊冤叫屈

1982 年 10 月 7 日清晨，赵绮秋赶到中科院纪委，纪委的同志早就听说过北京市科协有个女同志叫赵绮秋，最支持陈春先创办服务部，没想到会到中科院为陈春先喊冤叫屈。

赵绮秋对纪委的同志说："北京市科协对服务部账目进行过审查，没有发现问题。对服务部白条多，用物理所的工具，陈春先在家接待外宾等问题如何处理，我认为要从改革开放的角度来看。知识分子开办服务部，经验不足有失误是难免的，应该帮助他们提高管理水平，在家接待外宾是小小的马虎。不能用'科技二道贩子'、不务正业捞大钱，违反外事纪律偏激的态度处理。"赵绮秋把陈春先和服务部的问题，说得是有理有节。

赵绮秋又说："陈春先是搞基础研究的高级知识分子，业余时间搞技术咨询，移植美国硅谷经验，扩散新技术为'四化'服务，是对国家有利的好事。我们应该放弃旧观念大胆支持。"

突然，赵绮秋的甲亢综合征犯了，她感到对面坐着的纪委同志在眼前晃动，屋顶上的灯往脚底下转。她用手使劲支撑着上身说"对不起，我头晕要坐在沙发上休息一下"，说完两眼发黑晕倒在地。

赵绮秋为陈春先和服务部喊冤叫屈，状告管惟炎打击刁难新生事物，晕倒在地这件事传遍物理所、北京市科协。大家都说，赵绮秋官不大，敢到中科院纪委论理不简单。

中关村不少知识分子也暗中关注陈春先，如果服务部这棵"树"不被砍倒，他们就会跟着学，走出科研院所的高墙，在中关村创办公司。如果服务部这棵"树"被砍倒，陈春先等人没有好下场，今后数年内他们不会再有开公司的想法。

管惟炎对赵绮秋非常恼火，认为小小的北京市科协干部懂得什么是科学技术，懂得什么是新技术扩散。居然状告自己打击新生事物，还说陈春先是为"四化"大业作贡献。"懂得什么"是管惟炎的口头语，也是他高高在上唯我独尊的说话习惯。他的思维是科研活动要有领导、有计划、有请示报告、有批准、有规矩地来，这种体制不允许挑战。有人挑战这种体制时，他会不顾一切地捍卫这种体制，并置对方于死地。

管惟炎能量非常大，1985年他出任合肥中科大校长时，中科院决定对中科大某实验室工程，减少投资缩小规模，并将该决定上报国家计委。管惟炎得知后连夜从合肥进京四处活动，找人游说寻求支持推翻中科院的决定。管惟炎还指责支持中科院决定的人是偏见短视，让对方下不了台。最后的结果让人吃惊，中科院撤回决定按原计划实施，从这件事说明管惟炎本事不小。管惟炎开始把赵绮秋当成眼中钉肉中刺，编造对赵绮秋不利的"故事"，说赵绮秋作为北京市科协的干部支持陈春先，使物理所人心浮动，干工作的人吃亏，干私活的人发财，使中科院科研大方向被搞乱。他通过各种渠道状告赵绮秋，直至告到北京市委。"中科院科研大方向被搞乱"这顶大帽子，引起北京市委的重视。市委组织部部长佘涤清亲自调查这件事，并约赵绮秋到北京市委谈话。

赵绮秋知道这件事后非常吃惊，她对佘涤清说："北京市科协是遵照中国科协的指示，在北京有关单位、各部委开展科技咨询活动，让科学技术更好地为'四化'服务。在石油部下属的石油勘探院开展科技咨询后，受到石油部领导好评。在通县开展小电机的制造和推广，使通县小电机畅销全国。陈春先创办的服务部，也是北京科技咨询活动中的一部分。服务部搞扩散新技术是改革开放的新探索、新思路，与科技成果推广有本质的不同。因为成果推广是以单位为主体的转移，是领导批准和现行体制允许的。新技术扩散是以科技人员为主体，不加任何条条框框的、自发性质的技术产品扩散，能够发挥知识分子的积极性，还会促进国民经济的发展，形成新的经济增长点，单纯的成果推广是无法比拟的。"

赵绮秋又说："物理所有些人思想僵化，把科技人员视为本部门私有财产，死死地限制在小圈子内。谁越过这个圈子，会被扣帽子纠缠不休。现在农民种庄稼都可以自主决定，知识分子利用 8 小时以外的时间推广新技术，为什么不可以？我作为党培养的普通干部，就要支持党提出的改革开放政策，要支持服务部这个新生事物。"

佘涤清听完赵绮秋的话后，他微笑地说："我亲自听汇报就是支持你，今后在开展科技咨询工作时，要放手大胆地推动，还要掌握策略。"

中关村的故事（9）

陈春先创办中关村首家公司传（四）

导读：撰写历史文章，考证是一项重要工作。要考证历史中的重大事件为什么会出现，重要人物为什么这样做，并且清晰地描写出来，这样才会让读者理解历史人物与重大事件，再现历史原貌。撰写回忆历史是严肃的写作，不能去幻想，是一件费时、费力，读者群又小的苦差事。

A—新华社内参使陈春先获中央支持

赵绮秋与佘涤清谈完话后心情仍很沉重。为改革开放，为四化拼命工作，还让人家告到市委组织部，思想上怎么也想不通。她向丈夫周鸿书倾诉心中的苦恼，周鸿书听完后，他说："我把陈春先和服务部的事写篇'内部动态清样'，让中央领导看，听听中央领导怎么说。"

周鸿书当年任新华社北京分社副社长，"北京市委为天安门事件平反"这条轰动全国的好新闻，就是周鸿书参加北京市委会议，从文件堆中挑出来的。

（注：周鸿书，男，1933年10月2日，生于吉林省敦化市。1954年入

周鸿书与赵绮秋夫妻。照片由赵绮秋提供。

党，1956 年考入北京大学中文系新闻专业，历任新华社西藏分社社长、党委书记，北京分社党委负责人、主持工作的副社长。1985 年调到中国新闻学院，任党委书记兼副院长、常务副院长，2006 年 9 月 20 日在北京去世，享年 74 岁）

1982 年底，周鸿书派记者潘善棠两次采访陈春先，还亲自对采访文章进行审阅和修改，使文章更加有说服力。最后他把文章的题目定为《研究员陈春先搞"新技术扩散"试验初见成效》，发往新华社"内部动态清样"（也称内参）。新华社内参是新华社记者对各种突发事件，通过采访写成的新闻稿件，专供党中央、国务院领导阅读。

以下是1983年1月6日，新华社"内部动态清样"全文：

研究员陈春先搞"新技术扩散"试验初见成效

（新华社北京社记者 潘善棠）中国科学院物理所等离子体物理研究室主任、研究员陈春先（共产党员），从1980年开始在北京市海淀区进行科技成果和知识向附近地方扩散的试验，近两年来，这个试验已经取得了一定的成果，一个类似国外的"新技术扩散区"开始在北京市海淀区出现。

所谓"技术扩散"，就是把集中在一个地区的科学技术和人才，扩散到缺少科学技术和人才的地区去。在美国，在集成电路微电子学、先进科学仪器闻名于世的旧金山附近的"硅谷"和波士顿附近"128号公路"地区，就是由麻省理工学院等著名大学、研究中心把新技术、新的科研成果扩散到那里的小工厂群的。这些小工厂（有的是科学家或教授们办的）由于接受了科研单位或大学的最新技术和成果，以极低的能源和材料消耗，生产"技术密集型"小批量新产品，行销全世界，在有的重要领域里起到了技术革命的带头作用。这些产品的价值，主要是"物化的"专门科学技术知识。

北京市海淀区是我国科学技术和各种自然科学人才最集中的地区。著名的清华、北大和中国科学院的许多研究所以及许多著名科学家，都集中在这一地区。许多科学论文、科研成果，也出自这里。但是，这些大专院校和科研单位与社会上的各种生产活动的联系很少，使大量的科学技术、科研成果和技术知识，长期停留在论文、样品、展品阶段，处于"潜在财富"状态，不能迅速生产，取得经济效益。

在海淀区中关村居住和工作了20多年的陈春先通过几次短期国外考察，了解到国外"技术扩散区"的积极作用，便决心在自己力所能及的范围内，探索一条在我国扩散新技术、新的科研成果到生产中去的路子。陈春先同志的这个想法，得到了北京市科协的大力支持。1980 年 10 月 23 日，陈春先与其他一些科研人员合作、建立了"先进技术发展服务部"，并开展有经济活动的科技推广、咨询和新产品发展工作。近两年来，这个"服务部"先后与有关单位签订了 27 个合同，目前已完成一半以上，与海淀区四个集体所有制的小工厂建立了技术协作、帮助开发和移植新产品的关系，帮助海淀区创建了海淀区新技术实验厂和三个新技术服务机构。

扩散新技术和科研成果的一些机构建立后，陈春先又与海淀区培训中心合作，办起了行业知识青年技术专修班，培养为扩散新技术和科研成果所必需的人才。第一期电子技术培训班于 1981 年 10 月开学，学员 60 人，学制一年半（全日制）。第二期专修班于 1982 年 10 月招生开学，学制三年，分工业与民用建筑、科学仪器设备和电子计算机应用三个班，每班 50 余人。教学由清华、北大和科学院各研究所的教师、研究人员担任。这些高中毕业的社会待业青年，经过专修培训后，一部分将安置在他们创建的新技术实验工厂和新技术服务部，一部分将按合同给科学院有关研究所和一些大学，提供技术服务。

陈春先与有关科研人员、教授，在海淀区进行高新技术和科研成果转化为直接生产力的"扩散"试验，已初见成效。在有关科研人员、专家、教授的指导和帮助下，新技术实验工厂已经生产出了一些供科研单位、大学试验用的仪器和设备；新技术服务机构为海淀区的一些工厂传授技术，解决了一批生产技术问题；还为科学院一些单位承担了过去主要由中高级科研人员担负的若干技术服务工作；一批待业青年学到了一定的专业技术，得到了安置。此外，一些科研单位、大专院校的科研和教学人员，也能把自己的知识、技术和科研成果从本单位、从论文上、从实验室里逐步扩散到社会上，用于发展生产。

但陈春先的高科技成果、新技术扩散试验，却受到本部门一些领导人的反对，如科学院物理所个别领导人就认为，陈春先他们是搞歪门邪道，不务正业，并进行阻挠，使该所进行这项试验的人员思想负担很重，严重地影响了他们继续试验的积极性。（注：全文完）

1982年11月26日，北京下起入冬的头场大雪。毕慰萱要随中科院计算中心代表团，赴美参加IBM公司的计算机技术培训。这种短时间分别，夫妻之间应该是欢乐的交谈，他们却在"立案审查"的阴影下进行分别前的晚餐。陈春先望着窗外飞舞的雪片陷入沉思。

毕慰萱问："你在想什么？"

陈春先从沉思中惊醒，只是苦笑并不说话。

毕慰萱又说："'文革'的反击右倾翻案风中，咱们领教过管惟炎整人的厉害，立案审查凶多吉少，我走后千万小心。"

陈春先拍拍毕慰萱的肩头安慰她说："审查立案我不怕。因为扩散新技术没有错，把我抓起来也会平反恢复名誉。"

毕慰萱听后说："事情虽有公论，也不能坐以待毙，这次去美国向我叔叔，联合国副秘书长毕季龙求助，请他向上反映情况。"

陈春先听完点点头说："我也要想办法向方毅、李昌申诉，这两位领导了解我。"

毕慰萱到达美国后，向毕季龙讲述陈春先的事。

1983年2月17日，毕季龙把毕慰萱叫到我国驻纽约总领事馆，给她看信使带来的《经济日报》，当她看到有关报道陈春先和服务部的内参时激动万分。毕季龙让她用领事馆电话往家打长途，电话接通后陈春先也是异常激动，他说："这回得到中央领导的支持，不怕立案审查了。"毕慰萱听后泪如雨下。

毕季龙说：《经济日报》率先报道中央领导的批示，在我国是从来也没有过的事，说明陈春先创办服务部的事，在中科院、国务院、党中央还有争论、有风险，你们今后要谨慎行事。"

B—经济日报社公开点名批评管惟炎

1983 年 1 月 29 日，《经济日报》以中央领导人的批示和《研究员陈春先扩散新技术竟遭到阻挠》的主题文章，在第 1 版显著位置发表，公开支持陈春先。还推出以下系列报道：

1 月 31 日，《陈春先从事新技术扩散未取分文　先进技术发展服务部账目没有问题》。

2 月 2 日，《给"科学上的二道贩子"摘帽子》。

2 月 3 日，《科技人员能量远远没有发挥》。

2 月 7 日，《不做改革的旁观者》。

2 月 16 日，《奋斗不息的人》。

中央领导人对陈春先的批示和《经济日报》的系列报道，在中科院和中关村引起很大震动，科技人员争相传阅。他们说："这些报道搅动了科技界的一潭死水。"

《经济日报》的系列报道，文笔犀利，字字见血，句句封喉。不仅把管惟炎称为抵制改革的"马蜂窝"，还表示要一捅到底。

《经济日报》报道说："我们要大力支持科技界的改革工作。阻挠、抵制改革的'马蜂窝'一定要捅，而且要一捅到底，影响新生事物发展壮大的阻力一定要坚决排除。"

管惟炎面对党中央领导人的批示不知所措，读完《经济日报》有关陈春先的报道后，用颤抖的手拨通经济日报社有关负责人的电话，他说："陈春先确实有经济问题，物理所正在追查陈春先的经济问题。"

对方反问："陈春先有什么经济问题？"

管惟炎抛出最后法宝，他说："陈春先以权谋私，通过物理所财务科在 1981 年 12 月，给合肥有关部门汇款 7 万元，给四机部 10 万元。"

1983 年 1 月 31 日，《经济日报》再次发表文章，公开对管惟炎进行点名抨击，用事实表明陈春先的清白。管惟炎终于一败涂地。

管惟炎是新中国成立后培养的"又红又专"的人物，他在新中国成立前的中学生时代入党，新中国成立后保送清华大学，又保送留学苏联。1957年毕业于莫斯科大学。主要从事低温与超导的研究，在我国超导领域中颇有建树。

1980年，管惟炎当选中科院院士，1981年出任中科院物理所所长。1984年3月，中科院批准物理所为首批试行的所长负责制的两单位之一，管惟炎再次出任所长。中科院以前实行的是党委书记负责制，从中科院到各研究所的一把手全是党委书记，从这个任命上看，管惟炎在中科院还是很受重用的。同年9月，他在合肥中国科技大学任代理校长，不久任校长、中国科技大学研究生院院长。

2003年3月20日，管惟炎在台湾省台中市访友时，被摩托车撞倒，当晚去世。

2003年5月7日，陈春先说："管惟炎和我都是共产党员，都是要为共产主义奋斗终生的人，他背叛了党这是不可原谅的。"

2007年，毕慰萱谈起管惟炎时说："对管惟炎的不当之举与体制有关，不宜过分追究个人的责任。特别是在服务部的问题上，管惟炎的反对、打击、伤害更多源于旧的科技体制，从这个角度来看，管惟炎也是某种意义上的受害者。"

物理学者刘祖平在回忆管惟炎时，他这样写道："记得曾与一位我很尊重的物理学家交谈，他对管先生在物理所的一些做法颇有微词，以为未能摆脱'左'风的影响。"

从刘祖平的回忆中不难看出，管惟炎在物理所执掌大权时不仅仅是对陈春先进行打击，还对其他一些人进行打击，因为刘祖平所称的"我很尊重的物理学家"这个人，肯定不是陈春先。

1983年1月31日，《经济日报》发表的有关陈春先的文章。照片由纪世瀛提供。

C—中央领导人为何支持陈春先

陈春先与服务部的出现，为探索科技体制改革指出方向，还成为毁灭旧科技体制的"导火索"。

中央领导人为何作出批示，旗帜鲜明地支持陈春先和服务部，通过《经济日报》公开报道批评管惟炎，当年是个谜团。打开改革开放的历史档案，自然会解开这个谜团。

1978年12月18日，中共中央第十一届三中全会在北京召开，拉开我国改革开放的大幕。党中央希望中科院带头改革旧体制，鼓励科技人员投身到改革开放的大潮中，激发他们的活力和智慧，创办公司、管理公司，成为新的经济增长点，使困境中的国民经济得到解脱。可惜改革开放之路不是平坦的，科技体制改革遭到中科院不少人的抵触，他们自视甚高，考虑国家大局不够，总是想在自己的基础研究领域赶超世界水平，还把这种赶超作为中科院的主要目标，使改革阻力很大。

中科院的体制是从苏联学来的，科研人员打报告、立项目、国家拨款、出成果、开大会评奖，科研人员再用奖项评职称、分房子、涨工资，无休止的循环。如同盖房子娶媳妇生孩子，孩子大了去放羊，卖了羊盖房子娶媳妇生孩子，孩子大了去放羊一个样。对于科研成果转化为商品，为国民经济服务的事没有人关心，科研成果最后进入仓库变成废品。

1978年，国家给中科院的费用为3.67亿元，基建投资为1.09亿元，外汇额6500万美元。由于我国在10年"文革"运动中经济负增长，这些经费也无法落实。

1979年，国家实施经济调整，对中科院的事业经费进行削减。中科院也对大中型实验装置的研制计划作出调整，有1/3的项目分别视情况予以改建、缓建或停建。

1978年，中科院共有人员7.7万多名，专业人员仅有3.3万人左右，高级职称人员仅有1000多名。

1983年1月6日，当新华社的"内部动态清样"有关陈春先的报道呈现在中央领导人的面前时，陈春先这种科技体制改革的新探索，自然获得党中央领导人的支持。回顾中关村和中国科技体制改革的发展历史，会发现党中央对陈春先的支持是正确和英明的。

1983年，胡耀邦总书记对陈春先表示支持后，中关村科技人员深受鼓舞，纷纷上门取经。四通公司创始人之一的某某某，在创办四通公司前与陈春先长谈三次。他说："从中央领导人的批示来看，已经为知识分子办公司打开'绿灯'。"

1983年3月，中科院正式成立转化科研成果机构——"中国科学院科技咨询开发服务部"。

1983 年 5 月 4 日，中科院与海淀区政府合作，成立中科院首家科技公司"中国科学院科技咨询开发服务部北京市海淀区新技术联合开发中心"，后来简称"科海公司"，物理所科研人员陈庆振出任总经理。

1987 年，中关村电子一条街初具规模，科技人员在中关村地区创办的公司有 500 多家，经营额达到 9 亿多元。

1987 年 12 月，中共中央调研室、国家科委、国家教委、中科院、中国科协、北京市科委、海淀区政府七单位，组成中关村电子一条街联合调查组，对中关村进行大规模调查，并形成调查报告《希望的火光》。该报告肯定中关村科技企业的发展方向，并向党中央、国务院建议在中关村设立我国首家科技园区。中央财经领导小组很快就表示同意。

1988 年 5 月 10 日，国务院正式批准建立我国首家科技园——"北京市新技术产业开发试验区"，发布《北京市新技术产业开发试验区暂行条例》，中关村电子一条街成为试验区的基础。

这些数据向人们展示，正是陈春先、纪世瀛等人创办服务部的星星之火，点燃了中国高科技产业的希望之光。

中关村的故事（10）

陈春先创办中关村首家公司传（五）

　　导读：2003 年底，陈春先身体不太好，走路需要拄拐杖。2004年 5 月 16 日，在钓鱼台举行的庆祝四通公司成立二十周年宴会上，陈春先见到笔者后马上把拐杖扔到身后，走过来与笔者握手。陈春先这个动作让人感慨万端，陈春先不服老，不愿意让人看到他拄拐杖，而自然法则又使他无奈。笔者捡起拐杖把陈春先扶到座位上对他说："陈老师不必这样，您是创办中关村第一人留名青史，在座的各位都不如您。"陈春先老师听后很高兴，他说："你对中关村很熟悉，就麻烦你把我创办中关村首家公司的事写下来。"笔者点头答应，就有了这篇文章。

A—陈春先应有的评价

　　如何正确评价陈春先，是他去世后议论纷纷、说不清楚的话题。

　　中国科学院物理所官方网站编年史，有关陈春先的评价是："物理所科研人员陈春先，率先于 1980 年 10 月在中关村创办'北京先进技术服务部'。陈春先是留苏学生中的业务尖子，一直被作为等离子体物理研究的骨

1990 年 11 月 15 日，陈春先（右一）在海淀区工作会议上发言。齐忠摄影。

干来培养和使用。在计划经济体制下，对于科研人员离开科研岗位而从事民营科技实业活动的做法，当时引起了争议。1983 年 1 月，中央领导同志针对科技人员开办技术咨询和服务机构的争议作出批示，充分肯定了'北京先进技术服务部'，认为它'可能走出一条新路子，一方面可以较快地把科技成果转化为生产力，另一方面可以打破大锅饭、铁饭碗，使一些确有贡献的科技人员先富起来，为四化作贡献'，并委托中国科协予以大力支持。此后，科技开发型的民办公司大量涌现，但北京先进技术服务部本身后来未取得经营上的成功。"

中科院的同事们对陈春先的评价是"陈春先是一位好科学家，不是好企业家"。

研究中关村的专家、学者们，对陈春先的评价是，中关村首位科学家

"下海"吃"螃蟹"的人。这些专家、学者把陈春先划归到改革开放初期，敢于"下海"创办公司、经商赚钱的人群里，遗漏陈春先向旧科技体制挑战、勇于改革探索这个重大事实。

中关村老一代企业家对陈春先的评价是：陈春先在中关村创办首家公司，揭开新中国科技体制改革最光辉的篇章。

这个评价虽然很好，但还是把陈春先局限于科技体制改革范围中。

对陈春先正确的评价应该是：

陈春先为新中国知识分子提供了新的科学观念，科技成果转化为商品进入市场的必要性，使科技成果成为人们创造财富的沃土，人们更加科学地认识自然世界，改造自然世界。几十年来陈春先的这种新观念在中关村，在中国各地，引发无数知识分子不畏艰苦、奋勇创办科技企业的浪潮，在中国不仅成为新的经济增长点形成产业集群，还为不发达国家创造出发展新技术企业的新模式。

B—陈春先办公司聚集过大量财富

陈春先去世后，不少新闻媒体刊登有关纪念文章时，都要谈谈"陈春先经历磨难未能聚集财富"这个"老调"。

1980年10月23日，陈春先开办中关村首家公司服务部。

2003年，开办生前最后的企业"陈春先工作室"。23年的时间内他创办的公司很多，可惜规模都不大，赔钱的占多数。

陈春先开公司真的没有赚到钱？真的没有聚集到财富？历史的相关资料显示，陈春先开公司后聚集了大笔的财富。

1980年10月23日，陈春先在开办中关村首家公司后，不到一年的时间内盈利三万多元人民币，相当于他20多年的工资。

1983 年 4 月，海淀工业公司出资 10 万元，借给陈春先开办"北京华夏新技术研究所"，陈春先没有归还这 10 万元借款。当年中科院科研人员的月工资只有 70—80 元，拥有一万元当万元户，是人们的财富梦想，10 万元是笔巨款。

1984 年 6 月，陈春先的华夏所与中科院北京器材供应站签订技术开发合同，为器材站研发 100 台专用计算机，总值 320 万元。器材供应站预付款 40 万，华夏所向工商银行贷款 275 万元，华夏所没有归还 275 万元银行贷款。陈春先在这时期拥有资金 315 万元，相当于现在近亿元。

1984 年底，华夏所从广东商业总公司、广东音响厂订购 100 台计算机，价值 250 万元，这批计算机全部售完，收入被华夏所下属的华夏电器厂、华夏电器技术服务公司分别占用，华夏所没有偿还 250 万元货款。

1984 年 11 月，华夏所下属的华夏信息时代公司成立，该公司欠黑龙江计算中心 30 万元贷款没有偿还。

1985 年，陈春先曾向中信公司借款 40 万美元，用于经营他开办的华夏硅谷公司，当年 40 万美元折合人民币为 120 万元，陈春先没有偿还。

1984 年 5 月至 1984 年底，陈春先做成两批计算机销售买卖。第一批 20 台 TRS80 型计算机，盈利 4 万元。第二批，引进广东中山县 158 台 PC-8088 型计算机，售出 132 台，获利 60 万元。

1983 年到 1985 年的两年内，陈春先领导的华夏所聚集资金为 720 万元人民币，再加上各种经营利润约 60 万元，聚集的财富约 780 万元。当年中国的经商氛围还是很差的，在这种情况下，陈春先能够在两年的时间内，聚集 780 万元巨额资金经商，说明他还是有能力聚集大笔财富的。

（注：以上资料来源于 1986 年 7 月 1 日"北京科技研究管理中心陈春先与华夏所的调查报告"）

2003 年，陈春先说："虽然在中关村创办了首家公司，但是当年根本没有做买卖的意识，全部精力放在扩散新技术方面，不知道做买卖要赚钱、有风险、会倒闭。当我认识到这个问题时别的公司已经长大。四通公司创办前某某人到我家谈过多次，他们开公司的目标很准确就是赚钱。"

陈春先简介

陈春先，男，1934 年 8 月 6 日，生于四川成都知识分子的家庭，父亲陈之长、母亲黄端方为清华大学学生和留美学生。

2004 年 8 月 9 日，陈春先因病在北京去世，享年 70 岁。

1951 年，陈春先考入四川大学物理系。

1952 年，陈春先加入中国共产党。

1953 年，陈春先赴苏联斯维尔德洛夫斯克矿业学院学习。

1956 年，陈春先转入乌拉尔大学物理系。

1957 年，陈春先考入莫斯科大学物理系。

1959 年初，陈春先毕业回国在中科院物理所工作，历任室主任、合肥等离子体研究所副所长。

1978 年，陈春先被破格提拔为正研究员。

1981 年，陈春先任中国科技大学等离子体研究生班指导导师。

1980 年 10 月 23 日，陈春先创办中关村第一家公司"北京等离子体学会先进技术发展服务部"，任管理小组组长。

（注：见《齐忠中关村电子一条街历史档案库》"陈春先追悼会及生平资料"、《希望的火光》第 134 页）

1980 年物理所科研人员陈春先，率先于 10 月在中关村创办"北京先进技术服务部"。陈春先是留苏学生中的业务尖子，一直被作为等离子体物理研究的骨干来培养和使用。在计划经济体制下，对于科研人员离开科研岗位而从事民营科技实业活动的做法，当时引起了争议。（注：见中科院官方网站，1980 年院史、所史）

1983 年 1 月 6 日，新华社北京分社记者潘善棠在"内部动态清样"发表《研究员陈春先搞"新技术扩散"试验初见成效》的文章。

1984 年 4 月创办"北京华夏新技术开发研究所"，任所长。

（注：《希望的火光》第 137 页）

1987 年 4 月 6 日，创办"北京华夏硅谷信息系统有限公司"，任总裁。

（注：见《齐忠中关村电子一条街历史档案库》、《希望的火光》第 139 页）

中关村的故事（11）

避税：中关村早期公司的变异

导读：中关村科技公司是中国知识分子创办的，是改革开放的产物。在中国计划经济向市场经济转向的大变革中，这些知识分子为了给公司营造良好的生存、成长、壮大的环境，就要给公司定位在最佳位置，跟上世界潮流，中关村早期公司名称的变化，使企业合理、合法地避税就是例证。

1995 年春，在某次会议上微软驻中国公司总裁杜家滨对齐忠说："中关村的四通公司、联想公司等企业，总是喜欢说自己是一家新技术企业。而美国的微软、惠普、康柏、IBM 等公司，只说自己是一家商业公司，和其他公司一样。"

杜家滨出生于大陆，是 1949 年随父母去台湾又到美国留学，后来又到大陆工作的美籍华人，历任美国微软公司驻中国公司总裁、美国 SUN 公司驻中国公司总裁等职。

齐忠听后，对他说："中关村的四通公司、联想公司等企业自称新技术企业，是为了获得国家对新技术企业支持的税收优惠政策，进行合理的避税。美国则不一样，对科技公司没有税收优惠政策，所以微软、惠普等公司

联想公司最初的名称"中国科学院计算所计算机技术公司"。齐忠摄影。

不必自称什么科技公司。"杜家滨听后，点点头表示明白了。

A—知青社：中关村早期公司避税的首次变异

1980年10月23日，中科院物理所陈春先、纪世瀛等人，创办中关村首家公司"北京等离子体学会先进技术发展服务部"。

1983年1月7日，陈春先、纪世瀛等人的行为得到领导人支持后，中科院、高等院校、大院大所的大批知识分子在中关村掀起创办公司的浪潮。

1983年至1986年，中关村公司已达到300家左右，从业人员5000人左右。但当时对公司的发展最大的阻碍是沉重的税赋。

科海公司总裁陈庆振回忆当年的情景时，他说："当年公司的税赋很重，企业要缴流转税，就是公司零售卖出一件产品，要缴总额的 10%，批发卖出的产品，要缴总额的 5%。再加上企业所得税等其他税费，公司每赢利 100 元，要上缴 78 元的税，剩下的 22 元是企业员工的工资、房屋水电等开支，企业就没钱去发展了。国有企业则不同，虽然也上缴同样的税，它的发展却是由国家无偿拨款，国有企业不用操心。"由此可见，如何解决沉重的税赋，是困惑中关村老板的关键问题。"知青社"，这个国家优惠税收政策的出台，使人们看到合理避税的办法。

1978 年至 1986 年，大批的知识青年从农村返回城市，由于城市的企业无法招收这些知识青年，造成很多知识青年待业在家。为解决这个问题，国家推出针对知识青年的优惠税收政策，规定"企业招收的知识青年名额，达到企业员工总额的 50%，可以免缴企业所得税"。人们对这种优惠税收政策，简称"知青社"。企业所得税是指企业全年的利润总额的 30%，要作为企业所得税上缴给国家。例如，企业全年的利润总额为 100 万元人民币，就要拿出 30 万元人民币，作为企业所得税上缴给国家，所以企业所得税是企业上缴的最大税种。

海淀区相关领导在中关村各公司推行知青社的办法，中关村企业负责人马上发动员工、亲戚、好朋友等，大量寻找在家待业的知识青年，把他们纳入公司员工名额中，使公司摇身一变成为知青社。

科海公司总裁陈庆振回忆说："当年公司每找到一名在家待业的知识青年，把他的身份证复印下来，每月发给他 15—20 元'工资'，该知识青年不用上班，每月白拿钱非常高兴。"

四通公司由于是四季青乡投资创办的，在公司注册时定为乡镇企业，无法享受知青社优惠税收政策。1985 年 5 月，海淀区政府发文，将四通公司改成城市企业，以使四通公司享受知青社免税待遇。中关村早期公司是这种知青社的首次变异，目的是避开沉重的税赋，得到快速发展的资金。

B—新技术企业：中关村早期公司避税的再次变异

1988 年 5 月 10 日，国务院批准在中关村建立我国首家科技园区——"北京市新技术产业开发试验区"（注：简称试验区），并颁布《北京市新技术产业开发试验区条例》，条例共有 18 条（注：简称"18 条"）。

对如何认定新技术企业，"18 条"规定"企业必须有一项新技术产品，该产品的销售额要占企业销售额 50%—70%"。"18 条"还规定"新技术企业自开办之日起，三年内免征所得税，第四至第六年可按前规定税率，减半征收所得税"。

中关村早期公司马上通过企业自身的新产品，向"试验区"申请认定为新技术企业，享受免税待遇。中关村早期公司对外又自称新技术企业或科技企业。

中关村早期公司如四通公司、联想公司、信通公司等，全是在 1984 年成立的，如果认定为新技术企业也不能享受全部的免税待遇。这些公司就重新注册一家公司，重新认定为新技术企业享受全部的免税待遇。联想公司就是这样。

1984 年 11 月 9 日，联想公司的前身"中国科学院计算所计算机技术公司"成立，计算所科技开发处副处长王树和出任总经理。

1986 年，王树和升任计算所所长助理，柳传志出任总经理。到 1988 年"试验区"成立，该企业已经不能享受试验区三年内免缴企业所得税待遇，所以柳传志又开了一家"中国科学院计算技术研究所新技术发展公司"，为公司合理避税。

1988 年，企业如何进行合理、合法的避税，在中国国有企业中还是没有过的事，因为国有企业赚钱和亏损，与企业负责人与职工无关，每月照常发工资。而在中关村合法地避税已经是企业经营的必由之路，成为企业市场竞争中的法宝。

有关资料索引：

《北京市新技术产业开发试验区科技企业介绍》《中关村园区创新发展30年大事记》。

中关村的故事（12）

中关村早期各种类型的公司

　　导读：20 世纪 80 年代初中国还处在计划经济阶段，各种僵硬的、不合理的规定和条条框框还束缚着各阶层人士的头脑，例如 502 所下属的康拓公司总裁秦革在会议上提出公司向股份制目标发展的规划，在现在看来是再正常不过的事，但是有关领导听后当即表示不满，退出会场拂袖而去。中关村早期公司的各种类型与科技公司的总称，是自我标榜与其他公司不同，与为自身开拓良好生存环境有关，也是中国知识分子勇于改革探索，"摸着石头过河"，为中国科技体制改革作出巨大贡献的写照。

A—科技公司：中关村早期公司的总称

　　1983 年左右，是中国改革开放的初期。在中国的北方，特别是北京，人们对辞去公职开公司的人，持一种蔑视的态度，认为开的公司都是倒爷公司，不三不四的人、出了监狱没地方要的人才去开公司。对于中科院出来开公司的科研人员，人们认为是在中科院没有前途的人。这种舆论上的压力，让开公司的人在社会上受到歧视，往往抬不起头来。

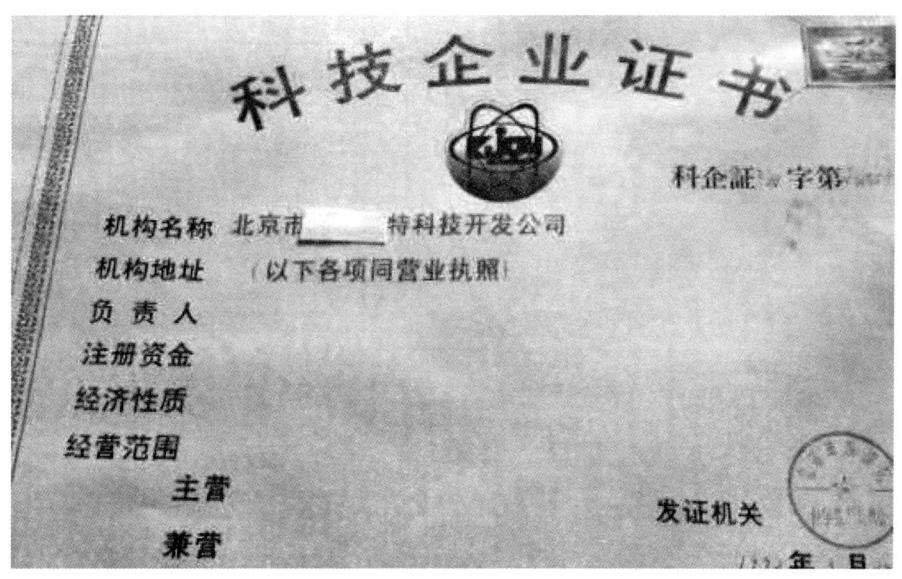

北京市海淀区原科委颁发的"科技企业证书"。齐忠摄影并收藏。

中关村早期公司的创业者们，为把自己与倒爷公司有所区分，改善生存环境，创造出良好的生存氛围，他们不断地对外宣传自己的公司，是知识分子开创的公司，是科技企业。

所以中关村早期公司对外宣传时，往往自称"本公司是一家科技公司"，自我标榜与其他公司不同，这与为自身开拓良好的生存环境有关。科技公司成为中关村早期公司的总称。

当年北京开公司的名称前加上科技两字，到工商部门注册登记时，要有北京市科委批准和授予的科技企业证书，否则工商部门不予注册登记。

北京市科委对申请科技企业规定："企业法人必须有大专以上学历，企业员工的30%还要有大专以上学历，还要有一项自己研发的产品。"

中科院原院长周光召回忆中科院办公司过程时说："在中科院找一百个合格的研究所所长很容易，找一百个合格的企业管理人非常难。如何说服科研人员走出去办公司更加困难。当年有一种看法，认为在中科院干不下去的人才去办公司，所以大家不愿出去办公司。为了让科研人员走出去办公司，我做了很多工作，并保证出去办公司的人，在评职称、涨工资、分房子、退休与中科院的人同等待遇。"

2008 年 3 月 18 日，中科院在京退休所长及老同志在中科院自动化所召开的座谈会上，大家又谈到这件事，很多人认为中科院没有兑现老院长周光召的许诺。

中科院三环稀土公司总裁王震西，回忆当年组织让他从中科院物理所走出去创办三环稀土公司时，他说："办公司这件事，让我考虑了三天。"

长城钛金公司总裁王殿儒，回忆从中科院力学所辞职创办公司时，他说："辞职创办公司这件事让我很苦恼，思考了很长时间。因为国家为了培养我，送我到苏联留学。当年一个留学生的花费能够养军队一个连，我发过誓要报效国家为国家工作五十年，辞职后我还能为国家工作吗？"王殿儒辞职后奋力苦干，终于创办出世界三大钛金公司之一的长城钛金公司。

四通公司董事长段永基，当年亲笔撰文为科技公司大声呐喊，他写道："我们的创业是实现一个梦想，那就是百年来知识分子实业救国的梦想。"

京海公司董事长王洪德，当年他写道："士是指知识分子，党号召知识分子要为改革开放贡献力量，就是对知识分子的信任。所以，作为知识分子要做到'士为知己者死'，要为改革开放添砖加瓦。"

在早期中关村公司创业者们的不断努力下，科技公司终于脱颖而出，受到人们的关注和理解，受到政府在税收方面的极大优惠，成为中国改革开放中的主力军。

中关村早期公司自称科技企业，一方面是自我标榜与其他公司不同，与为自身开拓良好的生存环境有关；另一方面是为享受到政府在税收方面的极大优惠，以便在市场竞争中取胜。

B—中关村早期公司的三大类型

国有、民营、私营是中关村早期公司的三大类型，如何区分这三大类型呢？

一、中关村早期公司中的国有公司

中关村早期公司中的国有公司负责人的档案存放在国有单位，公司创办时的资金，全部来自国有单位，公司全部资产为国有资产。

例如联想公司总裁柳传志，他的档案在中科院计算所，公司创办时的资金 20 万元人民币，来自中科院计算所。

康拓公司首任总裁秦革，他的档案在航天总公司 502 所，公司创办时的资金也来自航天总公司 502 所。这些公司的全部资产为国有资产。

某刊物写了一篇文章为《柳传志：中关村民营教父》，是对中关村早期公司中民营企业的误解，对企业所有制理解混淆。

二、中关村早期公司中的民营公司

1980—1993 年，北京和中关村民营科技企业称为"民办科技实业"。"民办"两字来自 1987 年 2 月 10 日，国家科委主任宋健为"全国民办科技实业家座谈会"题词"贵在民办"。在今天看来"民办科技"四字很是普通，在当年却有十分深远的意义，成为知识分子开公司的保护伞。"实业家"是老板的另一个名称，当年很多人对老板这个名字是抱着仇恨的态度，认为老板是剥削者，所以用"实业家"代替老板。很多人认为名称不妥，容易让人联想到"民办"公司与"官办"公司相对抗。

1979 年，英国女首相撒切尔夫人在英国推出国企私有化政策后，人们管这项政策称为"国有民营化"，"民营"一词渐渐被人们认同，1991 年，"民营"一词流入中国。

1993 年 6 月 12 日，国家科委与国家体改委发布《关于大力发展民营科技型企业若干问题的决定》文件，将民办科技企业称为民营科技型企业。

1993 年 12 月 14 日，中国民办科技实业家协会在协会二届四次常务会议上，决定更名为"中国民营科技实业家协会"，从此"民营科技企业"代替了"民办科技企业"。

中关村早期公司中的民营公司负责人的档案，存放在人才交流中心，公司创办时的资金，全部来自于自筹，公司全部资产属于公司员工集体所有。

1983 年 4 月 15 日，北京华夏新技术开发研究所成立，启动资金为海淀区工业公司的 10 万元人民币无息借款，是中关村早期的民营公司之一。研究所理事长为海淀科委主任胡定淮，副理事长为原北京市科协副主席赵绮秋。中科院物理所研究员陈春先任所长，中科院物理所科研人员纪世瀛、崔文栋任副所长。

1985 年，陈春先、纪世瀛、崔文栋辞去中科院物理所职务，档案存放在人才交流中心，创办时的资金全部来自自筹，公司全部资产属于全体员工集体所有。

三、中关村早期公司中的私营公司

中关村早期公司中的私营公司负责人的档案，存放在人才交流中心，公司创办时的资金，全部来自私人，公司全部资产属于私人股东所有，企业所有制为私有。

1988 年 10 月 15 日，王文京和苏启强辞去国务院机关事务管理局财务司的工作，合伙投资创办"北京海淀用友财务软件服务社"，企业所有制为个体工商户。（注：用友公司的前身）

王文京和苏启强的档案，存放在人才交流中心，用友公司创办时的资金，全部来自私人，用友公司全部资产属于私人股东所有，企业所有制为私有。

C—中关村早期公司中多种多样的国有公司

中关村早期公司中的国有公司多种多样，有中科院院办公司、中科院所办公司、大院大所公司、大学办的校办企业、大学某系的校办企业、国有股份制公司等。

一、中科院院办公司

中科院院办公司，是由中科院负责管理的公司，例如信通公司。

1984 年 6 月 19 日，北京信通电脑技术公司正式宣布成立。（注：信通集团公司前身）该公司由海淀农工商总公司、中科院科仪厂、计算所共同投资，每家出资 100 股，每股 1 万元，共 300 万元人民币成立的股份制公司。上级主管单位为中科院，又称中科院院办公司。

中科院院办公司负责人有几种权力。中科院院办公司负责人，可享受副局级待遇，出行可以坐飞机和火车软卧。（注：当年规定只有局级人士出行才能坐飞机和火车软卧，否则单位不给报销）中科院院办公司，可以自行评定公司内部职工的副高级技术职称等。

二、中科院所办公司

中科院所办公司，是指由中科院各研究所投资和负责管理的公司。

1984 年 11 月 9 日，联想公司的前身"中国科学院计算所计算机技术公司"成立。由中国科学院计算技术研究所，投资 20 万元人民币创办。该公司上级主管单位为中国科学院计算技术研究所，又称中科院所办公司。

三、大院大所公司

例如，航天部五院下属的 502 研究所成立的康拓公司，就是大院大所公司。

1988 年 6 月 14 日，北京海淀康拓科技开发公司成立。该公司由航天部五院下属的 502 所投资 90 万元人民币创办。该公司上级主管单位为 502 所，又称大院大所公司。（注：航天部现称为航天总公司）

四、大学创办的校办企业

大学创办的校办企业，指的是大学创办的公司。

1985 年 10 月 15 日，北大新技术总公司成立。（注：北大方正公司前身）该公司上级主管单位为北京大学。大学创办的校办企业，可以享受国家对校办企业免税的优惠税收政策，这是校办企业的极大优势。

五、大学某系创办的校办企业

大学某系创办的校办企业，指的是大学某系创办的公司。

1985 年 1 月 16 日，北京华海新技术开发公司成立。该公司由清华大学工程物理系与海淀区新产业总公司联合投资创办，该公司上级主管单位为清华大学工程物理系。大学某系创办的校办企业，可以享受国家对校办企业免税的税收优惠政策，这是大学某系创办的校办企业的极大优势。

六、国有股份制公司

中关村早期公司中的国有股份制公司，是指由两家或多家国有单位投资组建成的国有股份制公司。

例如信通公司，是由三家国有单位投资组建成的，是中关村第一家国有股份制公司。

中关村早期公司中的国有公司，虽然产权明晰为国有资产，但是对企业职工的奖励、公司领导层人员的制约等，却没有相关的措施。

1992 年 12 月 12 日，北大方正公司成立。1995 年 12 月 21 日，在香港联合交易所挂牌上市后公司内讧不断，公司内部以"站队"划分阵营。公司总裁不断更换，从楼滨龙到晏懋洵、张玉峰、张兆东、王选、魏新等，让人眼花缭乱。

1994年，联想公司发生总裁柳传志与总工程师倪光南的"柳倪生死之战"，今天两人还在"战斗"。

1991年6月14日，信通公司爆发中国最大的走私案，信通公司从此倒闭，某某银行损失100万美元贷款。

D—中关村早期公司：多种多样的民营公司

中关村早期公司中的民营公司，有以下几种。

一、集体所有制的民营公司

中关村早期公司中的民营公司，为集体所有制公司。其中有北京华夏新技术开发研究所、四通公司、京海公司等。

1984年5月11日，四通公司成立，1985年初，四通公司的主要负责人某某某、沈国钧、王安石、王缉志等，向原工作单位中科院、冶金部辞职，个人档案存放在人才交流中心，公司创办时所借的两万元人民币资金，全部来自四季青人民公社。公司全部资产属于集体所有制，由四通公司全部员工集体所有。

二、挂靠下的民营公司

20世纪80年代到90年代，工商部门规定"开办任何公司，必须有局级以上主管单位，否则不予注册"。所以不少中关村早期公司的民营公司，名为某单位下属的公司实为私营公司，这些公司每年向"上级"主管单位上缴两万元左右人民币的管理费。这些公司被称为"挂靠"公司。

三、戴红帽子的民营公司

1988 年，海淀试验区成立后规定"申请认定的新技术企业，必须是集体所有制企业，企业法人必须有大专以上学历，企业的八名股东也要有大专以上学历，还要有一项自己研发的产品，才能获得新技术企业称号"。

有些私营企业为了获得新技术企业称号，享受税收优惠政策，在申请认定新技术企业时，戴上集体所有制的"红帽子"，这些公司被称为戴红帽子的民营公司。

中国首家计算机杀毒软件公司江民公司，就是戴上集体所有制"红帽子"的公司，公司实际资产及管理大权为公司总裁王江民一人所有。

中关村早期的民营公司，虽然国家承认公司全部资产属于公司全部员工集体所有，但是不承认公司部分资产归于公司某个人。也就是说"国家承认公司全部资产是公司全部 100 名员工的，但是不承认公司全部资产是由100 名员工个人资产组成的"。所以中关村早期的民营公司，在改为股份制时企业动荡不停。

E—中关村早期公司中的私营公司

20 世纪 80 年代到 90 年代，因为人们对私有制的歧视观念，知识分子很少开办私营公司。所以在中关村早期公司中的私营公司是"稀有"之物，屈指可数。

某私营企业负责人回忆当年创办公司时，他说："我开办的研究所经济性质是私营，去有关部门申请刻公章时，有关部门批准的公章样式上有（私营）两字，很多人看到公章的（私营）字样，放弃了跟我做生意，使企业损失很大。"

1990 年，北京市某部门负责人声称："凡是以私营性质申请注册科技企业的，请到别的区，我这不批准。"

1988 年 8 月 15 日，中关村试验区正式挂牌办公。直至 1993 年 7 月 14 日前，五年内没有认定一家私营企业为"高新技术企业"。

1993 年 7 月 14 日，中关村试验区认定用友公司为高新技术企业。

中关村早期公司中的私营公司有大中音响公司，负责人张大中（注：张大中后为大中电器老板）；用友公司，负责人王文京；北京科源轻型飞机实业有限公司，负责人原永民（注：原永民原是科源饭店老板）；利国电子公司，负责人郑建国等。私营公司产权明晰，企业内讧少。

1994 年 1 月 29 日，用友公司王文京的合作伙伴苏启强，在北京注册成立"连邦软件产业发展公司"，要在软件销售平台干一番事业。王文京与苏启强和平分手，按照投资协议，王文京用 800 万元现金购买下苏启强在用友公司的股份。

有关资料索引：

《北京民办科技大事记》。

中关村的故事（13）

中关村早期的各种名称

1983 年至 1990 年，人们对早期的中关村有各种不同称呼，其中以"电子一条街""倒爷一条街""骗子一条街"最为流行。

A—电子一条街的名称来源

电子一条街是中关村早期的名称，是指在中关村这里销售电子产品，是务实的名称。

1983 年至 1987 年间，中关村公司如雨后春笋般涌现，成为中国最大的计算机、计算机配件、电子产品的集散地。每天全国各地到中关村采购的人流量，最高达到 20 多万人次。四通公司仅几百平方米的营业大厅，每天的经营额在 20 万元人民币左右，这在当年是一笔巨款，能买下北京二环内一套两居室住房。人们称这里为"电子一条街"。

早期的中关村人，对"电子一条街"这个称谓很是自豪。用友公司负责人王文京，在回忆早期中关村时写道："在改革开放初期，中国各地出现许多服装一条街、百货一条街、制鞋一条街，就是没有电子一条街，为什么只有中关村出现电子一条街呢？因为中关村拥有独特的、大量的高科技人才，

1993 年 11 月 4 日，在中关村颐宾楼二楼摆放的一块计算机产品价格表。牌子
上第一和第二是康柏电脑的价格，康柏公司原为全球三大电脑制造商之一，康柏
电脑也是中关村电子一条街走俏的产品，这个公司后来被惠普（HP）公司兼并。
第三是 AST 电脑的价格，当年联想公司是 AST 电脑在中国大陆的总代理商，
AST 电脑也是电子街走俏的产品，AST 老板的中文名字叫黄飞鸿。AST 公司
后来经营亏损倒闭了。第四与第五是联想 386 电脑与联想汉卡的价格，现在这
些产品人们都不使用了，全部消失了。牌子上第六是日本有名的 1600K 打印
机，该产品质量特别好，使用几年、十几年不坏，今天还有人用。牌子上第七
是日本松下 24 针打印机，这个产品今天还在销售。这幅照片是研究中关村早
期计算机产品兴衰的重要历史资料，弥足珍贵。齐忠摄影。

只有他们才能在出售计算机时，把计算机硬件和软件技术、相关知识传授给
消费者，中国其他地方是无法复制的。"

1987 年 12 月，中共中央联合调查组进驻中关村，调查组负责人为中共
中央调研室于维栋。调查组对中关村的科技公司状况、架构、营销、运行机

制进行详细的调查，并向中共中央财经领导小组提交调查报告，报告主标题为《中关村电子一条街调查》。这个报告对中关村的发展具有深远意义，使中共中央财经领导小组作出决定，在中关村成立我国第一家科技园区"北京市新技术产业开发试验区"。

1988年3月11日，《人民日报》一版发表本报评论员文章，标题为《中关村电子一条街的启示》。这是"中关村电子一条街"第一次出现在官方正式出版物上，从此中关村牢牢地加冕在电子一条街之前，人们开始称这里为"中关村电子一条街"。

B—"倒爷一条街"的名称来源

中关村的"倒爷一条街"名称，在1985—1992年很是盛行。其实这个名称对中关村各公司来说也是事实。中关村公司在创业初期，把计算机产品贸易作为主要的经营之路，因为赚钱速度快。

中关村公司从国外进口计算机及电子产品，再加价卖出去，也就是中关村人所说的"空手套白狼"。当年有不少"正义之士"与媒体记者，用这件事指责中关村公司是倒爷公司。

四通公司总裁某某某在回答记者这个问题时，他说："倒爷公司不要国家一分钱，为国家上缴了大笔的税，为很多回城的知青安排了工作，有什么不好。"他的话驳倒了不少人。

科海公司首任总裁陈庆振回忆公司第一桶金时说："1984年市场上热销一种日本TRS-80电脑，价格在3万多元。我们就花钱买到进口批文和外汇额度，直接从日本进口这种电脑，售价1万多元，利润在6000元左右。"

1984年，中科院院士、研究员的月工资在200—300元，一般科研人员的月工资在80—100元，工人的月工资在40—70元。科海公司卖一台电脑就赚6000元，是工人七年左右的工资总和，可见贸易的利润有多惊人。

联想公司总裁柳传志回忆公司第一桶金时说："李勤副总裁当年为公司拉来一单大买卖，就是中科院买一批 IBM 公司的电脑，由公司负责检查质量，使公司赚了有十几万元钱，这是公司的第一桶金。"

由此可见，中关村"倒爷一条街"的名称，也可以说是改革开放初期，人们对中关村公司做贸易的一种误解。

C—"骗子一条街"的名称来源

1992 年春，七八个骑着自行车的年轻人来到中关村，他们在黄庄路口停下后，一位姑娘说"我们来到骗子一条街"，其他人听后哄然大笑。这是个真实的故事，也反映出不少人对中关村的看法。

中关村的"骗子一条街"称号，在 1985—1995 年很是流行。其实这是人们对计划经济体制向市场经济体制转变的初期，不适应、不理解所造成的。

改革开放初期中国还处在计划经济体制阶段，无论什么商品，卖多少钱，都凭物价部门说了算。

例如，鸡在冬天下蛋少，鸡蛋的市场价格就应该贵一些。鸡在夏天下的蛋多，鸡蛋的市场价格就应该便宜一些。当年的物价部门不管这些，无论冬天、夏天鸡蛋全卖三毛六分钱一斤。这种长官意识主管经济，造成市场物资奇缺，当年老百姓买条带鱼要跑遍北京城，有时还买不到。这种计划经济体制管理，不能讨价还价，还美名其曰"明码标价"。

美国前总统尼克松在有关首次访问中国的回忆录中写道："在中国上海参观时，我想买一些物品，跟售货员讨价时被告之不能讨价还价。"

中关村公司在创业初期，就完全抛弃了计划经济价格体系，实行市场经济的价格体系，有讨价还价、给"回扣"等促销手段。

因为中关村各公司在计算机与电子产品方面的进货渠道不同，出售的价格也自然不同。有的是从国外厂家直接进货,产品的价格自然低。例如四通公司的打印机,科海公司的计算机,全是用外汇从日本厂家直接购入,并且批量很大,它们出售的价格自然较低。一些经济实力不足的小公司,只能从四通公司、科海公司以批发价购买,然后再加价出售,它们出售的价格就相对较高。一些"水货"也就是走私来的计算机及电子产品,因为逃掉了300%的进口税,这些产品的价格就更低。

1991年,中关村的信通公司,因多次走私计算机及电子产品,登上中国走私"冠军"的宝座。当年,信通公司批发和出售的计算机及电子产品,在中关村的价格最低。

当年的中关村各公司,还借年底政府各部门突击花钱采购的时机,把出售的计算机及电子产品全部大涨价,使公司获得丰厚的利润,这种市场经济的调控手段无可非议。

中关村各公司在出售计算机及电子产品时,同一型号产品不同价格、可以砍价的市场经济现象,让看惯了"明码标价"、全中国统一价格的消费者,产生受骗的感觉。

例如,同一型号的日本打印机,在四海电子市场批发价卖4000元人民币,四通公司卖3600元人民币。

同一型号的计算机,国营公司卖3万元人民币,中关村A公司卖28000元人民币,B公司卖16000元人民币,科海公司卖1万元人民币,信通公司批发价卖8000元人民币。到了年底,这些计算机及电子产品价格全部上涨30%—50%,过了春节又全部下降到原价格。

中关村各公司当年在销售产品时,还有给购买者"回扣"。例如标价16000元人民币的一台计算机,当购买者砍价到11000元人民币时,买卖双方同意交易后,为吸引客户卖方还拿出1%—2%现金返给买方,名曰"打车费"。

当年中关村这种市场经济的价格体系,几千元的价格差距及回扣,让很多人惊讶。认为，中关村有不少公司是骗子公司，电子一条街是"骗子一条街"。

今天，同一型号的洗碗机，网上购买的价格为 3099 元，在实体店的价格为 5800 元。人们面对这种价格差距不会惊讶，不会再骂谁是骗子，因为大家对这种市场价格变化习惯了。

再有，当年中关村公司人员习惯给客户自己的名片，这也是一种新鲜事物。不少人用名片的谐音"片子"来称呼电子一条街为"片子一条街"。

中关村的故事（14）

中关村技、工、贸之争

对于中关村企业如何发展，政府管理部门负责人、学者、专家与中关村各公司的负责人，在中关村早期一直争论不休。

政府管理部门负责人、学者、专家认为，中关村企业应该以"技、工、贸"为主。就是企业应该走主要研发新技术，生产制造新技术产品为主，贸易为辅的发展道路。

中关村各公司的负责人认为，应以"贸、技、工"为主。就是企业以贸易赚钱，积累一定资金后，以自身的技术二次开发国外产品占领市场后再赚钱，然后投资建立工厂生产制造新技术产品。

A—技、工、贸

一、技：指的是在国外计算机及电子产品中加上自有的技术，在中国销售。四通公司创业初期，日本兄弟牌打印机价格低，但是不能打印中文，四通公司原董事长沈国钧，聘请中科院计算中心科研人员崔铁男编写新的打印机软件程序获得成功后，使该打印机能够打印出中文。四通公司从日本三井公司进口大量的日本兄弟牌打印机，装入自己特有的软件成为市场畅销产

1992 年 3 月 5 日，中关村第一家电子市场"四海市场"门口的电子产品交易。齐忠摄影。

品，为四通公司赚得第一桶金。这就是技。

二、工：指中关村各公司在赚了大钱后，开办产品生产工厂。

例如，四通公司与日本三井公司合资，在海淀北坞开办的生产四通打字机的索泰克合资厂。联想公司在海淀上地信息产业基地开办的电脑生产厂，这就是工。

三、贸：指的是做贸易，就是从国外进口计算机及电子产品，再加价卖出去。贸易来钱快，也就是中关村人所说的"空手套白狼"。

科海公司首任总裁陈庆振回忆公司第一桶金时说："1984 年，市场上热销一种日本 TRS-80 电脑，价格在 3 万多元。我们就花钱买到进口批文和外汇额度，直接从日本进口这种电脑，售价 1 万多元，利润在 6000 元左右。"这就是贸。

B—实践中检验"技、工、贸"与"贸、技、工"

从表面上看，政府管理部门负责人、学者、专家的"技、工、贸"，是既正确又好看。中关村公司负责人的"贸、技、工"，就是为了赚钱，是不正确的。

政府管理部门负责人、学者、专家指出，北大方正公司走的就是"技、工、贸"的发展道路，这是最好的例证。

联想公司总裁柳传志，当年反驳"技、工、贸"的企业发展道路时，他说："联想公司虽然能够制造出计算机的CPU，但是我们竞争不过美国英特尔公司，联想公司生产的计算机CPU，卖给谁？有谁能够来买？"

联想公司总裁柳传志回忆公司第一桶金时说："李勤副总裁当年为公司拉来第一笔大买卖的单，就是中科院买了一批IBM公司的电脑，由公司负责检查质量，使公司赚了有70万元人民币，这是公司的第一桶金。"

实践是检验真理的唯一标准！

在实践中检验北大方正公司是否真正走的"技、工、贸"发展道路呢？

1974年8月，国家确立印刷技术现代化的项目，简称"748工程"。王选教授就是在那个时期加入"748工程"的。不久"748工程"还被纳入国家"六五""七五""八五""九五"计划中，王选教授从"748工程"10年内得到986万元人民币的拨款，相当于今天的上亿元人民币，北京大学计算机技术研究所就是用该拨款建成的。

中关村早期与现在的任何一家公司，都是不敢走北大方正公司的"技、工、贸"发展道路的。

联想公司总裁柳传志说的话，是正确的、务实的。明知道开公司制造的产品没有人买还要去干，那就离公司倒闭不远了。

2018年，美国对中国中兴公司进行制裁，美国芯片厂停止供应中兴公司芯片，迫使中兴公司缴纳巨额罚款。联想公司在对华为公司 5G 标准的投票事件发生后，这种争论又重新开战。联想公司总裁柳传志与公司原总工程师倪光南的"柳倪之争"也重新开战。就联想公司做"芯片"这个问题，在互联网及各媒体上发文章互相指责。

倪光南说："1995 年，联想公司就作出了制造芯片发展规划，让柳传志给否定了。"

某些专家、学者也说："1995 年，联想公司要是开始制造芯片，中兴公司就不会这么被动。"某些专家、学者的话还让联想公司背上个大"黑锅"。

柳传志说："到了 2001 年，联想公司纯利润才 10.26 亿港元，让联想公司用 20 亿美元去做芯片，根本没有底气这样做。"

在现实中却发现，当年的联想公司不仅没有底气这样做，而且还面临破产倒闭。

1995 年，香港联想公司在制造板卡上经营失败，1995 底发生重大亏损，1996 年香港联想公司面临破产倒闭。如果香港联想公司破产倒闭，北京联想公司也会破产倒闭，联想公司将不复存在。面临这种局面，公司倒闭是头等大事，柳传志和倪光南是没有心思去制造芯片的，柳传志为此还大病一场。为使香港联想公司渡过难关，柳传志要求将北京联想公司的优质资产，包括中关村中科院计算所"寸土寸金"，今天价值百亿的地皮，并入香港联想公司。

1997 年，中科院批准北京联想公司的优质资产，包括中关村计算所的地皮全部并入香港联想公司，使香港联想公司渡过难关。

（注：该资料来源于国务院发展研究中心"联想公司研究"）

由此可见，政府管理部门负责人、学者、专家，为中关村公司指出的技、工、贸发展宗旨，背离了"赚钱"的商业规律，是"空想"的。什么赚钱就干什么，这是商业规律。正如美国一位制药商所说："如果做棺材比制药赚钱，我肯定去开棺材制造工厂，关闭制药工厂。"

中关村公司也是一样，不会背离了赚钱的商业规律！

有关资料索引：

《国务院发展研究中心"联想公司研究"》。

中关村的故事（15）联想系列一

联想的起源与柳传志

导语：关于联想公司的起源，有不少专家、学者写文章论述过，联想公司公关部对外界也提供不少相关资料，但是极其模糊。人们面对"计算所公司""新技术发展公司""北京联想""香港联想""联想集团（控股）公司"一大堆名称，看的是眼花缭乱。本文首次向人们清晰地描绘出联想公司的起源与变化。

1984年11月1日，柳传志告别计算所到公司工作，回忆起当年情景和心情时，他在回忆录中写道："施拉普纳当中国足球队教练时，有句名言，'要是你不知道把球往哪踢，就往门里踢'。初看似乎是句玩笑，其实他是在提醒队员，要时刻记得目标在哪。1984年，我四十岁时，觉得过去的生活也像一场球。每天在球场上来来回回地跑，将球七传八带，看着挺热闹，但到了该临门一脚时，却发现球场上根本就没有门。"

A—联想公司的起源

1984年11月9日，"中国科学院计算所计算机技术公司"在海淀工商

局正式注册，这是联想公司最初的名字（注：以下简称计算所公司）。中科院计算所为主管单位，时任中科院计算所所长为曾茂朝。

而联想公司公关部对外宣称"1984年11月1日，联想公司的前身，中国科学院计算技术研究所新技术发展公司成立"。这是有误的，应以公司在海淀工商局正式注册的时间为准。

（注：本资料来自《北京市新技术产业开发试验区科技企业介绍》"1988年9月8日，第一次对118家企业颁发《新技术企业证书》名单"）

计算所公司，是中科院计算所与北京市海淀区供销合作社签订联营协议下成立的。注册资本100万元，中科院计算所实际投资20万元，公司性质为"全民所有制"，也就是国有企业。

中科院计算所与北京市海淀区供销合作社合作，使计算所公司获得北京市海淀区供销合作社经营用地，也获得"知青社"税收优惠待遇。

中科院计算所科技处副处长王树和任计算所公司总经理，柳传志、张祖祥任副总经理，还有贾绪福、周晓兰、贾婉珍、马文豹、李天福、谢松林、王世英、庞大伟等人。公司拥有经营资金20万元人民币，相当于2019年的500万元人民币左右；公司办公用房20平方米，房子里面被隔成两间，外面一间有两个长条凳，沿墙一字排开，里面一间有两张三屉桌，这些就是公司当年的全部家当。员工11人全部来自中科院计算所。

1986年，王树和升任中科院计算所所长助理，42岁的柳传志出任该公司总经理。

B—计算所公司更名北京联想的来源

1989年8月，计算所公司更名为"北京联想计算机集团公司"。

1994年11月，更名为"联想集团"，以下简称"北京联想"。

1994年5月5日，中科院高企局同意北京联想变更企业性质为

"全民"。

1997 年 4 月 29 日，中科院计算所与北京市海淀区供销合作社，双方达成终止联营协议。

1998 年，经国家工商局核准，北京联想更名为"联想（北京）有限公司"。企业性质变更为"香港联想（上市公司）在内地投资的独资企业"。

北京联想原董事长为时任中科院计算所所长曾茂朝，经营负责人为联想公司副总裁李勤。

C—联想新技术发展公司的来源与变化

1988 年，中科院计算所又在海淀工商局注册了"中国科学院计算技术研究所新技术发展公司"（注：以下简称新技术发展公司）。

中科院计算所为新技术发展公司主管单位，该公司董事长为时任中科院计算所所长曾茂朝，柳传志任总经理。

新技术发展公司占有计算所公司 60% 的股份。

中科院计算所为什么又开了一家"新技术发展公司"呢？是为了享受试验区三年内免缴企业所得税优惠。因为试验区规定"企业只有在成立之日的三年之内享受试验区三年内免交企业所得税"。因为"计算所公司"在 1984 年 11 月成立，到 1988 年已经不能享受试验区三年内免缴企业所得税，所以又开了一家新技术发展公司，为公司合理避税。

1988 年 6 月 23 日，新技术发展公司与中国技术转让有限公司香港分公司、香港导远电脑系统有限公司各出资 30 万元港币，在香港成立"联想电脑有限公司"。三方各占联想电脑有限公司 33% 的股份。以下简称"香港联想"。

香港联想董事长为柳传志。香港联想的成立是给联想公司进口国外电子产品，打造良好的渠道。

1993 年，新技术发展公司从所办公司升为院办公司。

1993 年 12 月 31 日，新技术发展公司董事会决定，按中科院 20%、计算所 45%、新技术发展公司 35% 的股权比例分红，1995 年实施。

1994 年 2 月 14 日，香港联想公司挂牌上市，总共发行 6.75 亿股，其中北京联想得到 2.618 亿股，香港导远电脑系统有限公司吕谭平等三人得到 2.08 亿股，中国新技术进出口公司驻香港分公司因在香港联想扩股时没有参加，所以仅得香港联想公司 0.15 亿股。

D—北京联想与香港联想的整合与更名

1995 年，香港联想公司亏损 1.5 亿港币，面临破产倒闭。

新技术发展公司为了挽回香港联想破产的局面，准备整合北京联想与香港联想的业务，将北京联想的优质资产与香港联想的股权进行置换，北京联想的其他资产由新技术发展公司接管。

新技术发展公司，整合北京联想与香港联想业务实质内容为，"将中科院计算所在中关村寸土寸金地皮纳入香港联想，换取香港联想的股份"，这也是倪光南状告柳传志的原因之一。

1998 年 6 月，整合完毕。北京联想成为香港联想的子公司，新技术发展公司成为香港联想的控股股东。今天联想集团（控股）公司下属的"融科智地公司"，就是在中科院计算所的中关村地皮基础上成立的。

1998 年 6 月，新技术发展公司更名为"联想集团（控股）公司"，该公司按中科院 65%、公司 35% 划分股权比例，联想集团（控股）公司成为香港联想最大的股东。

1999 年 9 月 9 日，曾茂朝不再担任联想集团控股公司董事长。

联想的前身，计算所公司、新技术发展公司，两家公司的名字都以"中国科学院计算所"开头，是借用中国科学院和计算技术研究所两杆大旗，公司好做买卖。

两家公司产权属于中科院计算技术研究所，属于中科院所办公司，后成为中科院院办公司。中科院早期在中关村创办的公司，分为院办公司和所办公司。院办公司是由中科院负责管理，并指定负责人，公司的注册资金多，负责人享受司局级待遇，可以自行评定副高级职称。所办公司是由中科院研究所创办，研究所负责管理，并指定负责人，公司注册资金少。

计算所公司当年经营执照上写的注册资金为 100 万元，实际到账的资金只有 20 万元，这笔钱是国家拨给计算所的科研经费，也可以说是计算所挪用"公款"开公司谋利，这也就是人们常说的"原罪"。

从"谁投资谁受益""亏损是谁的，赚钱就是谁的"角度来看，联想公司是纯正的国有独资企业，要想从公司分出一杯羹，把一部分公司股份分到职工头上，在政策上是不允许的。

对创业初期实际到账的 20 万元资金，联想公司公关部经常作为对外宣传的资料，一位海淀工商局干部说："这是明显的抽逃注册资金，应该重重地处罚联想公司。"

E—柳传志的创业心志

柳传志身高 1.76 米，国字脸，戴着一副眼镜，衣装得体，说话文质彬彬，举止间充满书卷气，颇像一位教书的老师，很难想象公司在他的手上会有什么变化。其实柳传志是一位意志坚如磐石的人，商场的经营之神。

柳传志出身于书香门第，1961 年，柳传志从位于北京市东城区灯市口的北京第 25 中高中毕业，那年他 17 岁。在毕业过程中曾发生过一件事，让他终生难忘。

柳传志回忆这件事时写道："高中毕业那年，军队在学校里挑选飞行员，条件十分苛刻，身体、学习、品行等各方面都必须优秀。我被选上了心里非常高兴。谁知道到最后因政审不合格我被淘汰了。政审不合格的原因是，我有个亲戚是右派。"

虽然柳传志最后被保送到中国人民解放军军事电信工程学院（注：现为西安电子科技大学）学习，但是因"政审不合格"失去当飞行员，这一件事对他的人生影响是巨大的。柳传志大学毕业后被分配到中科院计算所工作。

柳传志对于计算所的工作，在回忆录中写道："当时，我在科学院计算所磁记录研究室做磁带线路研究，活不多，十几个人挤在那儿做，做完了以后又怎样了呢？就写论文。写好了论文，为名字的排序摆上半天。写论文是为了评职称，评职称可以涨工资。评上助理研究员可以涨 9 块钱，当时已算是不小的数目了。研究的成果呢？只能放在一边。然后，再接着做下一个。"

柳传志在回忆录中描述当年中科院年轻的科研人员经济状况时，他写道："年轻的科技人员经济窘迫，平均月薪 60 元，三代同居斗室。当年，我想买一条棉毛裤都要掂量掂量。"

柳传志在叙述为什么要到公司工作时，他在《联想初创时期的回忆》中写道："1984 年，形势发生了很大的变化。科学院这头，周光召院长倡导'一院两制'，鼓励大家为科技改革作贡献，计算所面临着五年之后科研经费皇粮全断的局面，也开始考虑如何杀出一条生路。而外面，几家先冲出去的民营公司已在中关村逐渐火起来了，提起'两通、两海'已经是无人不知。当时曾经有民办公司承包计算所的说法。在内外夹击之下，计算所被迫逼上梁山，要办公司，成了必然选择。我心里那些压抑已久的、要做点事情的强烈冲动，也被点燃了。知道风声，我态度坚决，又想方设法回到了计算所，一心要抓住这个难得的机会。那时候，对办公司并没有很清晰的概念，就是想试试自己的能力，想能放开手脚做点事情，做得好的话，还可以改善一下生活。这些事凑在一块儿，构成了一条长长的引桥。我就这么着，走到了创办公司的桥上。"

柳传志这篇夹叙夹议的回忆文章，以优美的文笔刻画出当年离开科研岗位，去创办公司时的心理状态，是迄今为止中关村早期创业者回忆录中最为直白、纯朴、不可多得的优秀回忆文章。

如果用简单的几笔，再次刻画柳传志当年为什么要去创办公司？那就是：柳传志厌倦了永无结果的科研工作，要到公司这个只承认胜利与失败的"战场"，发挥自己的本领，彻底改变穷困面貌。有柳传志这样的领军人物，自然会给联想公司带来翻天覆地的变化。

F—联想今天的五大商业帝国

2001 年，柳传志把联想集团分拆为五家公司，即神州数码、联想集团、联想投资、融科智地、弘毅投资，形成五大商业帝国。

2001 年，柳传志把联想集团分拆成为神州数码和联想集团，自己出任联想控股公司总裁。柳传志认为联想控股公司只有两家高科技公司，经营上的风险还是很大的。例如联想集团在收购 IBM 个人计算机事业部的业务上，如果支持就会冒着很大的风险，一旦失败联想就会全军覆灭，如果不支持就妨碍收购。

2001 年，柳传志再次决定把联想控股公司变成一家投资公司。其实从现实上看，联想控股公司本身就是投资公司，它下面的五家公司神州数码、联想集团、联想投资、融科智地、弘毅投资，都是独立经营管理的，每家公司经营业务也是非常专一的。这次改变只是柳传志决心在风险投资市场开拓新业务，联想投资公司和弘毅投资公司就是柳传志新业务的"舞台"。

2001 年 4 月，联想投资公司成立，是联想控股旗下专事风险投资业务的子公司，已经管理过三期风险投资基金。第一期基金是 2001 年注入的，共有 3500 万美元，全部来自联想控股公司。

柳传志说："因为不知道自己会不会管理风险投资，怕失败后毁了人家的钱又损害名声。"

第一期基金投资成功后，他引进第二期基金，2006 年又引进第三期基金，资金为 1700 万美元，联想控股公司在 1700 万美元中占 50% 左右，其他的是外面募集来的资金。

联想投资公司的业绩还是很不错的，全部风险投资共完成 57 个项目，北京市中关村地区投资 25 个项目，第一期基金已经全部收回本金，盈利率在 50% 以上。第二、三期基金回报率高于第一期。

联想投资公司给卓越网的风险投资只有 200 多万美元，2003 年，柳传志把卓越网卖给美国亚马逊公司，投资回报率是 13 倍。

联想投资公司为中讯软件集团注入风险投资，中讯是专做日本软件外包的公司，2004 年在香港上市的。这项投资使联想投资公司得到很高的回报，目前联想投资公司没有完全退出中讯软件集团，是柳传志不舍得完全退出。联想投资公司投资的展讯公司，是一家做手机芯片的公司，2007 年获过国家科技进步一等奖，现在已经在美国上市，回报率也非常高。

文思公司也是联想投资公司注入风险投资的公司，是专门做欧、美的软件外包的公司，前景非常看好。

2006 年，有关机构评出的中国最具有投资价值的 50 家企业中，联想投资公司已经投资其中的 9 家。

2007 年，联想投资公司又投资其中的 6 家公司。

弘毅投资公司是联想控股旗下专事并购投资管理的子公司，该公司在 2003 年起步，自有资金为 3 亿元人民币，资金完全来自联想控股公司。

2007 年底，该公司已经有资金 5.8 亿美元。这些资金大部分都是从国外私募来的，投资人都是国外很有风险投资经验、很有名望的商业人士。

弘毅投资公司目前投资并购 10 家企业，其中 6 家是国有企业，4 家是民营企业。10 家企业的经营范围很广，有建筑材料、医药、机械设备、能源等。弘毅投资公司首期投资并购的回报率是 3.87 倍。第二期投资并购的回报率是 5.54 倍，第三期投资并购的回报率目前还没有计算出来，因为在第三期中虽然有 3 家企业上市，但是弘毅投资公司并没有从这些上市企业中退出，无法计算回报率。

第三期投资并购的林洋公司，是一家制造太阳能新能源的企业。2006年 12 月上市，估计有 2.6 倍的回报率。

中国玻璃公司也是弘毅投资公司的投资并购企业，柳传志花了很大的精力，现在投资回报率是 4.8 倍。弘毅投资公司的投资并购企业还有先声药业，它是一家民营企业。2005 年投资，2007 年在纽约上市，投资回报率是7.5 倍。

弘毅投资公司在投资并购这些企业时以"事为先、人为重"。"事为先"就是先看项目，"人为重"就是看企业领导班子的情况。柳传志在这两方面很有经验，因为联想公司是从小做到大的公司，所以对什么样的项目和人看得比较准。

弘毅投资在投资并购这些企业的过程中主要做四件事，"选""管或者叫帮""募""退出"。也可以称为"选""帮""融""退"。

"融"和"退"是指融资，该企业上市后，弘毅投资公司从企业中退出，拿到应有的回报。

"选"是指对投资企业进行挑选，这一点对小规模投资来说非常重要。国外在并购企业的过程中，"选"的时候是可以对并购企业采取大动作的，美国 PE 私募基金经常在"选"的时候采取大动作，弘毅投资公司没有这样做，"选"的时候，主要是帮助企业改变机制，如果发现不行就不进行投资。

"帮"有四个内容，第一个是对企业产权机制进行调整。第二个是对企业经营战略的制定。第三个是提升管理水平。第四个是金融服务。在投资中国玻璃集团时，柳传志就是采用"帮"的四项内容。

2003 年，弘毅投资公司对中国玻璃集团的前身——江苏玻璃集团进行投资并购。这家企业成立于 20 世纪 60 年代，经营不善，长期亏损。2002年企业进行调整，新的领导人是江苏省宿迁市政府的副秘书长，这个人很有能力，在企业推出很多改革措施，弘毅投资公司对该企业详细调查后认为有投资价值。投资的第一步是把该企业在银行的债转股百分之百收购，然后进一步投资扩大生产量。

江苏玻璃集团当时只有两条生产线，日产玻璃900吨，年产值3亿元人民币。弘毅投资公司把该企业扩大到16条生产线，日产玻璃5530吨，年产值达22亿元人民币。在投资的过程中，弘毅投资公司还将该企业部分股份转让给皮尔金顿集团，该集团是全球最大的玻璃公司，皮尔金顿集团的进入不仅带来了资金，也带来先进的技术。目前中国玻璃集团已经在香港上市。

柳传志介绍这项投资"帮"的方法时，他说："首先在该企业建立规范的董事会，然后再让管理团队持股，让管理人员有主人的感觉。第二就是开拓海外业务。玻璃行业的年业绩有周期性，有时一年高一年低，有时两年高两年低。今年建筑业大发展需要玻璃很多，年业绩就好。明年建筑业不景气，年业绩就不好。我们帮助江苏玻璃在海外建立营销渠道后，使得它的销售业绩平稳不再成波浪形，这样的财务报表在该企业上市以后，对股民的交代有很大好处。我们引入皮尔金顿后，也使企业拥有新的高档玻璃生产线，不仅提高企业的价值，也有了再次收购的本钱。不久我们又收购了蓝星玻璃，使中国玻璃集团成为中国最大的生产玻璃厂家，超过洛阳的洛阳玻璃集团。再有就是'融'，我们为该企业打通融资渠道，资金来源于上市融资和私募。"

从柳传志的谈话中可以看到，弘毅投资公司投资国有企业是先控股，然后进行企业运行机制改造，激励管理人员释放他们的聪明才智。

据联想控股公司有关人士提供的数据表明，2004年弘毅的风险投资是86亿元人民币，2006年是133亿元人民币。2006年，营业的收入增长率是31.6%，利润的增长率是44.6%。

智者千虑，必有一失。柳传志这位在风险投资市场中的"智者"，当年在是否投资还是一家小公司的百度公司时，亮起不投资的"红牌"。这件事让他十分后悔，不久前在某大型研讨会上，柳传志当着百度公司CEO李彦宏的面再次谈起这件事情，并自嘲地说："今后再也不犯这样的错误。"

柳传志简介

柳传志，男，汉族，1944 年 4 月出生于江苏镇江，联想集团创始人。

北京及中关村第一代创业者，中国著名民营科技企业家，为中国民营科技企业发展作出巨大贡献。

1961 年夏，柳传志高中毕业于北京市第二十五中学（注：原育英学校）。

1961 年夏，柳传志被保送到中国人民解放军军事电信工程学院学习（注：现为西安电子科技大学）。

1992 年的柳传志。

1967 年 8 月，柳传志被分配到国防科委成都十院十所工作，任实习研究员。

1968 年 11 月—1970 年 4 月，柳传志在湖南西湖解放农场"五七"干校劳动。

1970 年 5 月，调入中国科学院计算技术研究所工作，任助理研究员。

1983 年 10 月，借调到中国科学院人事局领导干部处工作。

1984 年 11 月 9 日，柳传志在中科院计算所所长曾茂朝的支持下创办"中国科学院计算所计算机技术公司"（注：联想公司前身），任副总经理。

1988 年，任"中国科学院计算所计算机技术公司"总经理。

1988 年 6 月 23 日，创办"香港联想电脑有限公司"，任公司董事长。

1989 年 12 月 14 日，"中国科学院计算技术研究所新技术发展公司"正式更名为"北京联想计算机集团公司"，柳传志任总裁。

1994 年 2 月 14 日，香港联想公司在香港证券交易所挂牌上市，总共发行 6.75 亿股，柳传志任该公司董事局主席。

1997 年，北京联想与香港联想合并，柳传志出任联想集团主席。

2002 年，柳传志任联想控股公司总裁。

2018 年 12 月，党中央、国务院授予柳传志改革先锋称号，颁发改革先锋奖章。

2019 年 12 月 18 日，联想控股发公告宣布董事长柳传志退休，由宁旻接任联想控股董事长。

有关资料索引：

1999 年 8 月 5 日国务院发展研究中心企业研究所发表《联想发展研究专题报告汇编》《北京市新技术产业开发试验区科技企业介绍》《联想初创时期的回忆》《联想之路》。2007 年 6 月 5 日，柳传志对联想公司五大分公司功能的介绍。

中关村的故事（16）联想系列二

倪光南与联想汉卡起源

导语：早期联想公司向媒体提供的资料，对倪光南进入联想公司是这么描写的："王树和、柳传志、张祖祥三人，各自将心目中的进入公司最佳人选写在小纸条上，紧攥在手中然后亮底，纸条上全都写着'倪光南'。"大批的记者按照这些资料写成文章发表在报纸杂志上。其实这是艺术性的夸张，真实的历史不是这样的。

A—中关村信通公司与联想汉卡

1984年6月28日，在中科院计算所的协调下，中关村信通公司、中航深圳工贸中心与中科院计算所科研人员倪光南合作，由两家公司提供风险投资和设备开始研制汉卡。不久，倪光南研制成功，命名为"联想汉卡"，并将制作出的100块"联想汉卡"小规模投放市场，由信通公司和新成立的中国科学院计算所计算机技术公司负责在市场上销售。（注：联想公司前身，以下简称计算所公司）

联想汉卡和其他汉卡不同的地方，就在于提供联想功能，利用中国文字的上下文关联性，方便了用户的使用。例如，计算机操作人员打出一个

"记"字后，屏幕会自动闪现出记者、记录、记分牌等一连串联想出的词组。这样的功能在现在来看并不算什么，在当年为联想汉卡赢取了大量的市场。

1984—1987年，计算机的内存和硬盘比较小，硬盘最大也就100兆左右。无法存储海量的中文字库，也就无法处理中文。汉卡的出现解决了这个问题。汉卡自身带有简体、繁体中文等八千字左右的字库芯片，把这种卡插在计算机的主机板上，计算机就能处理中文文件，还可通过打印机打印出来。当年汉卡成为热销来钱快的电子产品。

以联想汉卡为例，每块手掌大小的联想汉卡市场价格在1300元左右，利润在700元左右。当年雪花电冰箱市场价格也在1300元左右，其利润大大低于联想汉卡。

著名的企业家史玉柱，就是以发明"巨人汉卡"获得第一桶"金"起家的。今天推出"小米"手机，名闻全球的雷军，也是以发明"金山汉卡"，获得第一桶"金"起家的。随着计算机性能不断完善，内存和硬盘容量不断扩大，汉卡终于退出计算机"舞台"。用计算机业内人士的话讲，"汉卡打败了四通打字机，计算机软件打败了硬件汉卡"。

B—计算所公司6万元买断联想汉卡

当年为什么刚刚成立的计算所公司，也负责销售联想汉卡呢？倪光南回忆该事时写道："当年中科院进口了500台IBM计算机，由计算所公司负责质量检验等技术服务。所以信通公司让计算所公司利用这个机会，将中科院这500台微机全都配有联想汉卡。"

倪光南所写的情况非常真实。初期投放市场的100块联想汉卡，拥有强大销售能力、员工众多的信通公司仅销售6块联想汉卡。刚刚成立不久，才有11名员工的计算所公司，却销售了94块联想汉卡。计算所公司如果手中没有中科院500台IBM计算机大单，短时间是卖不出94块联想汉卡的。因为当年一台进口计算机的价格在人民币 3 万元左右，再加上为计算机配备的专门防静电与停电 CPU 的计算机室，任何单位配备一台计算机都要投资七八万元，这在 1984 年是一笔巨款。

信通公司与计算所公司，在 100 块联想汉卡利润的分配上发生争执，信通公司以投入开发为理由，要拿走利润的 50%。计算所公司不干，要以销售数额分利润，虽然利润分配的结果还是以信通公司为准，但联想汉卡丰厚的销售利润，巨大的市场前景，让计算所公司起了挖"墙脚"之心。计算所公司总经理王树和多次游说倪光南加盟计算所公司，许诺负责开发并销售倪光南所有的科研产品。倪光南也看中计算所公司的销售能力，决心与信通公司和中航深圳工贸中心分手。

当年的计算所公司是计算所创办的企业，信通公司则是中科院计算所、中科院科仪厂、海淀农工商公司三家投资的股份制企业。中科院计算所自然要把联想汉卡这块"肥肉"自己独享。

当年计算所所长曾茂朝兼任信通公司董事长，计算所公司总经理王树和又兼任计算所科技处副处长、信通公司董事。联想汉卡主要研发人员倪光南又是计算所科研人员，他今后评职称、分房子、涨工资全靠计算所，倪光南自然也愿意投奔计算所公司。在这种情况下，信通公司总经理金燕静（女）只好交出联想汉卡所有权。

C—计算所所长曾茂朝

1984 年 12 月，由计算所所长曾茂朝出面协调，倪光南结束与信通公司和中航深圳工贸中心的合作关系，加盟计算所公司。计算所公司拿出 6 万元人民币作为补偿，给信通公司和中航深圳工贸中心。

中科院科技咨询部原负责人钟琪女士回忆此事时说："当年计算所公司和信通公司对'联想汉卡'争夺很厉害，就是在王树和与曾茂朝的坚持下

'联想汉卡'才落户计算所公司,成为公司的起家产品,倪光南也进入计算所公司工作。"

倪光南和"联想汉卡"加盟计算所公司后,给计算所公司带来飞跃性的变化。

1985 年 5 月到 1987 年 12 月,计算所公司出售联想汉卡所得到的利润为 1237.5 万元人民币。

D—倪光南:绅士科学家

倪光南院士身材颀长,举止文质彬彬,无论见到谁都会起身相迎,对人和颜悦色,认识倪光南院士的人,都说他是有风度的科学家。

《柳传志心中永远的痛》这篇文章的作者刘韧,在回忆与倪光南接触时写道:"倪光南老师非常谦逊,待人接物很客气,他看见我后马上站起来笑脸相迎。"

联想公司人力资源部原负责人某某某,在回忆倪光南往事时,他在新浪博客中写道:"1999 年 9 月 1 日,倪光南老师被联想公司解聘,公司上层让我们把解聘通知书亲自送到他的手里。由于公司对解聘倪光南老师的事召开过新闻发布会,弄得满城风雨说什么的都有,怕倪光南老师发脾气谁也不愿干这事,我只好亲自办。我与倪光南老师电话约好见面时间,没想到倪光南老师早早地在他家门口等着我。他看完解聘通知书后很平淡,微笑地对我说,谢谢你还亲自跑一趟。弄得我心里很不好受。"

倪光南院士被联想公司解聘后,生活当中好像什么也没有发生,他和夫人赵明漪经常到昆明湖散步,十分悠闲的样子,颇有英国绅士风度。也许这种绅士风度,造就了他在科研工作中的执着和一丝不苟。

1939 年 8 月 1 日,倪光南出生于浙江省宁波市镇海区。

1961 年 7 月,他从南京工学院毕业后被分配到中国科学院计算技术研究所工作。

1964 年，倪光南作为外部设备插件组长参与了吴几康先生主持研制的119 机获得成功，获全国科技大会奖。

1974 年，倪光南在计算所提出了联想输入方法，即利用上下文的关联由计算机辅助汉字输入，这样研制联想式汉字系统的条件基本具备了。

1974 年，倪光南作为计算所代表参加"748 工程"会议，但是计算所没有让他参与"748 工程"，而是让他进入计算所六室输入组立项开展汉字处理研究，时任六室主任为曾茂朝。

1979 年，该组基于同一硬件系统所研制的"手写文字识别机"和"111汉字信息处理实验系统"二项成果分别获得中科院二等奖。前者能识别手写60 余种字母和数字，是国内最早的文字识别机之一；后者解决了汉字输入、输出、显示、人机交互等技术问题，并为机器翻译、情报检索等研究项目提供汉字处理服务。

1981 年 1 月至 1984 年 1 月，倪光南作为访问研究员（VRO），前往加拿大国家研究院（NRC）学习。

倪光南回忆这段学习经历时写道："加拿大国家研究院对科研人员的待遇很好，工资很高，我每个月可以寄回家 700 加元左右，在当年是很大一笔钱。对我最大的影响是能够接触到全球最前沿的科学技术，这对我回国后研制'联想汉卡'有很大的帮助。"

一些作者对倪光南这段学习经历，却写出爱国神话来，说什么"倪光南在加拿大当地的一家鞋店，看到漂亮的橱窗里陈列着一双双外国生产的皮鞋，而在门口附近的筐子里乱七八糟地堆着一大堆'中国制造'的布鞋——1.99 元一双任拣。倪光南顿时百感交集：中国制造什么时候才能不与简陋、低级连在一起？他毅然放弃了高薪留任加拿大工作的机会回国"。这段文字真是可笑！

1984 年 6 月，倪光南在中关村信通公司、中航深圳工贸中心风险投资下，研制出联想式汉字系统"联想汉卡"。

1984 年 12 月，他出任计算所公司首任总工程师。

1988 年，"联想汉卡"获国家科技进步一等奖。

倪光南出任总工程师开出三个条件："一不做官，二不开会，三不接受采访。"以便全力以赴以最快速度推出产品。

1989 年 11 月，计算所公司改名为联想集团公司，此后倪光南担任公司董事兼总工，主持开发了联想系列微机，确立公司的主营业务。

1992 年，倪光南获国家科技进步一等奖。

1994 年，倪光南当选中国工程院首批院士之一。

1985—1995 年，10 年中联想公司共销售联想汉卡 16 万套，联想公司获得 5000 万元左右的惊人利润，迈入了中关村十大公司之列，还为联想公司带来宝贵的生产制造经验。

E—倪光南与柳传志最初好如亲兄弟

倪光南与柳传志在 1970 年左右就认识了，他们两人还在中科院"五七"干校住一个屋。

倪光南回忆这段经历时说："当年柳传志还是三十出头的小伙子，大家都管他叫'小柳'，柳传志口才非常好，他看完法国大仲马名著《基度山恩仇记》后，就在宿舍里给大家讲了起来。我虽然看过这本书，还是被柳传志的讲述所吸引。"

（注：在 1970 年，社会上流传某某人喜爱并崇拜国外四大名著，有《基度山恩仇记》《红字》《红与黑》《简爱》。当年不少人也寻找这四大名著，因当年找到这些书非常困难，所以看过的人就会给人讲述。1976 年后，《基度山恩仇记》《红字》《红与黑》《简爱》在中国相继出版，有关电影也公开放映，其中《基度山恩仇记》最受人喜爱）

柳传志对早期倪光南的印象非常好，他说："倪光南计算能力非常强，有一次大家要计算科研项目，倪光南当场就把教科书中的计算公式完整地写出来。"

1989年，联想公司进军计算机板卡市场。某次因加工过程出现错误，使一大批板卡被外商拒收，联想公司面临巨大损失。

1990年初，在联想公司迎新年的年会上，柳传志带领公司员工，祝愿在香港解决这个问题的倪光南，能够大胜而归。倪光南不负众望，在板卡上的一个"空门"修复了错误，使这批板卡起死回生。

1991年，中科院重奖联想公司，奖励柳传志一套四居室住房，联想公司全体员工50万元。柳传志将四居室住房让给倪光南。后来柳传志也获得中科院四居室住房，但是中科院已经推出房改制度，柳传志要自己掏钱买下。

1994年，柳传志与倪光南两人公开翻脸，开启"柳倪生死之战"。柳传志回忆此事时，他说："四居室住房让给倪光南后，最对不起我老婆。"

1988年，香港联想公司成立后，柳传志指令负责财务的马雪征女士，付给倪光南的薪金要比别人高，每月四千至七千港币，今天倪光南还保存有马雪征女士（注：已故）签名的香港支票。

联想公司初期，柳传志全力维护倪光南在公司的威信与权力，曾作出"公司任何人不得反对倪光南"的决定。

联想公司买下的首辆奔驰车，也定为倪光南的专车。

1993年，计算所推荐首届工程院院士时，柳传志向计算所所长曾茂朝力推倪光南，理由是联想公司需要一面"旗帜"，公司的买卖才好做。

原计算所所长、联想公司董事长曾茂朝也对倪光南说："首届工程院院士是单位推荐制不是选举制，也就是说只要单位推荐，就能当选。计算所有不少人的科研成果与你不相上下，为什么推荐你，联想公司起了很大作用。"

倪光南院士。齐忠摄影。

　　从这几方面来看，联想公司在创业初期，倪光南与柳传志的关系如同亲兄弟。

倪光南简介

　　倪光南，男，1939年8月1日，出生于浙江省宁波市镇海区。

　　1956年夏，考入南京工学院。（注：现更名为东南大学）

　　1961年7月，分配到中国科学院计算技术研究所工作。

1981年8月，由中科院派到加拿大国家研究院（NRC）工作学习。

1984年6月，在中科院计算所所长曾茂朝的协调下，中关村信通公司、中航深圳工贸中心联合投资，由倪光南组织课题组，开发出联想汉卡。

1984年11月9日，中国科学院计算所创办"中国科学院计算所计算机技术公司"。不久，倪光南应邀出任公司总工程师，并将联想汉卡的全部技术都带入了公司。

1989年11月14日，"中国科学院计算技术研究所新技术发展公司"正式更名为"北京联想计算机集团公司"后，倪光南担任该公司董事兼总工。

1994年，倪光南当选中国工程院院士。

1995年，被解除联想总工程师和公司董事的职务。

1999年，被联想集团解聘。

2011年12月4日，倪光南获得中国中文信息学会终身成就奖。2011年12月6日，倪光南被中国软件协会评选为中国软件产业十年功勋人物。

2015年，倪光南获得中国计算机学会终身成就奖。

2018年，倪光南获得中宣部、科技部和中国科协"最美科技工作者"称号。

有关资料索引：

《倪光南的联想资料》《联想之路》。

中关村的故事（17）联想系列三

联想股份制与个人持股

　　导语：柳传志运用超人的谋略，不仅完成联想公司的股份制改造，还把联想公司这块国有独资的"蛋糕"，成功切出一块归联想公司的创业者及员工个人所有，这是中关村国有企业家的神来之笔。

　　1984年11月9日，计算所公司（注：联想公司的前身）在中关村成立。

　　1994年2月14日，联想公司在香港证交所挂牌上市，总共发行6.75亿股。以当日溢价发行每股2港币计算，联想公司当日获得13.5亿港币。

　　1994年，港币对人民币的汇率为1：1.1，联想公司获得的资金折合人民币为14亿元以上。柳传志只用了10年的时间，将这家只有20万元资金的中科院所办公司变成为上市公司，本身就是一个传奇。更令人惊奇的是，联想公司还是中关村首家国有企业的上市公司，更加说明柳传志有过人之处。

柳传志。齐忠摄影。

A—创办联想：柳传志股份制改造第一步

1988 年 6 月 23 日，"香港联想电脑有限公司"在香港成立（注：以下简称香港联想公司）。

香港联想公司是由中国科学院计算技术研究所新技术发展公司（注：以下简称新技术发展公司）、中国技术转让有限公司（注：以下简称中技公司）、香港导远电脑系统有限公司（注：以下简称香港导远公司）各出资 30 万元港币，共 90 万元港币在香港成立的股份制公司。三方各占 33% 的股权。

香港联想公司董事长是柳传志。

当年中技公司在香港联想公司的实际控股决策人，是中国新技术进出口公司驻香港分公司。

香港导远公司在香港联想公司的实际控股决策人，是香港导远公司总裁吕谭平。

联想原总工程师倪光南，回忆当年成立的香港联想公司时，他说："吕谭平在联想公司成立时，只投资 30 万元港币，说明他的公司没有什么钱。"

中科院院长办公室原主任，后任联想公司董事会董事、公司财务主管马雪征女士，回忆在香港初次参观香港联想公司时写道："当年的香港联想公司是个小公司，只有几间小屋，让人很难相信这样的公司今后能创造上亿的经营额。"

当年柳传志对香港联想公司的评价是"瞎子背瘸子"，共同开拓海外市场。

联想公司公关部对"瞎子背瘸子"的解释是，"瞎子"是指新技术公司，该公司虽然有钱，有技术，有产品，但是不懂如何开拓海外市场，如同"瞎子"。"瘸子"是指香港联想公司，该公司熟知如何开拓海外市场，但是没有钱、技术、产品，如同"瘸子"。"瞎子背瘸子"各取所长，"瘸子"负责指引方向，"瞎子"负责大步快走。

其实香港联想公司的成立还有两大功能。

B—香港联想公司掌握新技术发展公司的生存命脉

当年的新技术发展公司研发制造的联想汉卡、联想板卡、联想计算机主要零部件及关键的芯片，全部要由香港进口。新技术发展公司没有进口指标，外汇额度只能花钱去购买，这增大了产品的成本。（注：企业当年进口电子产品，要有国家的批文。外汇也要有国家的批准，企业才能拿到。行业内称为进口指标、外汇额度）

香港联想公司成立后，因是合资公司，在银行能够开设"外汇"账户，申请外汇"额度"，拥有计算机及电子元器件进出口的许可证。可以进口便宜的电子元器件，出口自己的电子产品，合理地避开国家对计算机及电子元器件的进口税，当年国家对计算机及电子元器件的进口税率特别高，定为300%。香港联想公司的成立大大减少了新技术发展公司产品的成本，提高了企业产品市场竞争能力。香港联想公司成为新技术发展公司生产联想汉卡、联想板卡、联想计算机的生存命脉。

柳传志回忆香港联想公司的成立时说："当年按照国家规定，新技术发展公司不能生产制造计算机。香港联想公司成立后，可以生产制造计算机，这是一种曲线生产制造计算机的办法。"柳传志的话再次证明了香港联想公司的作用，因为联想计算机是继联想汉卡之后，联想公司唯一的生存支撑点。

C—香港联想公司让柳传志摆脱束缚

1989年11月14日，新技术发展公司更名为联想集团公司。从此联想集团公司正式进入股份制企业的轨道，让柳传志彻底摆脱国有企业那些不合理的条条框框的束缚。还有，联想公司从"所办公司"升级为"院办公司"。

康拓公司首任总裁秦革，对柳传志的股份制改造十分敬佩。他说："康拓公司是航天部502所创办的公司，康拓公司与联想公司一样也是所办公司。康拓公司最初的发展势头很好，有两个'拳头'产品，资金充足，康拓公司与联想公司当年相比不分上下。为什么今天康拓公司比联想公司差得好远呢？就是没有走公司的股份制改造这条路。1991年初，我在康拓公司刚刚提出，公司要对股份制改造进行探索时，马上遇到有关领导的反对。他们认为公司的股份制改造，是老板变相往自己口袋里装钱，是动摇军心，否认公司的股份制改造是迈向科学管理化的唯一途径。康拓公司由于没有进行股份制改造，公司的重大决策批准权，不是公司董事会而是502所的领导班子，一个19个人的领导班子。1994年，康拓公司是民生银行筹办单位之一，可以用1000万元买下民生银行1000万原始股。由于在讨论会上我没有说服19个人全部同意，所以康拓公司没有买。2000年12月19日，民生银行股票在上海证券交易所挂牌上市，股票上市的当天，每股市场价格为20元左右，康拓公司白白丧失了上亿元利润。"

从康拓公司总裁秦革的回忆中，人们不但看到中关村国有企业负责人尴尬的处境，还可以看到另一种"潜规则"，即国有企业的负责人必须听从上级领导的指示而不是经济规律，因为上级领导有权力把他们撤换掉。

当时柳传志面临的处境很尴尬，公司向前发展的每一步，他不但要听命于计算所的指挥，还要听命于倪光南的指挥。更要命的是，联想汉卡带来的巨额利润使公司有钱了，谁都可以当公司的老板，领导们可以在分分秒秒更换他。为此，柳传志迈出公司股份制改造的第一步是正确的，因为香港联想公司是股份制企业，企业的决定权在董事会！

香港联想公司成立后不久，在中关村联想公司营业大楼前的墙壁上，出现一条联想公司的宣传口号："人类失去联想，世界将会怎样？"

1994年2月14日，联想公司在香港证交所挂牌上市，总共发行6.75亿股。以当日溢价发行每股2港币计算，联想公司当日获得13.5亿港币。1994年，港币对人民币的汇率为1∶1.1，联想公司获得的资金折合人民币为14亿元以上。

发展就是硬道理！柳传志并不满足于这个成绩，他要在上市这块"蛋糕"中切出一块，把股份分给公司的创业者们包括自己。

D—柳传志的第一步：个人在公司的分红权

1990年左右，在联想公司股份制改造时，柳传志成立"联想控股职工持股会"（注：以下简称持股会）。执股会争取到联想公司年利润35%的分红权，再用分红所得的钱购买联想公司的股票。执股会不仅成为对员工实施产权激励的有利条件，也为员工购买联想股份创造有利的渠道。柳传志这想法是怎么来的呢？

1985年至1988年，社会的大环境对中关村高科技企业的生存不是太好，特别是对奖金发放上卡得特别紧。规定企业发给职工全年的奖金，不能超过职工两个月的工资，如果超过要上缴300%的奖金税。当年国企职工的月工资也就是50—60元，可是中关村电子一条街的公司职工年终奖金达上千元，中层干部达上万元。公司如果不发奖金很难调动员工和干部的积极性，发放奖金又缴不起奖金税。

1985年底，联想公司业绩不错，柳传志为了兑现年初的承诺，悄悄地为职工发放奖金。后来被人举报到中科院，中科院领导给了柳传志一个处分。

海淀有关同志对柳传志说："今后不要发奖金，可把要发的奖金记在企业账上，等有新政策再说。"柳传志听后用这些单记账的奖金，成立公司执股会。

柳传志推出的这种国有企业产权公私共有的公司执股会模式如下：

1.联想公司创业者们和骨干员工，在持股会占有很大的比例。

2.联想公司每年提出部分利润，用分红的方式分给公司的创业者们和骨干员工。但是这些分红的钱由持股会保存。

3.持股会用这笔分红钱，购买上市的香港联想公司35%的股权。

4.持股会再把35%的股权，分配给创业者们和骨干员工，以及持股会里其他联想公司员工。

2001年，柳传志对外界介绍公司创业者们和骨干员工持有公司股份比例时说："持股会中的公司创业者们和骨干员工有36名，每人持有公司0.5%的股份。我原来也一样，也持有公司0.5%的股份。中科院的领导给

我提了一下，成为持有公司 1% 的股份。"

按当年联想公司上市的公报计算，柳传志当年持有 1% 联想公司的股份，即 8000 多万股上市股票。

据了解，在有关方面批准了联想公司的"认股权"方案中显示，柳传志占有联想公司 1026.6 万股，购股权 672 万股。曾茂朝 408 万股，购股权 460 万股。马雪征 1907 万股，购股权 400 万股。这里所讲的"购股权"是指认股凭证，持有此证者可以预定价格购买公司新发行的股票（注：**一般低于当时市价**）。例如，联想公司发行新股时，市场发行价为每股 20 元，持"购股权"者可以用 1 元或者用低于发行价买入，转手就会获得巨额金钱。认股凭证，也可以在香港证交所交易。

联想公司原高级副总裁兼财务总监马雪征女士，在回忆持股会对待员工持股问题的态度时，她说："1997 年，在完成对北京联想的整合后，香港联想的股票有了一个非常好的上涨趋势。在这个时候，我向柳传志提出，香港的股市上有一种方式叫'员工持股权'，联想是否也可以实施。柳传志的热情超出我的意料，他非常支持这个计划。后来，我就按照当时国际通行的做法，做了第一版计划，能拥有持股权的范围大概有几百人。而当我把这个计划交给柳传志之后，他很不满意。他说，雪征，我要的是全员持股。当时我和柳传志发生了辩论。我的理由是，按照国际通行惯例，员工持股权给的都是对公司业绩有直接影响的中高层管理人员，而那个时候，包括一些工厂的工人在内，联想大概有几千人的规模，如果全员持股，又涉及内地和香港，后续的执行会面临极大难度。柳传志还是很坚持。他说，联想将是第一个施行员工持股权的中国公司，要让大家都感觉到自己是公司的主人，哪怕一人一手（2000 股）都得给。公司里的空气湿润很重要。"

联想公司持股会这种全员执股的做法，为柳传志在公司带来很高的人气。

持股会这种形式，最早出现在四通公司，又称"职业经理人股份制"。

1988 年，四通公司进行股份制改造，请来吴敬琏、刘纪鹏等经济学家参与，刘纪鹏提出成立一个新公司购买老公司股份的方案。四通公司负责人听取了这个方案并将其简化，用四通公司内部的"四通同仁基金会"，购买公司股份进行股份制改造，后因形势突变而终止。但是中关村各国有企业采纳了四通公司的方式，并称为"职业经理人股份制"。联想公司、北大方正等公司就是这样做的。

2016 年，北大方正公司官网在介绍公司时写道："北大方正公司是职业经理人股份制公司，职业经理人占公司股份的 30%。"

E—柳传志公司股份制改造的三步走战略

柳传志对联想公司的股份制改造，称为三步走战略。他说："第一步是小环境适合，往小环境上靠。第二步是中环境适合有利，往中环境上靠。第三步是大环境适合有利，往大环境上靠。大环境、中环境、小环境都不利于公司股份制改造的时候，站在原地不动等待时机，条件成熟再启动。"

联想公司成立执股会，这就是"第一步是小环境适合，往小环境上靠"。

中科院周光召院长大力推行"一院两制"时，柳传志把联想公司从计算所管理的公司，运作成为中科院管理的公司，使公司的股份制改造进入良好的环境。这就是柳传志所说的"中环境适合有利，往中环境上靠"。

1992 年底，邓小平的"南方谈话"，如同春风吹遍祖国大地。中关村又掀起第二次开公司的创业高潮，人们纷纷在海淀工商局申办注册公司。

1993 年初，海淀工商局每月批准开业的公司达到 700 多家。聚集在海淀和中关村新技术产业试验区的公司有 10000 多家，占全国公司总数的1/10，为公司股份制改造创造了良好的氛围。

柳传志就在这个时期，策划联想公司在香港上市，作为股份制改造重要的一步。

这也就是柳传志所说的"大环境适合有利，往大环境上靠"。

F—柳传志说退休后不能裤兜只有两个大窟窿

1998 年 11 月 7 日，中关村最大的商会泰山会，在北京顺义某高级度假村召开会议，会议的主题为"国有企业家与企业内部员工持股"。

参加这次会议的有著名经济学家吴敬琏，中关村园区原负责人陆昊，四通公司总裁段永基，联想公司总裁柳传志，大恒公司总裁张家林，中科院科技开发局原局长张宏，清华紫光公司原总裁张本正，时代公司第一副总裁王小兰女士，泰山会原秘书长华贻芳（**注：已故**），中国民营科技实业家协会原秘书长、科海公司首任总裁陈庆振，北京民营科技实业家协会原副秘书长齐忠等。

陆昊发言说："对国有企业家的束缚太多，权力有限。我出任北京清河毛纺厂负责人时，连批准工厂厕所改造的权力都没有。"

柳传志在这时打断了某某某的话向陈庆振提问："老陈，你退休后每月有多少退休费？"

陈庆振说："我是在 1995 年办理的退休手续，每月退休工资 600 多元，加上院里给的每月 150 元读报费，科海公司又上的一份养老金 100 多元，每月可以拿到的退休工资有 900 多元。"

陈庆振是中关村科海公司的创始人，担任过 13 年的公司总裁，科海公司是中关村电子一条街早期的四大公司之一。

1984 年，科海公司营业额已达到 3200 多万元，盈利 527 万元。1984 年科海公司中层干部的年终奖就是 1 万元，当年的 1 万元是中科院普通科研人员十几年工资的总和。陈庆振退休后中科院给的每月退休费还不到 1000 元，这点钱连公司一次小型饭局的费用都不够，这么大的落差谁也没想到。兔死狐悲，打马骆驼惊。陈庆振退休后的待遇，让中关村国有公司的老板们听后感到心酸。

柳传志听完陈庆振发言后说："联想公司内部员工执股一定要进行下去，一定要成功。我绝对不和科海公司总裁陈庆振一样，退休后把手插进裤兜里只有两个大窟窿。"

柳传志这话说得是"一箭封喉"，不仅表现出他钢铁般的意志，也代表了中关村国有公司老板的心愿，他们要求在企业股份制改造中得到应得的一部分财富是公平的，所以在场的国有公司老板们听后纷纷表示支持。

柳传志回忆联想公司股份制改造的过程时，他幽默地说："中关村国有高科技企业的股份制改造，是企业负责人的事情，并不是这些企业主管领导、主管领导的领导的事情。因为这些企业的领导们无论思想观念多开明、开放，他们都不会想到企业股份制改造这件事情，只有企业负责人不断推动企业的股份制改造，向这些领导们不断地陈述、介绍企业股份制改造的好处后，这些领导们才会帮助和支持企业的股份制改造。"

这是柳传志的真心话，虽然平淡却富有深刻的哲理。

柳传志这句话："我退休后把手插进裤兜里，不能只有两个大窟窿。"言从心声，让人们不仅可以触摸到真正的柳传志，还可以看到国有企业家的窘境。

有关资料索引：

1997 年至 2002 年联想公司审计报告；1998 年 12 月泰山会会议记录；《联想之路》等。

中关村的故事（18）联想系列四

柳倪跨世纪的生死战争

导语：1995 年 6 月 30 日，联想集团召开中层干部大会，在这次大会上宣布解除倪光南总工程师和公司董事职务。柳传志在大会上向员工讲述倪光南的状告信时，突然失声痛哭，泪下如雨，泣不成声。

柳传志说："不把我打入监狱，他绝不罢手。"柳传志所说的"他"就是倪光南。

倪光南说："原计算所所长曾茂朝怕我被联想公司解聘后，想不开自杀寻短见，多次找我谈话。"

由此可见，柳传志与倪光南的斗争，给双方的伤害有多深。令人惊叹的是，今天柳传志与倪光南的斗争仍没有结束，被称为柳倪跨世纪的生死战争。（注：以下简称柳倪的战争、柳倪之争）

A—柳倪的战争起因的各种戏说版本

从 1995 年到 2019 年，社会上对柳倪战争的起因，有各种戏说的版本。

1999 年 9 月 7 日，倪光南在互联网发布文章《我的自我批评》，他在文章中写道："这次解聘事件促使我深刻反思，觉得自己负有重大的责任。我认为经中央批准的中科院调查报告应作为统一分歧的基础，联合调查报告中提出的问题，均系工作中的不足和问题。调查中没有发现个人（包括港方人员）违法违纪问题。贷款给港方负债持股是基于当时客观条件和北京联想取得控股地位的需要，目前，港方已还清全部贷款和利息。我愿在此向柳传志同志公开道歉，因为当我把负债持股作为'流失'看待时，实际上就错误地理解了他的动机。"

倪光南在这篇文章中似乎向人们透露了柳倪的战争起因，是因为柳传志用贷款给联想公司的港方股东，使他们负债持股。其实倪光南只是向人们公布了状告柳传志的内容，并没有真正说出柳倪的战争真正的起因。

2000 年 2 月出版的《中国企业家》杂志，刊登了刘韧所写的文章《柳传志心中永远的痛》。刘韧在文章中对柳倪的战争的起因是这样描写的，他写道："在 1990 年，倪光南认定要开发的项目，别人怎么说都不行，柳传志、李勤当时也提不出反对意见，也认为倪光南说得有道理。到 1991 年、1992 年，柳传志、李勤慢慢理出了'贸、工、技'的思路，觉得倪光南立项太多，几十个项目一起上，联想能力跟不上，技术无法变成钱。第一个冲突，发生在 1992 年春节，李勤（注：时任联想公司副总裁）要设总工办，建立立项制度，定出研发的指导思想。晚上，倪光南给柳传志打电话，提出辞职，他说，总工我不当了，立项审批我不同意，成立总工办我不同意。"

刘韧这个柳倪的战争起因的版本只是沾了一点边，但是工作分歧之争，不会发展成为柳倪的战争。

2008 年 12 月 11 日，《第一财经日报》在报道柳倪的战争时写道："在 1994 年，'柳倪之争'并不是一个独特的事件，它其实是'中国制造'走到一个十字路口时的彷徨与争执。从'柳倪之争'一开始，媒体就把这解读为'市场派'与'技术派'的一次决斗。当年尚未完全成熟的联想最终还是选择了贸易—制造—技术的发展优先次序，循着这一发展思路，联想逐步成长

1992年12月19日，时任中科院院长周光召高举奖励倪光南一套四居室住房的"大红包"。齐忠摄影。

壮大，并在2005年一举并购了IBM的个人电脑业务。无独有偶，海峡对岸的电脑业巨头宏碁公司，当年也做出了和联想类似的选择。"

　　《第一财经日报》这段话的主题是，柳传志推出贸、工、技，作为联想公司发展目标，击败了倪光南推出的技、工、贸联想公司发展设想，从而引发了柳倪的战争。《第一财经日报》的这种说法，也成为大多数专家学者与报刊的共识。其实这个主题是站不住脚的，不可能引发柳倪的战争这场生死之战。

B—联想公司与官方述说柳倪的战争

　　1999年8月5日，国务院发展研究中心企业研究所发表《联想发展研究专题报告汇编》，该报告由联想公司委托而成。报告中对倪光南状告柳传志的经过是这么描述的："倪光南两次提出的问题都很敏感，一次是 1993 年北京联想账面亏损，另一次是 1995 年香港联想濒临破产。第一次院里派李志杰、曾茂朝代表计算所，联合调查解决了。

"1995 年，中科院免去倪光南联想公司董事、总工程师之职。倪光南第二次告到国务院。

"1997 年 8 月，中科院派出检查组调查两个月，并向某负责人汇报并经某负责人批示才了结此事。两次问题是由上级行政领导出面解决，不是按照规范的公司制企业的董事会投票方式解决。"

该报告由联想公司委托而成，所以……

那么柳倪的战争真正的起因是什么呢？

C—柳倪的战争第一个起因：科技企业谁是老板

1991—1992 年，在中关村有三大企业的产品名闻天下，即四通公司的四通打字机，联想公司的联想汉卡，北大新技术公司的北大华光电子出版系统。（注：后来更名为北大方正公司北大方正电子出版系统）

四通公司凭借四通打字机，登上了中国电子企业产品销售排行榜第一名。

联想公司凭借联想汉卡，成为中科院知名企业。

北大新技术公司凭借北大华光电子出版系统，成为中关村试验区的一匹"黑马"，1991 年底，公司账上自有资金达到 1 亿元人民币。

1991 年至 1992 年底，四通公司、联想公司、北大新技术公司，都在设想公司下一步怎么走？开发的产品是什么？这就产生一个问题，科技企业是谁说了算？科技企业真正的老板是谁？是科技人员还是企业经营者？

1991—1992 年，在中关村企业中分为科技派与经营派两大派。

科技派认为"科技企业靠科技产品起家，企业应该是科技人员说了算，科技人员是科技企业真正的老板"。

此时，有关部门又推出科技企业应以技、工、贸为"二次创业"的发展方向，使科技派的理论在中关村企业占了上风。

经营派认为"科技企业虽然靠科技产品起家，但企业应该是经营者说了算，经营者是科技企业真正的老板"。

1992 年 4 月 17 日，四通公司总裁段永基，在中关村首次提出四通公司"二次创业"的目标为"股份化、集团化、产业化、国际化"。

1992 年 5 月 15 日，四通公司正式被批准为北京市试验区第一家实行股份制的企业。因为公司股份化改制涉及公司每一个人分到多少股份，也就是多少钱的问题，是"血与火"的历程，四通公司内部发生严重内讧。

1992 年 6 月 11 日，四通公司创始人之一、公司董事、高级副总裁王安时从香港发来传真表示辞职。

1992 年 6 月 18 日上午，在四通公司董事长沈国均的主持下，在西直门外的中苑宾馆开会形成了一个决议，决议共四点：1. 不批准王安时辞职；2. 建议免去段永基的公司总裁职务；3. 建议四通打字机发明人、公司董事、副总裁王缉志任四通总裁；4. 四通的董事会成员不得兼任下属公司的总经理。四通公司董事会的董事沈国均、马明柱、李文俊、王缉志在这份决议上签名。这次事件被称为"倒段风波"。最后段永基凭借各种力量推翻了这份决定，保住公司总裁职务。王安时、王缉志、张齐春和王玉海四位副总裁离开了四通公司。

四通公司经营派段永基击败科技派王缉志的真正原因，是在 1992 年四通打字机离开王缉志也能生产，科技派代表人物王缉志已不再重要。

1988 年，在四通打字机刚刚起步的研发生产阶段，四通公司董事会成员中没有王缉志，王缉志给公司总裁某某某打电话表示不满，某某某立即把王缉志安排到四通公司董事会中。从这里也可以看出，科技派能否获胜，在于公司生存是否依靠科技派。

1991 底，北大新技术公司首任总裁楼滨龙为了公司向正规化发展，提出公司规划："公司应该改变校办企业的形式，公司产权要与北京大学、王选院士的北大计算机研究所分清。北京大学不得无偿调用公司资金，公司与王选院士的北大计算机研究所的关系，只是公司向北大计算机研究所购买其专利的关系，王选院士不得指挥公司发展方向与产品开发。"

今天来看，楼滨龙的规划是正确的，有利于公司的发展，但是当年的环境是不允许执行楼滨龙的规划的，最重要的是，楼滨龙只有"方正汉卡"几千万元利润的王牌，对于王选院士的北大华光电子出版系统这个垄断中国报刊出版业市场的产品来说是太渺小了。

1992 年 7 月 15 日，北京大学副校长李根模到北大方正公司宣布，任命楼滨龙为"校办产业办公室"副主任，免去公司总裁职务，任命晏懋洵为总裁。

1992 年 12 月 12 日，北京北大方正集团公司正式成立。

1995 年 7 月，晏懋洵下台，张玉峰出任北大方正总裁。张玉峰上台后第一件事，就是把王选院士的北大计算机研究所并入北大方正，研究所的科研人员享受公司高薪。由此结束了王选院士夫人陈堃銶教授所说的"研究所出的专利，公司赚大钱"的历史。

1995 年 12 月 21 日，北大方正在香港联合交易所上市，王选院士出任上市公司董事会主席。不久，张玉峰这个使楼滨龙、晏懋洵下台的策划者，也离开北大方正公司，自己另立公司。

这是中关村公司中科技派战胜经营派的实例。科技派胜利的原因在于实力太强大，北大方正公司经营派，如果不向科技派低头，科技派就会选择其他公司为合作对象，当年北大新技术公司合资企业"北佳公司"合资方日本佳能公司，就多次提出要与王选院士的北大计算机研究所合作。

1993 年，联想公司决定公司在香港上市，联想公司推出公司赢利的多种产品，为股民们画出一幅美好的蓝图，争取上市一炮成功。联想公司的产品有房地产、联想板卡、联想微机、联想程控交换机、联想激光打印机、筹建 ASIC 芯片设计中心、联想金融平台软件、联想 Office 等一大批科技产品，联想公司总工程师倪光南负责科研开发项目。

联想公司在烟台、福州买地，用 8000 万港元在广东惠阳买了大块地，后来成为"联想惠阳工业园"，作为联想板卡的生产基地。联想公司这个举措使海淀试验区十分震惊，被称为中关村公司"孔雀东南飞"。联想板卡快速地占领了市场，又出口到欧洲，几乎成为代替联想汉卡的下一个"拳头"产品。更为惊人的是 ASIC 芯片设计中心。

1994 年 5 月，香港联想公司公关部为此专门出了一个"新闻剪影"，收集了十多家报纸的报道，它们都对这项合作给以很高的评价。由于该联合设计中心可以依托复旦大学的 ASIC 国家实验室（投资已达 180 万美元），所以投资额相对较小，总股本金为 1200 万元人民币，联想预计占 55%，合 660 万元人民币。

1994 年 8 月，倪光南担任了国家经济贸易委员会的"多媒体技术"国家技术开发项目的技术组长，他为联想公司申请了一个"多媒体芯片和板级产品技术"项目，得到了国家经贸委 1100 万元的科研费和数千万元的贷款支持。倪光南很高兴，认为这样联想连钱都不用出，就可以建立 ASIC 设计中心，应当没有什么风险了。

1994 年 9 月 20 日，在倪光南的推动下，由柳传志批注的"联想集团九五规划"把 ASIC 芯片作为一项战略目标，提出"建成专用芯片 ASIC 开发、设计中心，集团公司内设有国家重点实验室，开发重点是高性能接口芯片、多媒体芯片、全定制 VLSI 专用芯片"。

这个 ASIC 芯片设计中心，就是今天支持倪光南一派，指责柳传志不发展研制芯片，而去组装计算机的"证据"。

1994 年 1 月 1 日，第一台联想程控交换机 LEX5000 在河北廊坊顺利割接，该产品替换了旧式的程控交换机，获得开局成功。

1994年7月，联想程控交换机拿到了入网证，可以批量销售，程控部在上地联想微机生产部的五层开设了程控交换机调试生产线。联想程控交换机制造部门已成为公司第二大部。

联想程控交换机科研项目，也是今天支持倪光南一派，指责柳传志不发展好的研制项目，被华为"捡漏"的"证据"。

1994年2月14日，香港联想公司在香港证交所挂牌上市，总共发行6.75亿股。以当日溢价发行每股2港币计算，香港联想公司当日获得13.5亿港币。从账面上看，香港联想公司拥有的巨额资金，开发以上众多科研项目是"小菜一碟"。

天有不测风云，人有旦夕祸福。刚刚上市的联想公司在联想板卡上狠狠地跌了一跤，面临破产倒闭境地。

柳传志回忆当年联想板卡事件时，他说："联想板卡刚刚进入市场，并打入欧洲市场时，前景非常看好。可惜当跨国公司进入板卡市场后，板卡的价格一夜之间跌落几十块钱，造成联想板卡卖不出去，库存有几千万元的货。"

1994年6月6日，"五笔字型"发明人王永民，向北京市中级法院状告联想公司生产的联想汉卡、计算机中非法使用专利技术，要求联想公司赔偿840万元人民币，创下中国大陆知识产权案诉讼标的额最高纪录，这件事又给刚刚上市的联想公司股价以重创。

1995年4月—1997年3月，因联想汉卡退出市场，联想板卡产品又销路不好，香港联想公司连续两年出现巨额亏损，合计达2.5亿港元。

1996年，香港联想公司财务无法周转，靠巨额贷款渡过难关。

1996年8月16日，香港联想公司股票最低曾降到0.29港元一股。

香港联想公司面临倒闭，如果香港联想公司倒闭，北京联想公司也会倒闭破产。因为，1994年2月14日，香港联想公司挂牌上市，总共发行

6.75 亿股，北京联想公司执有 2.618 亿股。

（注：联想公司上市时，把公司优质资产也就是赚钱的部门，并入香港联想公司，如联想汉卡制造部门、联想板卡制造部门等，让香港联想公司股票大幅上涨。一些不赚钱的部门留在联想公司，称为"北京联想公司"，这也是内地企业和中关村公司在香港上市的手段之一）

1994 年秋，柳传志已经发觉公司大事不好，采取措施逐步放弃科研产品的开发投入，用公司的全部人力、物力、财力应对倒闭难关。

柳传志的这种做法引发倪光南的不满。倪光南认为，联想公司是科技企业，开发和放弃科研产品的决定，应该由科研人员说了算，科研人员才是真正的老板，也就是他才是联想公司真正的老板。

为了对抗柳传志，倪光南想把程控交换机部改为子公司。倪光南认为，如果变成子公司，就可以自己去争取贷款，以当时联想公司的声誉、他们的关系、程控部的实力，争取贷款不是问题。

柳传志对这种另立"山头"的做法相当痛恨，用办法使倪光南的这个计划流产，也引发倪光南对柳传志的不满。所以，科技企业谁是真正的老板？谁说了算？这是柳倪战争第一个起因。

D—柳倪的战争第二个起因：金钱是谁的

生理学家说："人看到金钱后，眼睛的瞳孔自然会放大一倍。"

1994 年 2 月 14 日，香港联想公司在香港证交所挂牌上市，总共发行 6.75 亿股。以当日溢价发行每股 2 港币计算，香港联想公司当日获得 13.5 亿港币。

1994 年，美国《福布斯》杂志首次评选中国大陆"富豪榜"，第一名也就是"首富"为南德公司总裁牟其中，他的财富为 3 亿元人民币。

从《福布斯》杂志的"富豪榜"来看，联想公司上市获得的，可造就

4 位中国大陆"首富"。在这座"金山"面前，联想公司所有员工都有个想法——"我能分到多少钱"？

香港联想公司用股票这张纸，换来的巨额财富是谁的？香港联想公司董事会主席柳传志，计算所原所长兼北京联想公司董事长曾茂朝，联想集团公司大股东中科院，当年都很难回答这个问题，但又必须回答这个问题，因为有关人员想获得应得的股份。

倪光南回忆当年香港联想公司上市的情景时，他说："当时我和公司的许多人都想买点联想原始股票，因为大家都知道联想股票上市后肯定上涨，白赚到不少钱。可是我向柳传志怎么讲都不行。联想股票上市后我出差到香港，自己掏钱才在香港证券交易所买了一些。柳传志把巨款借给香港人吕谭平等三人，让他们用这笔钱买下大量联想'原始股票'发了横财，谁能说清楚这里面的内幕。"

倪光南没有得到一股"原始股票"，他的心中就燃起对柳传志的愤怒，从此走上了实名状告柳传志的柳倪战争之路。

E—柳倪的战争：倪光南状告柳传志使国有资产流失

第一状：柳传志把巨款借给香港人吕谭平等人

1994 年夏，倪光南向众多有关部门实名状告柳传志，主要状告柳传志利用香港联想公司上市，把巨款借给香港人吕谭平等三人，使国有资产大量流失，以下是倪光南状告的主要内容。

香港联想公司注册资金只有 90 万元港币，原股东为三家公司。

1. 新技术公司。

2. 香港导远电脑系统有限公司，也就是吕谭平等三人。

3. 中国技术转让有限公司下属的中国新技术进出口公司驻香港分公司。

三家公司中的两家中方公司占香港联想公司股份的 67% 左右，香港导远电脑系统有限公司吕谭平等三人占 33% 左右。香港联想公司要想在香港证券交易所上市，就必须增大注册资金扩大公司股份。

1994 年 1 月 15 日，香港联想公司在上市招股书中说明："1992 年 10 月 15 日，北京联想公司通过其全资子公司南明公司增资扩股 9890 万港元（合 1270 万美元），香港联想公司股本金增至 1.1 亿元。"

香港联想公司通过增资扩股，使新技术公司约占香港联想公司股份的 63% 左右，香港导远公司香港人吕谭平等三人约占 33%。由于中国新技术进出口公司驻香港分公司，没有参加香港联想公司的增资扩股，该公司从占有香港联想公司 33% 股份，降为占有 3% 的股份。但是香港导远公司香港人吕谭平等三人没有钱增资扩股，是柳传志借钱给他们的。

1993 年 6 月 28 日，柳传志在北京联想董事会召开财务工作会议，将 3000 万美元专项贷款中的 1270 万美元借给南明公司，再由南明公司将这 1270 万美元中的 552.58 万美元借给香港导远公司吕谭平等三人，作为香港导远公司对香港联想公司的增资扩股资金。

让倪光南不可理解的是，柳传志动用公司专项贷款 552.58 万美元，借给香港人吕谭平三人，让他们用这笔钱来对香港联想公司增资扩股，占有 2.08 亿股联想公司的"原始股票"，这些"原始股票"在上市的当天就价值 4.16 亿元港币。再加上吕谭平在倪光南面前炫耀大股东的身份，更是火上浇油。

倪光南回忆该事时说："柳传志把巨款借给香港人吕谭平等三人，是指 1993 年 6 月 28 日，柳传志背着北京联想董事会召开财务工作会议，将 3000 万美元专项贷款的 1270 万美元借给南明公司。再由南明公司将这 1270 万美元中的 552.58 万美元借给香港导远公司吕谭平等三人，作为港商对香港联想公司的增资，这在招股书上没有任何记载。"

倪光南这里所说的"原始股票"，是指香港联想公司在上市前公司投资者所持有的股票。香港联想公司没有上市前的增资扩股举措，使三家公司购买每股的价格为"1元"。任何公司在上市时都会溢价发行股票，每股售价在1.1—20元。香港联想公司上市时的股票也是溢价发行。

1994年2月14日，香港联想公司挂牌上市，总共发行6.75亿股，其中北京联想得到2.618亿股，香港导远电脑系统有限公司吕谭平等三人得到2.08亿股，中国技术转让有限公司下属的中国新技术进出口公司驻香港分公司，仅得0.15亿股。香港联想公司股票溢价发行，每股价格为1.33港元，由于投资者超额认购达405倍，上市当天香港联想公司股票升至每股2.2港元。

1994年，香港联想公司上市后，最高每股价格达到4港元，吕谭平等三人只要抛出手中部分股票，就可还清联想的债。联想公司每股价格最高达到40多港元，持有该公司"原始股票"的吕谭平等三人发了大财，他们手中的财富可达上百亿港元。在香港联想公司上市后，倪光南没有得到一股"原始股票"，他的心中燃起对柳传志的愤怒，状告柳传志是必然的。

1995年4月—1997年3月，香港联想公司破天荒地连续两年出现巨额亏损，合计达2.5亿港元，1996年公司财务无法周转，靠国家巨额贷款渡过难关，吕谭平等三人虽是香港联想公司大股东，却未出一分钱支持，未承担任何风险。

1995年6月30日，倪光南被免职后，中科院一个局长宣读中科院调查组"关于联想集团领导班子出现分歧的情况通报"。局长称"没有发现材料证明柳传志同志存在个人经济问题，倪光南同志所提的意见，大部分都没有确切的根据，与事实不符"。此后倪光南实名继续向上级领导反映，并一直呼吁及时追回非法给港商的贷款，避免国有资产流失。

第二状：告柳传志把中关村计算所黄金地产白给香港联想公司

1996年，香港联想公司因经营危机面临破产倒闭，柳传志要求将位于中关村计算所的80000平方米科研用地，并入香港联想公司，使香港联想公司渡过破产危机。今天，北京中关村 80000 平方米地皮的价格，高达千亿元人民币。联想公司正是用该地创办了"融科置地"房地产公司，并在该地盖起高档楼房。

倪光南再一次状告柳传志，指责此举再次使国有资产大量流失。倪光南这一状告得狠，让联想公司遭受巨大损失。

当年联想公司对外宣称，"由于倪光南的告状，使 1996 年的北京联想向香港联想注资整合工作推迟半年多时间，失掉了最好的时机，造成巨大的经济损失"。中科院计算所原所长、联想集团董事长曾茂朝也证实了这一点，这使柳传志下决心与倪光南分道扬镳。

1999 年 9 月 1 日，联想集团召开新闻发布会，中科院计算所原所长、时任联想集团控股公司董事长曾茂朝对外宣布："从 1999 年 9 月 1 日起，对倪光南同志进行解聘。四年多来，倪光南同志持续不断地向国家各级领导机关，控告联想集团主要领导人在经营活动中存在若干'重大问题'。于是，1997 年 8 月，中国科学院党组秉承上级指示，组织全面调查取证，但最后结论是：倪光南'所提出的四个方面的问题，均系工作中的不足和问题，调查中没有发现个人（包括港方人员）有违法违纪问题'。但最近两年，倪光南不顾科学院领导向他传达的调查结论，继续利用全国政协提案，以及通过互联网向两院院士和院机关领导干部发送电子邮件、向各研究所领导寄发文字材料等，继续片面宣扬联想集团主要领导人的'重大问题'，这些都严重影响了公司正常的业务运营和管理工作。"

1995 年 6 月 30 日，联想公司宣布解除倪光南在联想公司担任的总工程师和董事职务。

1999 年 9 月 1 日，联想公司再次宣布联想公司解聘倪光南，等于宣告倪光南状告柳传志失败了。倪光南为什么失败了呢？原因是什么呢？

F—新哥德巴赫猜想：倪光南状告柳传志失败的原因

从 1994 年倪光南首次状告柳传志，到 2019 年已经过去了 25 年。倪光南和柳传志两人在这 25 年中，向社会的方方面面、报刊媒体不断诉说柳倪的战争的前因后果。他们还通过互联网展示联想公司大量的内部相关资料，证实对方是错误的，自己是正确的。面对这些资料和倪光南与柳传志两人的诉说，人们很难分清谁对谁错，倪光南状告柳传志失败的原因是什么？如同"新哥德巴赫猜想"摆在人们的面前。

在《柳传志心中永远的痛》这篇文章里，柳传志称："倪光南当时有个错误估计，就是认为联想没有他不行。但没有他，我也能成，他就开始到院里告我，院里做了一番调查，老倪挨了八棍，我挨两棍。当时，我内心实际上是不平衡的，既然调查了，我总要有点缺点吧，后来，我就说，是不是我个人意见太第一了？其实我一点都不个人意见第一。调查完，我没事了吧，那你还能当总工吗？真到我要动手的时候，他有什么还击能力啊。"

柳传志这段话中的"老倪挨了八棍"，是指那些人打了倪光南"八棍子"吗？似乎很神秘。其实顺着倪光南状告柳传志的金钱"路线图"，看看倪光南动了哪些人的"奶酪"，就不难看出打了倪光南"八棍子"的是谁。

倪光南状告柳传志，将 3000 万美元专项贷款中的 552.58 万美元，借给香港导远公司港商吕谭平等三人对香港联想公司进行增资，使港商吕谭平等三人白白拥有巨额香港联想公司的股份，造成国有资产大量流失。

如果倪光南的告状成功，肯定动了港商吕谭平等三人的"奶酪"，这三个人肯定恨倪光南，每人也肯定给倪光南一"棍子"。

在有关方面批准联想公司的"认股权"方案中显示，柳传志占有联想公司 1026.6 万股，购股权 672 万股。曾茂朝占有联想公司 408 万股，购股权 460 万股。马雪征占有联想公司 1907 万股，购股权 400 万股。

这里所讲的"购股权"是指认股权证，持有此证者可以预定价格购买公司新发行的股票，认股权证也可以在证券市场交易。(注：**执有认股权证购买新发行的股票一般低于当时市价**) 例如，联想公司发行新股时，市场发行价如果为每股 20 元，持"购股权"者可以用 1 元买入，转手便会获得巨额金钱。

曾茂朝和马雪征还在中科院有广泛的人脉关系。曾茂朝原任中科院计算技术研究所所长，1995 年 2 月—2009 年 9 月 8 日，出任联想集团公司董事长。从曾茂朝情况来看，倪光南告柳传志等于告曾茂朝。正是在曾茂朝任联想集团公司董事长期间，倪光南在联想集团公司的董事、总工程师职务被解除。

1999 年 9 月 1 日，曾茂朝亲自宣布："从 1999 年 9 月 1 日起，对倪光南同志进行解聘。"

1999 年 9 月 9 日，曾茂朝就不再担任联想集团控股公司董事长了。可见曾茂朝在辞去担任联想集团控股公司董事长前，干的最后一件大事就是解聘倪光南。

马雪征，曾是中国科学院最年轻的处长、主任。马雪征自称"我在中科院的时候，接触的对象主要是学术界与政府界的谈判对象，杨振宁、李政道都是我的朋友"。

1990 年，马雪征任香港联想公司总经理助理，1992 年升任联想集团的副总经理。1997 年，任上市公司香港联想执行董事及财务总监。

马雪征回忆去香港联想公司工作时，她说："如同离开城市去延安。"

联想公司给予马雪征的回报不仅丰厚，还令人惊讶。因为在联想公司股权分配中，马雪征是 1907 万股，购股权 400 万股。柳传志是 1026.6 万股，购股权 672 万股。

马雪征比老板柳传志还多拥有 880.4 万股联想股票这件事，可能永远是个谜。有记者就这件事问柳传志时，柳传志回答说："我给马雪征打工。"

所以，倪光南以柳传志在联想公司香港上市中，使国有资产流失为由，向各部门状告柳传志，等于变相地状告香港导远公司港商吕谭平等三人、中科院计算技术研究所原所长曾茂朝等人，以及涉及香港联想公司上市的各部门。

虽然从以上数据可以清晰地看到倪光南状告柳传志失败的原因是金钱，但是，有些事情用钱也是解决不了的，有些疑问如同谜团一样，还是一道"新哥德巴赫猜想"。如何破解这道"新哥德巴赫猜想"？其实很简单，大家都忘掉了两个"数据"，一个是计算所公司，另一个是公司事务行政化处理。

一、计算所公司被雪藏多年的秘密

多年来柳传志、倪光南，以及支持柳传志、支持倪光南两大阵营的专家、学者及所有的人，都没有提到计算所公司，缺少这个关键"数据"，是无法解开倪光南状告柳传志失败的原因这道"新哥德巴赫猜想"的。

1984年11月9日，"中国科学院计算所计算机技术公司"在海淀工商局正式注册，这是联想公司最初的名字。（注：以下简称计算所公司）

1988年，中科院计算所又在海淀工商局注册了"中国科学院计算技术研究所新技术发展公司"（注：以下简称新技术发展公司）。新技术发展公司占有计算所公司60%的股份，是计算所公司的主要控股股东。

1997年4月29日，中科院计算所与北京市海淀区供销合作社，双方达成终止联营协议。计算所公司后更名为北京联想公司，沿着计算所公司发展的路线图是这样的：

计算所公司——北京联想计算机集团公司——香港联想（上市公司）在内地投资的独资企业。

1988年，中科院计算所又在海淀工商局注册了"中国科学院计算技术研究所新技术发展公司"。（注：以下简称新技术发展公司）沿着新技术发展公司发展路线图是这样的：

1988年，新技术发展公司成立，并持有计算所公司60%的股份。——

1988 年 6 月 23 日，新技术发展公司与中国技术转让有限公司香港分公司、香港导远电脑系统有限公司各出资 30 万元港币，在香港成立"联想电脑有限公司"。——1994 年 2 月 14 日，香港联想公司挂牌上市。——1995 年，香港联想公司亏损 1.5 亿港币，面临破产倒闭。新技术发展公司为了挽回香港联想公司破产的局面，准备整合北京联想与香港联想的业务，将北京联想的优质资产与香港联想的股权进行置换。新技术发展公司，整合北京联想与香港联想业务的实质内容为，"将中科院计算所在中关村寸土寸金地皮纳入香港联想，换取香港联想的股份"，北京联想的其他资产由新技术发展公司接管。——1998 年 6 月，整合完毕。北京联想成为香港联想的子公司，新技术发展公司成为香港联想的控股股东。

从计算所公司发展路线图，新技术发展公司发展路线图，人们不难看出不合乎情理的事情。

新技术发展公司是计算所公司的主要控股股东，新技术发展公司本来就有权接管计算所公司，并把计算所公司的全部资产注入香港联想公司，不用搞什么整合与股权置换。

问题是计算所公司是否真正拥有中科院计算所地产这块优质资产？

如果计算所公司拥有中科院计算所地产这块优质资产，倪光南状告柳传志必然失败。

如果计算所公司不拥有中科院计算所地产这块优质资产，倪光南状告柳传志必然胜利。

去工商部门查一查，1995 年，计算所公司注册资本有多少，就可以知道计算所公司是否真正拥有中科院计算所地产这块优质资产。

二、公司事务行政化处理

倪光南状告柳传志的全部历程，是采用行政化的手段，对倪光南状告柳传志的处理方式也是采用行政化。也就是说由中科院上下级行政领导来处理。

可惜倪光南状告柳传志的全部事情，都是联想公司的事情，正确的处理方式，应由联想公司董事会全权处理。这也是人们所忽略的重大"数据"。

例如，倪光南状告柳传志第一状，柳传志把巨款借给香港人吕谭平等人这件事，本身是联想公司内部的事情，应由当年的联想公司董事会全权负责处理。

如果柳传志把联想公司的巨款借给香港人吕谭平等人这件事，联想公司董事会批准了，柳传志是没有任何过错与责任的。

如果柳传志把联想公司的巨款借给香港人吕谭平等人这件事，联想公司董事会没有批准通过，柳传志就违反了公司董事会原则，联想公司董事会有权力对柳传志进行处理。

查一查当年联想公司董事会的记录，多简单。

例如，倪光南状告柳传志第二状：告柳传志把中关村计算所黄金地产白给香港联想公司。

这也是联想公司内部的事情，应由联想公司董事会全权负责处理。

联想公司董事会是否知道，它的控股公司计算所公司真正拥有中科院计算所地产这块优质资产。

如果联想公司董事会知道，计算所公司真正拥有中科院计算所地产这块优质资产，柳传志没有任何过错与责任。

如果联想公司董事会知道，计算所公司不拥有中科院计算所地产这块优质资产，联想公司董事会要负全部责任。

所以说，倪光南状告柳传志的全部历程和处理手段，采用的是行政化手段，而不是公司化处理方式，这是倪光南状告柳传志失败的主要原因，也注定了倪光南肯定是告不赢的！

虽然倪光南今天还在状告柳传志的路上，但是这条路……

假如，当年在钓鱼台国宾馆，柳传志找倪光南商谈后，倪光南停止了

国务院发展研究中心企业研究所《联想发展研究专题报告汇编》。齐忠摄影并收藏。

告状。

假如，当年倪光南和柳传志都没有去联想公司，还在中科院工作。

今天的柳传志与倪光南这两位已过古稀之年的老人，是什么样子呢？可能是坐在一起下下棋，玩玩牌，聊聊天，喝上几杯小酒的老朋友。人生苦短，人生几何！

有关资料索引：

国务院发展研究中心企业研究所《联想发展研究专题报告汇编》、2000 年第 2 期《中国企业家》杂志文章《柳传志心中永远的痛》。

中关村的故事（19）四通系列一

四通创业历史

导读：中关村四通公司的创业历史，是研究中国改革开放从计划经济向市场经济转变、中国科技体制改革、中国民营科技企业从集体所有制向股份制转变最好的企业案例，四通公司永远是摸着过河的那块"石头"，时代的活化石！

1987 年，中关村四通公司年营业额为 5.1428 亿元人民币，上缴国家利税 3600 万元人民币，成为中国民营企业的旗帜。当年四通公司的年营业额占中关村所有公司年营业额的 50%，谁能想到这是一家乡镇企业。

A—四通公司起源：春天的一次聚会

1984 年 5 月 11 日，北京市海淀区四季青乡政府下属的化轻公司出资两万元人民币，在海淀区工商局正式注册"北京市四通新兴产业开发公司"，企业性质为乡镇企业，企业所有制为"集体企业"，这就是中关村大名鼎鼎的四通公司。四通公司的诞生过程，是 1984 年春天在印甫盛先生家中，因一次朋友聚会而来。

左起：四通公司董事长段永基、印甫盛、四通公司原总裁朱希铎。齐忠摄影。

创办四通公司第一人印甫盛先生，在回忆当年四通公司诞生的过程时，他写道："1984 年 3 月，刘海平（注：当时在北京计算机三厂工作）、吴本寻（注：当时在中科院院部工作）和王晓霞（注：当时在北方交大工作）来找我和我的夫人刘菊芬（注：当时在国家科委新技术局工作），聊起机关的一些工作，觉得非常压抑，有劲使不出，想离开这种环境，下海办公司。我们聊得很投机，但是，真正离开机关丢掉'铁饭碗'，还是心里没有底，也不知道怎样办公司。还是刘菊芬出主意先摸摸情况，再找贾春旺商量商量。当时京海公司已成立，我们以为是北京和上海共同办的公司，就骑车前去拜访，一打听才知道是中科院计算所的科研人员同海淀区合办的。我们觉得有希望，刘菊芬就给贾春旺打电话，贾春旺在电话里说'这是好事啊'。晚上他就骑辆破自行车来到我们家，当时我们住在魏公村小区。贾春旺说'你们要搞公司我支持，但你们跟我没有组织上的联系，我们得想想这事怎么办？'"

（注：京海公司是由"北京市城市生产服务合作总社"下属的"北京市海淀区海淀街道生产服务合作联社"投资，借调中科院计算技术研究所第四室工程师王洪德等八名科研人员开办的企业，也就是街道办的企业，并不是海淀区办的企业）

印甫盛，毕业于清华大学自控系计算机专业。学生时代曾任党支部书记。1980年2月，出任北方交大计算所副所长。印甫盛的夫人刘菊芬，毕业于清华大学无线电系。1984年，在国家科委新技术局工作，她是中共元老刘宁一的女儿。刘菊芬后来出任四通公司副总裁、董事、新浪网总工程师等职。

四通公司在成立之初，曾得到海淀区委书记贾春旺的大力支持，这也是因为印甫盛引见而来。某某某出任四通公司首任总裁，也是因印甫盛极力推荐而成。刘菊芬夫妻有广泛的人脉关系，为四通公司的创建立下汗马功劳。

印甫盛先生在回忆录中写道："过了几天，贾春旺打电话给我，说晚上到区委会议室开个会，我和刘菊芬、某某某去的，我们是第一次到他办公室。老式的办公楼楼道里黑乎乎的，办公室在朝阳的房间，进门右手边是张单人床挂张蚊帐，再往里走靠窗户有张小办公桌，贾春旺面朝西坐在办公桌前，旁边有几把折叠椅，我们每人抓把折叠椅刚准备坐下，秘书说'李乡长到了，大家到会议室去吧，这里太小'。我们几个人在会议室里首次见到四季青乡李文元乡长，还有他弟弟李文俊。贾春旺把我们几个人介绍给李乡长，他说'你们可以合作，由李乡长给区里写报告'。"

贾春旺，男，清华大学工程物理系实验核物理专业毕业，时任海淀区委书记，他是中关村科技公司最强劲的支持者之一，他曾经说："科技人员到中关村创业，被开除党籍没关系，海淀可以让他重新入党。"

B—四通公司成立大会及参会人员

1984 年 5 月 16 日晚 7 点，在海淀区四季青乡政府的贵宾室，召开四通公司成立大会，有以下人员参加。

海淀区及四季青乡等相关人员有：

贾春旺（注：时任海淀区委书记）

李润齐（注：时任国家科委信息所所长）

李文元（注：时任四季青乡乡长，他后来也到四通公司工作）

李文俊（注：时任四季青乡电路板厂厂长，他是李文元之弟，后来被四季青乡派到四通公司工作，任四通公司董事兼副总裁等工作直到退休）

刘子明（注：时任四季青乡化轻公司的总支书记，后来被四季青乡派到四通公司工作，负责公司财务工作，1990 年又回到四季青乡政府工作）

任德生（注：时任四季青乡化轻公司总经理）

张彦忠（注：时任四季青乡化轻公司副经理）

吴志宇（注：时任四季青乡化轻公司财务副经理）

任树德（注：时任四季青乡化轻公司办公室主任）

杨勇清（注：时为四季青乡工业办公室工作人员）

中科院等单位科研人员有：

印甫盛（注：时任北方交通大学计算所副所长）

某某某（注：时任中科院计算中心工程师）

沈国钧（注：时任中科院计算中心工程师、科海公司电脑部经理）

万达邦（注：某某某之父，会计师。清华大学搞财务工作已退休，后出任四通公司财务部负责人）

李玉，女（注：某某某之妻，时为中科院工作人员，后出任四通公司人事部负责人）

刘海平（注：时为北京计算机三厂科研人员，曾在四通公司任重要职

务。1985年1月2日，辞去四通公司职务在中关村创办先锋公司）

龚克，女（注：时为北京计算机三厂科研人员，后出任四通公司副总裁）

吴本寻与王晓霞夫妇（注：时为中科院院部工作人员、北方交通大学工作人员）

石政民与王笑言夫妇（注：时为国家气象局工作人员）

李龙坎与李雪坎兄弟（注：李龙坎时为中科院109厂工作人员；李雪坎时为中科院计算中心工程师）

康晓敏，女（注：时为《中国日报》摄影记者，她为四通公司成立留下了珍贵的照片）

廖仲武、康小梅等人。

C—四通公司初期的管理架构及成员

四通公司成立大会由任树德主持，李文元宣布四通公司成立，并且宣布了领导班子组成名单：

名誉董事长：于光远（注：著名经济学家、时任中国社会科学院副院长）

四通公司董事长：李文元

副董事长：沈国钧、刘子明、刘菊芬、张彦中

总经理：于小红（注：于光远之女，不久换为某某某）

副总经理：沈国钧、任树德

不久又增加以下人员：

副总经理：王安时（注：中科院自动化所原工作人员）

王缉志（注：王缉志毕业于北京大学数学系，中国语言学家王力之子，时为冶金部冶金研究所科研人员。1984年11月3日，因向单位申请调到四

通公司工作，单位不同意并将其开除，是中关村公司高管中被开除公职"下海"第一人。后任四通公司董事会董事、副总裁、总工程师，因发明四通打字机名闻中国，该发明是中关村及中国 20 世纪 80 年代最伟大的个人科研成果发明）

段永基（注：段永基毕业于清华大学，北京航空学院研究生，时在中国航空材料研究中心任研究室副主任。1984 年 7 月加入四通公司。后任四通公司董事会董事、副总裁、总裁、董事长。1993 年 7 月 13 日，他带领四通公司成功地在香港上市，使四通公司成为中关村及中国大陆首家上市的民营科技企业）

当年四通公司与四季青乡政府利润分配规定为：四通公司形成的利润，40% 留给公司，用于福利基金和奖励基金；60% 上交四季青乡政府。四季青乡政府再把 60% 中的 40% 作为"四季青"下拨的发展基金，返还四通公司作为福利基金和奖励基金，四季青乡政府当时是一级核算，形成的利润都要走这个上交下拨的手续，实际上四季青乡政府只留下 20% 的利润。

为什么叫"四通"公司呢？四通公司的创始人印甫盛、某某某、刘子明他们的解释是："四通"中的"四"字来自四季青乡的"四"，"通"来自四通八达、事业顺畅、路通四海的意思，非常吉利。同时还包含另一个含义，"四通"的英文名字为"STONE"，意思是石头。可以把四通公司当作改革开放的问路石、铺路石。

四通公司官方在介绍公司成立的时间、公司与"四季青"关系时，是这样写的："四通公司成立于 1984 年 5 月 16 日，借款两万元起家。"

四通公司为什么会这样写呢？四通公司创始人之一的某某某在回忆录中写道："当年，印甫盛在北方交大住的宿舍是 5 号楼 16 号房间，我的儿子也是在 5 月 16 日出生，所以就把四通公司定为 1984 年 5 月 16 日成立。"

其实，在 1984 年 5 月 16 日，海淀区、四季青乡有关领导，以及印甫盛、某某某等四通公司创始人，在四季青公社会议室举办了四通公司成立大会，所以四通公司才把公司成立的日子定为 1984 年 5 月 16 日。

D—四通公司初期企业性质与四季青乡的关系

四通公司的创始人及四通公司历届领导直到今天，不承认四季青乡政府的两万元人民币是投资，只承认是借款。如果是投资，四通公司要把大部分利润付给投资方即四季青乡政府；如果是借款，四通公司只要把两万元人民币加上利息归还给四季青乡政府就可以了。

实际上，1985 年，四通公司就归还了四季青乡两万元，此后十多年间仍然每年给四季青乡 42 万元，以回馈四季青乡当年出借两万元的"胆识"。

1985 年 1 月 4 日，海淀区政府发布文件，《关于建立北京四通总公司的批复》。（注：见 1985 海政发 1 号，《关于建立北京四通总公司的批复》）

该批复把四通公司从乡镇企业变更为城市集体企业，使四通公司可以享受"知青社"免税的优惠政策，这件事证明了四通公司是四季青乡政府下属的乡镇企业。

（注：从 1978 年开始，大批下乡插队的知识青年返城后无法安排工作，国家推出知识青年就业优惠税收政策，规定"企业中返城知识青年占 50% 的，企业可以享受企业所得税免税的优惠政策"。企业所得税是企业缴纳的最大税种，是企业全年盈利的 30%，也就是企业年盈利 100 万元，要缴纳 30 万元的税，人们管这种企业叫"知青社"）

原四季青乡干部、四通公司创始人之一的刘子明，在他撰写的回忆录《创办四通公司》中写道："1984 年中科院一批科技人员与四季青乡联合创办四通公司，我作为四季青化轻公司的总支书记，参与了四通公司的创办。四通是四季青的企业，它是双方的一个企业。开户注入的两万元资金是由化轻公司从四季青总公司借的。对于这两万元，后来不论是报道还是讲话都提到过，但含义变了。这两万元开户资金，是借给这个企业的，不是借给某某某个人的。这和某某某他们几个人借钱就不是一回事。如果说某某某他们七个人要到四季青去借钱，那白云海也不会借给的。当时白云海和于志云两位负责四季青的财务。四季青要注册这么一个厂子，于是我才能从总公司财务那儿先拿两万块钱去开户。"

印甫盛在回忆录中，认为四通公司是借四季青乡政府的钱成立的，他写道："办公司首先遇到的问题是注册资金，当时李文元愿意借给我们10万元，我不同意借这么多，只借两万元。公司办不好赔钱，就得个人掏腰包还，当时大家工资都很低，怕还不起。"

某某某回忆此事时，他说："四通公司是借四季青乡政府的钱成立的，还是四季青乡政府投资成立的，是个伪命题。四通公司向四季青乡政府上交了100多万元。"

四通公司原董事长、总裁沈国钧回忆此事时，他说："四通成立的第二年，四通有了盈利。四季青的白云海到四通，提出公司有了利润，所借两万元可以还给四季青了。当时，我参与了关于还款之事的讨论，认为从长远看两万元还给四季青是好事。关于这个事，我记得非常清楚的。最后我要说一句，如果是投资，我们硬说是借，是一个基本道德问题。再有，白云海来公司要回两万元人民币，是有正式手续的，不是白云海个人所为。白云海的上面领导刘子明也说是借款。借款有借条，还款有回条。四通的几个高层干部，在讨论对白云海的主动要债，要及时还掉持一致态度，还了借款对四通长远发展是很有意义很有利的。"

沈国钧的回忆十分可信，因为1985年4月7日，北京市调查组进驻四通公司后，公司人人自危，四季青乡乡长李文元作了两次检查，四季青乡政府要回两万元很正常。

王缉志回忆说："有一次李文元到我家做客，我问他四季青当年对四通公司的两万元是投资还是借款，李文元回答说是投资。我又问他为什么又向四通公司要回那两万元？李文元回答说，是底下人干的，我没有去要。"

从以上回忆录可以清晰地看出，1995 年，四季青乡政府已经把两万元从四通公司收回。从经济角度看，投资不可收回，借款可以收回。所以四通公司是由四季青乡政府借款两万元人民币起家的。

真实，是撰写历史回忆录的基石，四通公司成立于 1984 年 5 月 11 日，由"北京市海淀区四季青乡政府"借款两万元人民币起家，这是历史的真相！

有关资料索引：

1985 年 5 月 31 日北京市调查组《关于部分科研人员致信中央领导同志反映四通等四公司问题的调查报告》、《创办四通公司》、《大风起创四通》、《希望的火光》，"1987 年四通公司"、"北京市四通新兴产业开发公司"注册时间，见北京市工商局档案文件。

中关村的故事（20）四通系列二

四通第一桶金

导读：1984 年 7 月—1985 年 3 月，四通公司得到第一桶金 198.9 万元人民币的利润，相当于 2019 年的近亿元。四通公司的当年利润，也相当于当年上万人大中型国有企业的全年利润。

A—四通公司第一桶金的各种版本与真相

中关村开拓者陈春先评价四通公司的快速发展时说："某某某开办四通公司的目标很明确就是赚钱，而我开公司是为了搞扩散新技术，并不知道开公司还会有风险，还会赔钱。"

1984 年 5 月 11 日，刚刚成立的四通公司只有两万元的资金，到了 7 月份公司账上只剩一万多元，所以要快速地赚钱。四通公司因为没有科海公司有中科院与海淀区政府"靠山"，所以公司的每一位成员如同非洲草原的"雄狮"一样，寻找着他们的"猎物"，那就是如何赚到金钱。

四通公司第一桶金，来自日本兄弟公司（Brother）24 针打印机二次开发后的销售，这种打印机在中国简称"日本兄弟牌打印机"，对于四通公司如何挑选到这个项目，有不少传说的版本。

1991年，四通公司与联想公司在中关村的合用办公大楼。齐忠摄影。

某某某在回忆录中写道："我们得到一位'贵人'相助，'贵人'就是科海公司总裁陈庆振。我问陈庆振，以5000元人民币一台日本9针打印机，你们会接受吗？陈庆振表示接受，签订了合同并付了定金。"

作者为了考证当年事实的真相，就四通公司第一桶金问题采访了科海公司首任总裁陈庆振。陈庆振回忆该事时说："1984年6月，四通公司买卖做得不好，海淀区科委主任胡定淮带着四通公司的某某某、沈国钧找我，让我给四通公司出点主意开发什么项目能赚钱。我告诉他们，科海公司目前在卖日本电脑，你们做打印机项目与科海公司的电脑一块卖很好赚钱。"

对于科海公司付给四通公司定金的事，陈庆振坚决否认。他说："当时的四通公司是成立不久的小公司，谁敢给他们定金，简直是开玩笑。再说200万元定金当年是笔巨款，科海公司也拿不出来。"

从以上来看，陈庆振只是给四通公司开发项目出了做打印机的主意并没有实质性的支持，而四通公司还真是做打印机项目获得了第一桶金。

B—四通二次开发日本打印机终获第一桶金

1984 年，国内市场上只有一种 24 针打印机，是四机部进口的日本东芝 3070 打印机，进口价一千多美元，市场售价在一万元人民币以上。而北京计算技术研究所拿到了一台日本兄弟公司（Brother）的 24 针点阵式打印机，型号是 2024，它打印日本汉字没问题，但是打印中文汉字则是乱码。四通公司得到了这一信息后非常重视，感到这里有商机，如果能解决该打印机打印中文汉字的问题，肯定就能打开市场，四通公司就能赚大钱。

某某某在回忆录中写道："兄弟公司的打印机能否引进，关键是它能否打印汉字。1984 年 6 月 24 日，从三井得到一台样机，老沈找到崔铁男做出新的驱动程序成功了。"

沈国钧回忆这件事时说："当年我找到中科院崔铁男等四个人，给他们 800 块钱，让他们编出新的打印机驱动程序，使日本兄弟牌打印机打出汉字，崔铁男他们 8 天就完成了，每个人拿到了 200 元。日本兄弟牌打印机当时因价格很低，四通公司以每台 500 美元价格从日本三井公司买下，以 4000 至 5000 元人民币出售生意非常火，有时候货物才出永定门火车站，就被买主抢光了。因为当年日本 24 针打印机，在中关村能卖到 9000 至 1 万元人民币。"

四通公司当年经营兄弟牌打印机的资金来源与运作，要解决三大问题：

1.四通公司要有上百万元资金，从哪弄来是个难事。

2.当年国家对外汇控制很严，任何单位和公司要用人民币购买外汇，必须有国家批给的外汇"额度"，有了外汇"额度"才可能向外汇管理部门购买外汇。

3.当年国家对进口电子产品，实施"指标"制度，就是要有国家管理部门批准的进口"指标"，否则不准进口。

某某某在回忆录中写道："崔铭山找到海淀信用社贷到了100万元人民币，加上科海公司的定金。1984年7月24日，沈国钧从建材部谈妥50万美元外汇额度，使用1美元的外汇额度，除了支付2.8元人民币，还要多给建材部1元人民币。王安时从某国营计算机厂弄到进口指标，每用1美元，付给该厂1元人民币。"

沈国钧回忆这几件事时说："四通公司当年从海淀信用社得到巨额贷款，不是崔铭山的功劳，是贾春旺书记和李文元大力支持下，公司才能获得海淀信用社的这些贷款。"

1985年6月14日，在北京市给有关部门《关于部分科研人员致信中央领导同志反映四通公司等四公司问题的调查报告》（注：以下简称中关村四公司调查报告）中，有关四通公司贷款写道："该公司主要依靠贷款开展经营，先后从海淀信用社得到贷款。"

从该报告提到的四通公司贷款额来看，沈国钧的回忆可信度大，某某某的回忆可信度小。

中关村四公司调查报告还指出："1984年7—8月，四通公司从国家建材局所属中国建材工业对外经济技术合作公司借55万美元。"

1984年，美元兑人民币，中国官方汇率为1美元兑2.8元人民币。四通公司每使用1美元，还要多给国家建材局下属公司1元人民币。每使用其国营计算机厂1美元进口指标，要付给该厂1元人民币。

四通公司当年这些举动，违反了外汇管理条例，犯有倒买倒卖外汇罪、倒买倒卖进口指标罪、投机倒把罪、行贿罪等，这也都是民营企业的"原罪"。

（注：1984年，北京大学一名讲师的月工资不到200元。1984年，美元与人民币兑换率官价为1∶3左右。黑市价格为1∶4—1∶5左右，四通公司不是国有企业，只有从黑市购买美元。）

C—人才：四通获得第一桶金的关键

今天在社会上流行这么一句话"21 世纪靠的是什么，人才！"1984 年，四通公司在短时间内获得第一桶金的关键，也靠的是人才。这从初创时的四通公司的人员结构就可以证明。

一、沈国钧——为人沉稳遇事不惊

沈国钧为人沉稳遇事不惊，四通公司初创阶段沈国钧与方方面面打交道十分成功，当年日本兄弟牌打印机打出汉字的软件程序，就是沈国钧找到中科院崔铁男等四个人解决的，他深得公司上下的信任。

1984 年 9 月 5 日，某某某赴美国佛罗里达大学，进行为期半年的深造，在这期间沈国钧负责四通公司全面经营工作。

1989 年夏，沈国钧从广东蛇口回到北京，当看到四通公司办公大楼外紧张的氛围，他围着四通公司办公大楼转了一圈又一圈。第三天，沈国钧走进四通公司办公大楼，在危难时刻挑起重新振兴四通公司的重担。

1934 年，沈国钧出生在天津。1954 年，考入北京大学数学系，他与王选住同一宿舍，还是北大原校长丁石孙的学生。

1980 年，沈国钧负责筹备中科院计算机中心的工作，并结识了某某某。对于沈国钧为何加入四通公司，某某某说是沈国钧在中科院调整干部时，没有升任处长心灰意冷，决定跟他干公司。

某某某在回忆录中写道："1983 年底，当我得知沈国钧没有升为电子信息处长，他的助手反而成为处长，十分落寞。我马上找他到燕山饭店喝咖啡散心。我说：'老沈，找个机会自己干吧。'他回答说：'只要你领头，我一定跟你干。'"

实际上在 1983 年底，沈国钧已经担任科海公司电脑部经理。科海公司首任总裁陈庆振回忆该事时说："1984 年 5 月，沈国钧向我辞职，要去四通公司。我表示同意，并告诉他，如果四通公司不行了，可以再回到科海公司。"

沈国钧回忆当年与某某某在燕山饭店喝咖啡的事时，他说："1983年底，当时的中关村形成开公司热，中科院内部不少人对开公司也表示感兴趣。我因为筹备过中科院计算中心，对计算机很熟悉，被科海公司聘请为电脑部经理。我们在燕山饭店喝咖啡时，双方都谈到开公司。可是某某某当时正春风得意，被中科院公派到美国深造，肯定不会辞职开公司。后来印甫盛想要开公司，我和某某某才参与进去。"

1984年5月，沈国钧加入四通公司。历任四通公司董事会副董事长、董事长、副总裁、总裁、四通同仁基金会主席等职。

1985年4月，因状告中关村四通等四公司事件，沈国钧辞去中科院一切职务。

二、王安时——办公司不可多得的人才

沈国钧评价王安时说："王安时是办公司不可多得的人才，是个宝藏。因为我和某某某当时对电子产品的价格、在哪个地方生产的都是两眼一抹黑。王安时在中科院自动化所干了十几年采购，对这方面很清楚。购买某国营计算机厂的进口指标，也是他想出来的。"

1984年7月2日，四通公司某某某、王安时与日本三井公司商谈进口日本兄弟公司24针打印机，日本人报价是每台1000美元，王安时与日本人砍价，他把打印机每个部件的成本都列出来为250美元，再给日本三井公司250美元的利润，结果日本人同意以每台500美元成交。

某某某谈到公司是如何引进王安时的，他写道："1984年6月20日，沈国钧和我在科学院物资局办事，在公共汽车上遇到一位熟人，中科院的发育生物所的蒋敏美。听说我们在办公司立即举荐王安时，她的语速很快，一口气说了一大堆老王的神机妙算。蒋敏美的热忱催化了我们求才的渴望，决定当晚就去登门拜访。"

王安时当时正要去北京市华远公司出任贸易部经理一职，他和某某某、沈国钧交谈后，决定加入四通公司，出任负责贸易方面的副总经理。

王安时，1936 年出生，大学本科学历，在中科院自动化所负责科研器材的供应工作。

1984 年 6 月，他加入四通公司，历任四通公司副总裁、四通公司香港分公司总裁、四通公司高级副总裁、四通公司董事会董事等。

1985 年 4 月，因中科院科研人员写信状告中关村四通等四公司事件，王安时辞去中科院一切职务。

1992 年 6 月 11 日，王安时辞去四通公司一切职务。

D—四通初创十个月的发展规模

1985 年 5 月 31 日，北京市调查组《关于部分科研人员致信中央领导同志反映四通等四公司问题的调查报告》指出："1984 年 5 月 11 日起，1985 年 3 月 31 日止，四通公司营业额 1462 万元，盈利 198.9 万元。现有职工 87 人，其中知青 26 人，科技人员 35 人。1984 年，四通公司与持汇单位通过购买、联营、借用等方式共获外汇 475 万美元。"

有关资料索引：

1985 年 5 月 31 日北京市调查组《关于部分科研人员致信领导同志反映四通等四公司问题的调查报告》，《创办四通公司》《大风起创四通》。

中关村的故事（21）四通系列三

王缉志发明四通打字机（上）

导读：中关村公司早期有三大发明，王缉志先生的四通打字机、王选院士的电子出版系统、倪光南院士的联想汉卡。王选院士与倪光南院士都是职务发明，是国家出钱研究的。王缉志先生的四通打字机，是唯一的个人发明，是中关村乃至中国在 20 世纪最伟大的个人发明之一，对中国办公自动化有巨大影响。

王缉志先生在中关村公司占有三个第一：第一个个人发明，第一个辞去公职的人，第一个被科研机构开除的高级知识分子。

1984 年 7 月 13 日，王缉志先生向冶金部自动化研究所申请辞职调入四通公司，被单位拒绝并开除。那个时候中关村开拓者陈春先、四通公司等人并没有辞去公职，他们是在 1985 年 3 月才正式申请辞去中科院公职的。

王安时对王缉志先生的评价是：王缉志聪明。沈国钧的评价是：王缉志是一个纯洁的好人。段永基的评价是：王缉志是中关村的爱迪生！

1990 年 12 月 26 日，四通公司在北京饭店贵宾楼召开"庆祝四通公司打字机销售十万台大会"，会上四通打字机的功臣合影。右起：王缉志先生，打字机的发明人，四通原总工程师；日本三井公司的中入先生，三井是四通打字机的合资方，没有三井的风险投资不可能有打字机；时任四通公司总裁段永基先生，他为制造生产打字机立下汗马功劳；四通公司原副总裁李玉琢先生。齐忠摄影。

A—王缉志败走中信公司

1984 年春，某日清晨，王缉志抱着有关开公司与研制开发计算机中文处理软件的资料，信心满满地与朋友许教津，走进位于北京天坛宾馆的中信公司总部。

王缉志为开公司与研制开发计算机中文处理的事情奔波了好长时间，想让冶金部自动化研究所支持他开软件公司，研制计算机的中文处理系统。所长顾炎同意了，让他写个方案。可惜方案被所党委否决了，并说王缉志"不务正业"，因为当年领导让你干什么，就得老老实实干什么，没让你干什么，自己去干就是"不务正业"。

没办法，王缉志只好去向荣毅仁的夫人求助，因为王缉志的母亲夏蔚霞先生和荣毅仁的夫人是同班同学。

（注：在中国只有尊贵的女性才能被称为"先生"，如女作家冰心先生。北京大学原校长丁石孙，称王缉志的母亲为"夏蔚霞先生"）

王缉志给荣夫人写了一封信，说明开公司的事情。不久，荣毅仁的女儿打来了电话，让王缉志带着办公司的方案，去中信公司找一位开发部经理谈。

当年的中信公司如日中天，是中国最开放的公司，老板是荣毅仁。王缉志认为这次会谈成功的可能性很大，他似乎看到了希望的曙光。

中信公司在建国门外的大厦还未竣工，他们公司暂时在天坛宾馆办公。王缉志和许教津两人带着方案找到了那位开发部经理。开发部经理是个"海归"，他客气地接待了他们，并自我介绍说刚从美国回来工作不久。他说话时夹杂着不少英语词汇，显得很有学问。王缉志说明来意之后就拿出了准备好的方案给他看。他看后，笑着摇了摇头说："你们的方案完全是资本主义的一套，在社会主义社会这样做是行不通的，注定是要碰得头破血流的。"

这位开发部经理对王缉志和许教津的学历、到日本大公司培训过、宝钢二期工作的经历很感兴趣，他说："我们公司正在筹备计算机中心，正缺少技术人员，可以来我们公司工作，任计算机中心负责人。"

从中信公司出来，王缉志和许教津都很失望，没想到到了荣老板的公司也是这样，该上哪里去呢？

王缉志回忆当年的情景时说："从中信公司大门出来后，心情坏透了，感觉天都是阴沉沉的，马上要黑天了，想把手中的材料全扔掉。"

B—触摸世界先进技术后联想到打汉字

1941年1月26日，王缉志出生在云南昆明郊区一个叫龙头村的地方。那时候，他的父亲中国语言学家王力是云南昆明西南联大的教授。

王缉志天资聪明，中学时参加北京市数学大赛荣获二等奖。

1957 年，王缉志考入北京大学数学力学系。

1963 年毕业，被分配到中国科学院心理研究所。

1966 年，心理研究所被打成"封建迷信"机构被解散。王缉志被送往中科院"五七"干校劳动，后来又回到北京被分配到工厂劳动。

王缉志回忆说："很多人对心理研究所不理解，认为是可有可无的机构。其实人的心理研究非常重要，例如设计飞行员操作的键盘，就要研究人的心理对左右手习惯使用方法，做出相对应的设计，因为飞行员要在几秒钟完成操作，所以心理研究是非常重要和必要的。"

1973 年 12 月，王缉志到刚成立的冶金部自动化研究所工作。

1974 年，王缉志参加武汉武钢从联邦德国和日本引进的一米七轧机设备安装工作，他负责相关计算机的工作。这套从联邦德国和日本引进的一米七轧机设备在武钢，所谓一米七是指钢板的最大宽度是 1700 毫米，其中热轧设备从日本引进，冷轧设备从联邦德国引进。引进费用 6 亿美元，约合 40 亿元人民币。

王缉志自嘲地说："当年考北京大学，父亲让我报考计算机专业，我不听报考数学专业，没想到二十多年后又要干计算机专业重新学起。"

王缉志发愤苦读，短时间内学会计算机软件编程等计算机技术，还作为老师被领导派往东北工学院讲计算机操作系统课。

在武钢，王缉志触摸到世界最前沿的计算机软、硬件技术。当看到在计算机指令下日本打印机打出精美的图案时，王缉志突然有个灵感产生，他回忆当年这个灵感时说："我突然想到这种办法也能够打印出中文来吧。"

1979 年，中国为引进上海宝钢的日本设备，委派技术人员去日本学习，王缉志被派往日本三菱公司学习计算机软、硬件技术。

由于中国经济处于崩溃阶段，1980 年初，中国政府大规模削减基础建设与科研投资。不久，上海宝钢引进设备暂停。王缉志等人从日本停止学习提前回国，陈春先的合肥托卡马克 8 号项目也在当年被迫下马。

1982 年，王缉志与澳大利亚籍华人邝振琨先生结识，王缉志回忆这件事时写道："要感谢邝振琨先生。他是我认识的人中最杰出的计算机专家，他是 DATAMAX 电脑的设计师，因此导致我在其上开发汉字系统有很多便利的地方。他还提供给我很多软件，例如文字处理软件 WordStar，数据库软件 dBase 等，还教了我很多电脑技术。"

王缉志利用学到的这些电脑技术，自己悄悄地开始了对中文打字机的研究。某天晚上他编了一小段程序，在打印纸上按图形方式打出了"冶金部自动化所"七个汉字。王缉志高兴得一夜没有睡着，因为能打印七个汉字，就意味着原则上可以打印所有的汉字。也就是说，让电脑处理汉字不再是遥远的事，而是很有可能了。

不久，王缉志和同事们动手做了一个汉字字库，王缉志从家里拿来了一副围棋，把塑料棋盘布往桌上一铺，全小组的人都动员起来，一个人用棋子摆放汉字点阵，另一个人把该字型用 16 进制数来编码，再有一个人把该数据录入电脑中。第一次应用是用计算机打印出自动化所财务科的中文财务报表。

1983 年 10 月，在劳动人民文化宫举办的北京市首届换房大会上，西城区换房站采用了王缉志的电脑查询系统为群众现场服务，只要把换房要求输入电脑，符合要求的查询结果就用汉字打印了出来，和周围别的城区的换房站相比，这里风头十足，换房者排队等着查询。当时《北京日报》和《计算机世界报》都对此作了报道。记者还特地采访了冶金部自动化所所长顾炎，问他是怎么想到要为换房工作服务的，这使得所长顾炎也很有面子。

王缉志从此沉迷于中文处理的研制中，他认为如果推出电子化的中文处理，在中国将是一场科技新革命。因为当年的中文打字机是半机械的，有写字台台面那么大，上面摆满了铅字。人们打字时要费劲地在黑乎乎的铅字中找到需要的字，然后按下手柄打一个字，打印一篇上千字的公文，需要一天的时间。

王缉志从《计算机世界》报上，看到要召开由中国中文信息研究会和联合国教科文组织联合举办的第二届中文信息处理国际研讨会的消息后，认为自己所搞的这个汉字系统还是很有特色的，于是就写了一篇题为《微计算机采用汉字时实现中西文兼容的一种方案》的论文，向这届国际会议报名。

不久，王缉志收到了会务组的通知，他的论文被这届国际研讨会采用了，中科院计算所的研究员董韫美，在论文审查表上写了推荐的评语。王缉志参加了该会议，并在会议上认识了计算机输入法的发明者李金凯、王永民等人。

对王缉志这次参加国际会议，冶金部自动化所里有两种不同的态度，一种是支持，例如所科研处在单位大院布告栏上贴出红色的大字祝贺信，祝贺王缉志成为该所第一位获得参加国际会议资格的科研人员。但是所里反对的人认为，我们单位是搞冶金自动化项目的，搞电脑中文处理，属于不务正业。因为该所的主要任务是轧钢自动化。也就是说，从买电脑开始到参加国际会议的一年多时间里，王缉志做的事情都与轧钢自动化无关。

不久，领导通知王缉志，让他出差到东北去搞一个轧钢自动化的项目，这个项目和武钢、宝钢这样的项目类似，参与进去就要好几年时间。

虽然王缉志在 DATAMAX 电脑上的汉字系统做出了成绩，但是并不满意，因为它不是一个完美的系统，有很多问题。例如，终端无法显示汉字，文字处理软件和表格处理软件都无法运行，等等。所以，王缉志还想在汉字处理上作更多的尝试和研究。因此王缉志对领导说，东北的项目不愿意去。领导说："如果不服从，可能会降你的工资。"此时王缉志和领导开始有矛盾了。

C—王缉志钢铁般的意志是发明打字机的奠基石

薛啸宙是王缉志几十年的老朋友。他印象中的王缉志，总是笑嘻嘻的，说话慢条斯理的，很和蔼，实际上王缉志有着钢铁般的意志。

1984 年 6 月某日，王缉志去新华书店的路上遇到王安时，在中科院"五七"干校时王缉志与他就是好朋友。王缉志向他诉说开公司与研制计算机中文处理的苦恼。王安时马上感觉到这是一个好项目，说服王缉志进入四通公司开发研制打字机，四通公司总裁某某某自然对王缉志这样的高级知识分子，热烈欢迎！

（注：1966 年 5 月 7 日，毛泽东看了总后勤部《关于进一步搞好部队农副业生产的报告》后，写了一封信。后来被称为《五七指示》。1968 年，黑龙江柳河干校被命名为"五七干校"，成为中国第一个以此命名的干校。此后大批的五七干校在各地开办，许多人从城市被下放到农村"五七干校"劳动。"五七干校"也成为中国现代史上一个特定的名词）

1984 年 6 月的四通公司只是在破房子里办公，后来的四通公司领导，对当年"四通"的含义幽默地解释为"房顶的洞能看天，一通。左面墙上的洞能看到自选市场，二通。右面墙上的洞能看到马路，三通。地上有老鼠洞，四通"。

王缉志放弃研究所体面的工作和每月 110 元的工资，到这样的公司工作，还在门市站柜台当售货员卖东西，就是今天的人也是很难做到的，没有钢铁般的意志是不行的。

（注：1984 年，北京国有企业工人每月工资为 40—50 元，110 元的月工资，是高收入了。1986 年，清华大学的海华公司总裁倪振伟要在中关村开门市，遭到全体员工的反对，理由是清华大学的老师怎能够站柜台当售货员，迫使倪振伟放弃在中关村开门市）

1984 年 11 月 3 日，王缉志给所里领导写了一份请调报告，在报告中他态度坚定地表示，不管批准还是不批准，就是辞职不干了，批准就办正常调动手续，不批准也一定要离开。

不久，冶金部自动化所开大会，宣布将 7 个人开除，其中就有王缉志。王缉志被开除的后果非常严重，从 1963 年他参加工作起，到 1984 年这 21 年的工龄没有了，他的退休金少了很多。

虽然王缉志认为自己会修无线电、会搞音乐，工作没有了，自己挣钱养家没有问题，但是被单位开除是不好听的，给人的印象也不好，特别是他这样书香门第的家庭。

1985 年，王缉志的父亲王力先生，是中国著名语言学家，得知王缉志被开除后，写了一首七律诗鼓励王缉志坚持自己的科学研究。

王力先生写道：

> 不负当年属望殷，精研周髀做畴人，
> 霜蹄未惮征途远，电脑欣看技术新。
> 岂但谋生足衣食，还应服务为人民，
> 愿儿更奋垂天翼，胜似斑衣娱老亲。

王缉志亲自对该诗作出解释。

不负当年属望殷：属＝嘱，没有辜负当年对你的殷切嘱望。

精研周髀做畴人：《周髀算经》是中国古代著名的数学著作，畴人就是数学工作者。因为我是北大数学系毕业的，所以有此句。

霜蹄未惮征途远：霜蹄，走了很多路，未惮，不怕。走了很多路还是不怕征途远。

垂天翼就是鲲鹏的大翅膀，源自庄子的《逍遥游》："北冥有鱼，其名为鲲。鲲之大，不知其几千里也。化而为鸟，其名为鹏。鹏之背，不知其几千里也；怒而飞，其翼若垂天之云。"我的网名"垂天翼"也是从这里来的。

斑衣娱老亲也是一个典故：春秋时期有个很孝顺的楚国人叫老莱子，他在七十多岁时，在老父亲过九十岁生日的时候，故意穿上花衣服（斑衣）在父亲面前跳舞来逗父亲开心。

该诗翻译成白话文是：

没有辜负当年我对你的殷切期望，

你努力学习数学成了一名数学工作者；

虽然你遇到过很多困难但还是不怕征途远，

很高兴看到现在的电脑技术又进步了；

工作不仅仅是为了生存，更重要的是要为人民服务；

希望儿子你鲲鹏展翅腾飞，这比穿花衣服跳舞更能让老父亲高兴。

1984年3月，王缉志终于迎来了他展现才华的机遇！

中关村的故事（22）四通系列四

王缉志发明四通打字机（下）

导读：周有光先生是我国语言文字学方面著名的专家，他看到四通打字机后说："外国人人都能使用打字机，提高了工作效率，中国人整整丧失了一个机械打字机时代，我们不能再丧失电脑时代。四通打字机开创了中国语词处理的新纪元。"

A—王缉志研制打印机汉卡首战成功

1984 年，四通公司通过 2024 打印机的二次开发打开了局面，完成了第一桶金的积累过程。

1985 年，四通公司却不得不退出 2024 打印机市场。原因很简单，公司既没有外汇渠道，也没有进口批文。当年人们没有保护知识产权意识，四通公司开发的驱动程序没有加密，人们随便拷贝，盗版没商量。如果签订独家代理商协议，也许能保护自己。但四通公司没有实力。因为要当独家代理商，就要承诺一定的销售额。

四通公司的王安时又从日本伊藤公司进口了 1570 彩色打印机，这种打印机速度快，又能彩色打印，很受客户欢迎。伊藤公司的打印机装有日本汉

四通公司打字机四人开发小组，左起张月明（女）、王玉铃、王缉志、孙强。
照片由王缉志提供。

卡能打日本汉字，四通公司争取到了打印机 1570 的独家代理权后，就让王
缉志改造日本汉卡，变成能打中文汉字。这项工作对王缉志来说有点困难，
因为这是计算机硬件的研发设计。虽然他在日本学过一些计算机硬件知识，
但都只是在别人做了之后才去理解和掌握，并不是自己动手做，这次他要自
己动手做硬件，工作中充满了挑战。王缉志从日本伊藤公司拿到了日文汉卡
的线路图，也拿到了一块日文汉卡作为参照样板，同时，日本人也给了该汉
卡中固件的程序清单，日本方面给予四通公司不少方便。

　　从原理上说，中文汉卡和日文是一样的，所不同的是中文汉字数量多
一些。王缉志把日文汉卡的线路图稍作修改，增加了汉字字库芯片的容
量。他又仿造日文汉卡，画出中文汉卡的印刷版的布线图。汉卡固件中的
程序，也只需做一点点修改就可以了。由于制作掩膜汉字字库成本非常高，

所以汉卡采用可重写的存储器芯片（EPROM），汉卡上只焊上芯片插座，然后再把字库写入可重写的存储器芯片（EPROM）中，插在汉卡的插座上。为了搞这个开发工作，四通公司购买了用于开发的仿真器和存储器芯片（EPROM）写入器，使用仿真器进行硬件的开发调试。设计完成后，王缉志制作了一块印刷线路样板，然后烧制了新的固件和一套中文汉字字库［由若干片存储器芯片（EPROM）构成］，做成了该打印机的第一块中文汉卡。这块汉卡做好后，王缉志将它插入打印机进行试验，运气很好，第一块板子的第一次调试就成功了。

为什么说是运气好？因为当成功之后，四通公司开始按照图纸进行批量生产，印刷板的制造委托位于北京南苑的一家工厂生产，但是厂家做出来的板子，大约有1/5是不合格的。也就是每100块板子，约20块插上芯片之后不能正常工作，需要用万用表以及其他工具进行检查和修理。有一块有问题的板子，王缉志检查了24小时也没找出问题所在。如果王缉志开发的第一块就是这块板子，那他就可能以失败告终。可见，人有时候也要有点运气。后来这些板子向香港厂家订购，香港厂家做的板子每块都是好的。

1985年，王缉志的打印机汉卡开发工作，是他在四通干的第一项技术活，也是第一次做计算机硬件开发的体验。

B—四通打字机的立项与日本三井风险投资

某某某在回忆四通打字机的项目如何确定时写道："1985年初，我到深圳出差见到了查尔斯·刘，他是香港COLEX公司的老板。他的公司已经推出了自己的手提电脑COLEX-2000。查尔斯·刘说'如果这样的手提电脑增加了汉字功能，就可以用来代替传统的中文打字机！'他的话犹如电光石火，让我全身一激灵，新一代中文打字机上了我的心。我和沈国钧、王安时谈到这个话题，老沈击掌叫好，老王的眼睛，就像美洲豹见到了猎物，开始闪闪发光，记得他当时低吼了一声'这个项目好!'"

从赚钱和市场的角度来衡量，中文打字机是个好项目!

1985年，上海打字机厂铅字打字机，每台的售价是2万—3万元人民币，历年来已售出100多万台。如果用计算机加打印机作为中文打字机，需要5万—6万元人民币，还要花费2万元人民币左右建设一间计算机专用室，而一台中文打字机的成本只有5000—6000元人民币。

以中国100万台打字机的市场份额计算，四通公司只要占有10%，就是10万台，就是年销售额10亿人民币的大市场。四通公司最终在中国销售了19万台左右的打字机。

中文打字机的项目要开发成功，需要四大因素：市场、技术、资金、销售。

技术又分计算机软件、硬件。四通公司在计算机软件技术上是强项，拥有王缉志等科研人员。销售方面四通公司也是强项，在销售打印机的过程中建起一支强大的销售队伍。但是在计算机硬件技术方面是不行的，资金也是问题。

因为从产品的开发研制到制造生产投入市场获得盈利，需要开发资金、厂房建设资金、产品零件购买资金、组装资金、销售资金、雇用人力资金等，这些资金需要投入两年左右。四通公司制造生产打字机需要3亿元人民币以上的资金。而四通公司当时的流动资金规模，只有1000万元人民币左右，差得太远了，根本不可能开发中文打字机。更为可怕的是中文打字机光开发研制就需要100万元人民币左右，相当于今天的上千万元人民币，如果失败这些钱就会打水漂，四通公司刚刚成立不到一年，以公司自有的财力是不敢冒这个风险的!

天道酬勤，幸运之神再次降临在四通公司!

1985年3月15日，日本三井产业集团高级代表团来华访问，三井物资部部长石田邦夫是访华团负责人。三井公司访华团拜访的对象，都是国家的部委和大公司。在正式行程表上，并没有和四通公司见面的安排。但三井北京办事处强烈建议，四通是中国的新型公司一定要见一见。见面安排在他们参加人大会堂的午宴之后、下午4点启程去香港之前。

（注：三井产业集团是日本四大公司之一，是由三井家族公司发展起来的。集团拥有数百家公司，覆盖各种业务，包括钢铁制造、造船、金融、保险、造纸业、电子、石油、化学农药、仓库、旅游业和核能等。以下简称三井）

四通公司某某某、沈国钧、王安时、王缉志四人，到北京饭店去会见石田邦夫。会谈时石田邦夫问："你们下一步，打算做什么？"

某某某巧妙地从这个问题引到开发中文打字机，他说："我们准备开发新一代中文打字机，这个项目要与三井合作开发。"随后某某某讲述了这个产品在中国的潜在优势，诱人的市场前景，四通公司拥有的技术优势。如果开发成功，四通公司将委托三井负责该产品在日本的采购。如果开发失败的话，四通公司将以在中国其他的贸易补偿三井的损失。

石田邦夫闭着眼睛听着，似乎不太在意。其实这是他专心听人讲话时特有的表情。当某某某讲完之后，石田邦夫睁开了眼睛，他说："某先生说的这个项目，我们有兴趣，三井愿意投资，先期投资为5000万日元。"（注：当年5000万日元折合25万美元）

王缉志回忆此事时，他说："四通公司与三井合作成功，凭借某某某的口才与以前与三井合作打印机的技术实力。石田邦夫问，这个开发大概要多少钱？我们回答估计有100万美元就够了。他回答说，我们就出100万美元合作开发。谈判结束后在回公司的路上，某某某还幽默地说，早知答应这么痛快，应该说150万美元。"

某某某回忆说："三井的25万美元，是后来成就四通打字机传奇的Seed Money（种子钱）。像三井这样的大公司，决策如此迅速、灵活，给我留下了深刻的印象。"

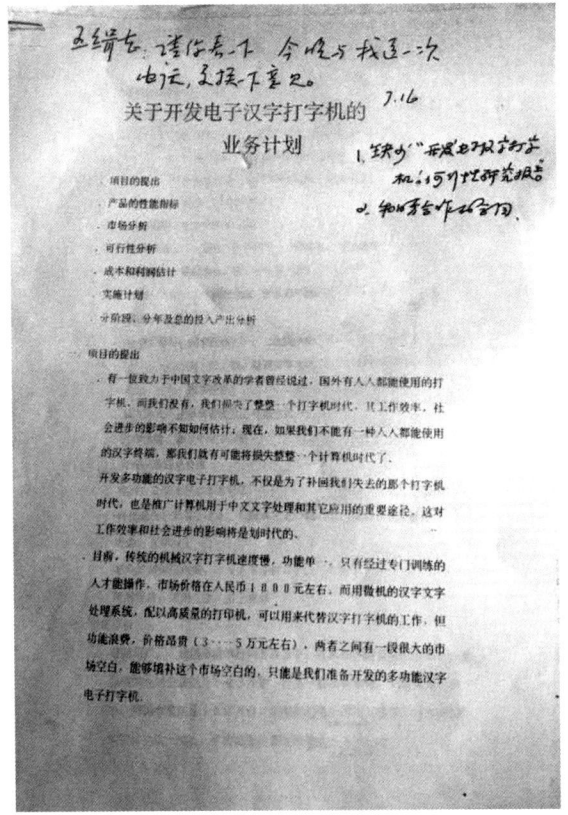

1985 年 7 月 10 日，四通打字机发明人王缉志起草的"关于开发电子汉字打字机的业务计划书"。齐忠摄影。

日本三井作出这个合作决定，现在看属于风险投资。因为按照当年的有关规定，像四通公司这样的民营企业，是没有资格跟外资企业签合同的，所以四通公司跟三井签的是君子协定，并没有什么法律效力。

C—四通打字机的开发过程

1985 年 5 月，四通公司的某某某、王安时、王缉志去日本和三井公司讨论中文打字机开发方案。

四通公司初期的方案是从日本类似的打字机，挑选出一种进行二次开发。但是日本的文字处理机都是热转印式的，依靠打印头发热而将色带上的颜色烫到纸上，这种色带价格很贵，对纸张和室内温度的要求高。要求打印机用的是热敏纸，也就是现在传真机上使用的传真纸，室内温度不能低于5度。当年中国不能生产热敏纸，全部需要进口，每卷热敏纸价格在20元人民币左右。热敏纸还有个缺点，打印上的文字过段时间就会消失。在我国南方冬天有的室内温度在5度以下，所以日本的文字处理机无法使用。

更致命的是日本文字处理机不能打印蜡纸。当年中国很穷，为了省钱各单位印发文件要先打印一张蜡纸，再用蜡纸油印出下发的文件。

1990年底，四通公司召开"庆祝四通打字机销售十万台大会"，给来宾发放的四通总裁段永基发言稿还是蜡纸油印的。

四通公司推出打字机后，国内外很多企业推出同类产品，甚至低价与四通公司竞争，但都因为没有改正日本文字处理机的这两个缺点，以失败告终。

四通公司决定借助日本企业的帮助，推出适合中国国情的打字机，打印机芯采用击打式的打印头，也就是针式打印头，可以用复印纸打印文件，也可以打印蜡纸。这样做的话，更有利于长远的自主发展，不用依赖日本看别人的眼色。

三井公司具体负责该项目的是土屋哲雄先生，他的中文非常好，所以沟通非常方便。他说："我们可以选择的开发者有三类，一类是索尼（Sony）这样的大公司，他们技术实力强，名气大，但开发费用也高。一类是小公司，他们费用低，但技术差。还有一类是被称为OEM（Original Equipment Manufacturer）的公司，他们为别人开发产品，不打自己公司的商标，技术力量介于前两者之间，费用也介于前两者之间。"

（注：现在国内把这种公司称为"贴牌公司"，也叫OEM公司，很

普遍）

四通公司最后选择了三井推荐的日本 OEM 公司"阿尔卑斯电气株式会社"，也称"ALPS 公司"。（注：以下简称阿尔株式会社）

王缉志在回忆录中写道："我们到阿尔株式会社参观访问。该公司规模很大，它生产的激光唱机就是贴索尼（Sony）牌的，生产的电脑键盘产量是世界第一，占了当时世界总产量的 16%，都是贴别人的商标。参观时我被一个细节惊呆了，原来我以为键帽上的字是印上去的，看到他们制作键盘的过程才知道，他们是先有一个立体的字母形状，然后才在这个字母的周围灌上塑料，就算键帽表面被磨薄 1 毫米，这个字母也不会缺少笔画的，这样的制作谁都会觉得键盘耐用。"

王缉志在回忆录中还写道："最后我们双方商定的合作开发方式是，四通方面负责总体方案的设计，阿尔株式会社负责选择打印机芯和液晶显示屏，进行硬件设计并提供 BIOS 接口，我们则进行软件设计，最后由他们进行生产。为降低开发的投入，机壳采用铁壳，免去了昂贵的模具费。阿尔株式会社负责该机开发工作的是岛津邦文先生。据说当时阿尔株式会社在挑选这个负责人时，很多人听说是与中国人合作都不愿意参加，而岛津先生是自告奋勇来做这件事的。"

产品的名称定为四通 MS-2400，"M"代表三井（Mitsui），"S"代表四通（Stone），"24"是打印头的针数，"00"表示第一代。为了市场宣传方便，消除多数人对电脑的天生恐惧心理，王缉志给该产品起名叫"中文电子打字机"。在设计外壳时，有些人主张在机壳上标外文，也有人主张给机器设计一个洋商标，王缉志坚持在机壳上的所有文字都用简体中文以及用四通商标。

四通公司的开发小组由四个人组成：王缉志、王玉铃、孙强和张月明。王玉铃来自中科院计算所；孙强是数学专业毕业，在首钢做过软件开发工作；张月明（女）毕业于北京理工大学。

王缉志负责总体设计，并负责文字处理软件的开发和拼音输入法的开发，王玉铃负责打印驱动软件，孙强负责显示驱动软件，张月明作为大家的助手。

作为中文文字处理机，只有拼音输入法是不够的，还要有一种笔形码输入法。当年笔形码输入法做得比较好的有李金凯，王缉志与李金凯商量，把他的输入法放在四通打字机里，李金凯要10万元入门费，王缉志认为价格高。他又找到王永民，王永民比较痛快就答应了，只是提出销售的每一台打字机，他都要一定比例的提成。王缉志与王永民定下合作协议，四通打字机除拼音外，选用了"五笔字型"作为笔形码输入法。

王缉志回忆此事时，他说："四通与王永民这个合作协议，对公司很有益，因为销售多少台打字机，在打字机中应客户的要求，有多少台打字机安装了'五笔字型'，四通公司说了算。"

其实王永民绝顶聪明，是中国推广计算机输入码第一高手。王永民与四通公司签订合作协议后，他在四通打字机销售网点开办"五笔字型"学习班，使四通打字机与"五笔字型"互相推动。

王永民与北大新技术公司（注：北大方正公司前身）也签订合作协议，规定该公司电子照排系统无偿使用"五笔字型"，但不得安装其他输入码，促使几十万报刊录入人员必须学习"五笔字型"。

阿尔株式会社在日本研发硬件的同时，四通就在北京开发软件，双方并行工作。

1986年3月，中日双方各自的工作已告完成，于是四通开发小组到日本横滨阿尔株式会社进行最后的综合调试工作。

按计划调试工作在三周内完成，但是调试人员每天从早到晚不停地工作16个小时，几乎每晚都是12点以后才睡觉，星期天也不休息，工作时间比今天中国的网络公司采用996工作制还长。

此时国内突然来了长途电话，某某某在电话中严肃地告诉王缉志，他的父亲因病住院了，而且生命垂危。如果需要的话，公司同意他立即回国见他父亲一面。

日本方面也立刻安排王缉志和母亲通了一个长途电话，他了解了父亲的病是白血病，而且病情恶化得极快，生命危在旦夕。

王缉志在回忆录中写道："我的心情极为复杂，如果立刻回国去看望父亲，眼看要调试成功的产品开发就要夭折，因为在日本有比较好的开发条件，这次没调好下次不知要拖到什么时候了。但是如果我不回去，万一我父亲有什么情况，我不能在他身边，也是极为遗憾的。当我把在日本的情况向母亲介绍之后，母亲说，你的弟弟和妹妹都在北京，而你的工作很重要，你回不回来由你自己决定。我听了之后告诉她，我还是决定留在日本把开发工作做完。尽管我父亲病危，我还是领导全组人员继续昼夜奋战。"

1986年4月11日，调试成功了。大家听到打印头发出刺耳的声音在纸上打出汉字时，如同听到了美妙的音乐一样高兴。当天下午，三井和阿尔株式会社的领导都来祝贺，王缉志因为几天都没有睡好觉，感到眼冒金星，脑袋昏昏沉沉，他强打起精神，向他们介绍开发的经过。日本人说："我们从你们身上，看到了中国人的聪明才智和刻苦精神。"

4月14日，王缉志回到了北京，立刻赶到友谊医院去看望父亲，他父亲这时的病情非常严重，已经不能说完整的句子了，但神志还清楚，王缉志向他汇报了在日本的工作，告诉他开发工作已经基本完成，他脸上露出了满意的笑容。

王缉志在出国前，曾经给父亲讲解过文字处理机的工作原理，并答应等机器开发完成后给他演示。遗憾的是，1986年5月3日，王力先生逝世。

当时四通公司的同事们，对王缉志的这种精神特别感动和佩服。

关键时刻，关键人物的关键表现，是四通成功的关键。出色的王缉志，有一个出色的父亲，还有一个理解自己的儿子、支持儿子事业的出色的母亲。

中关村的故事（23）四通系列五

四通打字机的绞杀商战

导读：四通打字机研发成功以后，当时有人认为每年卖出七八百台就不错了。四通公司却发动了一场中国打字机市场的绞杀战争，把所有的竞取对手无情地"干掉"，成为中国商战的经典案例。

A—四通 MS-2400 打字机拉开商战大幕

1986 年 5 月 16 日，是四通公司成立两周年的日子。

1986 年 5 月 15 日，四通公司在北京饭店宴会厅举行庆祝四通公司成立两周年及宣布推出四通 MS-2400 中文电子打字机新闻发布会。

为了市场宣传方便，消除多数人对电脑的天生恐惧心理，四通 MS-2400 中文电子打字机发明人王缉志，给该产品起名叫"中文电子打字机"。不久，四通公司又推出四通 MS-2401 中文电子打字机、四通 MS-2406 中文电子打字机等系列产品（注：以下简称四通打字机）。

四通打字机，不仅成为四通公司的拳头产品，也是中国 20 世纪最伟大的、最具有影响力的科研产品，四通打字机使四通公司进入快速发展的

四通公司 MS-2400 中文打字机。齐忠摄影。

轨道。

1986 年，四通公司年营业额达到 1 亿元。

1987 年，四通公司年营业额达到 3 亿元。

1988 年，四通公司年营业额达到 10 亿元。

在四通公司推出 MS-2400 打字机时，中国市场已经有了几种中文文字处理机问世，如上海的奥林匹亚、深圳的桑达、香港的运科公司等，因此四通并不是第一家做中文文字处理机的公司。奥林匹亚的零售价格在两万元左右，采用喷墨打印机，编辑能力较差。

四通公司要在这种环境中取得市场份额击败竞争对手，仅凭产品的先进技术是不行的，要推出高超的营销手段才能成功。

"嘴上要吧吧得，手上要啪啪得，腿上要唰唰得。"这句顺口溜是四通公司当年对销售员工的要求，翻译过来是"对客户介绍打字机的性能时，要说得滔滔不绝。演示打字机时，手上功夫要熟练。推销打字机时，腿要跑得快"。

四通公司还在各种媒体，铺天盖地地打出宣传四通打字机的广告。在《人民日报》上，四通公司订了半年的四分之一版版面，来做四通打字机的广告。

四通公司还介入北京各种大型会议，提供免费上门服务。在国家科委的某次大会上，四通公司派出服务小组，为会议免费打印各种文件。只提出一个条件，只是在文件结尾打上一行小字，"该文件由四通打字机打印"，大会的组织者马上答应。

在四通公司强大的营销攻势下，四通打字机取得惊人的销售成绩。

1986 年，四通公司年销售总额 12358 万元，人均销售额 50 万元，人均利润 3.8 万元，上缴利税 292 万元。

B—四通 MS-2401 打字机的绞杀营销

1987 年 5 月 16 日，四通公司又宣布推出四通 MS-2401 中文电子打字机。中国电子打字机市场生死之战也从此开始！

四通公司组织 MS-2401 开发小组，王缉志任组长。王玉钤向总经理提出要求去做另一项工作，所以退出了开发组。新的小组增加了几个人，除了孙强以外，还有裴钢和王东方等人。（注：裴钢来自航天五院 502 所，富有才华。王东方毕业于哈工大）

MS-2400 打字机虽然可以用磁带录音机来当外存使用，但是操作极为不方便，等于没有外存。因此在 MS-2400 打字机上，每篇文章的长度不能超过内存容量。而 MS-2401 打字机增加了软盘驱动器，王缉志决定不再限制文章的长度。但是如果文章长度超过了内存容量，编辑软件就要增加很多处理，要把正在编辑的文章中超过内容容量的那部分暂时存放到软盘中，而当操作者需要编辑暂存在软盘中的内容时，又要把这部分内容调入内存，把另一部分调出内存。这样的处理，王缉志把它称为"磁盘滚入滚出"。岛津先生警告王缉志，他说："日本的文字处理机一般都不这样做，因为这样比较难。"王缉志还是决定增加这个功能，并且安排王东方专门负责磁盘 I/O 调用的软件。后来王缉志在磁盘滚入滚出方面花费了很大的精力才算解决，不过该功能做成之后，就比当时日本市面上的各种文字处理机产品都更先进了，因此不夸张地说，MS-2401 打字机当时已经属于世界先进水平了。

1986 年 11 月 1 日，在大同云岗宾馆举办为期一周全国性质的打字机销售培训班。培训的内容包括打字机的操作和维护，全国 26 个省市的经销单位派人来参加，共有 112 人。这次培训班就是要培养高水平的四通打字机销售点，将根据考试成绩分一类经销商、二类经销商，他们得到的四通打字机批发价格不同。四通公司决心利用在全国各地的分公司、代理商，赢得打字机的全部市场份额，彻底击溃竞争对手。

在四通 MS-2401 打字机上市之后，中科院有家公司和日本佳能公司合作，在市场上很快推出了他们的产品。为了抢时间，他们硬件选用了佳能公司现成的一款文字处理机，改写软件增加了中文编辑、汉字字库和中文输入法。因为用的是热敏打印头，所以价格要便宜很多。四通 MS-2401 批发价在 1 万元左右，而他们的批发价只有 5000 元人民币。

本来，这样的产品根本无法与四通公司竞争，但给四通公司带来了很大的困扰。因为产品之间的优劣，只有在用过之后才能比较出来。许多用户首先关心的是价格。四通公司销售人员经常被客户质问：为什么你们的打字机要比人家贵一倍？解释半天客户不一定能听懂，最后还是先买了便宜货。发现上当了，回过头来再找四通公司为时已晚。

如果说中文打字机的潜在市场是 100 万台，有 1% 的客户从他们那里拐一下，也是一个相当大的客户群。而且，没有人相信换了一个打印头，价格就要相差如此悬殊。许多经销商也质疑四通公司是暴利，要联手逼四通打字机降价。为了生存、为了盈利，四通公司只得用绞杀的办法，置竞争对手于死地。

当时有一种台湾生产的"翰林"牌中文打字机，也是热敏式打印，中文输入采用台湾朱邦复发明的仓颉输入法。因为热敏打印要用专门的热敏纸，使用成本高，打印出的文字在一年之后自然消失不能长期保存，在市场上不受欢迎。有一家香港公司进了200台，结果一直压在仓库里。

王安时找到那家公司，用非常便宜的价格把这批压仓货全部吃了进来，在每个四通公司经销商点摆放两台，标价2500元。

王安时给经销商点面授机宜，如果客户拿理光的打字机来和四通打字机比价，就告诉客户这样的东西我们也有，而且更便宜。如果客户要买，先是劝说他们不要买，告诉他们热敏打印的种种坏处和不实用。如果客户执意要买，就先让他们抱走"翰林"牌中文打字机，同时承诺如果用得不合适，可以回来退货，当时全额退款。

四通公司这招，对竞争者的影响是灾难性的。2500元一台远低于那家公司打字机的成本价。中科院的那家公司从此偃旗息鼓。他们的合作方，日本佳能公司负责该项目的日籍职员跳楼自杀。

某某某面对这个结局十分叹息，他在回忆录中写道："我不杀伯仁，伯仁却因我而死。"

（注："我不杀伯仁，伯仁却因我而死"是一句谚语，出自《晋书·列传三十九》，意思是我虽然怨恨伯仁，却没有想杀他的意思；但是因为我的怨恨使伯仁被人杀死，伯仁的死与我有间接的关系）

四通打字机成功的关键有以下几点。

1.建立四通打字机全国销售网络。

四通公司以让利的方式在全国建立四十多家四通打字机销售代理商，二十多家培训和维修中心，并提出"品质是生命，服务是灵魂"的营销方针。

2.四通公司获得中信集团强有力的支持，得到中信集团3000万美元的借款，使四通公司制造四通打字机有了资金保障。

3.四通公司在制造四通打字机过程中，对市场的分析与需求把握得准确。

4.四通打字机在硬件与软件技术上，领先于国内其他制造厂商。

1987年，四通公司终于垄断了电子打字机市场。也表明商战残酷、竞争惨烈。

1987年，四通公司年销售总额31713万元，利润总额2500万元，人均销售额76万元，人均利润6万元，上缴利税638万元。

有关资料索引：

《希望的火光》。

中关村的故事（24）四通系列六

四通早期公司的架构

导读：四通早期公司架构，以及公司架构的变化，是随着改革开放的不断深入，外部大环境逐步变化而形成的，是研究改革开放过程中，中国民营企业如何"摸着石头过河"最好的商业案例。

A—四通筹办人员的来源

1984年3月，四通公司进入筹办阶段，筹办人员有印甫盛与刘菊芬夫妇、刘海平、吴本寻、王晓霞等。

不久，印甫盛找来贾春旺商办在海淀开公司事宜，又找来清华大学同学某某某，某某某又找来同事沈国钧，某某某又将其父万邦达、妻子李玉介绍进来，这些人成为四通公司早期的筹办人员。

贾春旺将四季青乡乡长李文元介绍进来，作为公司启动的借贷方，李文元又将其下属四季青化轻公司党总支书记刘子明，四季青乡办公室主任任树德，四季青线路板厂厂长、其弟李文俊介绍进来，成为四季青乡筹办四通公司的人。

四季青乡政府对合作开公司持欢迎态度，认为这些科技人员的到来，能

四通公司创始人刘菊芬、印甫盛夫妇。照片由印甫盛提供。

够改变四季青乡乡镇企业的产业结构，当年四季青乡乡镇企业十分落后，生产的产品没有市场竞争力。

刘子明在回忆创办公司的过程中，他写道："某某某他们提出发展无公害、能耗少的知识密集型企业，主要是针对当时四季青的企业状况提出来的。另外我们还提出他们要为调整四季青企业的产品结构作出贡献，这很重要。如果没有这些当时可能谈不成。还有是充分吸引人才，把科研单位、高等院校的人才聚集起来。那时，一个月六七十块钱不少了，六七十块钱在当时也算高工资了。上四季青来，还真是没有那么多人有这样的胆量，一般人不可能轻易扔掉这个'铁饭碗'。"

印甫盛在回忆创办公司的过程中，他写道："聊起机关的一些工作，觉得非常压抑，有劲使不出，想离开这种环境，下海办公司。"

B—办一家不同性质的公司

1984 年，中国大陆的公司只有三种类型。

1. 全民所有制公司，企业是国有的，资产是国家的，例如中国粮油进出口公司。

2. 集体所有制公司，企业是属于企业全体员工的，资产也是属于企业全体员工的，例如四季青乡的锅炉厂。

3. 合资企业，企业属于企业的投资方，即外国和中国香港、澳门、台湾地区的投资方与中国大陆投资方投资合办的企业，例如广州白天鹅宾馆。

当年不允许开办私营公司，私营只允许注册为个体户。

1988 年，用友公司的老板王文京执意要开办私营企业，注册为"用友软件服务社"，企业性质为个体户。

四通公司早期的筹办人员想办一家不同性质的公司，非国有、非集体所有制的公司，类似于集体所有制与私营之间的新型企业，得到贾春旺的支持，并引入四季青乡政府合办。

印甫盛等人提出，不以科学院计算中心的名义合作，因为当时中关村已经有科海等公司，这些公司大部分是与大学、科学院合作的，企业性质是集体或全民的。印甫盛认为那种合作形式条条框框太多，要求四季青乡以招聘技术人员的形式进行合作，四季青乡基本上同意。

公司开发什么产品？沈国钧认为发展方向就是开发计算机技术。因为在1984 年，国内大型计算机机器多，价格比较昂贵，小单位买不起。公司定的发展方向是开发小型微处理器，要在软件上下功夫，目的就是小单位能用得起。

公司开办后，四季青乡负责提供场地、设备和资金，印甫盛、某某某等人负责公司开发、经营和管理。公司有自主权，独立经营，独立核算，自负盈亏。原则就是按劳分配，工资、奖金、津贴都要和收益挂钩，没有收益就没有报酬。按当时说法就是扔掉了"铁饭碗",端起了"泥饭碗",没有收益连饭碗都没有。

印甫盛在回忆录中写道:"办公司要有注册资金,当时李文元愿意借给我们 10 万元,我不同意借这么多,只借两万元。公司办不好赔钱,就得个人掏腰包还,当时大家工资都很低怕还不起。"

当时贾春旺、印甫盛、刘菊芬等人协商,公司的班子如何组建?印甫盛提出的方案是,请贾春旺当名誉董事长,李文元当董事长,印甫盛当总经理。

贾春旺否定这个方案,他认为,我帮你们把公司办起来,但不能出面,印甫盛也不能当总经理,李文元可以当董事长。

印甫盛又提议,某某某当总经理,刘菊芬当副董事长。

某某某同意了,因为他在 9 月要去美国,现在没有事干帮着开公司跑跑腿。

(注:1984 年,中科院公派某某某到美国佛罗里达大学,做为期半年的访问学者。在当年公派出国留学,是中科院年轻人梦寐以求的事。为此某某某在国内进行为期半年的英语培训,准备该年 9 月出国)

C—贸易为主开发为辅

1984 年 5 月 11 日,"北京市四通新兴产业开发公司"正式成立。

四通公司最初领导班子为:

名誉董事长:于光远(中国著名经济学家、曾任中国社会科学院副院长等职)

董事长:李文元

副董事长:沈国钧、刘子明、刘菊芬、张彦中

总经理:于小红(注:于光远的女儿,不久换为某某某)

副总经理：沈国钧、任树德、王安时

从这个公司结构来看，只是四通公司初创时期的一个基本框架，并不具备经营状态。

1984 年 6 月 29 日，根据经营的需要，四通公司的领导班子又进行调整，成立各事业部并明确分工。

沈国钧，负责产品开发部。

刘子明，负责特区事业部，在深圳大学建立四通分公司。

任树德，负责财务部管理。

王安时，被任命为副经理负责贸易部。

刘海平，负责实业部。

李文俊，负责行政事务部。

刘子明回忆当年的情景时写道："就是先搞贸易后工业，如果没有贸易部赚点钱，工业也搞不起来。第一批贸易就是进了一批苹果 II 计算机，七八千块钱一台。"

搞贸易是四通公司初创时期经营状态的结构，公司通过深圳大学校长罗征启，建立一条贸易通道，从深圳购买计算机到中关村加价售出赚取利润。

（注：罗征启与印甫盛为清华大学校友）

王安时对电子元器件价格、进货渠道了如指掌，他很快建立了四通元器件销售部，为公司快速地赢得利润。

这时的四通公司结构是经营贸易为主、开发研制为辅的架构，对日本兄弟牌打印机二次开发还没有成功。但是四通公司的领导班子基本建成，并且完全模仿日本企业的模式。因为日本企业的"忠于企业""为企业工作一生"的企业文化，很适合中关村初期公司。四通公司后来成立的部门干脆照搬日本企业模式，例如"四通 OA 本部"。

1984 年，中国对进口计算机的税率为 300%，高得惊人。深圳与香港相近，走私计算机很多，被称为"水货"计算机，价格便宜，运到中关村出售很赚钱。

1984年7月，王缉志进入四通公司工作，他的月工资500多元，出门随意使用出租车，而他在冶金部自动化研究所月工资仅为110元。

从这些例证可以看到，四通公司初创时期以贸易为主、开发研制为辅的架构是正确的，公司非常赚钱。

1984年12月，四通公司年收入为976.2万元，毛利润142.6万元。上缴营业税29.9万元，上缴所得税47.1万元。留给四通公司76.4万元，其余的上交四季青乡政府。

1984年底，经海淀区政府协调，四通公司由车道沟线路板厂，搬到了中关村自选市场临街的二层铁皮小楼。

D—公司体制向合法避税的变异

1985年，海淀区政府为支持中关村科技企业，让这些企业享受"知青社"税收优惠政策。

1978年开始，大批下乡插队的知识青年返城后无法安排工作，国家推出知识青年就业优惠税收政策，规定"企业中返城知识青年占50%的，企业可以享受企业所得税的免税优惠政策，企业所得税是企业上交税务的最大税种，企业要把每年赢利的30%上缴税务机构，也就是企业年赢利100万元中的30万元上缴税务机构"。当年人们管这种企业免税优惠政策叫"知青社"免税优惠政策。

中关村各科技企业在海淀区政府支持下，普遍地采用这种合法的避税措施。中关村各公司的做法是：把在家待业的知识青年的身份证复印下来，作为公司的正式职工造册，每月给这些知识青年发放20—30元"工资"，并不需要这些知识青年到公司上班。公司得到"知青社"免税优惠政策，知识青年每月白拿钱，双方皆大欢喜。因为当年北京一名正式工人的月工资，只有 40 元左右。

四通公司也觉得税负太重，也要求享受"知青社"税收优惠政策。

因"北京市四通新兴产业开发公司"（注：以下简称小四通）的体制是农村乡镇企业，不能享受"知青社"政策。

1985 年 1 月 4 日，在海淀区政府的支持下，成立"北京四通总公司"。（注：以下简称大四通）

大四通企业性质为"城市知青集体企业"，可以享受"知青社"免税政策。大四通上级主管单位为"海淀区农工商总公司"，因为当年工商机构对注册公司规定，"必须有局级以上的主管单位，才给予注册"。"海淀区农工商总公司"的上级主管单位为海淀区政府。

大四通与上级主管单位关系是松散的，上级主管单位不干涉大四通人员任命、经营等，大四通只是每年向上级主管单位交纳一定的管理费用。

1988 年，海淀试验区成立以后，大四通的上级主管单位变更为海淀试验区，并且规定大四通总裁职务的任命，必须经过海淀试验区批准和同意。

大四通下属分公司有小四通、四通装饰艺术工程公司、四通发展公司。

1988 年，大四通和下属分公司，全部被海淀试验区认定为"新技术企业"，享受新技术企业税收优惠政策。

四通公司初期架构从小四通变异到大四通，享受"知青社"免税优惠政策；再到被认定为"新技术企业"，享受新技术企业税收优惠政策。当年这种合法的避税措施，为中关村各公司普遍采用。

E—公司走向正规化的架构

1985 年，大四通成立了"四通同仁基金会"。

1985 年 6 月 5 日，大四通重新成立了四通公司董事会。

董事长：某某某。

董事会成员有：沈国钧、王安时、万邦达、王缉志、李文俊。

1988 年初，董事会成员又增加段永基、崔铭山、诸忠（注：某某某之弟）、殷克。

1988 年，董事会成员中没有王缉志。王缉志在回忆该事时说："当知道四通董事会成员没有我很生气，就给某某某打电话表示自己要进四通董事会，否则就辞职。某某某答应了我的要求，我进入了董事会。"

1988 年底，大四通又注册成立了"北京四通新技术股份有限公司"。（注：以下简称四通股份公司）四通股份公司的成立，首先是为公司股份化做准备。

1988 年 8 月 5 日，海淀试验区正式成立，规定"新技术企业在成立之日三年内，享受免交企业所得税"。大四通和小四通都不符合这个规定，所以再次成立四通股份公司，公司业务转移到四通股份公司，享受新技术企业税收优惠政策。

1986 年 5 月 16 日，四通公司宣布推出四通 MS-2401 中文电子打字机后，该型号打字机成为抢手货。四通公司凭借这个优势，与日本三井公司合资创办"索泰克"公司，生产组装四通打字机，使四通公司首次踏入制造业。还在全国各地开设四通分公司，规模最大、实力最强的分公司为香港分公司、南方四通公司、珠海分公司，最远的为新疆分公司。四通公司还以承包的形式进入国有企业领域，承包中科院鹭岛公司、云南电子设备厂，该厂是拥有上千人的国有企业。

F—四通公司企业集团的管理架构

1986 年 5 月 10 日，海淀区政府决定成立"北京四通集团公司"，注册资金 1 亿元。北京四通集团公司为海淀区所属局、处级企业，由海淀区政府直接领导，由海淀区计经委管理，经济性质为海淀区属城市大集体企业。海淀区政府为此发出《关于成立"北京四通集团公司"的通知》。（注：见海淀区政府 1986 海发 30 号，海政发 85 号文件）

1989 年，四通公司形成庞大的企业集团，公司的最高权力机构是董事会，由董事长 1 人，副董事长 2 人，董事 7 人，共 10 人组成。

董事会下设经营委员会、决策委员会。

经营委员会的最高决策人是总裁，下设两名高级副总裁，四名执行副总裁和五名副总裁，协助总裁分别负责一个或几个部门经营管理工作。

集团公司下属的各分公司和经理由总裁聘任，对总裁负责。

1989 年，公司下属各类企业 42 个。

其中独资企业 21 个。

合资企业 13 个，包括国内合资 9 个、中外合资 4 个。

合作企业 2 个。

承包企业 3 个。

海外企业 3 个，设立在中国香港地区、北美、澳大利亚。

四通公司这些企业分布在全国 17 个省、自治区、直辖市和三个海外地区。

1989 年，四通公司在北京有正式职工 725 人，再加上外地分公司人员和试用、临时聘用人员，共有职工近 2000 人。

在北京地区的正式职工中，大专以上文化程度的有 450 人，其中硕士、博士研究生毕业的有 36 人，高中文化程度的有 176 人，初中及初中文化程度以下的有 99 人。公司共有中共党员 135 人，共青团员 179 人，其他民主党派 7 人。党的组织是总支委员会。

1989 年，四通集团公司财务账上，自有资金 2000 多万元，固定资产 1 亿多元。

1986—1992 年，是四通打字机销售火爆时期，四通打字机在市场上成为抢手货。

1992 年 5 月 15 日，四通公司正式被批准为北京市试验区第一家实行股份制的企业。四通公司从此正式走向公司上市的道路。

有关资料索引：

1989 年，四通公司检查组"有关四通公司清查工作报告"，印甫盛回忆录《四通怎么成立的》，刘子明回忆录《创办四通公司》。

中关村的故事（25）四通系列七

四通股份制的探索（上）

导读：1993 年 8 月 16 日，四通公司股票在香港证券交易所正式上市。这是中关村乃至中国内地首家在香港上市的民营科技企业，中国民营科技企业从此迈向现代化科学管理。四通公司的初期股份制改造过程，是"血与火"的探索过程，也是中国民营科技企业最光辉的篇章！

1993 年 8 月 16 日，中国内地首家民营科技企业四通电子，在香港证券交易所上市，当日每股价格为 2.65 港币，比招股价 1.26 港币多 120%。四通电子总成交量 151196000 股，多于公开发售股数 1.5 亿股。四通公司筹集了 6 亿—7 亿港币，公司市值为 16 亿元人民币，资产规模位于中国内地民营科技企业之首。

四通公司成功上市的消息传到中关村，极大地鼓舞了中关村科技企业走向股份制的信心。回顾四通公司早期企业股份制的改制过程，让人感慨万端！

1993 年（左起）时任四通公司董事长沈国钧、总裁段永基。齐忠摄影。

A—四通初期的股份制

1984 年 5 月 11 日，"北京市四通新兴产业开发公司"，在海淀工商局正式注册成立。当年印甫盛、某某某、沈国钧等公司筹办人员，最初就有把公司按比例分配到每个创办人的设想，但是初创的四通公司财产只有两万元启动资金，当时的形势又不允许这样做，所以只能在心里想。某人在回忆录中对这件事情写道："公司初创时期，如果把这件事达成协议，不会引来以后的麻烦。"

1985 年 1 月 4 日，海淀区政府发布文件《关于建立北京四通总公司的批复》。（注：以下简称大四通）

1985 年，大四通成立了"四通同仁基金会"。

1985 年 6 月 5 日，大四通重新成立了四通董事会，某某某出任董事长，董事会成员有沈国钧、王安时、万邦达（注：某某某之父）、李文俊（注：四季青乡乡长李文元之弟）。

1988 年初，又增加段永基、崔铭山、诸忠（注：某某某之弟）、殷克。不久，又增加了王缉志。

1986 年 5 月 10 日，北京四通集团公司成立，注册资金 1 亿元。（注：以下简称四通集团）

1986 年 6 月 21 日，四通集团召开全体员工大会，公司总裁某某某在这次大会上首次宣布，四通集团开始集资入股。他说："要在所有制上有所创造，有所创新，对于企业发展至关重要，并在 6 月底完成这项工作。"

1986 年 6 月 25 日，某某某对集资入股这项举措的解释为："在全公司发行股票，其意义决不仅仅在解决公司的资金来源和内部结构问题，而是在所有制改革问题上的一次重大尝试，积极而有益的探索。"

1986 年 6 月 25 日，四通集团推出有关四通股票的管理规定，并指定四通股票由"四通同仁基金会"管理。

B—四通初期股份制首次遭受重创

四通集团正在雄心勃勃地探索企业所有制改革问题时，突然遭受重创，四通集团的全部资产被宣布是国家的。

1987 年 3 月 12 日，海淀区区委、区政府派出 20 多人的工作组，对四通集团相关资产进行调查，调查结论为"从 1984 年 5 月成立，截至 1987 年 3 月，四通集团全部固定资产达到 8000 万元人民币左右，而历年来四通集团享受的国家税收优惠减免待遇正好为 8000 万元人民币左右，所以四通公司是集体企业，不是私营企业"。

海淀区委、区政府这个调查结论，虽然否定了四通集团是私营企业，却给四通集团全部固定资产打上"享受国家税收优惠减免待遇"而来的标签。

1987 年，四通集团初期股份制改造的进程停顿，因为四通集团的全部资产被宣布是集体的，私分集体资产是违法的。

C—吴敬琏提出四通资产白送人的股份制方案

1988 年，随着中国改革开放进程的深入，企业股份制成为新的探索。国家体改委把四通集团列入四大股份制改造企业试点之一。

1988 年 4 月 1 日，四通集团再次发行内部股票，发行股票额为 4000 股，每股 100 元共 40 万元人民币。规定股票为记名股票，首次发行股票时没有参加公司的新职工，每人限购 2000 元，老职工已购股票不超过 2000 元的，可以补购到 2000 元。

1988 年 5 月，国家体改委大名鼎鼎的经济学者吴敬琏组成课题组，中国社会科学院工业经济研究所的刘纪鹏、刘妍、李海建三个人参加了吴敬琏的课题组，课题组的成员还有周小川、楼继伟等人，后来又吸收了刚从国外回来的钱颖一，课题组主要是解决四通作为民营企业的股份制改造课题，帮助设计股份制改造方案。课题组提出了四通公司股份制改造的两大方案。

第一个方案是吴敬琏提出的，主要内容是把四通公司 60%—70% 的资产，赠予北大、清华、中科院、海淀区政府，余下的资产量化到四通公司经营者身上。

这个方案现在来看，有悖于企业股份制的原则。可是在当年政治、经济的氛围下是无奈之举。将大量的资产赠予政府和大学，求得政府与社会对四通公司股份制改造的认可，让四通公司经营者也得实惠。

刘纪鹏在《回忆那个激情澎湃的时代》文章中写道："吴敬琏认为企业家在乎的是控制权而不是股份，主张把四通的股份都分掉，给北大、清华一部分，给自己留一部分。"

当时海淀区负责人，对这个方案的评价是："按现在的政策将股份分给北大、清华，私人企业家别说分 30％，就是分 1％ 他也做不了主，因为这是一个全国性的问题。"

某某某也不同意这个方案，他在乎股份，觉得自己辛苦创办的企业结果就留 30％ 非常不公平。

海淀区负责人回忆该事时说："任何人对四通公司的财产，赠予政府和大学多少不感兴趣，对四通公司的财产分给个人这件事感兴趣。在当年的政治背景下，哪怕是把四通公司 99％ 的财产赠予政府，1％ 的财产分给个人，任何政府的领导人对这件事都不会同意的。说白了就是把四通公司的财产留一块钱分给个人，也会引起人们的关注，那一块钱装进了谁的口袋？"

四通公司的领导也认为"进行股份制改造初衷，是将庞大又说不清的企业财产，通过股份制的办法清晰化，绝不是白给任何组织和个人"。所以海淀区政府与四通公司的领导，否决了吴敬琏的方案。

D—刘纪鹏提出购买四通的股份制方案

刘纪鹏提出新的股份制改造方案，是老四通产权不变，在下面重新构造一个股份公司的子公司，叫"四通新技术产业股份有限公司"。这个新四通的股权是清晰的，老四通带着它的"儿子"共同出资，再引进外资，组成新四通。这个方案是绕着走的，对这个方案课题组其他人也有过很多争论，但最后某某某接受了。在改造老四通的时候，四通又请来了周其仁，老四通的股份制改造也顺利完成了。后来四通在香港顺利上市。

E—四通集团自身提出的股份制方案

四通集团自身也提出一个企业股份制方案，中心是某某某占四通公司全部股份的 50％，这个方案遭到四通公司高层干部的强烈反对。

现任四通集团董事长段永基回忆当年的情景时，他说："某某某的父亲万邦达、弟弟储忠都在四通公司工作，都是公司董事会成员。如果某某某占公司50%的股份，再加上他的父亲和弟弟的股份，四通公司70%的股份都要为万氏家族所占有，这种情况自然会遭到大家的反对。"

四通集团其他有关人员，回忆当年股份制改造时说："1988年，某某某的股份制改造方案，实际上是分封诸侯，四通集团大分家前期的财产清算方案。因为某某某已经不能全权掌控四通公司，只好用股份制把公司资产清晰化后，把四通集团分为北京、索泰克、深圳等几大块，由几个人来掌握。"

1989年初，由于四通公司董事会不能如期召开，公司成立了"良性分割"小组。

刘纪鹏在回忆当年情景时说："这个方案遭到有关部门的反对，某某人是四通公司的股份制改造方案最大的阻力。"他所说的某某人是指海淀区原负责人。

海淀区原负责人回忆当年四通股份制改造时说："1988年，四通公司某某某和中国社会科学院刘纪鹏等学者，搞公司股份制改造。很多人在写这段回忆录时，总说某某人是四通公司股份制改造最大的阻力，这个某某人就是我。晚上我在食堂请他们吃饺子，我对这些专家学者们说'你们找到一个敏感的公司，做了一个敏感的事情还是在一个敏感的时期，所以我不能同意四通公司股份制改造方案'。刘纪鹏很有头脑想了半天，他说，'能不能注册一个新公司，用新公司的钱把老公司也就是四通公司给买下来'。我说，'这是个好办法'。"

F—海威事件使四通股份制改造夭折

1989年初，中关村发生海威股份制改造事件，使四通股份制改造夭折。

1986年1月12日，科研人员杨传智在中关村创办"海威科学技术服务部"，后称为海威公司。该企业为集体所有制企业，注册资金 20 万元，实际到账只有 3 万元。这笔钱来自海威公司的上级主管单位北京通用技术研究所。上级主管单位也叫挂靠单位，当年工商局规定开办公司必须有上级主管单位，否则不予注册。

海威公司当年的办公地点在魏公村中央民族大学附近。

1987 年，当海威公司资产达到 66.1 万元时，杨传智推出公司股份制改造方案，向上级主管单位通用研究所提出申请，通用研究所又向它的上级北京市信息公司汇报该事，得到上级的批准。

杨传智的股份制改造方案的框架为，把国家历年来给企业减免税的优惠 32.3 万元，从 66.1 万元中扣除，保留在公司财务账上不动。余下的 33.8 万元折成股份分给公司全体职工。公司总经理为 12 万元股份，副总经理为 8 万元股份，职工分到 1.5 万元到几千元不等的股份。杨传智把公司的产权股份量化到个人后，更名为"海威电气股份有限公司"，正式向工商局申请变更企业名称。

1987 年到 1988 年，杨传智从公司账上提取 8 万多元现金作为红利分配给公司持股人。8 万元在当年是笔巨款，当时科级干部的月工资也就 80 多元，工人的月工资为 60 多元。海威公司的股份制模式，虽然是中关村股份制改造的萌芽，但是引起了中关村公司老板的关注，他们也按照海威模式进行股份制改造，海淀区委调研室也对海威公司进行过调研，没有提出过什么意见。

新华社北京分社财经记者夏俊生，把海威公司股份制改造事件写成新华社内参。

夏俊生在回忆录中写道："1988 年 3 月 29 日，总社发了我就中关村出现的第一家私人股份公司——海威电气股份公司的成立情况写的内参。后来听说因为当时的某部门领导对我写的内参有批示，国家体改委派人到海威公司进行了调查。但国家体改委的调查是否是由领导批示了我的内参引起的，领导对我写的内参是怎样批示的？到现在我也不清楚。"（注：见夏俊生回忆录《新华社内参及中央领导的批示对中关村改革的推动》）

1988年5月，《中国经济体制改革》杂志第五期，发表夏俊生介绍海威公司股份制的文章《北京出现一家私人股份企业》，他在文章中写道："北京出现一家完全是私人股份的股份制企业——海威电气股份有限公司。位于中关村电子一条街上的海威电气股份有限公司，主要从事机电产品的设计、生产、计算机维修和计算机产品的销售、开发，是由国家机械委北京自动化所原工程师、今年39岁的杨传智创办的，目前挂靠在国家经委的中国新技术开发公司。"

1989年初，国务院发展战略研究中心的某某某，根据国务院有关领导人的批示，到北京市海淀区做海威公司股份制改造事件的实地调研工作。

不久，某某某写出有关股份制改造事件调研报告，上报到某领导和有关部门。

时任某部门负责人批示是："可以试验一下。"

时任有关某部门负责人批示是："坚决制止这种私分集体财产的行为。"

海淀区委、区政府领导决定按有关某部门负责人的指示办理，停止将海淀区集体企业的资产折股到职工个人名下的股份制改造，要求杨传智和海威公司职工退回分红所得。四通股份制改造随之停止和夭折。

当年中关村不少公司的老板，对海威公司的股份制改造十分看好，不同意有关部门的做法。他们认为，既然国家承认海威公司的66.1万元资产，是属于海威公司这个集体的，为什么不承认66.1万元资产的集体财产，是由每一个员工的资本加起来形成的呢？

从今天的角度来看，海威公司的股份制改造是正常的，为什么在当时就行不通呢？是旧观念、旧理念在作怪。

有关资料索引：

刘纪鹏所著《回忆那个激情澎湃的时代》，1986—1988 年四通公司内部刊物《四通人》合刊，《中关村民办科技实业大事记》。

中关村的故事（26）四通系列八

四通股份制的探索（下）

导读：1993 年 7 月 13 日，四通公司股票在香港证券交易所正式上市。因为公司在上市过程中，涉及对每个员工分配公司股份问题，也就是分到多少钱，搞不好会引发公司大规模内讧，因而被称为"血与火"的过程。四通原副总裁李玉琢在回忆录中写道："四通上市招股书中作为董事长的沈国钧、总裁的段永基年薪一两百万元以上，让我们大吃一惊。当时我是四通副总裁每月工资不足万元，与他们相比简直是天壤之别。"从李玉琢的文章中不难看出员工们的心态。

A—四通香港上市的启动与筹备

1991 年初，香港毕马域公司老板何潮辉，找到四通香港分公司总裁王安时，建议四通公司上市，王安时不同意。后来又找到段永基，段永基坚决支持并作出部署，成功地使四通公司在香港上市。

1991 年 4 月，北京四通集团公司开始构思公司上市工作。

1992 年 7 月，全面展开公司上市工作，以北京四通集团公司下属子公

1993 年 7 月 13 日，四通公司股票在香港证券交易所正式上市。四通公司主要负责人在香港召开新闻发布会，右起储忠、李文俊、段永基、沈国钧。照片由四通公司提供。

司"四通电子技术有限公司"为主（注：以下简称四通电子），四通在内地的三家企业资产装入四通电子在香港上市。

四通聘请香港百富勤投资公司，香港胡、关、李、罗律师行，毕马域会计师行等 7 家上市相关企业，为四通在香港上市的司法、会计审计等工作服务。其中以香港百富勤公司最为著名，四通聘请这些公司的费用高达数千万元。

1988 年 9 月，香港百富勤公司诞生，筹建人是梁伯韬、杜威廉。

1993 年，百富勤公司拥有 240 亿港元资产。梁伯韬以协助内地企业到香港上市而闻名，被称为香港"红筹股"之父。（注：香港管内地企业在香港上市的股票称为红筹股）

1995 年，是百富勤公司鼎盛时期，该公司租下北京京广中心大厦顶层一层，作为驻京办事处办公场地。梁伯韬曾在该地举办有关内地企业到香港上市的讲座，内地上百名企业家参加。

1997 年 7 月，百富勤破产。法国国家巴黎银行随即入主百富勤，梁伯韬和员工都进入了新公司。后来"俏江南"老板张兰的对赌协议，就是由梁伯韬操作的。

毕马域会计师行是全球三大会计师事务所之一，当年驻京办事处办公场地也在北京京广中心大厦。

B—四通香港上市

1993 年 7 月 30 日，四通电子在香港正式发布 370 页的招股书，宣布 8 月 16 日，四通电子在香港证券交易所上市。

四通电子计划在香港上市后发行股票 1.5 亿股，每股股价 1.26 港币，每 5 股送一个认股权证。其中 10% 由公司内部职工购买，规定 1992 年 12 月 31 日前入职的四通正式职工都可购买。非上市股票对公司主要干部和骨干分配，不实行全员分配。认股权证分配给有突出效益和贡献的员工。

1993 年 8 月 16 日，四通电子在香港证券交易所上市后，首日总成交量为 1.51196000 亿股，四通公司筹集了 6 亿—7 亿港币，公司市值为 16 亿元人民币左右。

时任四通总裁段永基，对四通电子在香港上市的评价为"四通电子在香港上市，最重要的是打开与国际资本联系的通道，开创了中国内地民营科技企业用'纸'赚钱的先河"。

时任四通董事长沈国钧，对四通电子在香港上市的评价为"四通电子在香港上市后，市值在 16 亿元人民币左右，使四通成为中国内地最大的民营科技企业"。

四通原副总裁李玉琢在回忆录中对四通上市写道："公司 2000 名职工分到了 1500 万股内部职工股，占当时总股本的 2.05%。记得我本人当时得到 6 万股票，每股作价 1.26 元，好像只交了十分之一的钱。同时还有 60 万的认股权证。估计其他副总裁也差不多。1994 年，当股价升到 2.2 元时，我卖了 4 万股，得了 8 万块钱，这是我有生以来一次性得到的最大一笔钱。"

C—四通香港上市的过程

四通公司在 1991 年开始筹备这次上市工作，仅用两年多的时间，这个速度可称为神速。因为当年社会上对民营科技企业姓"资"、姓"社"的质疑盛行，民营科技企业的生存环境不是太好，在这种情况下四通能够在香港上市，其过程是艰难的。

1993 年，在我国深圳、上海两地上市公司绝大多数都是国有企业，各省、市对上市名额争夺得相当厉害，被称为国有企业的"救济粮票"，当时北京上市的企业只有天桥百货公司。中科院院长周光召在我国是极受人尊敬的科学家，为联想公司上市的事情，他借人民大会堂开会的机会，屈尊在会议室门口等待国家证监会有关负责人，从这个现象就不难看出，民营科技企业争取到上市名额要费多少心血。

为得到国家证监会的批准，段永基请时任北京市市长李其炎出面与国家证监会负责人商谈，会议地点在北京饭店贵宾楼 10 楼，段永基不好出面只能在一楼等待消息。李其炎市长得到国家证监会负责人的首肯后，通知段永基上来参加会谈，国家证监会负责人幽默地说："今天的事情，老段是主谋。"双方听后大笑不止。

1993 年 7 月 30 日，是四通电子在香港上市招股书发布的日期。

29 日晚 8 点，段永基与四通公司股票总承办商香港百富勤总裁梁伯韬举杯相庆时，突然接到相关律师电话，告诉他四通与日本三井公司之间有一份协议必须在 30 日上午 11 点之前签署完成，否则上市计划不能通过香港证交所的批准。

这时的日本是晚上 9 点 30 分，段永基拨通日本三井公司相关负责人的电话，请他帮助解决。负责人回答"公司董事们目前有的在外应酬，有的已经回家可能都睡觉了，这件事 99.9% 办不成"。

段永基心急如焚，他仍抓住这 0.1% 的希望给对方做工作。奇迹发生了。30 日的早晨，日本三井董事会同意三井公司在香港的代表签署这份文件。

四通电子在香港上市，首先要通过全球三大会计师事务所之一的毕马域会计师事务所财务审计。毕马域两男一女三个会计师，到北大附中的四通仪器公司审计。查看该公司的库存时，女会计师手拿账本一项一项大声念，两名男会计师就在库房一项项地清查，当念到公司库存某元器件 900 个，两名男会计师在货架上一个个数，最后报数 860 个，女会计师马上更改公司账上的数字。

段永基回忆四通电子在香港上市过程时苦笑着说："四通公司在四季青乡北坞建立的索泰克合资工厂有处房产，面积有几千平方米，这是四季青乡划拨给索泰克合资工厂的土地。毕马域会计师在清查索泰克资产时，不仅亲手用皮尺量，还问我有什么证明这块土地四季青乡有权划拨给索泰克合资工厂？后来查到 1954 年宪法，才有了合法的依据。"

股份制是现代企业必由之路，四通公司在计划经济体制下，勇敢地追求和探索企业股份制改造的举措，是中国改革开放和企业股份制改造大道上永恒的铺路石。

有关资料索引：

1993 年四通公司内部刊物《四通人》合刊，李玉琢回忆录《我与商业领袖的合作与冲突》。

中关村的故事（27）四通系列九

四通早期资金来源与运作

导读：1984 年左右，中国大陆正处于经济不发达时期，中关村早期科技企业的巨额资金来源，成为国外研究机构和研究人员最为困惑的课题，例如美国哥伦比亚大学、耶鲁大学、德国马普协会的专家、学者等，多次到中关村调查都是无功而返。我国众多研究中关村企业发展历史的专家、学者，因很少涉及企业资金问题的研究，至今有关中关村早期科技企业的资金来源与运作的文章是个空白。四通早期资金来源与运作向人们揭开了这个秘密。

A—四通初期在政府支持下获得贷款

1985 年 5 月 31 日，北京市调查组作出《关于部分科研人员致信中央领导同志反映四通等四公司问题的调查报告》。（注：以下简称调查报告。）

调查报告指出："1984 年，四通公司与持汇单位通过购买、联营、借用等方式共获外汇 475 万美元。"该调查报告是中关村早期唯一的对四通、京海、科海等四公司资金来源与运作的调查报告，弥足珍贵。

用友公司老板王文京回忆公司第一笔 10 万元贷款时说，1991 年，公司

1984 年 10 月 15 日，四通公司在中关村的门市。照片由王缉志提供。

急需资金，我们找到一家银行谈了多次，终于得到第一笔 10 万元贷款。

用友公司获得 10 万元贷款如此艰难，四通当年这家刚刚成立的小公司，如何轻松获得这笔巨额贷款的呢？当年四通公司负责人在回忆录中写道："四通公司第一笔 100 多万元的贷款，是崔铭山去海淀信用社弄回来的。（注：崔铭山，1984 年 6 月加入四通后任四通副总裁）

四通公司原董事长沈国钧、董事王缉志，否认第一笔 100 多万元的贷款，是崔铭山去海淀信用社弄回来的。

2018 年 4 月 12 日，四通公司原董事长沈国钧接受作者采访时说："1984 年到 1985 年，四通公司能得到贷款，是在海淀区领导贾春旺他们的支持下才得到的，不是崔铭山去海淀信用社弄回来的。"

2003 年 9 月 13 日，四通公司原董事王缉志，在海淀区某部门举行的四通打字机开发历史回忆讲座上，他说："1984 年 6 月，四通公司当时是从银行那儿得到了一笔 100 万元的贷款，贷款还是通过一些关系，因为银行不会给民营企业贷款的。"

海淀区委原副书记、常务副区长邵干坤，在回忆当年海淀区政府对科技企业的支持时写道："当年海淀区区委召开各支行行长、信用社负责人会议，介绍科技企业的发展与困难，请他们支持。当时海淀区政府和各支行的关系很融洽，农业银行海淀支行、工商银行海淀分理处、信用社都用贷款计划的余额，给科技企业很大支持。1983年到1987年，26家科技企业从农业银行海淀支行贷款近3亿元，从工商银行海淀分理处贷款5.3亿元。"

根据沈国钧、王缉志、邵干坤所述，初创时期的四通公司如果没有海淀区政府的支持，是不可能获得贷款的。

调查报告中指出"1984年5月11日起，1985年3月31日止，四通公司先后从海淀信用社贷款"。海淀信用社为什么这么"青睐"四通公司，这全是因为海淀信用社和四季青乡政府的微妙关系。

信用社又称"农村信用社"。

1951年至1959年，农村信用社资本由农民入股，为社员提供信贷，合作制性质明显，是扶持农业生产的重要金融力量。

1959年至1980年，农村信用社先后下放给人民公社管理。

1980年至1996年，农村信用社由农业银行管理，但实际上成了国家银行的基层机构，走上了"官办"的道路。

从这信用社变化的路线图，可以清晰地看到海淀信用社是从四季青公社起家的。（注：四季青公社后改称四季青乡）

1959年至1980年，海淀信用社先后下放给四季青人民公社管理。

1980年至1996年，海淀信用社由农业银行管理，但实际上成了国家银行的基层机构，走上了"官办"的道路。

1984年5月11日，"北京市四通新兴产业开发公司"正式注册成立，公司的第一任董事长为四季青乡乡长李文元。

从以上叙述不难看出，刚刚成立不久的四通公司，先后从海淀信用社得到贷款2479万元的原因。

B—四通对社会资金的运作

1984 年左右的社会资金，是指国家对国有企事业单位、科研机构每年的拨款。而这种拨款又分"年初社会资金"与"年终社会资金"。

年初社会资金，是指年初国家给国有企事业单位、科研机构的拨款。但是这些机构在年初和年中花不完，放在银行国家规定不给利息，所以这些机构会把这些拨款短期内借给需要的企业，收取高额的利息，借款归还后利息作为单位福利分掉。

1985 年 4 月 7 日，北京市调查组进驻四通公司，对该公司所有的财务账目、缴税项目、购买外汇指标、进口批文、使用外汇等进行调查，对四通公司很不利。海淀信用社对四通公司所欠贷款进行追缴，不再给新的贷款，使四通公司陷入还贷危机，如果不能按时还上贷款公司就会破产。四通公司就是利用年初社会资金，向海洋石油某科研机构短期借款 100 万元，时间三个月，利息 3.6 万元。又向其军队下属单位借款 300 万元，时间三个月，利息 30 万元。这些借款使四通公司度过短期还贷危机。

年终社会资金，是指这些国有企事业单位、科研机构的国家拨款在年终没有完全花完。但是这些机构必须在当年 12 月结束前全部花完，否则国家会把第二年的拨款减少。

假如，中科院计算技术研究所在 1984 年 12 月结束前，还有 120 万元国家拨款余额。国家会在 1985 年的中科院计算研究所 1000 万元的拨款中减少 120 万元，只拨款 880 万元。

所以在 1984 年 6 月 19 日，中科院计算机研究所拨款 100 万元入股信通公司。11 月 9 日，中科院计算研究所拨款 20 万元成立联想公司，使中科院计算研究所 1984 年的国家拨款剩余为零。

联想控股董事局主席柳传志，在回忆当年中科院计算研究所给联想的 20 万元启动资金时说："这 20 万元是所长曾茂朝多年的积累，没有分给大家花，用在干事业上了。"

1984 年，中科院计算研究所拨出 100 万元给信通公司，20 万元给联想公司，绝对不是所长曾茂朝多年的积累。这笔钱相当于 2019 年的 1200 万元人民币以上，曾茂朝不会积累这么多的钱。

1985 年 11 月，大量的国有企事业单位、科研机构的年终社会资金涌入四通公司，有的年终社会资金表面上是在四通公司购买电子产品，实际上过了年底，四通公司扣掉 8%—10%，还要归还客户。但是这些资金使四通公司在 1985 年底，归还了 1000 万元的贷款，终于摆脱了危机。

再有，四通公司还得到有关公司的支持，例如得到中信公司 3000 万美元的融资支持。

四通公司还利用互保机制进行资金运作。

1995 年，四通公司为联想公司担保数亿元银行贷款。不久，联想公司又为四通公司担保数亿元银行贷款。两家公司利用互保机制都得到了需要资金。

互保机制，是中关村早期公司获得资金最常使用的机制。例如，1990 年，科海公司为信通公司向中国银行担保 100 万美元贷款，向工商银行担保 400 万元人民币贷款。信通公司也为科海公司向银行贷款进行大量的担保。

1991 年，信通公司走私案爆发后，科海公司因与信通公司互保问题，只好接管了信通公司。

中关村早期公司创业阶段的资金来源与运作，在没有风险投资、私募资金的情况下，是具有中国特色的一大发明。

有关资料索引：

1985 年 5 月 31 日，北京市调查组作出《关于部分科研人员致信中央领导同志反映四通等四公司问题的调查报告》。

中关村的故事（28）四通系列十

王缉志口述历史：发明四通打字机

导读：2003 年 9 月 13 日，海淀区有关部门在翠宫饭店中关村俱乐部，邀请陈春先、王缉志口述有关创业历史。这篇文章由王缉志先生口述，齐忠出资整理为电子文档并编辑而成。

1963 年，王缉志先生毕业于北大数学系。1984 年 9 月，进入四通公司，是公司创始人之一。王缉志先生发明的四通打字机，是 20 世纪影响中国最伟大的个人发明，推动了中国办公自动化的进程，并为四通公司带来 20 亿—30 亿元利润。王缉志先生历任四通公司董事会董事、高级副总裁、执行副总裁、总工程师。1992 年，离开四通公司。1993 年，四通公司上市后，王缉志先生没有得到一分钱。

A—触摸计算机

大家好！我先自我介绍一下，我是 1963 年北大数学系毕业的，那时候北大数学系还是六年学习制，毕业之后就分配到中科院心理研究所研究心理学。

2003 年 9 月 13 日，王缉志口述发明四通中文打字机有关历史。齐忠摄影。

1966 年"文化大革命"开始以后，心理学被认为是伪科学，因为一般人不太信，认为跟算命差不多，认为是封建的东西、反动的东西。1969 年，心理所人员全部下放到"五七干校"。

1971 年，开始落实知识分子政策，"五七干校"的一些人员回来，我分配到北京工厂里当工人，制作半导体二极管、三极管。

1973 年底，再一次落实知识分子政策，因为我是学数学的，那就让我搞计算机，所以我在 1973 年的时候就开始搞计算机。当时我的单位是叫冶金部自动化研究所，就是现在的冶金部自动化研究院，在北京丰台大地，我用一台计算机开发软件。那时计算机和现在比简直是太可笑，那时计算机内存只有 4K，当时就是一个裸机，什么都没有，一位黄先生开发了一个类似

的操作系统，占了 2K。我就为他开发汇编语言、汇编程序，所以那个时候就开始搞软件。

1973 年，冶金部为武钢从日本进口了全套计算机控制系统，搞 1.7 米轧钢工程，从炼钢开始到轧钢，最后到成品出厂，整个过程是由计算机控制的。当时冶金部就组织了一个专家工作组到武汉去学习日本这个技术，我就被作为一个成员派到专家组消化吸收日本的技术。所以我在武钢从 1973 年底就开始读那些资料，1976 年武钢开始投产，我就到武汉去了，在武汉待了三年。

1976—1979 年，我的计算机技术是有非常大进步。等于从一行一行字啃日本人的软件，一直到最后把这套系统消化了。消化之后，因为我们这帮人才属于比较难得的，等于是最早介入计算机控制系统的，所以 1979 年上海开始宝钢建设我就参加了宝钢建设的对外谈判。在上海谈了一年，这一年也是对我的计算机技术有很大帮助。因为上午跟日本人谈，下午就跟德国西门子谈，第二天就跟德国德马克谈，下午跟美国谈、跟澳大利亚谈，等于每天都在谈判，都是跟外国的提供计算机系统的厂商谈，谈的内容就是如何为宝钢这样的钢厂设计一个计算机系统，建设一个计算机系统，整整谈了一年，这一年对我外语、计算机的知识等有很大的帮助。

后来宝钢公司就把我派到日本要工作两年，因为当时整个中国经济形势不好，我们到日本两个半月，宝钢二期工程下马，我就从日本回来了。我在日本两个半月，主要是学硬件操作系统，本来准备在两年半把整个系统都学习完，然后装到宝钢的系统上。可是宝钢二期工程下马，我只能再回到冶金部自动化所工作，我在自动化所没什么事干，那时候正好是 1980 年。

1980 年初，整个社会就是一种改革开放的形势，也就是说已经开始在社会上有一些民营企业出现，一些新的公司也开始出现。那时候我在冶金部自动化所里当小组长，这个组只有 6 个人。当时从国外进口了一批计算机，冶金部自动化所也买了这个计算机，但只是少数的科室买了。我这个小组后来也得到了一些经费，想买一台计算机，但是那批计算机已经卖完了。

有一个研究生分到我们小组，是学钢铁冶金方面的，他说有个弟弟在科学院天文台，天文台他们买了一台计算机又便宜又好，是澳大利亚产的，说咱们也不妨买这种计算机。通过他弟弟介绍，我就认识了澳大利亚籍的华人邝振琨先生，就是他卖给科学院天文台计算机的，邝先生在澳大利亚悉尼开了一家计算机公司，生产个人计算机，这时候 IBMPC 还没有出来。邝先生这个人很聪明，他不是学计算机出身，是学化学的，读研究生又是天文学的。但是他设计了一个硬件板子就生产计算机，卖给中国的计算机价格很便宜。

邝先生对我讲："因为计算机是他自己做的，成本也很低，价格也很便宜。"当时的计算机与现在不一样，那时候买计算机主要是三大件，一个主机，一个终端，是通过 RS232 链接的，再买一个打印机。

邝先生说："计算机从我这儿买就行了，终端和打印机哪儿便宜就买哪儿的，不用在我这儿买，我就卖主机给你就行了，你自己再去找别的吧。"

我当时有一个朋友叫王安时，后来成为四通公司创始人之一。他当时是中科院自动化所研究人员，在做一些计算机进出口的事情，王安时就向我推荐哪儿卖显示器，900 多美元一台，当时在别的地方买都要 2000 多美元，所以我的显示器就准备从他那儿买了。王安时又给我推荐一个打印机说很便宜。那时候我妹妹正好有一个同班同学叫俞成星，他在北京饭店那儿租了一个房间，在那儿等于开一个贸易公司。他听说我要买打印机，他就说："我这儿可以卖给你打印机，500 美元。"

当时王安时卖给我的打印机只有 300 多美元，我跟俞成星说："你这个打印机太贵了。"

他说："这个产品是日本最新产品，非常好，先拿去用不要钱，觉得不合适就退，觉得合适就买。"

他那儿有一台样机就硬塞给我了。所以当时我买了终端，买了澳大利亚的主机，就从俞成星那儿拿了一台暂时不用给钱的打印机。

邝先生因为是当时计算机的设计者，他给我们售后服务，给我们讲计算机原理，他可以用非常简洁的语言把计算机的硬件、设计，讲得非常清楚，使我对计算机理解得很透。

买计算机总得配相应的软件否则无法用，所以邝先生要在计算机预装软件。他还手把手教我用这些软件，我当时使用这些软件感到非常大的震动。因为我是搞计算机控制的，邝先生给我表演，当一行 80 个字就自动回车换行到下一行了，空格自动对齐，两头对齐。比如整篇文章全完了以后，我想有一个单词敲错了我可以改，我想查找并且替换，我就可以把整篇文章里边同一个单词都查找替换，在我看来这样的软件简直太棒了。

邝先生给我表演，在计算机输进去 100 个人的名字、年纪、性别、职业等，要检索 30 岁以上的女性职员，一点计算机键盘马上就出来。

我觉得这个数据库非常好，这些软件都非常好用。马上有一个想法，这些东西这么好用，可惜都是英文的没法用，要是中文立刻可以在中国用。这个计算机处理不了中文是非常遗憾的事情。当时我国的计算机都不能处理中文，大家都在思考解决这个问题。我也思考中文处理的问题。俞先生给我那个打印机是暂时不要付钱，我就在研究打印机怎么跟计算机连接，我就看打印机的说明书，结果发现该打印机有一个非常好的特点与别的打印机不同。

在这之前我用的打印机都是字符式打印机，跟以前英文老的打印机一样，如 A 字字母打上去就是 A 字，包括王安时给我介绍的 300 多美元的也是这种字符式的，不可能打出别的来，因为它就是字符。可是俞先生给我的是图形打印机，也就是它是 16 针的针式打印机用软件控制。用软件能控制就意味着编个软件就可以打汉字，我立刻编了一个程序第二天就用打印机试试，马上打出"冶金部自动化所"几个字，我非常非常高兴。既然能打出这七个汉字，就意味着所有的汉字原则上都能打出来。所以我这时候脑子里就开始形成一个概念，一定要让系统能打汉字，我就召集我们小组的人，决定首先要把汉字的字库做出来，我把家里的围棋棋盘拿到单位，小组就照着当时国家刚刚出来的一个标准，研制字库。就是中文系统的"CB2312"，国标的编码标准，因为当时字库没有标准，只有编码有标准。

开始我把3000多个汉字，让我们小组的人，在一个围棋棋盘里码字，然后把它输到计算机里的8寸大软盘，我们大概花了几个月的时间，因为做汉字字还得写得好一点，我们的字都写得不好，所以就找我们自动化所情报室的一个同志，他的书法比较好。花了两个月的时间，就把计算机的字库做出来了。

这个字库从现在的标准来说，就是很难看的，就是我们几个人的劳动，也没有经过艺术家的修理，等等。但是把这个字库弄出来之后，就可以打汉字了，要把这个汉字打印出来的话，首先计算机里边得有文章有内容，才能把汉字打出来，怎么把汉字输进去，这又成了一个问题。我就用拼音输入法来解决这个问题。

国家一级汉字的标准本身，就是按拼音的标准排的，我设计了一个汉语拼音的输入法，输入汉字问题很快就解决了。这个输入法也是我当时开发的一个软件。可是拼音输入法同音字很多要挑选字，怎么挑选字？我就拿一个英文字母当点来用，在屏幕上显示四个汉字这样来输入汉字。我敲一个"李"字，"李"这个字可能有二三十个同音字，屏幕上翻页选出这个字来，虽然很烦琐，但是也凑合算解决问题。接下来还得让它干点什么事。但是要干实的，就得让其他的软件能够支持中文系统。

我有一个最有利的条件，因为这个计算机是邝先生自己设计的，操作系统是邝先生从美国DEC公司买的。拿现在的话说就是OEM方式，操作系统由DEC公司提供原程序，邝先生可以对它进行修改，他把原程序给了我，我就在那里边做了改动，使它能输入汉字，输出汉字。等于我在这个系统上，搞了一个能够输入、输出汉字的操作系统，这样就能输入中文了。

这些工作都做完了之后，我就觉得这个事得搞点应用了。我就做了两项工作，首先是我们单位的财务管理，我用计算机处理，我们财务是一位女同志，特别支持我的工作。我就拿我们冶金自动化所的财务报表用中文来打，这个事做得很成功，我心里面非常开心。

另一项工作是我自己正在打算换房子，从城里边换到海淀双榆树，北京市当时有个全市的换房大会，所以我跟西城区的换房部合作，搞计算机换房处理。西城区换房站同志听说计算机也能干特别高兴，特别支持。所以我和他们合作，把所有的换房资料输到计算机里边去。北京市那次在中山公园开换房会时，我们那个计算机搬到那儿去，真是很出风头。《计算机世界报》还专门写了一篇报道《冶金自动化所，为北京换房会搞了一个计算机换房的查询系统》。

我搞这个事情做得非常有兴趣。可以说我和我们小组整天就干这个事，于是就在所里面引起反感。所领导说，我应该搞轧钢控制，因为我的本专业是轧钢工作，怎么搞起中文处理来了，是不务正业。当时所领导就要我到东北出差，搞东北的自动化控制，停掉中文处理研究，我没有去鞍钢。因为我干的事意义很重大，当时计算机还不能处理中文，我这个计算机能处理中文。

1983 年，在武汉要开中文处理国际会议，当时我写了一篇论文交上去。中科院计算所的研究员董韫美审稿，他看了之后说"这个论文做得不错"，批准我去参加会议。这篇论文是当时整个会议中，唯一论述计算机与中文应用的，当时这是非常新的。我认为非常有意义，但是我们所的领导就是不支持。

B—开软件公司的设想

1983 年，中关村已经有一些公司，报纸上也经常会介绍一些新的企业，我觉得整个宏观的环境，非常有利于创新，我也很想办公司。办公司遇到资金问题，当时想的最好的办法，还是就办一个所谓的什么服务公司，就挂在冶金部自动化所底下。我就找所长谈。我说想办一个公司，他说你拿一个方案吧，所以我就写了一个方案，提交给所长。我所在的计算机室一共有60个人，这60个人在我看来，精英就10个人左右，其他的都属于混饭吃的不怎么样。我的方案就把这10个人挑出来办一个软件公司自负盈亏，跟整个社会上民营企业的思路差不多。我的方案报上去之后，自动化所的党委讨论的时候，把我这个方案给否了。我就找那个所长，我说："为什么否定我的方案？"他不作解释也没说明原因，就说我的方案不行不让我办。我已经感觉到要把这个计算机中文处理事情继续做下去，必须要有一个好的体制。

当时所里面的环境，使我觉得干不下去，所里的同事对我这个事情有支持的，有反对的。反对的多，支持的少。支持的人在所里边贴大字报说，王缉志是我们所第一个在国际上认可的，我们应该支持他。但是我的室主任说，你应该搞轧钢，不应该搞这个事情。这个时候，我的脑子里边就考虑如何办公司的事了。正好我的母亲跟荣毅仁的夫人是同班同学，我给荣毅仁的夫人写了一封信，看看她能不能给出一点钱。后来荣毅仁女儿给我打了一个电话，让我带着方案到中信公司谈一谈。于是我很认真地写了一个计划，思路就是中信给我投一笔钱，我自负盈亏，就是自己经营的一种思路。当时和我有这个想法的，有一位许教津先生，他跟我在武钢工作三年，住同一个屋，我们那时候在一起，经常议论中国的体制问题，思想上比较超前。我们因为宝钢去了一趟日本，更觉得中国非变不可，我们一块去的中信。

那时候中信在天坛宾馆租的办公室，中信公司一个开发部经理接待我们，这个开发部经理是一个从美国留学回来的人，跟我们讲话的时候，老是冒出英语的句子，我们就把我们整套办公司的方案提交了。他听完之后说"你们这套想法完全是资本主义的一套，这种做法在社会主义一定会碰得头破血流"。我当时非常意外，他还劝我们说"要是在冶金部自动化所干得不安心的话，就到中信，中信正要建立计算机中心，就到中信来任职，可以给比较好的待遇、好的条件"。我们俩从中信公司出来后非常失望，中信公司尚且如此，我们还上哪儿去找呢？该找谁呢？

C—进入四通公司

就在这个迷茫的时候，恰好星期天我去王府井新华书店买书，在那儿碰见两个人，一个是王安时，还有一个是四通的创始人沈国钧。当时王安时问我："最近在忙什么？"我说："在中信公司就碰了一头灰。"他说："你走错路了，我们刚刚成立了一家公司叫四通公司，总经理叫某某某，这个人38岁，年轻很有头脑，甭找中信公司了，就找四通公司。"

王安时就带着我找某某某。四通公司办公地点在中关村原来的四季青超市，整个屋子里边只有靠墙有那么两三个保险柜，有几个写字台，几张折叠椅。王安时跟某某某说，"王缉志很聪明，在五七干校时候，从收音机听沙家浜就能把乐谱写出来，计算机技术也不错"。

某某某说："王安时是我的朋友，既然他推荐你，就说说你的想法怎么干。"我就把写给中信公司的计划给他看。他说："我们的想法还是比较一致的，你就过来吧。"就这样我就进四通公司工作，我对原单位的体制厌倦了。

当时四通公司有七八个领导，下面有一些年轻人，全是中专毕业文化程度，还有从劳动服务中心调过来的一些人，整个公司应该说技术水平还是比较低的，所以我去了以后，四通公司非常重用我。

四通公司是在1984年5月11日注册的，负责人是清华水利方面毕业的，并不是学计算机的，他后来就在中科院的计算中心工作，是计算中心的软件工程师。他创办四通也是受整个社会上的影响，他觉得应该出来创业，出来创业跟他意见比较一致的是沈国钧。

沈国钧是中科院计划局的一个干部，他们怎么认识的？因为中科院有一个计算机应用小组，这个小组成员属于各个单位搞计算机应用的，这样他们两个就认识了。认识以后他们观点比较一致，所以就决定要搞一个公司。

当年贾春旺是海淀区负责人，贾春旺也是清华毕业的，可能他们原来就认识。贾春旺跟四通负责人建议，要成立一个公司，就要成立一个纯民营的公司，不要有国家任何的资金，我觉得当时贾春旺思想也是非常先进的。

四通负责人说没有资金，贾春旺说没有资金我找，由贾春旺出面找了四季青乡，当时的乡长是李文元，他就把某某某和李文元叫到一块开合作会议，当时参加会议的有六个人，四通这边就是某某某和他的父亲万邦达，是管财务，沈国钧。那边就是四季青的李文元，还有一个管财务的。李文元当时作为四季青的乡长，那个时候四季青乡想搞好乡镇企业，就是缺乏科技这方面。正好在贾春旺的撮合之下，双方一谈就都很愿意成立四通公司。公司真正开始营业是1984年9月，我去的时候是7月，那时候屋子还空空荡荡的没有什么。开业之后我觉得当时四通在很多方面是非常新的，四通公司的门市是用了四季青乡在中关村原来超市的那个地方，重新花钱装修。就像现在宾馆那种铝合金的窗户，铺了地板，房子也吊了顶，当时中关村所有的房子还没有这样的，都是很普通的房子。人们进入四通公司的门市后，就觉得焕然一新很现代。

今天各种各样的新闻报道，都说四通是借了两万块钱起家的，后来我在四通待的时间长了才发现，其实光靠两万块钱也是不够的，实际上四通公司是从银行那儿得到了一笔100万元的贷款，当然这100万元是还了，贷款还是通过一些关系，因为银行不会给民营企业贷款的。

D—被单位开除

我在冶金部自动化所的时候，工资是每月110元。进四通后，给我的月工资是500元，收入多了很多。而且还给我创造了很好的条件，公司给我包了一辆出租车，干什么都可以用它。比方说要去看病，可以用这个车去

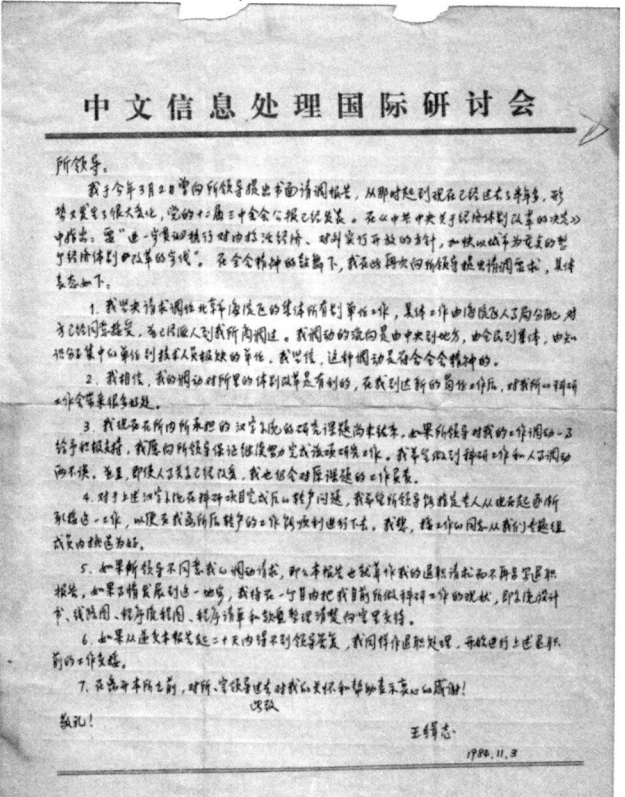

1984年11月3日，王缉志给冶金部自动化所领导写的"请调报告"。照片由王缉志提供。

看病，节约了时间就等于为公司作贡献。

四通公司有很多观念，当时都是非常新的。所以我进四通公司工作几个月之后，我就觉得个人创造的价值，在四通公司能得到体现。所以我想把人事关系调到四通，离开自动化所，结果自动化所不同意放。我说："不放的话我也走，我就辞职。"

冶金部自动化所连辞职也不批，不批我也走。自动化所就把我和另外几个人开除。据了解，另外几个人都出去开饭馆了，当时单位里的人认为我跟开饭馆的人都是一个档次的,属于不务正业。

1984 年,海淀区整个气氛非常好,就是非常开放的一个气氛。

1982 年,京海公司成立。

1984 年 9 月,四通公司正式运营的时候,中关村有了很多家公司。比如四通公司旁边的科海公司,它卖计算机,是从国外进口计算机再倒卖,四通公司就卖打印机跟科海公司合作。

当年国家出售的打印机是日本东芝 3070,9000 多元一台,进口价格是 900 美元,当时 1 美元兑 4 元多人民币,所以那时候 900 美元的成本价很低利润很高。

四通公司当时出售的也是日本打印机,进口价格是 500 美元,卖 4000 多元人民币。四通公司出售的打印机价格比国家卖的同类产品便宜 50%。四通是怎么做的呢?就是给打印机开发了一个驱动软件,让它能打中文汉字,四通第一年卖打印机的营业额就达到 3600 万元,效益很好。

1985 年,四通又从日本伊藤公司进口了彩色打印机 6510,打印机有汉卡能打日本汉字。公司就给我一个任务,改造日本汉卡,变成能打中文汉字。我又重新做了一个汉卡,把里边的字库全换成中文汉字。第二年的四通营业额就上升到 7000 多万元。

1985 年,四通公司提出来这些产品都是国外制造,公司要有自己的产品,我当时考虑开发一个中文打字机,这个也跟我的技术积累是相吻合的,因为我原来搞了中文系统,也是我的强项。

E—引进三井风险投资

1985 年,我跟四通负责人某某某到北京饭店去见日本三井公司物资部的部长,三井公司有搞计算机的部门,四通没跟这个部门合作。因为我们当时进口这些打印机,都是通过三井公司物资部进的,所以见的是三井物资部

1986 年 4 月 10 日，王缉志在日本开发四通 MS-2400 中文打字机。照片由
王缉志提供。

部长石田邦夫，当时我们就给他描述了在中国，中文打字机要是销售的话，
市场会有多大多大；还说，我们失败的话，将来用在中国其他的贸易补偿日
本一些损失。石田邦夫问："这个开发大概要多少钱？"我们回答估计有 100
万美元就够了，后来石田邦夫闭着眼睛思考了一下说："我们就出 100 万美
元合作开发。"

石田邦夫的决策很关键，如果他说不行，四通公司还得找别人。他作出

这个决定，现在看属于风险投资，因为四通当时作为民营企业，没有跟外资企业签合同的资格，所以我们跟他签的是君子协定，并没有什么法律效力。

不久，四通就派我到日本，跟日本方面谈技术方面的合作。三井公司实际是个合资方，找了日本一家做 OEM 的公司，当时日本人给我们介绍，日本公司有三类：第一类就是大公司，有自己的工厂，比如说惠普、索尼。

第二类是有很高的技术但是没有名，做出产品打别人的牌子，在市场上买的索尼可能是他公司做的。

第三类就是做了产品，也不打自己的牌子，但是质量差。四通公司当时找的是第二类的公司，这种公司技术又好，费用便宜，而且还可以打自己的品牌。我们就决定做四通公司品牌，我来设计日本人来做。当时在四通也有很多争议，很多人建议打日本的牌子，打自己的牌子谁认你。

公司最后决定，打四通品牌。四通当时有个口号"四通要成为中国的 IBM"。当年我们跟日本三井公司合作时，他们的驻京人员还嘲笑我们说，做"中国的 IBM"，目标定得太高了。决定创建自己的品牌后，我们设计的打字机上面，所有印刷的，或者说开模具做出来的所有的字，全是中国字没有英文，我们就是打中国品牌。

F—推出四通打字机

1986 年 5 月 15 日，四通公司在北京饭店开了一个新闻发布会，推出 2400 打字机。当时四通内部也有分歧，有人认为这个打字机一年要能卖出 200 台就不错了，当时怕卖不出去，所以第一代打字机是铁壳的，因为用塑料模具的话要花一笔费用。四通销售人员背着打印机全国去卖，这一年卖出去了 7000 台打字机，每台大概售价 6000 元。

1984 年，四通公司刚成立的时候，计算机加一台打印机需要 5 万元，后来要 3 万—4 万元，当年买电脑也就是做打字用，所以四通打字机销量非常好。我们就开始决定开发下一代产品四通打字机2401，要重新开模具。因为我也是第一次开发这样的产品，这里边也闹了很多笑话，内行人看的话认为你是一个外行的做法。比如2400打字机那个键盘本身设计就是错误的。

因为有了经验，我们开发新一代2401打字机考虑得就比较周全了，更改了很多2400打字机的毛病，当时一些真正的打字员或者用打字机的人他们也不是搞电脑的，里边有多少问题他们也不明白，但是我心里明白里边有很多不完善的地方，所以经过改进以后，2401就可以说是相当完善了，2401大概也开发了一年。

1987年5月16日，四通公司成立三周年的时候就推出2401打字机。2401打字机比较完善，一直卖到我离开四通后还在卖。这个机器给四通带来很大的销售额。因为2401它卖的一台最贵的时候卖到13000多元，出厂价是8000多元。实际上它的硬件的进口价格是600多美元，也就是5000—6000元，但是出厂价格卖8000多元，中间经销商、分公司等，各自加了各自的利润。四通公司的利润一半以上来自打字机，后来销售比较好的时候每年在几万台，所以总共给四通带来20亿—30亿元的利润。那几年四通公司发展非常快。

四通公司机制起到很大作用，比如四通成立时候的"四自原则"：自筹资金、自由组合、自主经营、自负盈亏。还提了很多办公司的企业文化。四通公司刚成立的时候，每个月都要把所有的职工召集在一起开会，大家都递条，领导就去解答。

比如待遇问题，公司发展方向问题，非常生动的局面。我作为一个科研人员，在冶金自动化所那样的环境下，觉得需要创造的时候缺少一个舞台，正好四通公司又给我提供了这么一个发挥自己能力的舞台，才使四通打字机的这个产品取得成功。

中关村的故事（29）

陈春先口述历史：中关村的开创与反思

导读：2003 年 9 月 13 日，海淀有关部门在翠宫饭店中关村俱乐部，邀请陈春先、王缉志口述有关中关村公司创业历史。这篇文章由陈春先口述，齐忠出资将录音整理为电子文档并编辑、考证而成。这是陈春先去世前最后一次在公开场合讲述中关村的变革与反思，弥足珍贵！

口述历史是现在新兴的记载历史形式，读者可以通过互联网与电视看到口述历史的本人，可以大量吸引观众。但是口述历史有三大误区，首先口述者往往用现代思维讲述历史，让人们进入误区。其次，口述者对十几年、几十年前的事记忆已经不清楚，不能随口说出。再有口述者已经是有名气的人，往往对几十年前的普通事，说成伟大的发现。所以，口述历史文章要有深入考证和高超的文字功底。

1934 年 8 月 6 日，陈春先出生在四川成都。1958 年 12 月，毕业于苏联莫斯科大学物理系，是中科院物理所优秀科学家。1980 年 10 月 23 日，他创办了中关村第一家公司"北京等离子体学会先进技术发展服务部"，2004 年 8 月 9 日逝世，享年 70 岁。

1980 年 10 月 23 日，陈春先在中关村开创首家公司"北京等离子体学会先进技术发展服务部"办公室，上面有陈春先的亲笔签名。齐忠收藏及摄影。

A—访问美国硅谷

1978 年 12 月 18 日，中共中央在北京召开十一届三中全会，向全党、全国人民提出改革开放的伟大决策。中科院决定与美国进行科技交流，核聚变方面每年有两国科学家互访，费用由接待方负责。

1978 年到 1981 年，我作为核聚变专家曾三次出访美国。核聚变是物理工程技术的科学，实际上跟氢弹相通的机制，把聚变聚合起来然后放出去，在军事上也有氢弹，在民用上就是用它来发电，实际这也是节约能源，也算新能源。

我在美国访问了 20 多个城市，看了美国最大最先进的核聚变装置，但是对我震撼最深的并不是这些最先进的技术，而是他们那里的硅谷。当时美国专家给我们介绍硅谷有 2000 多家搞技术的公司，每年有 400 多亿美元的产值，非常繁荣。400 多亿美元现在看来不是特别大，在那个时候看是个天文数字，我们很受启发。硅谷当年是一个乡村，在美国地图上找不到这个地名，它是旧金山那边往南有六七十公里，从北京差不多快到廊坊地区。硅谷中间有一条公路，可以说贯穿其间，左边是太平洋，右边就是旧金山湾，两边都是水，是气候非常好的一个地方。它的发源地就是著名的斯坦福大学，斯坦福大学在那儿有 3000 多亩的土地，斯坦福大学当年首家公司就是惠普公司也叫 HP，公司是两个研究生开创的，一个叫候勒，一个叫铺克。第一个产品是给官方做高频发生器。

还有苹果计算机公司，创始人乔布斯也就是 20 多岁，他就做了一块计算机主机板，到处说一块主机板就是计算机，给外界很大震动，我这里带了一本当年最权威的机械电子杂志说明震动的原因，杂志中有写道"在将来的计算机可能它的重量会小于 1.5 吨"，所以说就很震动。苹果计算机公司很快发展到几千万美元的产值了。

美国有三个科学家叫巴丁、波蓝屯、巴克。其中巴克到硅谷来开了一家公司叫仙童公司，这个公司没有做好，但是巴克有八个学生，这八个学生就是英特尔公司的创始人。

[注：巴克应为肖克利，他是 20 世纪最伟大的发明家，被称为"晶体管"之父。1955 年，他创办"肖克利半导体实验室"并招来八个天才之人，其中最有名的为摩尔博士，他曾预言"集成电路上能被集成的晶体管数目，将会以每 18 个月翻一番的速度稳定增长，并在今后数十年内保持着这种势头"。摩尔所作的这个预言，因后来集成电路的发展而得以证明，并在较长时期保持了它的有效性，被人誉为"摩尔定律"，成为新兴电子电脑产业的"第一定律"。1957 年，八个天才离开肖克利，在硅谷创办"仙童半导体公司"。1968 年，八个天才中的诺依斯和摩尔与格鲁夫，离开仙童公司创办了

大名鼎鼎的英特尔（Intel）公司。陈春先在这里的口述有误]

1980 年前后 IBM 公司生产出个人电脑，微软公司比尔·盖茨刚刚创业，他就承包了 IBM 个人电脑软件的操作系统，因为它只能靠操作系统工作，所以比尔·盖茨就最早做成了他的第一个产品。他卖的 MSDOS 软件系统在 IBM 就叫 PC-DOS，所以现在大家每个人都在用的，以及在家里使用的这些东西都是在 20 世纪 80 年代硅谷诞生的。这些故事都是我在硅谷那里听到的。

那时候我感觉特别新鲜，印象很深，是非常有震撼力的事情。我的特点是对任何事情不管是大还是小，只要有推动力就特别地关注。

回国后我经常想中关村为什么不能学习硅谷那种模式？我就反复地给物理所同事和朋友讲硅谷的故事，最后找到北京市科协寻求支持，北京市科协是科技工作者之家，不属于行政的上下级的那种组织，是比较开放的组织，当时的科协负责人叫田夫，科协咨询部的负责人是赵绮秋，田夫和赵绮秋对我表示支持，田夫说："只要对四化有用，我们都支持。"

（注：1978—1979 年，陈春先不可能有这些想法，因为他正在主持"合肥托卡马克 8 号"项目。这是当年中科院最大的科研项目之一，国家投资 4000 万元，等于十亿中国人每人出 0.4 元，相当于 2019 年的 40 亿元。1980 年，该项目下马，陈春先才想扩散新技术开公司）

B—创办中关村首家公司

1980 年 10 月 23 日，在北京二里沟科协的小会议室举行的北京等离子学会扩大会议上，宣布成立"北京等离子体学会先进技术发展服务部"，这也是中关村首家公司，参会的主要都是一些专业的科技人员。我在会上专门介绍了美国硅谷，我讲了有一个多小时，讲完后影响很大。（注：应该是在原北京市科委二里沟的自然科学研究院开会）

有人问我为什么叫先进技术服务部？因为我们首先开发的产品是核聚变需要的电源、开关等，应该说都是先进技术，这些先进的技术以前都是在国家的研究所、电子部才有。因为我从美国拿了一些芯片回来，服务部也就可以做。

有人问我，当年的服务部有多少人？我说"有时一个人，有时三个人，有时 15 个人，有时 200 多人"，为什么这样讲？

当年要在中关村移植美国硅谷模式可能就是我一个人，我应该承担这个责任，我也确实到处游说这么搞起来的。说三个人也有道理，因为服务部有两位最积极的参与者，纪世瀛与崔文栋。纪世瀛现在是北京民协会长，崔文栋目前在南方工作，他的儿子清华大学毕业后现在我那里工作。

（注：当年纪世瀛为中科院物理所工程师，崔文栋为物理所政工人员）

服务部最多的时候是 30 多个人，就连看热闹的都在。服务部开银行账户的资金是北京市科协给的 500 元钱。由于钱太少服务部无法全面开展工作，服务部其他同志就做一些不用本钱，用我们的知识就能得到收入的东西。有的同志先是当老师出去讲课，有的人出去给乡镇企业搞点设计。第一年服务部的收入达到 2 万—3 万元，我们把其中的一小部分当津贴发给参加服务部工作的人，平均是每个人发 7—8 块钱，最多的发 15 块钱。结果就惹了大祸，中科院物理所的负责人说我们是邪门歪道，不务正业，腐蚀科技人员。这里边真正的问题在哪儿？有两个问题我认为是关键的，一个是科技人员不能在国家科研体系之外去办科研机构，更不能自己办公司，在美国硅谷科研工作者自己办公司是很自然的事。（注：当年北京市科协给的是 400 元支票）

第二个更大的问题在于知识分子能不能把用知识服务得到的钱装到腰包里。犯了这个忌讳就会造成轩然大波。

当时中科院物理所负责人说，陈春先自己涨了两级工资。因为 15 块钱正好是我的两级工资，现在看来很可笑。

我这里画了个卡通，上头的卡通画是美国硅谷，这边是太平洋，这边是旧金山湾，两边都是水，上头有很多花，有很多苹果吊在这里，A与B这两个字就是刚才我讲的技术与资本的结合，这是硅谷最重要的东西。那时候硅谷很繁荣，一个公司产值可达到几千万到上亿美元。

当时中国是什么情况呢？我在下面的卡通画中画了很多的树，计划经济都在这棵大树上，在计划体制之内给人员、给编制、给钱。为了国防，为了"两弹一星"钱给得特别多。在这个体制以外就只能是个体户了。我这里画了很多的小草，每个个体户就是一棵草，这就是中国的计划经济。当年整个国家的经济、科研都是在一个庞大的机器上固定的，就是把你拧在那里，你就在那儿乖乖地待着了。

1980年，我想在中关村移植美国硅谷模式是很困难的。不仅仅是批判我、打击我，有些领导还认为这是一个不正常的行为。

我们还办了两个班，有几十个学生是待业青年。20世纪80年代很多知识青年从农村返回城市，有很强的就业压力，所以我们把他们组织起来。现在回想起来，服务部是典型的一种小型民间的组织。一些专业技术人员组织起来，他们有知识，那时候没有生产经营销售，而是一种服务，所以我觉得叫知识服务部最恰当不过了。

也有人说你们那时候就很勇敢等，这些我都不敢接受，我接受了硅谷新的想法，要想在中关村实现，但是实事求是地讲我们是办了一个知识服务社。有人现在给我提供了一些例子，比如中心在当时甚至在现在还都是有价值的。在这一点上跟我们做的有点像，它是以个人知识为基础的，我想在以后的这种高技术知识经济的时代有非常大的活动空间。就是在这两个完全不同的社会环境里头做了一点，创业初期，我们自己说实话也不知道深浅，"地下"有多深不知道。

1980年10月23日，在那天会上我讲的这些东西，有点纲领性的东西，在那20多个人的会上就有中关村一批积极分子，就组织起来，我们找北京市科协领导田夫和赵绮秋想办法帮我们搞起来，北京市科协认为我们搞是合法的，北京市科协开了账户就开始干了。

在哪里干呢？有三个地方：一个是我在科学院物理所的办公室；另一个是科学院的仓库，当时在这里做几个项目，还带了一些学生；第三个地方，就是在现在科学院新盖的科学区里，当时两栋木板房，大概记起来有200多平方米，就在那里教课、打字、研究等，现在这些地方都无影无踪了，很多地方都是高楼大厦，都看不见了。当时中科院物理所就给我们扣了大帽子。

C—领导人的批示与支持

1983年初，新华社记者潘善棠在北京分社副社长周鸿书的支持下，写了一篇题为《研究员陈春先搞"新技术扩散"试验初见成效》的"内部动态清样"，向中央领导反映。中央领导很快作了批示，有一个领导批示："我们的方向是对的，要开拓新的形势。"才有一个比较具体的回答。由于当时就是这个体制，下面的创造不能发展反而还可能倒霉。（注：周鸿书是赵绮秋女士的丈夫）

浙江也是在很早的时间就开始做民营科技产业，杭州的民营科技企业家戴晓钟，以投机倒把罪被关进监狱800多天，在当时的国家科委救助下，他出狱后才来到北京创业。最近戴晓钟去世了，我们都很怀念他。

当年这类打击民营科技企业家的事，全国还有好多起，我都是讲一些历史事实。

D—移植硅谷模式

开创服务部，因为我们是科学院早一点到国外去的人，听了一些创业故事，其他人当时还没有听到，占了这一个优势。并不是我自己很了不起，而是我看了人家的创造我们就要干，所以我们就干了。我最早的时候就是做这些事。所以在体制差别碰撞以后，我们搞的东西，至少在 1988 年以前这种东西，实际上谈不上是硅谷模式的移植，但是它那个精神确实还是移植来的。就是个人要创造，生产力要解决，自己要实现自己的这种创造力跟积极性，这点跟硅谷是一样的。但是在美国硅谷有完善的金融体制，风险投资的体制，大量的资金。

1980 年，硅谷已经开始了，而在我们遇到的是要产生一个新的民营机制，这个机制没有人来投资，没有金融系统社会的管理系统支持，但是它总能找到一些生命力非常大的，只要没有死死把它压住就往上长，而且长得很快。

1988 年，中关村有两千多家企业，四通那个时候是几千万元。但是我们做的东西不是说把美国的东西搬过来，我们产生的是一种中国特点的新的机制，这个机制最主要一点，就是自己可以办公司。我自己强调这一点，别的都不稀奇了，以前这个是最大的禁区，现在自己决定了想办就办，办不好那就自己负责，自己承担风险。

现在有人提到中关村早期的发展，认为没有搞得像硅谷一样，我认为如果不脱离历史事实来说，没有中关村的电子市场，没有贸易，没有农村的自由市场，农民种出来的东西就不能拿出来卖，几十块钱的基金也没有来源。当年中国没有风险投资，所以早期这些中关村公司都靠贸易起家。当然少不了早期市场发展原始积累阶段不规范，现在看起来甚至不合法，这些现象都少不了的。但是如果不脱离历史来看，这些现象几乎是不可避免的，应该说市场成就了中关村。

1988 年，中关村产值很高，对全国来说中关村电子一条街是不可忽略的新生事物。

E—中关村的未来

1988 年，北京市成立了海淀区新技术开发试验区，这个时候已经是政府看得见的手在推动发展了。

故事讲到这里，我这块就差不多了。我最后说两句，现在也是在媒体上经常跟我讨论，今天再讨论讨论。中关村究竟未来怎么样？中关村与硅谷怎么样相比？现在硅谷怎么样？中关村怎么样？

现在经济一统天下的局面结束了，民营科技企业从小草都长成大树了。中关村开发区的企业现在很多都成了气候了。硅谷同样又出现了很多明星，像互联网的雅虎，微软做得更大了，在这种情况下完全是新的情况，这也是我最后要说的问题。

大的来说政府介入最明显的就是修路修桥，汽车越来越多，收入也有增加，中关村现在成了一个很繁华的地区，凡是在这种繁荣当中都面临大的竞争。就是现在中关村不是在闭关，五十年前硅谷是怎么样都不知道，今天硅谷的公司都开到中关村来了。有很多国外公司在中关村建立他们庞大的销售队伍，现在从开放的角度看，真把我们提高了。同样我们在高端不能竞争，我们的知识不能加进去，那么各位，我们还是一个发展中的比较穷的国家，还不能赶上人家，这是一个很大的挑战。我们有大量的人在国外学习，现在叫海归派，也是在中关村起到很重要的作用，我觉得这是一件好事。因为国际上好多游戏规则，经营思想，我们的体制就接轨了，而且这里头说也就有更大的机会再去参加高端产品的竞争。

最后我再说到一点，我觉得最早我们在中关村仿照硅谷不成，建立我们的知识服务部，现在还应该提倡要有非常多的千千万万这种小型的知识服务机构，也就是说从具体应用的每一项技术都要创业辅导。我现在因为已退休，经营的公司也不成功，所以就集中精力在搞我的"陈春先工作室"，集中搞创业咨询。

陈春先的"陈春先工作室"名片，这是陈春先生前创办的最后一个企业。齐忠摄影及收藏。

　　把硅谷的创业模式搬到国内来也有相当大的困难，原因就是我们中国经济发展、技术发展水平跟美国是有很大差别的，因为美国硅谷的故事典型的是在车库里创业。经济水平不同，每个人的生活要求也不同，所以我们应该有一个适合中国发展水平，适合中国特点，而且又发扬艰苦奋斗的传统，适合于中国特点的新型创业模式。我们把它叫作孵化器，实际上就是说我们要给这些小企业，提供现代这种中小企业从小到大的创业知识、经验、教训，给予具体的帮助。不是说要搞到100万元的风险资金才开始创业，在我们中国能集到100万元的是少数。给别人打工那也是创业，这样来看也可以说是一种社会教育机制，也可以说是社会服务机制。如果说中关村的创业环境，除了要做这种领先的高技术大量投资、资金密集的公司以外，还需要这种文化企业的一些机制，做新的发展机制我认为是很有价值的。

　　所以说我讲第一个知识服务回归，我现在希望再工作十年做这个事，另外还有一些年轻的创业者在跟我们一起做，我想只要我们方向正确，以后也会得到更多的社会支持，这是我讲回归的意思。这个东西对改善工作环境有很大的作用。光是靠引进什么诺基亚、摩托罗拉这些大公司在中国开了很多厂，产值一下上多少亿元，但是这里头我觉得这个东西并不是因为我们真正有一个创造的环境，因为摩托罗拉在我们这儿做，一方面由我们少数工程人员帮他做研发，另一方面大量地利用我们的廉价劳动力，帮他们生产全世界的手机，大的利润肯定是他们拿走了。而且对我们来说，真正提高我们的科技水平，提高我们民族的创新能力、竞争能力，就很需要这种"野火烧不尽、春风吹又生"的以知识服务为主的小型企业。就讲这些吧！

中关村的故事（30）方正系列一

方正创办历史揭秘

导读：今天许多专家、学者、北大方正公司官方对"北大方正集团公司"的创业起源，都是用"在王选院士的带领下，创办了北大方正公司"这一说法。其实这是不真实的，误导了许多人。真实的历史是，1974年8月，国家为实现印刷自动化，投巨资立下"748"工程项目，王选院士加入这个项目，为其中的"电子排版系统"播下种子，培养发芽、开花、结果。楼滨龙创办的北大方正公司又与王选院士合作，使"电子排版系统"成为一颗成熟的"果实"推向社会。所以，北大方正是计划经济与市场经济杂交的产物。笔者在本文中还原方正公司的起源，以及方正与王选院士的合作过程。

A—大学吞并中科院的计划

不少人说，当年中关村电子一条街开公司的时候，中关村周围的大专院校正在睡大觉，公司办得红火后他们才觉醒走出校门开公司。其实中关村各大专院校没有睡觉，他们悄悄地进村，正在谋划吞并中科院的计划。

北大方正公司首任总裁楼滨龙。齐忠摄影。

1980年，在改革开放之初，国家对科技体制改革进行探索，派出大量人员对欧洲、美国的科技体制进行考察，发现欧洲、美国的基础科学研究是放在各大学中的。方正创始人之一，北京大学研究员唐晓阳说："我们在欧洲考察发现，欧洲发达国家所有的基础科学，都是在各大学的试验室，并没有中科院这样的机构。"

这种考察结果让国家教委、中关村各大学负责人心花怒放，如果国家把基础科学放到各大学的试验室，他们可获得国家巨额拨款，不仅可以改变大学贫穷的状态，也可以吞并中科院各个基础科学研究所。

中科院原院长周光召说："如果中科院只搞基础科学研究，就没有存在的必要，基础科学研究放在各大学中就可以了。"从周光召的话中不难证实，

陆永基。齐忠摄影。

国家要对把基础科学研究放在各大学进行探索。

可惜这个探索没有实现，中关村各大学在1984—1988年相继开办公司。

B—北大方正公司的起源

北大方正集团公司官方网站上，介绍它的前身为"'北京理科新技术公司'，1986年8月21日，在海淀工商局正式注册"。

其实北大方正的前身为"北京大学新技术开发总公司",该公司是北大方正公司的鼻祖。(注:以下北大方正集团公司,简称方正)

1984年11月5日,北京大学成立"北京大学科技开发部",任命花文廷为主任,陆永基为副主任兼法人代表。(注:以下北京大学简称北大,北京大学科技开发部简称开发部)并向海淀区工商管理局注册登记。北大规定"开发部作为企业法人负责全校科技成果转让,负责管理校办公司和批准成立校办公司"。北大拨给开发部220万元,作为成立校办公司的办公费用。(注:陆永基为北大研究员)

1985年10月15日,北大正式发文成立北大新技术总公司。(注:以下简称北大总公司)任命北大无线电系老师楼滨龙为总经理,数学系老师黄禄萍、黄晚菊为副总经理,这三个人是北大方正初期创办时的全部员工。公司办公的地方在北大健斋110室,与开发部合用一间办公室,没有启动资金,只有学校财务处给公司开的财务户头。北大总公司虽然没有正式到工商局注册,但是它是方正的"鼻祖"。

(注:1985年10月15日,北大发文,宣布成立"北京大学科技开发总公司",聘任楼滨龙为总经理,黄禄萍、黄晚菊为副总经理。文号为校发〔85〕184号)

不少研究中关村的学者认为,当年北大总公司不去工商局注册的原因,是用行政机构的名义做买卖可以避开缴税。

楼滨龙认为这是天大的冤枉,事实是因为学校当时没有对公司注入资金所以没有钱去注册。

C—楼滨龙:创办方正公司第一人

如果北大方正竖立纪念碑的话,刻上的第一个名字应该是首任总裁楼滨龙。

楼滨龙，男，1935年出生，浙江义乌人。1957年，毕业于北大原子核物理专业，留校从事教学科研工作。1985年担任方正首任总裁。1992年7月1日，被北大解职。2011年12月17日，在北京海淀医院辞世，享年76岁。

楼滨龙精明强干，他创办了中国高校中首家中日合资公司"北佳公司"，又创办以计算机贸易为主的"北达服务部"，为方正淘得第一桶金。他与香港金山公司的张旋龙、求伯君等人合作推出"方正汉卡"，为方正带来数千万元巨大利润。

楼滨龙最为可贵的是与王选院士合作，排除各种困难使方正这家小小的校办企业，进入国家"748工程"，成为该工程"心脏"激光照排产品的主要生产厂家。楼滨龙采用灵活多变的市场经济手段，使方正在中国激光照排行业中击败国内外众多生产厂家，成为该行业的垄断厂商。楼滨龙从北大方正退出后，被史玉柱请去担任巨人公司总裁，不久又出任某药厂总裁。

楼滨龙出任北大总公司总经理是个巧合。1985年春，北大接到海关安检的科研任务，让楼滨龙负责海关货物检查设备的开发与研制。该项工作结束后，海关领导对楼滨龙很感兴趣，调他当海关科技司副司长。楼滨龙上任几天后遇到好朋友陆永基，他对楼滨龙说"学校目前正准备开公司，你对科研开发又熟悉，不要去海关，干公司怎么样？"楼滨龙思考几天后就答应下来，阴差阳错没有去海关，这是楼滨龙下海的经过。社会上流传的什么北大校长丁石孙给楼滨龙40万元开公司的事，是在讲故事。

北大给北大总公司的任务是要做成大公司，另外管理学校各系开办的公司。当年北大各系都开公司，又不是独立法人单位，出问题打官司都找北大，弄得校长很头痛。北大总公司成立后，北大各系开办的公司都是北大总公司的子公司，楼滨龙对外是各系公司法人代表，出问题由他负责。

中关村的故事（31）方正系列二

开办理科公司

导读：还原历史真相，是书写历史回忆录的最基本原则。可惜，楼滨龙下台后深遭方正公司雪藏。方正公司官方网站，所有关于公司创业历史的出版物、宣传品全部抹去楼滨龙的名字，似乎就没有这么个人，让人哭笑不得！

A—创办理科公司

1986年8月21日，北京理科新技术公司注册成立。（注：以下简称理科公司）该公司为全民所有制，企业法人代表为楼滨龙，注册地址为北京大学健斋109室、110室。

理科公司也是北大为和日本佳能公司合资而建立的，筹备时间长，内幕曲折，主要是当年北大学生抵制日货的情绪太大。

1984年到1985年，北大学生抵制日货的情绪非常大，学生们除了自己家的电视机、录像机是日本制造的不反对外，只要在社会上见到日本制造的东西就反对，最后感情代替理智，只要是见日本两字就反对。楼滨龙回忆说："北佳公司成立后有位北大学生干部得知，日本投资方每年可按投资比

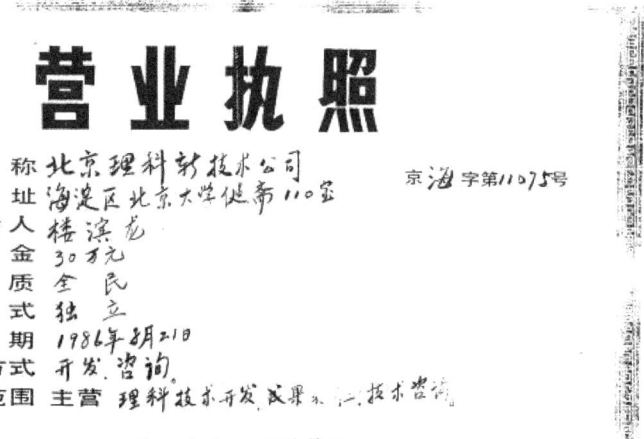

1986年8月21日，北京理科新技术公司营业执照复印件。齐忠摄影。

例分红，他怒气冲冲地到公司质问'你们为什么给日本人钱？'从这句话不难看出北大对成立合资公司会引起学生情绪动荡的担忧。"

北大无小事，事事要报告。这句话是有关方面给北大的"座右铭"。北大开办合资公司就按照"座右铭"给有关部门打报告，给有关部门的报告后来拿回来，楼滨龙看到报告上有两处批示。

第一个批示是：国外市场不大。

第二个批示写在报告标题上，"要做好学生工作，取得他们的理解"。

对合资公司这件事，有关部门还有几条意见，如不能用北京大学的名义，避免学生闹情绪，公司不能办在校园里面。这些意见使北大总公司不能出面合资，只好成立理科公司，由理科公司出面与日本佳能合资。

B—创办中国高校首家中日合资企业北佳公司

1988 年 5 月 21 日，中日合资的"北佳信息技术有限公司"批准成立。（注：以下简称北佳公司）"北佳"之名是各取北京大学和佳能公司的第一个字，公司注册资本为 70 万美元。

中方为"北京理科新技术公司"，中方占合资公司 50% 的股份，以 35 万美元折合 130 万元人民币的现金投入。

日方为佳能公司和乐思公司，佳能占合资公司 40% 的股份，乐思占合资公司 10% 的股份。两公司全部以现金入股。

北佳公司董事会中方有时任北大副校长的陈佳洱和花文廷、王选、楼滨龙，日方有佳能公司的山路敬三、北村乔，乐思公司的仁谷正明。陈佳洱任董事长，佳能公司社长山路敬三任副董事长，楼滨龙兼任公司总经理，不久由唐晓阳担任公司总经理。

北大总公司为什么从 1986 年到 1988 年，用两年的时间运作与佳能的合资？因为这时的北大总公司已经与王选院士合作，开办北佳公司是为了协助王选院士研制激光排版系统。这个系统输出部分用的是佳能打印机，这种打印机能打印 4 开纸，正好是报社出版报纸前的"小样"。印刷界把《北京晚报》大小的纸样叫"4 开"纸，把《北京日报》大小的纸样叫"对开"纸，两张"4 开"纸粘在一起正好是对开纸。当年这种打印机，是佳能公司为美国惠普公司做的贴牌产品，不能在中国销售，只能用高价钱向惠普公司购买。当时王选院士的"北大计算机研究所"不能与国外公司合资，所以由楼滨龙出面成立理科公司后再与佳能合资。因为是合资伙伴，可以用便宜的价格购买佳能打印机，佳能公司承诺提供给合资公司的激光打印机价格，是相同产品在国际市场标准零售价的 40%，从而保证了激光排版系统的低成本和质量的稳定性。

佳能公司为什么跟理科公司合作？它并不是为在中国销售这款佳能打印

机，北大方正公司从 1987—1997 年 10 年的时间里买进 3 万多台佳能打印机，这个数量只占佳能公司全球销量的很小部分。佳能公司是看中北大"价低、物美"的知识分子，当年北大老师的月工资折合十几美元，每天不到两美元。这么便宜的软件编程人员在日本、美国是找不到的，他们为佳能公司的软件开发工作降低了巨大的成本。

王选院士在回忆使用佳能打印机时写道："20 世纪 80 年代以来，我就不断关注国外激光打印机的发展。1984 年在北京的惠普公司办事处，看到即将推出的，基于佳能 LBP 机芯的 HP Laserjet 激光打印机产品广告，产品的体积很小，价格之低使我吃惊。惠普的工作人员说，佳能机芯采用一种新技术，但具体不清楚。1984 年我认识一位日本朋友，他小时候在天津待过，说一口标准的普通话。他告诉我，佳能的激光打印机在美国获得了巨大成功。我请他买两台佳能 LBP CX 即打印机芯。不久他来到北京，带来了 LBP CX，并且把该机的视频接口手册送给我。这大概是最早进入中国的佳能 LBP 机。我们就按手册在 TC83 上设计了 LBP CX 的接口和对应的微程序，调试工作主要由潍坊公司的同志承担。从 1987 年起到现在，共销售 3 万多台佳能 LBP 机。系统连接佳能激光打印机后，意味着杭州通信设备厂的激光打印机将无人问津，这是不可避免的。我对杭州通信设备厂的同志说，假如不连佳能打印机，国产系统肯定垮台，照排机也卖不出去了，他们接受了我的观点。"

从王选院士的回忆中不难看出，佳能激光打印机对激光照排系统的重要性。

C—理科公司更名为北大新技术公司

1988 年，社会政经形势好转，各大学都在开办合资公司。楼滨龙向工商部门申请，把"北京理科公司"更名为"北京大学新技术公司"。

1988 年 5 月 6 日，海淀工商局正式批准，将"北京理科新技术公司"更名为"北京大学新技术公司"，终于使公司获得北大巨大的无形资产。

佳能公司的日本朋友问楼滨龙："公司的名称一会儿叫理科，一会儿叫北大新技术，这是为什么？"楼滨龙无法对日本朋友讲，因为北大学生有抵制日货情绪，公司的名字才变来变去，他只好点头不语默默地笑。楼滨龙为什么要将"北京理科新技术公司"更名为"北京大学新技术公司"？这里面还藏有方正公司重大商业机密。

中关村的故事（32）方正系列三

校办企业的合理避税

导读：楼滨龙对作者叙述方正历史时，他说："任何一位企业家在回忆企业历史时，都不会把企业合理避税等不光彩的事情说出来。"

"北京理科新技术公司"更名为"北京大学新技术公司"（注：以下简称北大新技术公司），使公司成为校办企业，这里面藏有方正公司的重大商业机密。

A—方正成为校办企业合理避税

1950年，中国学校出现创办企业的萌芽，但是仅限于高校范围内。1966年5月16日，中国爆发"文化大革命"后，推出在中学和大学"学工""学农"的政策，引发中学和大学大规模开办工厂、农场等。1978年改革开放后，又一次引发中学和大学开办公司，人们管这些学校创办的工厂、公司，统称为"校办企业"。

今天，在中关村的很多大学和中学都有校办企业，例如清华大学的紫光

原北大新技术公司在中关村的办公处。齐忠摄影。

公司、清华同方公司，北京大学的北大方正公司、北大青鸟公司、北大印刷厂，北京大学附属中学的校办企业等。

国家给校办企业极大的税收优惠政策，校办企业利用这些优惠政策赢利，为当年经费缺少、经济窘迫的学校带来巨大的利润和物质利益。

国家给校办企业的有关税收优惠政策有：

1. 校办企业生产的应税货物，凡用于本校教育科研方面的，不征增值税。

2. 校办企业对外销售的增值税应税货物如发生亏损，在财政部规定的期限内可部分或全部退还已征增值税。

3. 校办企业凡为本校教学、科研服务所提供的应税劳务可免征营业税。

方正首任总裁楼滨龙，谈到校办企业税收优惠政策时，他说："从北大新技术公司到北大方正公司，我们一直自称校办企业。为什么用这个称谓，因为国家对校办企业有非常优惠的税收政策，只收 3% 的税，国家给的校办企业税收优惠政策，对方正的发展起到极大推动作用。这是中关村其他公司无法享受到的，外界也是很难想象的！"

方正利用以上国家给校办企业的有关税收优惠政策，合法避免了巨额税收，今天还在享受这种税收优惠政策。

B—北大的保护使方正免遭兼并

1990 年 4 月 13 日，机电部中国电子信息集团公司致函北大校领导，强行要求北大校领导在某日之前，必须在联合公司章程上签字，把北大新技术公司兼并到该公司。这种做法使北大校领导无法接受，以方正是"校办企业"为理由向有关部门上书直言，公开反对强行兼并新技术公司。

1991 年 3 月 4 日，北大上报国务院重大装备办公室，北大在报告中指出："我们主张在国务院重大装备办公室、国家计委、国家教委、机电部领导下，成立合同型的科研、生产、经营联合体，这样做既在国家主管部门统一规划、统一领导下发展电子出版系统的产业，又能发挥各成员单位的优势，发挥各成员单位自主经营的积极性。"

北大校领导反对兼并最后终于成功，为北大新技术公司的发展前途提供了保障。

方正第三任总裁张玉峰回忆北大对方正的支持时，他说："北京大学对方正公司是鼎力支持，有一次方正需要两亿元资金，可是公司账上没有这么多的钱，缺少一亿元，只好向北大求援，北大在两小时之内就把所缺资金打到公司账上。"

C—方正无偿使用北大无形资产

北大新技术公司成为北京大学校办企业后，可无偿使用北京大学的无形资产，使公司快速地发展，这也是中关村民营科技企业无法得到的。

1996年，上海《文汇报》在一篇文章中惊叹："沪全部校办企业年经营额，不敌北京一家校办企业北大方正！"

中关村的故事（33）方正系列四

计算机贸易获第一桶金

> 导读：很多专家、学者、有关领导都认为，中关村科技企业应该走技、工、贸的发展道路，并以方正公司为例。而方正公司的第一桶"金"，以及原始资本积累的完成恰好相反，是以计算机贸易实现的。

A—成立北达服务部，计算机贸易获巨额利润

1987 年，在中关村电子一条街有不少公司都靠经营计算机获得很大利润。楼滨龙、黄晚菊等人也认为应该经营计算机业务，使公司的利润快速增长，还要以"知青社"的形式出现，享受国家三年免缴所得税的优惠政策，楼滨龙将此事上报北大领导。

1987 年 5 月，经北大副校长谢青批准，北大从校科研经费中调拨 40 万元，借款给楼滨龙作为经营计算机的流动资金。此事后来误传为，丁石孙校长借给楼滨龙 40 万元开公司。

1987 年 7 月 21 日，楼滨龙在海淀工商局领取"北京市海淀区北达科技服务部"营业执照。（注：以下简称北达服务部）北达服务部企业性质为

"安置城市知识青年的集体所有制"，免缴企业所得税三年，注册资金为人民币30万元，地址为北京大学中关园2号公寓甲楼。

北大为规范管理，规定北达服务部为理科公司下属公司，黄晚菊任北达服务部总经理，北大物理系老师张玉峰参加计算机经营工作，担任副总经理，后来出任方正第三任总裁。

不久，北达服务部通过港、澳商人购进首批计算机和打印机散件，组装好的计算机和打印机，在一个多月的时间内全部售出，获得利润十多万元。

B—用玉渊潭乡的钱大规模进行计算机贸易

1987年夏，玉渊潭乡农工商公司的孟竹恩经理到北大寻求科技成果转让和经济合作。他拜访科技开发部时结识陆永基、楼滨龙、黄禄萍等人。交谈中得知该公司为玉渊潭乡下属公司，玉渊潭地处北京市区西长安街南北两侧，由于大量农业用地转变为城市公共用地和商业用地，玉渊潭乡获得大笔土地转让资金，迫切需要对外寻找合作项目。

陆永基等人介绍了北大和公司的情况，特别是北达服务部刚刚开始经销计算机及外设，由于资金不足只能小规模经营，希望由玉渊潭农工商公司提供资金开展合作。

不久，楼滨龙、黄禄萍、张玉峰与玉渊潭乡农工商公司总经理付洪江商谈双方的合作项目和合作方式，并达成以下合作协议。

1. 双方合资成立"北玉科技开发公司"（注：以下简称北玉服务部）。理科公司占北玉公司60%股份，其中无形资产投资占20%，玉渊潭乡农工商公司占40%股份。北玉公司从事技术开发、技术工程承包、产品经销等业务，公司场所由玉渊潭乡农工商公司提供。北玉公司总经理由理科公司委派，玉渊潭乡农工商公司把属于它的紫玉饭店计算机管理技术改造项目，共计人民币80万元交给北玉公司负责。理科公司将北大地质地理系张兆东老师调入公司，负责北玉公司的工作。不久张兆东又参加北达服务部的计算机销售工作，他现在是北大方正公司总裁。

2. 在1987年6月18日之前，玉渊潭乡农工商公司提供人民币120万元，作为北达服务部计算机经营的流动资金。北达服务部经营所得利润，理科公司和玉渊潭乡农工商公司各占50%。玉渊潭农工商公司派财会人员，负责北达服务部的会计财务工作，每月向玉渊潭乡农工商公司交送北达服务部财务报表。

玉渊潭乡农工商公司提供的资金，使北达服务部流动资金达到200万元。从1987年8月起到11月初，经过员工积极努力，北达服务部销售额超过100万元。1987年底销售额超过200万元，可分配利润额超过60万元。

1988年初，总经理黄晚菊出任北大科技开发部深圳办事处负责人，北达服务部的工作由张玉峰负责。北达服务部销售形势非常好，销售产品有286型号个人计算机、针式打印机、喷墨打印机、记录仪、各种UPS电源等。由于销售量不断增大，流动资金出现严重不足，于是由北京大学担保，北达服务部向工商银行贷款1200万元。

玉渊潭乡农工商公司在不到半年时间中，通过投入的200万元分得利润近30万元，于是又主动再提供人民币300万元。北达服务部的流动资金增加至1500万元，北达服务部每次进货额高达千万元。

1988年初，北达服务部并入北京大学新技术公司电脑部，销售业务和人员全部并入电脑门市部，商品采购仍由张玉峰负责。由于张玉峰多数时间都在广东、深圳等地组织货源，在京时间少，公司决定聘请物理系老师晏懋洵担任电脑门市部主任，他后来出任北大方正公司第二任总裁。

1988年，北大新技术公司在经营总结中指出，"电脑门市部自1988年春节后开业到年末，销售额为2500万元，税后利润150万元"。

北达服务部从1987年7月21日领取执照成立，到1988年春节后并入公司的电脑门市部，在不到一年的时间里，为方正公司在创业初期快速积累资金作出了重大贡献。

北达服务部使方正获得第一桶金，完成资本的原始积累。楼滨龙想要寻找新的项目把公司做大。他找到了王选院士，从此两人合作，在中关村、在中国创造出一个奇迹——北大方正公司。

中关村的故事（34）方正系列五

王选与 748 工程

> 导读：孟子曰"天将降大任于斯人也，必先苦其心志，劳其筋骨，饿其体肤"。王选院士科研之路就是最好的证明。他说"当年为节省五分钱，我要少坐一站车从小黄站走到和平里"。
>
> 有人说"现在的北京大学没有培养出过大师级人物"！其实这是痴人之话，王选院士就是北京大学培养出的大师级人物，他的科研精神，光照中华千秋万代！

A—首次合作方正为王选打工

北大总公司要找点事干多赚点钱，楼滨龙想到了王选，他从王选那里拿到 10 万元订单，为王选院士打工。这是方正与王选的首次合作。

北大总公司成立后，有北达公司第一桶金的实力，总经理楼滨龙想在学校里寻找到更好的科研成果，开发成产品赚大钱。北大数学系有个指纹识别科研成果很不错，他和公安部有关单位谈这项业务。当年公安系统很穷，一台计算机要花几万元买不起，这项科研成果推广失败了。有家台湾公司感兴趣，愿意合作成立合资公司，台湾公司投资 200 万美元，北大用技术入

王选院士。齐忠摄影。

股占总投资 30% 的股份 60 万美元。台湾公司要把这个公司在加拿大上市。楼滨龙和北大领导当时不懂上市和股票，害怕上市不成功要赔人家 60 万美元，担不起责任，合作也没有成功。北大数学系的指纹识别科研成果，后来卖给了美国公司。

楼滨龙还想干点塑料钉等买卖，如同柳传志在联想公司创业初期卖电子表、眼镜一样。

楼滨龙找王选要项目，王选就让北大总公司为他的"748 工程"激光照排造字模，相当于今天的软件外包，技术问题由王选来指导。一套字模有 6000 多个字，费用是 10 万元，当年也是笔巨款。为王选打工，是方正首次与王选合作的方式。

有了这个项目和 10 万元，楼滨龙在北大东门外租个小院，招兵买马开始字模的生产制造。万丈高楼平地起，方正万丈高楼的平地就是农家小院。当时谁也没有想到，这里会飞出一鸣惊人的金蝉，中国最大的校办公司。

B—王选院士进入"748 工程"的过程

1975 年春，"748 工程"有关人员到北京大学召开项目座谈会，向北大科研人员征求有关该项目的技术方案。王选的夫人陈堃銶参加了座谈会，回到家中向王选院士述说了该项目。王选院士决定抓住这个机会，选择擅长的汉字精密照排进入"748 工程"。通过对国外印刷技术发展状态的了解，王选认为计算机技术会取代古老的铅字印刷，将在印刷领域占统治地位。他在这个基础上推出"数字存储、信息压缩和小键盘输入"的总体方案，作为北大老师自选项目，争取列入"748 工程"。

以下是北京大学计算机科学技术研究所官方网站的记载。

1975 年，王选获悉"748 工程"项目，对其中的"汉字精密照排系统"项目产生了浓厚兴趣，开始调研、设计该项目方案，并提出了汉字字形信息压缩及快速复原的技术方案——数字存储、字形的轮廓和参数描述，既保证了文字的再现质量，还使字形信息量下降几百倍。

1976 年，北京大学成立"748 工程会战组"，由当时任教务部主任（后任校长）的张龙翔任组长，王选、陈堃銶成为会战组技术骨干。

王选、陈堃銶等会战组成员完成了字形信息压缩及快速复原技术的研究，并试验成功，使北京大学获得"748 工程"中的汉字精密照排系统研制任务，王选负责该系统的总体设计和研制工作。

全世界目前使用两种文字，即表意文字和表音文字，汉字是唯一还在使用的表意文字，有 12 万多个字，老百姓常用的汉字有 8000 多个。如何把各种奇形怪状、读音相同、意思不相同的汉字，压缩到小小的计算机芯片里，又在刹那间复原，呈现在计算机显示器，再通过打印机打印出来，在 20 世纪 70 年代中期，是全球高难度的科研课题，也是中文进入计算机时代的瓶颈。国外科学家都以失败告终，只有王选成功地为汉字进入计算机时代，开创出通天大道。

20 世纪 70 年代初，王选患上肺结核病卧床养病数年，每月工资降到"劳保"的几十元。因为国家规定"国有职工患病在家休养时期，半年内发放工资的 80%，半年后发放 60% 的'劳保'工资"。当年正是混乱时期，北大校园内满眼的大字报，让人不知东南西北。但王选虽居斗室仍不坠青云之志。

C—王选进入 748 工程数字存储方案的过程

不久"748 工程"精密照排系统论证会在北京召开，在这次会上亮相的有：

云南大学研制的，字模管三代机和小键盘编码输入方案；

中科院自动化所研制的，飞点扫描西文三代机方案；

新华印刷厂与清华大学合作研制的，字模平板移动静止曝光的二代机；

王选研制的，数字存储方案。

这次会议确定"748 工程"采用二代机方案。王选落选了。但是王选在这种情况下仍继续坚持研究。

1975 年 12 月，王选院士发明了高分辨率字形的高倍率信息压缩技术（压缩倍数达到 500∶1）和高速复原方法，率先设计了提高字形复原速度的专用芯片，使汉字字形复原速度达到 700 字／秒的领先水平，在世界上首次使用控制信息（或参数）描述笔画宽度、拐角形状等特征，以保证字形变小后的笔画匀称和宽度一致。

换句话说，王选的这项发明，使汉字的压缩倍数高达 500 : 1，字形复原速度为 700 字 / 秒。实现汉字由计算机自由输入与输出，打破中文进入计算机时代的瓶颈。

1976 年 5 月，王选的发明引起"748 工程"发起人——四机部科技局副局长郭平欣的关注，他亲自出题写出 10 个汉字：山、五、瓜、冰、边、效、凌、纵、缩、露，后来又添加"湘"字，对方案进行模拟实验考核，王选顺利地通过考核。

1976 年 9 月 8 日，"748 工程"有关领导决定，放弃速度慢、灵活性差、机械故障多的二代机方案。四机部正式下文把"精密汉字激光照排系统"研制项目交给王选。

1982 年，王选在香港人黄金富的帮助下，在香港登记并递交专利申请。王选作为"高分辨率字形在计算机中的压缩表示"唯一发明人申请了欧洲专利。

1987 年 3 月 18 日，获准授权为 EP0095536 欧洲专利。

1985 年 10 月 26 日，王选荣获"中国 10 大科技成就奖"。

王选正式入围"748 工程"后，由于有国家提供科研经费，结束了千里走单骑苦干的局面。北大成立以王选为首的"北大汉字信息处理研究室"，后改名为"北京大学计算机研究所"。这个机构由"748 工程"拨款而建，北京大学的人称之为"748 所"。

1977 年 10 月 18 日，有关领导正式宣布，潍坊电讯仪表厂为系统总承装与生产单位，北大为科研开发基地，杭州邮电设备厂为滚筒式照排机配套生产基地，中科院长春光机所为转镜式照排机配套生产基地。

从此王选与山东潍坊计算机厂开始合作，推出激光照排系统原理性样机、II 型机、IV 型机等。

王选院士小传

王选，男，江苏无锡人。1937 年 2 月 5 日，出生于上海。2006 年 2 月 13 日，因病逝世于北京，享年 70 岁。

王选是计算机文字信息处理专家，计算机汉字激光照排技术创始人，当代中国印刷业革命的先行者，被称为"汉字激光照排系统之父"。

1958 年，毕业于北京大学数学力学系，1984 年晋升为教授。

1991 年当选中国科学院院士。

1994 年当选中国工程院院士。出任电子出版新技术国家工程研究中心主任，北大方正技术研究院院长，方正控股有限公司董事局主席。

1995 年加入九三学社。

2002 年 2 月 1 日，获 2001 年度国家最高科学技术奖，陈嘉庚科学奖获得者。

2003 年，当选全国政协副主席。

D—中国"748 工程"的历史

20 世纪 60 年代后期，西方发达国家把计算机从数值计算与数据处理，发展到文字处理、图像处理和管理领域。

20 世纪 70 年代初期，全电子版的英文、法文等表音文字照排系统已有多家公司生产。中国要想进入计算机时代，把计算机技术应用到政治、经济、文化和社会生活之中，首先要解决表意文字的汉字，如何进入计算机领域，如何再快速地用计算机技术输出的问题。也就是说汉字要代码化进入计算机，还要用计算机技术把代码快速还原为汉字出现在显示器中。这项技术关系到汉字的生死，关系到中国能否进入计算机时代的问题。

20 世纪 70 年代，四机部科技司提出解决汉字信息处理方案，即"汉字信息处理系统工程",为解决今后出版系统电子化、自动化奠定基础,整体改造铅字排版的印刷行业。由四机部、一机部(注:四机部后更名为电子部、信息产业部,一机部后来更名为机械工业部)、中科院、国家出版局、新华社五家为发起单位,新华社既是发起单位又是第一用户。中科院计算所倪光南院士,当年也参加过"748工程"会议。

1974年4月8日,国家计委以"汉字计算机信息处理重大工程"报请国务院,经周恩来总理批准正式成立。人们又将该工程称为"748工程",该工程分为三个系统的研究。

1. 汉字精密照排系统,供印刷出版业使用。

2. 汉字情报检索系统,供信息查询和检索使用。

3. 汉字通讯系统,供远距离信息查询和检索使用。

E—国家对"748工程"的支持与巨额投资

1974年,国家计委将"748工程"列入专项计划,成立国家印刷装备协调小组,国家经委副主任范慕韩任组长,沈忠康任副组长。

1977年11月,在电子工业部计算机局的主持下,北大计算机研究所、山东潍坊计算机公司、邮电部杭州通信设备厂、新华通讯社等单位,组成"748工程"会战组,以完成激光照排项目。

1980年中科院长春光机所、四平电子所也参加会战。

王选负责整个系统的总体设计和研制工作,包括字形信息压缩及快速复原的芯片设计和制作,控制器样机,整套排版软件。

邮电部杭州通信设备厂,负责滚动式激光排版输出机。

长春光机所、四平电子所,负责平版式激光排版输出机。

山东潍坊计算机公司,成为激光照排产品的生产制造基地,负责汉字字模制作,整机安装调试,激光照排软件测试,对使用激光照排系统的用户全程服务。

新华社采用潍坊公司生产的激光照排机样机，将《大参考消息》期刊用激光照排系统进行试印刷。后来由经济日报社负责全面采用电子激光照排系统，印刷出版当日的《经济日报》。

1983年，中共中央财经领导小组，批准协调小组提出的"748工程"规划方案。将"748工程"作为专项补充，列入国家"六五"计划。

1986年，"748工程"正式列入国家"七五""八五""九五"计划。前后将近20年，国家投资数十亿元，支持新闻出版、电子、机械、轻工、化工等部门200多个骨干企事业单位进行技术改造，特别是重点支持汉字激光照排印刷技术，带动印刷水平的全面提高。在"六五""七五"计划中，国家对"748工程"总投资达1.2亿元。

北京大学在10年里，从"748工程"得到国家986万元的拨款。

1981年，山东潍坊公司推出华光电子出版系统I型产品，通过电子工业部部级鉴定。产品商标命名"华光"，意思为中华之光，山东潍坊公司正式对"华光"进行商标注册。

1985年，山东潍坊公司推出华光II型产品，通过国家级鉴定并投入新华社和经济日报社使用。

1986年12月，华光III型和国内第一个排版软件，通过电子部鉴定。

1987年12月，《经济日报》系统通过国家经委主持的验收，这是世界上第一个整页组版、整页输出的中文报纸排版系统。

1986年至1987年，华光III型激光照排系统在全国共销售40多套。

F—王选的感叹：九死一生

"这个过程是九死一生的，松一口气就会彻底完蛋。"这句话是王选对"748工程"激光照排技术研制的感叹之言，也是他为科研耗尽毕生精力，充满血与汗水的感慨之言。

G—王选为了省五分钱的步行

王选院士回忆当年开始研制激光照排技术时，他说："当年为节省五分钱，我要少坐一站车从小黄站走到和平里。"

中国在 20 世纪 70 年代中期是封闭的，只有位于北京东城区和平里的中国科技情报所，有国外出版界的科技杂志和报纸，王选院士当年为了进入"748 工程"，撰写相关方案，经常到中国科技情报所查阅资料。从北京大学东门到和平里的车票为二毛五分钱，王选虽为北大老师，因得肺结核在家养病很长时间，每月工资降到吃"老保"的几十元钱。因为"748"是他自选的项目，干什么事都要自掏腰包。为节约五分钱的车票钱，每次去和平里他都买两毛钱的车票到小黄庄下车走到和平里。

孟子曰：天将降大任于斯人也，必先苦其心志，劳其筋骨，饿其体肤。王选院士恰恰是最好的证明。

H—激光照排技术在印刷界引发的革命

方正公司对激光照排技术有一句著名的宣传口号"告别铅与火，迎来光与电"。

今天很多人对这句宣传口号不太理解，笔者简单地介绍一下。

以中国青年报社为例。在没有使用激光照排技术之前，该报社有一个一千多平方米的铅字排版车间，里面竖起一排排半人高放满铅字的展板，几十名铅字排版工人手拿稿件和铅字排版盒，在铅字展板中找稿件中的铅字，然后再按照画版编辑画的报纸版样，组成报纸整版版面，印制出报纸小样进行一校、二校、三校、审读等过程，消灭错别字与稿件的错误。

这就是方正公司宣传口号所指的"铅"。

再有，铅字是用火熔化铅后铸造出来的，这就是方正公司宣传口号所指的"火"。

当年中国青年报社还有一个铅字快速铸造室，每当稿件中出现重要的生僻字，该室就会快速铸造出一个铅字。例如朱镕基的"镕"字就是生僻字。当年朱镕基任中国社会科学院工业经济研究所室主任时，新华社记者采访朱镕基后说"您姓名中的'镕'字，社里要重新铸造出一个铅字"。朱镕基听后大笑。

用铅字排版，不仅费时、费力、污染环境，还为报纸出了一道难题"补白"。如果报社的总编认为稿件某些文字不妥必须删掉，编辑把这些文字删掉后，整个报纸版面就会出现一些空白。因为报纸的时效性很强，开印的时间不等人，要快速地把这些空白用文字补上，俗称"补白"。所以各报社都有几位"补白"高手。20世纪40年代，上海某报社半夜出现版面有四行空白，该社的"补白"高手作了一首打油诗给补上，打油诗的内容是"半夜十二点，老王喊老张。一问什么事，版面缺四行"。如果发生某稿件大部分删掉，报社无法短时间内把空白补上，第二天的报纸只能出现大面积空白，报社俗称"开天窗"。

当报社使用激光照排技术后，计算机录入人员只要把记者电子文档稿件，按照画版编辑画的报纸版样组成报纸整版版面，印制出报纸小样进行一校、二校、三校、审读等过程，消灭错别字与稿件的错误后，进行胶片照排再复印到特制的铅版上，就可以印刷。

报社的总编认为稿件某些文字不妥必须删掉，编辑把这些文字删掉后，对报纸版面出现的一些空白，编辑会用加大标题字号等手段消灭空白。如果发生某稿件大部分或全部删掉，编辑会马上用另一个电子文档稿件补充上。

用计算机录入排版过程，是"迎来光与电"中的"电"，当年计算机也叫电脑。进行胶片照排过程，是"迎来光与电"中的"光"。

当年报社用卖掉铅字后得到的钱，就能购买王选院士的一套激光照排产品。

王选院士研发的激光照排产品，印刷报刊质量好，市场销量巨大。

楼滨龙的北大总公司，自然想与王选院士合作这个项目，没想到遭到王选院士拒绝。

中关村的故事（35）方正系列六

方正的商业绝密

导读：本文第一次透露出王选与方正合作的原因，以及方正生产激光照排机的商业绝密。

在中关村有不少人常常感叹，自己拥有与方正激光排版同样的技术，但是没有北大方正的眼光，把产品推向有钱的报社，所以失败了。例如陈春先早期的华夏排版技术，四通公司的 4S 排版技术等。当人们看完王选与方正的合作过程这篇文章，就会发现中关村那些人的感叹是个极大错误！

A—王选最初拒绝与方正合作

楼滨龙想把公司的业务扩大，他和王选商谈由北大新技术公司生产激光排版系统，遭到王选的拒绝。他知道同意楼滨龙生产激光排版系统，等于给山东潍坊公司打造竞争对手。王选为人纯朴忠厚重情义，潍坊公司不仅是"748 工程"指定的合作生产厂家，而且是他多年共同工作的战友。

王选说："老楼，你不知道我和潍坊公司这十年是怎么过来的，我们是患难过来的，有共同战斗的友谊。"

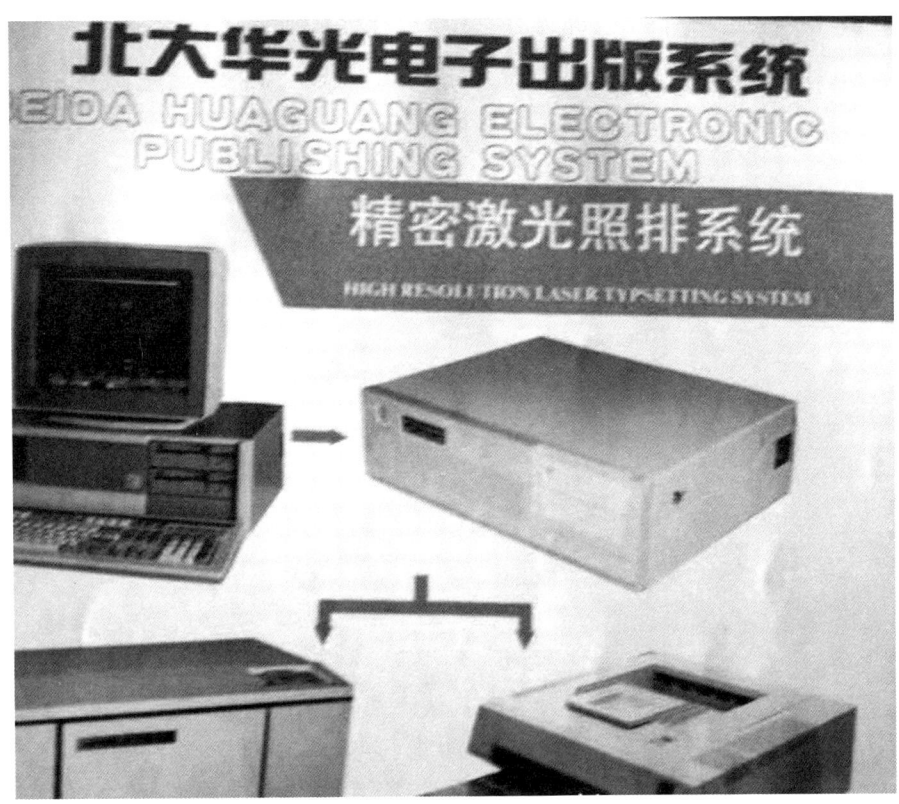

北大新技术公司最早推出的"北大华光电子出版系统"。齐忠摄影。

楼滨龙对王选的话很理解，潍坊公司的华光激光照排已成气候，北大新技术公司又是小公司，王选不同意合作是自然的。再有，王选的计算所拿的是"748工程"的钱，没有上面的同意，他也没有权力让楼滨龙生产。

当年干什么事都要由国家批准，生产激光排版系统要经过国家计委同意。楼滨龙就找到国家计委的沈忠康，谈公司生产激光排版系统的事。

沈忠康不同意，他说："生产你就别搞了，有山东潍坊。"

楼滨龙又找电子部计算机司长刘文民，谈生产激光排版系统。

刘文民也不同意，他说："你们高等学校就是做学术，做些技术开发，生产就不要搞了。"楼滨龙想生产激光照排系统的事陷入困境。

B—华光产品质量不稳定　王选与楼滨龙终于合作

沈忠康、王选、楼滨龙谁也没有想到，由于潍坊公司生产的华光激光照排产品，技术不稳定、质量不好，用户抱怨很大，生产激光照排系统产品的任务终于落在北大方正的身上。

潍坊公司生产的华光 4 型激光照排系统，在使用过程中频繁出现故障，使报社负责人很头疼。因为报纸的有些版面可以先期排版印刷，但是一版头条等重大新闻要抢时效，要求在十多分钟内输入和排好小样，总编确定后开机印刷出当天的报纸。因华光激光照排系统质量不稳定，报纸就有当天"开天窗"印不出来的危险，这个责任对报社领导来说是承担不起的。

王选回忆该事时，他写道："1985 年初，新华社试用华光 II 型机，排发《前进报》和《新闻稿》。开始时十分狼狈，有一天的半夜系统出故障，文件丢失怎么也出不来。傅宗英急得想打电话找陈堃銶，当时我家还没安装电话无法联系。操作系统、排版软件和终端软件都有故障，大样输出时宋体字随机不闭合、拖尾巴的毛病，引起校对人员抱怨。照排机上下片经常卡住而不得不关灯摸黑处理。终端软件错误引起的'变字'，更使人胆战心惊和哭笑不得。1987—1988 年，照排机输出的底片有时会出现垂直方向的错位。那段时间我看的《经济日报》和《解放军报》就经常发现这种现象，心里很难受。照排时偶尔出现的'汉字填充不封闭拖尾巴'的现象，后来才知道是印制版不良工艺造成的。1988 年 10 月，北大新技术公司彻底改进工艺，问题才得以解决。"

C—让王选心痛的芯片事件

还有让王选心痛的芯片事件。激光照排系统的控制器有两块主要芯片，相当于计算机的中央处理器，里面存储王选的科研成果，该芯片在英国加工制造，价格很贵。北大计算机研究所负责这些芯片的管理，潍坊公司生产一套产品就从计算所拿两块芯片。

潍坊公司由于生产的激光照排系统老出毛病，便认为是芯片的设计和制造有问题。因为有时换上两块新的芯片，激光照排系统就好了。潍坊公司就把换下的芯片退给计算所。潍坊公司生产一套激光照排系统，有时要用好几块主要芯片，使王选也开始怀疑芯片真的有设计问题。潍坊公司长期拖欠计算所技术转让费，也引起各方面的反感。

随着改革开放的不断深入，外国公司纷纷登陆抢占激光照排系统市场，有钱的报社和印刷厂把目光投向外国产品。1985—1986 年，我国有六家大报社购买美、英、日等国生产的五种不同品牌的照排系统。几十家出版社、印刷厂购买蒙纳公司（Monotype）排字系统和日本第三代照排机，国内厂商与外商在中国的激光照排系统产品之战拉开大幕。

王选看到这种情况心急如焚，他知道必须推出技术绝对可靠、性能绝对稳定的激光照排系统，保证报社放心使用才能击败国外同行，占领中国报业庞大的市场。王选决定亲自向有关方面提出他与北大新技术公司合作的意向，由计算机所提供全部技术，北大新技术公司生产激光照排产品。

1988 年 1 月 11 日，王选与夫人陈堃銶，向沈忠康汇报有关激光照排的事情，介绍了潍坊公司产品的质量问题。

沈忠康听完后说："独家生产不一定好，有两家生产也好，同意北大新技术公司生产激光照排产品，但技术要统一。"

D—方正生产激光照排的商业绝密

1988 年春，楼滨龙组织起以唐晓阳、王永达、杨燕茹为首的技术攻关团队，生产激光照排产品，该产品也叫"照排控制器"。王选每周两次给唐晓阳等人讲解照排控制器的原理和核心部件，使他们在短期内掌握各种技术原理。

唐晓阳原为北大物理系电子教研室副主任，参加过北大早期计算机研制与生产工作，熟悉电子和实验技术，唐晓阳后来出任北大方正总工程师。王永达原为北大无线电系教师，1985—1986年到美国进修一年，电路经验丰富，动手能力强。杨燕茹原为北大无线电系工厂技术人员。攻关团队采用外国公司先进的生产方式，彻底解决了激光照排产品质量不稳定的问题。

王选高度评价这支攻关团队，他说："唐晓阳总工和王永达在RIP工艺方面作出重要贡献，解决了可靠性问题，他们在电路和工艺方面的能力是我望尘莫及的。"

楼滨龙回忆说："当年我对唐晓阳他们说，研制时不要怕花钱，要用国内外最好的元器件，并指示财务人员对唐晓阳的工作经费开绿灯。唐晓阳在研制该产品时，控制器线路板的制作，委托最有名的成都军工企业。线路板的焊接委托太极公司，使用的电源也是最好的。虽然使控制器的成本增加3000多元，但是保证了产品质量。一套照排控制器当年的利润有十多万元，这点小成本不算什么。"

楼滨龙还透露当年的研发秘密，他说："生产照排控制器的过程是商业绝密，关系到公司与潍坊公司在商场竞争的胜败，公司的生与死，有些事情连王选教授都要封锁。"

唐晓阳的攻关团队首先解决的是，激光照排系统的两块主要芯片问题。潍坊公司在生产照排控制器的过程中，认为有20%左右的主要芯片有质量问题，是废品。因为他们生产的TC-86控制器经常发生死机，潍坊公司技术人员维修时就更换主要芯片，更换后工作就正常，换下来的芯片便报为废品。北大计算所的人员不相信芯片有质量问题，因为同时批量生产的芯片，怎么会20%有问题？但是看到换上新的芯片工作正常的事实，北大计算所的人也怀疑芯片有质量问题。王选也开始怀疑芯片设计有问题这成了他的心病。

唐晓阳等人通过各种试验，发现芯片没有质量问题，是温度特性产生的问题，学术上叫"热阻"现象。因为两块主要芯片使用频繁，工作时长自身会产生很高的热量。如果不把热量快速散发，就会影响主要芯片性能，发生死机现象，所以换上新的芯片整个系统就能正常工作。

唐晓阳等人通过加大照排控制器主要芯片的空间，在芯片背面加装散热器和安装风扇，使芯片的热量很快散发，从而保证工作性能稳定。

1988年10月，北大华光激光照排控制器TC-88面世，质量高过潍坊公司生产的激光照排控制器TC-86。唐晓阳拿回潍坊公司认为不好的芯片，当着王选教授的面安装在TC-88上，王选看到设备工作正常，芯片性能稳定，非常高兴，知道不用再重新设计芯片了。

楼滨龙对有关技术人员下令，这个技术秘密不能外传，连王选也不能告诉。因为王选是坦荡君子，知道后会告诉山东潍坊公司，因而不利于公司市场竞争。由于保密工作做得好，北大计算所不断把潍坊公司淘汰的"废品"100多块芯片提供给唐晓阳使用。

E—计划经济害了山东潍坊公司

北大新技术公司把生产的激光照排控制器送到国家技术监督局进行电子产品的例行试验。北大新技术公司生产的照排控制器，只有个人电脑的机箱大。山东潍坊公司生产的照排控制器，有复印机那么大。监督局的人员说，"谁该退出市场一目了然"。

楼滨龙回忆这件事时幽默地说："计划经济害了山东潍坊公司。"

唐晓阳等人的另一项绝密技术，是用中关村公司的高招，"两头在内，中间在外"生产照排控制器。就是指产品的研发设计和组装在企业内部，产品的零部件加工在外面。

潍坊公司是国家多年花费巨资建造的"748工程"主要制造基地。他们采用的是计划经济"大而全""肥水不流外人田"的生产方式,什么东西都自己造。从生产世界上技术最先进的照排控制器,到生产机箱、钣金加工、电源、线路板、元器件的波峰焊等,各种配套车间应有尽有。

当年潍坊公司生产的照排控制器,销售数量还达不到规模化生产的阶段,使这些配套车间长期处在试制生产样机的状态。电源车间每年生产100多台电源,线路板车间每年生产100多块线路板。产品的技术性能与质量,无法与每年生产数百万台电源、数百万块线路板的专业厂家相比。控制器中的电路板和插件板,都是用单层与双层线路板,设计粗糙,布局不合理。自制的电源和机箱庞大笨重,主机板在波峰焊后,有些地方还要工人手工补焊。

潍坊公司技术人员没有印刷板的抗电磁干扰、防外部电磁干扰、内部讯号感应等知识。技术人员在调试主机板和存储板时,搞不清哪出毛病,只好随身带着不同容量的小电容,看着示波器显示的波形,凭经验在特定的地方焊接这些小电容,凑合着让产品合格。每台照排控制器需要调试一个月,调试后型号相同的存储板不能随意变动,使照排控制器成为个人小作坊的产品。潍坊公司销售每台照排控制器时,调试这台产品的技术人员要全程陪同,专车运输如同送"孕妇"去医院生孩子。这样的产品到用户手中肯定不好用。产品经常死机,报纸小样上的字拖着小尾巴,以政治生命为主的报社编辑们,看到这种结果对产品抱怨连天。

北大计算机所的技术人员回忆那一情景时,诉苦似地说:"报社的人像斗地主似的斗我。"

F—方正用高科技及市场经济取得成功

唐晓阳等人研究潍坊公司生产的照排控制器后,发现线路板上的屏蔽问题非常严重。人们在大楼里地下室使用手机,会发生听不到打不出去的现象，这就是屏蔽问题。线路板上有数据线、电源线及各种电容，电流通过电源线时，电线与电容会产生电磁感应，干扰数据线传输的信号，造成传输数据性能不稳定的屏蔽问题，会影响照排控制器，产生编排的文章跳字、乱字、字形混乱等问题。

唐晓阳等人先从印刷线路板的设计开刀，为加强抗干扰能力，他们设计出四层区分的多层印刷线路板，使数据线、电源线、电容分别在不同层次互不干扰，彻底解决线路板的屏蔽问题。

他们以每块设计费 6000 元的最高价，委托航天部设计院用 CAD 布线软件自动设计线路板，使多层板电路图顺利设计完成。又以高价委托成都航天印制板厂生产加工线路板，该厂是为卫星生产线路板的，生产出的多层线路板质量自然优良。

唐晓阳等人再委托电子部 15 所（注：以下简称 15 所）对控制器所使用的芯片进行挑选和检测。15 所是国家生产计算机小型机的研发基地，有先进的芯片老化检测设备，该所改制后命名为"太极计算机公司"。

15 所对美、日、韩、新加坡等国生产的计算机芯片，进行高低温冲击、高温长时间老化、振动和潮湿等项目检测，发现韩国产的芯片不行，失效率超过 5%，美国和日本生产的质量最好。唐晓阳等人决定，照排控制器所使用的芯片全为美、日芯片。照排控制器的线路板波峰焊也委托 15 所加工，使照排控制器的质量，超过国家制定的计算机小型机生产标准。

楼滨龙对这种做法大力支持，他说："如果能买到美国军工芯片更好。只要生产出高质量照排控制器让用户满意，不要心疼这点小钱。"

当时照排控制器还有更改晶体振颤器的问题，因为照排控制器要连接激光打印机，做大样机和轻印刷系统用。佳能进口激光打印机机芯的 LBP 分辨率是 300 线，而照排控制器的标准是 371 线，这种结果使打印出来的汉字不是正方形的，而是扁的。必须将相应的晶体振颤器中的晶体改掉原定的振荡频率。攻关团队用频字、频率计连接调试，确定应改的晶体及固定振荡频率，重新设计制造新的晶体振颤器。

当年生产晶体振颤器的厂家不多，到北京酒仙桥 707 军工厂商谈委托生产时，人家说目前活多要排队，产品半年后才能加工好。在计划经济体制之下，工厂是吃大锅饭干多干少工资都一样。唐晓阳等人到车间找班长、主任，用多给加班费的办法，最后感动了"上帝"，只用 22 天就完工。

唐晓阳等人在研发过程中，也想公司自己开模加工机箱和电源，但是加工的样品质量不能令人满意。最后灵机一动，为什么不用现成 PC 机的机箱和开关电源呢？他们在深圳和香港，找到质量可靠的机箱和电源。

唐晓阳等人还提出照排控制器应该是"傻瓜机"，操作简单，不怕用户任意搬动，横放和竖放都行。他们在一次事故中发现电源变压器被烧毁，原因是开关电源有 110V/220V 开关，不知谁把开关拨到 110V 挡，接通我国的 220V 电源后变压器自然冒烟。这次事故给他们提了醒，对出版社、印刷厂的人员素质不能估计过高，任何微小的地方都不能放过。他们除去机箱电源 110V/220V 开关，只用固定的 220V 开关。

王永达从计算所拿到照排控制器所有软件程序后，闭门苦读不停地测试，还在样机上调试软件程序，终于发现程序中有个指令在某种条件下可能发生的错误，会造成在排版中的字跳行、跳字、拖尾等故障，将该指令修改后再也没有发生以上问题。

王选和楼滨龙还与"五笔字型"发明人王永民在远望楼饭店签订"五笔字型"使用协议，解决激光排版系统汉字输入问题。协议规定"王永民为激光排版系统无偿提供'五笔字型'，北大新技术公司将'五笔字型'作为该产品唯一的汉字输入法"。这是双赢的协议，北大新技术公司为用户提供当时最好也最流行的汉字输入法，避免后来的"五笔字型"知识产权纠纷。王永民也借助新技术公司的产品，使"五笔字型"进入全国各大报社。

1988 年 10 月，唐晓阳等人开发的照排控制器终于试运行成功，被命名为"PUC-IV 型"控制器，由它集成的激光照排系统被命名为"北大华光－Ⅳ型"激光照排系统。"PUC"为"北京大学公司"英文词组的头一个字母组成。该产品分别送到经济日报社和解放军日报社试用，很长时间都没发生任何故障。

1988 年 12 月 15 日，北大新技术公司在未名山庄举行"北大华光电子出版系统汇报推广会"。北大原校长丁石孙，副校长陈佳洱、谢青，科技开发部主任花文廷，副主任陆永基、楼滨龙，以及几十家报社社长参加了会议。国家重大装备办公室负责人到会讲话，王选在会上介绍北大华光激光照排系统的技术。北大新技术公司在三天的会议期间拿到 1800 万元订单。

1990 年，北大新技术公司的激光照排系统，销售额为 9966 万元。1991 年为 2 亿元，公司净资产超过 1 亿元。

中关村的故事（36）方正系列七

北大的保护　方正免遭兼并

导读：1989 年，国家经委试图对北大新技术公司进行兼并，北大新技术公司在北京大学的保护下才免遭兼并。如果没有北京大学的支持，北大新技术公司是无力抗衡国家部委的命令的。

A—北大反对兼并北大新技术公司

1989 年，国家经委试图对北大新技术公司进行兼并，理由是北大新技术公司的激光照排产品，来自"748 工程"。北大计算机所研制激光照排的费用，也来自"748 工程"。由于北大领导与国家经委据理抗争，才使北大新技术公司免遭兼并。今天来看，北大新技术公司被兼并是毫无道理的事，当年却是"合情合理"的。

北京大学研究员陆永基回忆该事件时，他说："北大新技术公司如果没有北大做靠山，难逃兼并之难。因为小单位无力抗衡国家部委的命令。"

2019 年，北大方正公司的办公大楼。齐忠摄影。

B—北大打"太极拳"拖延兼并

1989 年 2 月 16 日，国家经委副主任、印刷装备协调小组组长范慕韩召集会议。他在会议上提出"由电子部下属昆仑电子印刷设备服务公司牵头，加上山东潍坊计算机公司、北大新技术公司成立联合性质的实体公司"。

范慕韩要求联合公司做到六统一，统一规划集中投资、统一对外（包括统一对外出口）、统一经营价格、统一维修培训服务、统一产品的研究和开发、统一技术标准和技术规范。并宣布王昌茂担任联合公司总经理。

1989 年 10 月 12 日，国家经委在杭州千岛湖召开会议，讨论联合公司章程，要求有关单位在联合公司章程上签字确认。

北大领导认为，在选择垄断市场还是市场竞争的面前，应该站在市场竞争的立场上。只有市场竞争北大新技术公司才能得到独立的生存空间，所以北大新技术公司不加入联合公司。北大领导也不愿意与各方面关系搞得紧张，陆永基在参会之前向丁石孙校长请示如何处理这个问题，丁石孙说"要打一打'太极拳'"。

陆永基在杭州千岛湖开会时，用打"太极拳"的办法对联合公司章程逐条、逐句提问，提出一大堆修改意见。这种打"太极拳"的拖延战术，使得在联合公司章程上签字确认过程流产。

C—北大上书反对兼并

1990 年 4 月 13 日，机电部中国电子信息集团公司致函北大校领导，强行要求北大校领导在某日之前，必须在联合公司章程上签字。这种做法使北大校领导无法接受，北大校领导向有关部门上书直言，公开反对强行兼并北大新技术公司。

1990 年 5 月 5 日，北大校领导就联合公司事情报告国家教委。北大在报告中指出，"联合公司是中电集团的一个直属公司，实行六个统一后，联合公司成员单位是联合公司的二级法人单位，并规定联合公司董事长、总经理必须由中电集团委派。实际上将北大新技术公司、北大计算机研究所并入中电集团，因此北大拒绝在联合公司章程和合同上签字"。

1990 年 10 月，北大校长吴树青、党委书记王学珍写信向国家教委主任李铁映、副主任何东昌汇报联合公司事件。他们在信中指出，"北大主张在领导部门的支持下，加强学校和企业的联合，但不赞成采取兼并办法"。

1991 年 2 月，国家教委条件装备司司长蒋景华，将兼并事件上报国家教委副主任时炎与何东昌。他在报告中指出，"要加强学校和企业联合，但是不赞成实际上兼并北大新技术公司、北大计算机研究所，成立联合公司的做法"。

1991年3月4日，北大上报国务院重大装备办公室，北大在报告中指出，"我们主张在国务院重大装备办公室、国家计委、国家教委、机电部领导下，成立合同型的科研、生产、经营联合体，这样做既在国家主管部门统一规划、统一领导下发展电子出版系统的产业，又能发挥各成员单位的优势，发挥各成员单位自主经营的积极性"。北大校领导反对兼并终于成功，使北大新技术公司得以生存，对公司发展前途提供了保障。

中关村的故事（37）方正系列八

更名北大方正是无奈之举

导读：北大新技术公司更名为北大方正公司，多年来众说纷纭，其实是北大新技术公司与山东潍坊公司，在知识产权纠纷、市场竞争中作出的无奈之举。

A—"748 工程"的解体

1990 年 9 月 16 日，山东潍坊公司在没与王选协商的情况下，推出"华光 V 型系统"，并在报刊上刊登广告，这个举动标志着"748 工程"的统一局面被打破。

1990 年 10 月 12 日，为消除分裂，重归统一，国家经委印刷技术装备协调小组组长范慕韩，召集山东潍坊公司、北大计算所、北大新技术公司、昆仑公司等单位开会，王选和楼滨龙参加了该会议。范慕韩在会上要各方不要自定型号、自行主张，要顾全大局、共同协商。但是"748 工程"分裂的局面无法挽回，山东潍坊公司负责人在会上郑重声明，"华光"是该公司的产品商标，希望得到尊重。言外之意就是警告北大新技术公司，不能再使用"华光"商标。

B—方正名字的来源

更改市场上已经被客户熟悉的产品名称，对北大新技术公司来讲是痛苦的也是伤心的事情。但是"华光"是山东潍坊公司的注册商标，新技术公司为避免侵犯山东潍坊公司的知识产权，只能忍痛割爱更改产品名称。会议结束后，楼滨龙迅速召集公司核心领导开会，他发动公司和计算所的全部员工，要求大家为产品取个新名称。当时公司办公室的墙上贴满员工为产品起的新名字，但是没有一个名字让人满意。楼滨龙又请北大中文系的老师帮助起名，北大党委宣传部赵为民提出"方正"之名，他说："汉字又叫方块字，公司又是从事汉字业务，取名为'方正'怎么样？"

大家听后觉得"方正"之名叫起来顺口，与"北大"两字联起来"北大方正"更好听，"北大方正"中文繁简体书写都是一样的。

从历史典故中查找发现，"方正"最早见于《汉书·晁错传》。书中写道："察身而不敢诬，奉法令不容私，尽心力不敢矜，遭患难不避死，见贤不居其上，受禄不过其量，不以亡能居尊显之位。自行若此，可谓方正之士矣。"

楼滨龙用琥珀体打出"北大方正"请王选看，王选笑着说："不错、不错，我看可以。"

1991 年 3 月 8 日，王选把"北大方正"给计算所的员工看，也获得大家的好评。

1991 年 3 月 11 日，北大新技术公司到海淀工商局办理注册产品名称手续时，发现东北有个方正县，根据《商标法》规定，县以上行政区的地名不得作为商标用。新技术公司又用文字和图形捆绑在一起的办法，来解决这个问题。

1992 年 2 月 28 日，北大新技术公司取得方正商标注册。

不久，北京大学决定将北大新技术公司更名为北大方正公司。

1992年12月12日，经北京市政府批准，北京市工商行政管理局核准登记注册"北京北大方正集团公司"，注册资本5015万元，注册地址为中关园3区。

1993年2月18日，在北京香格里拉饭店隆重召开了"北京方正集团暨北大方正集团公司成立大会"。

我国的汉字激光照排系统，至今占有国际领先的地位。这是在国家印刷装备领导小组领导下，经过十几年努力，由王选教授、北大新技术公司、山东潍坊计算机公司引领下，艰苦奋斗而取得的，参与这项工程的全体人员为中国激光照排事业作出巨大贡献，永远值得人们的尊敬。

中关村的故事（38）方正系列九

北佳公司的关闭原因

导读：1997年，中国经济出现翻天覆地的变化后，北佳公司合资双方对经营方向产生分歧。日方不愿看到方正公司这个竞争对手做大，中方也不愿看到日方直接与王选领导的计算机所在中文文字处理方面开始技术合作。道不同，不相为谋。北佳公司关闭也是自然的。

A—赚钱的北佳公司

中国大陆高校中第一家中日合资企业北佳信息技术有限公司成立以后经营势头很好。（注：以下简称北佳公司）三年的经营纯利润为558万元，投资回报率在214%以上。

1991年，北佳公司销售额4016万元，纯利560万元。

1993年，北佳公司技、工、贸总收入为7015万元。在海淀试验区4000家企业中名列第21位，700家合资企业中名列第三。这在当年是非常不错的企业，超过北京地区一些国有大中型企业的业绩。

1996年，北佳公司销售额达到1.6亿元，纯利800万元。令人吃惊的

原北佳公司在中关村的办公处。齐忠摄影。

是，这样十分看好的公司，在 1997 年终止营业、清算资产。原因出在中、日双方的经营分歧上。

B—北佳公司合资双方的分歧

北佳公司中、日合资双方最初的分歧是低层次的。中方因为日方掌控激光打印机和软件订单，抱怨日方提供的激光打印机价格高，有些日本的软件订单不落实，让北大新技术公司吃亏。日方看到新技术公司经营轻印刷系统很赚钱，要求由北佳公司独家经营北大轻印刷系统。

1995 年以后，中、日双方的分歧提高档次，在经营方向、产业化等方面提出各自的要求。

C—日方对经营方向新的要求

1995 年，在北佳董事会上日方明确提出北佳新的经营方向。他们认为北佳公司应以中文文字处理技术为核心，作为今后的经营方向。也就是说要绕开北大方正公司，直接与王选领导的计算机所，在中文文字处理方面开始技术合作。

当年王选的中文激光照排技术如日中天，北大方正公司经营业绩也如火如荼，全力筹划在香港上市。北大面对日方的合作新要求，自然提出对等的要求。

D—中方对经营方向新的要求

北大提出在中国合作生产激光打印机，以加快北大方正产业化的步伐。北大还提出，为满足北大方正在香港上市的要求，希望北佳并入北大方正，并提出各种合作方案任其选择。

方案 1. 北佳公司成为香港方正的一部分，佳能公司将拥有香港方正上市公司的部分股票。

方案 2. 北佳公司分为软件、硬件两家合资公司，佳能和北大方正各控股一家。

激光打印机是佳能公司核心技术之一，在中国以佳能品牌独立的销售方式扩大激光打印机市场份额，是佳能公司不可动摇的目标。

北大让佳能公司参与北大方正公司，在香港上市运作是"与虎谋皮"，自然不会得到佳能公司的同意。因为佳能公司不会把潜在的竞争对手北大方正培养成为商业巨人，而且还要冒着不可预测的上市失败、持股比例等多种风险。北佳公司结束是自然的。

E—北佳公司终止营业清算资产

1997 年 10 月，北佳公司董事会决定，北佳公司 10 年合资经营期满后，终止营业清算资产。结果为北佳的硬件和销售网并入北大方正，软件部分归佳能控股组建的新合资公司。

中关村的故事（39）方正系列十

方正内讧：楼滨龙下台的秘密

导读：方正公司的内讧与争斗，也是中关村公司从混沌走向正规化的一条必由之路。楼滨龙等第一代企业家们，必定在计划经济与市场经济两个"齿轮"磨合、交替中被碾碎，他们的血肉成为两个"齿轮"中的润滑剂，历史车轮才能顺利地滚滚向前。

A—方正公司今天的产权

2011年3月11日，北大方正公司官方网站，对方正公司的产权是这样概述的："方正集团由北京大学1986年投资创办，北京大学持股70%、管理层持股30%。2010年总资产520亿元、总收入530亿元、净资产230亿元，利润总额26亿元。"（注：2011年3月11日，北大方正公司官方的网站，现已删除该网页）

换成白话文是："2010年，北大方正公司总资产520亿元、总收入530亿元、净资产230亿元，赚了26亿元。公司总资产中70%，即364亿元，由北京大学拥有。公司总资产中30%的资产，即156亿元，由方正公司的董事长及大大小小各级老板们拥有。2010年，方正集团赚的26亿元，北京大学可分到的钱，在 18.2 亿元左右。方正公司的董事长及大大小小各级老板们可分到的钱，在 7.8 亿元左右。"

面对走向股份化、正规化的北大方正公司，面对这些天文般的金钱数字，面对财富"金山"在阳光下折射出的光芒，人们不应忘记北大方正公司的开拓者楼滨龙、王选教授、晏懋洵、张玉峰等人。更应该牢记公司发生的惊天内讧，因为这是中关村公司从计划经济体制向市场经济转轨的艰苦过程，正是这些人勇敢地投入到改革大潮之中，用他们的血肉之躯作为改革大道上的铺路"石"，才使中关村的历史车轮滚滚向前。

B—楼滨龙面临的三座"大山"

1985 年 10 月 15 日，楼滨龙出任北大新技术公司总经理，仅用 7 年时间，把该公司经营成中国最大的校办企业"北大方正公司"。

1993 年，上海的《文汇报》惊叹："沪全部校办企业一年的经营额，不敌北京一家北大方正。"

海淀实验区原主任胡昭广在评价北大方正公司时说："北大方正公司是中关村公司中最具有竞争实力的黑马。"

人们从中不难看出楼滨龙的经营才干，他是中关村最优秀的企业家之一。

1991 年，楼滨龙领导公司度过资本原始积累阶段后，公司账面上的自有资金达到 1.8 亿—2 亿元，成为中关村最有钱的公司。俗话讲："家大、业大、祸也大！"楼滨龙这个由大学老师蜕变为公司总裁的人，又面临三座"大山"。

C—第一座"大山"：如何处理公司与北大的关系

楼滨龙面对的第一座"大山"，是如何处理公司与北大的关系，北京大学向公司要钱，给不给？怎么给？

1991年，北京大学还是中国的"低保户"，贫穷的"清水衙门"。老师们的每月工资只有100多元，奖金十几元钱。

1991年3月1日，北京大学不惜推倒学校的南墙，盖起门市房子出租给中关村小老板们，用房租钱"脱贫"。一时间"北大推倒学校南墙"，成为北京各大新闻报刊的头版头条。北京大学的领导们自然会想起富翁的"儿子"，拥有2亿元的北大新技术公司，向"儿子"多要几个钱是天经地义的事。

楼滨龙想走现代企业的道路，给北京大学钱可以，但是北京大学要说出理由来，白给不行。

D—第二座"大山"：如何面对公司争当总裁之人

楼滨龙面对的第二座"大山"，是如何处理公司内部有功之臣，他们争当总裁的"造反"之举。公司副总裁晏懋洵、张玉峰、张兆东都是精干之人，不甘屈服在他人之下。再说公司大了，产品供不应求天天赚钱，这样的公司总裁谁都能当，谁都愿意当，谁都会争着当。

楼滨龙是坦荡的人，不会拉帮结派，注定输在张玉峰之手。

E—第三座"大山"：公司与王选院士的关系

楼滨龙面对的第三座"大山"，是如何处理公司与王选院士，以及王选领导的北大计算机研究所的关系。公司还是维持以前的关系，每年向王选的北大计算机研究所支付技术专利使用费？还是把王选的北大计算机研究所纳入公司的怀抱，成为公司的一个下属部门？还是把王选奉为精神领袖迎进公司，成为新总裁掌控公司大权？

楼滨龙认为，公司还是维持以前的关系，每年向王选的北大计算机研究所支付技术专利使用费为好。方正公司要多元化经营，不能只依靠王选和北大计算机研究所。

F—楼滨龙坦言下台内幕

楼滨龙这个知识分子、北大老师，蜕变为商人、握有亿元资产的公司总裁，不可能处理好这些关系，第一座"大山"就把他压倒了。

1992 年 7 月 1 日，北京大学副校长李根模到方正公司宣布，"任命楼滨龙为'校办产业办公室'副主任，免去公司总裁职务，晏懋洵为总裁"。

此举遭到楼滨龙的反对，他当场愤怒地声称"这是一个阴谋"。楼滨龙的下台，拉开了公司内讧与争斗的大幕，也是中关村公司从混沌走向正规化的一条必由之路。

中关村大公司的内幕，外人无论有多大神通也无法了解清楚。因为公司"桌子"底下的动作，都不可能告诉外人。楼滨龙的下台、公司的内讧、总裁走马灯似的更换内幕也是如此，不过我们还是可以从方正公司的蛛丝马迹看到"冰山"一角。

同年 7 月底，楼滨龙在北京大学燕园留学生楼某办公室与笔者谈了一天，透露出被赶"下台"的内幕。

楼滨龙说："我与北京大学校方领导的矛盾与主要分歧，在于如何管理公司。例如公司在 1991 年经营非常好，赚了很多的钱，账上自有资金达到 1.8 亿元至 2 亿元。"

如何使用这笔资金，北京大学校方领导认为："公司是校办企业，学校有权无偿调拨公司的资金。"

楼滨龙认为:"公司是独立的经营实体,学校无权无偿调拨公司的资金,公司的资金是为今后发展做准备的。"

楼滨龙说:"学校可以向公司要钱,但是要有正规的名目,否则就是借款,还要向公司出具抵押物,例如北大的某座楼。"

楼滨龙的这个观点,自然遭到校方领导的反对。北大校长是什么人物?用北大原党委书记任彦申的话讲,"北大校长是能够'通天'的人物,副总理的办公室推门就进的人物"。这样"通天"的领导,绝不会容忍楼滨龙的公司观念,赶他下台是必然的。

再有用楼滨龙的话讲,"从北大新技术公司到北大方正公司,我们一直自称校办企业。为什么用这个称谓?因为国家对校办企业有非常优惠的税收政策,只收3%的税,这是中关村其他公司无法享受到的"。连楼滨龙都认为公司是校办企业,北大校方免去他的职务,自然是不需要什么理由的。

楼滨龙下台后深遭方正公司"雪藏",公司所有的公开出版物、宣传品全部抹去楼滨龙的"遗迹",似乎就没有这么个人。

楼滨龙下台后不久,被珠海巨人集团史玉柱请去,出任巨人集团总裁。他认为巨人集团应该向北京发展从南方撤退。他的这种"北进南退"策略与史玉柱的经营策略,发生很大的分歧。不久,巨人集团设在中关村的"北京巨人电脑公司",因在出售的计算机中安装盗版的微软公司软件,被微软等公司告上法庭。"北京巨人电脑公司"上百台巨人电脑被扣押,损失上百万元,全军覆灭。楼滨龙的"北进南退"策略也宣告失败,他随后辞去巨人集团总裁,出任河北某制药公司北京公司总裁。数年后,楼滨龙又出任"中国民营科技实业家协会"副秘书长。

中关村的故事（40）方正系列十一

方正内讧：张玉峰上台的秘密

导读：1992 年 7 月，晏懋洵出任北大方正公司第二任总裁，1995 年 7 月下台。他的下台带有戏剧性的色彩，不是被投资人、公司控股股东、公司董事会罢免下台。这种违背公司原则的现象，只有在中国计划经济体制与市场经济体制交轨时才会发生。楼滨龙、晏懋洵的下台，张玉峰在幕后起了很大的推动作用。

A—楼滨龙下台震惊中关村

1992 年 7 月 1 日，北大方正公司首任总裁楼滨龙被赶下台后，晏懋洵出任第二任公司总裁。楼滨龙的下台及悲惨的"雪藏"结局，震惊了中关村各界，为中关村国有大公司的老板们敲响了警钟。

国有大公司老板们认真阅读楼滨龙下台的每一页"原稿"，连细节也不放过。他们放下有钱人的架子，低下头来用金钱织补各种人脉关系。用老板们的话讲，"就是马路上的'交通警'，我也要和他搞好关系"。老板们这样做的目的，是防止别人把自己赶下台。

1994 年，中国工程院院士、联想公司总工程师倪光南，向柳传志发起公司总裁的"王座"挑战大败而归，结果被联想公司除名。原因很简单，"柳传志能从银行为公司搞来上千万美元贷款，倪光南则不能"。这也是中科院计算所领导对"柳、倪之争"的结论。

B—晏懋洵下台

晏懋洵原为北大物理系老师，北大方正公司电脑门市部主任。该电脑部是由北达服务部转变而来，而北达服务部是北大物理系老师张玉峰创办的。张玉峰多数时间都在广东、深圳等地组织货源，在京时间少，公司决定聘请晏懋洵任电脑门市部主任。从谁赚钱谁为"王"的公司原则来讲，张玉峰肯定不会屈于晏懋洵之下，公司内讧是早晚的事。

王选对晏懋洵是这样评价的，他说："晏懋洵不为自己谋私利，也很敬业。每天工作十几个小时，但他发挥下面一批帅才和将才的能力和积极性不足。"

晏懋洵虽然在上台后向北大校方和王选表明，他是忠于他们的，并聘用公关机构写文章，在《人民日报》及各大媒体购买版面，发表题为《北大方正公司是由王选、晏懋洵、张玉峰三驾马车组成的》长篇文章。但是他也没能阻挡住张玉峰的"政变"。

1995年7月，张玉峰在北大方正公司总裁换届选举中夺得90%的选票，夺下总裁"王座"，晏懋洵下台。张玉峰出任北大方正公司第二任董事长、第三任总裁。

C—张玉峰上台

张玉峰出任公司总裁之后，第一件事就是平息王选和北大计算机研究所人员的怨气。自从公司卖王选的激光照排产品发财后，王选和研究所人员心中是不平衡的。

某某某曾经说："研究所的人老说，我们开发的产品赚了钱全部归了公司，受穷的是研究所。"

张玉峰决定成立"方正研究院"，把王选及研究所与公司合并，王选及研究所人员与公司人员拿一样多的工资。张玉峰这样做非常高明，阻止了王选和研究所另开公司，或者与日本、美国巨型企业合作开合资公司卖激光照排产品，与北大方正公司竞争市场份额。

张玉峰还辞去上市的方正（香港）公司董事局主席一职，让王选担任该职。

张玉峰大力改变公司前任总裁楼滨龙对北大校方在金钱方面计较的态度。

1998 年 5 月 4 日，北大庆祝成立 100 周年时期，公司不仅拨出巨款支持，还对"北大校长论坛"出资 700 万元。

张玉峰此举也得到校方的回报，他说："公司有北大的靠山，事情好办得多。有一次公司急需一亿元资金，我打电话向北大求援，几个小时后一亿元资金就到公司账上。"

楼滨龙是这样评价张玉峰的："张玉峰的电脑业务搞得很大，我当总裁时已经对他失去控制。张玉峰对北达服务部很宠爱，有一次我不在公司时，他让人竖立起北达服务部的牌子，我看到后大发脾气说了张玉峰。"

张玉峰下台后，北大方正公司不仅把他也"雪藏"，还定为"出走"香港。

2001 年春，在北京民协的某次会议上，北大方正公司副总裁曹永令，看到会上发的文件中有张玉峰的名字，他大声说："张玉峰已经出走香港，为什么还要登他的名字？"

张玉峰聪明过人，曾是北大中国象棋比赛冠军。张玉峰善于经营，主持的电脑业务为方正公司带来滚滚利润。他与香港金山公司老板张旋龙合作推出方正汉卡，为公司带来数千万元的利润。

张玉峰说话锋芒毕露。有一次在北京民协香山会议上,面对不少中关村中小企业家,他一脸傲气地说:"我看到中关村那些小老板们,心里十分不理解,他们有什么干头,为什么不到大公司干?"这话让在座的中关村小老板们气得肚子"疼"。

张玉峰对外以公司"铁腕"人物著称,张玉峰说:"1992年6月,我认为必须解决公司的矛盾,我在公司中层干部会议上宣布辞职。公司干部联名向学校领导投诉,公司不能没有张玉峰。如在7月1日不解决公司的矛盾,公司营业部将放假。"7月1日,楼滨龙下台。

张玉峰谈起前任总裁晏懋洵时,他的评价不太高。他说:"一个人可能是杰出的县长,但让他当省长就可能什么都不是了,第二任总裁不是一个真正的企业家。"

王选的学生肖建国,当年是支持张玉峰的,他在校方的会议上说:"方正是一条船,只能有一个船长,只能是张玉峰。"

王选教授对张玉峰的评价也很高,他说:"张玉峰是有科学头脑的企业家的代表。"

张玉峰当年能得到北大校方、王选、公司员工的大力支持,登上总裁之位,说明他确有过人之处。

张玉峰这种向校方告老板的做法,给第三任北大方正公司董事长魏新上了一课。魏新在公司干部大会上发出"警告",他说:"有问题当着我的面说,不要到我的老板那里去告我。"

可惜不管张玉峰多精明多能干,成功地推翻前两任总裁的"光辉"的资本,但也迈不过把公司大权让给别人这个"坎"。

张玉峰认为公司如同自己的手指,想怎么动就怎么动,连谁当公司总裁这样的大事,在他眼里也如同儿戏。

1996年7月,张玉峰心血来潮,任命贺文担任公司总裁。不久他又免去贺文的公司总裁,任命张兆东为公司总裁。张玉峰就这件事向记者解释说："有的公司总裁老换，也发展得很好。"

张玉峰谈起王选教授时，他说："我信任王选，尊重王选，但我决不掩饰我们在某些问题上有分歧。"

张玉峰还在北京民协香山会议上，当着中关村众多老板的面，暴露他与王选的矛盾，张玉峰说："有一次我去看病回来，心情特别不好，正巧王选和我谈事，我就和他大吵一场。后来王选得知我生病后，向我道歉。"

1995 年 12 月 21 日，方正在香港上市以后，张玉峰再也不可能把公司纳入"手掌"中随心所欲。不管怎样讲，王选教授是上市公司的董事局主席，公司法人代表。王选教授要是不签字，很多事情是办不成的。

古人云：满招损，谦受益。

张玉峰的"铁腕"性格，使他必须在公司中称"王"，不会受制于一人之下，他和王选院士的分歧与冲突必定爆发。

中关村的故事（41）方正系列十二

方正内讧：逼宫大战的落幕

导读：北大方正公司第三任董事长魏新，在欢送公司副总裁曹永令退休大会上说："曹永令工作积极，关键时刻没有站错队。"魏新这句话里的"站错队"，是指张玉峰争夺公司大权的"逼宫"之战。

A—方正上市引发张玉峰逼宫之战

1995 年 12 月 21 日，方正控股有限公司在香港主板上市，发行股票 1.63 亿股，每股发行价 1.98 港币，共募集资金 3.22 亿港币。

方正控股有限公司董事局成员有：王选（董事局主席）、吴树青（董事）、任彦申（董事）、张兆东（执行董事、高级副总裁）、肖建国（执行董事、研究院副院长）、张旋龙（执行董事、总裁）、赵威（执行董事、副总裁）、胡鸿烈（独立董事）、李发中（独立董事）。

吴树青为北京大学校长，任彦申为北京大学党委书记。

从方正董事局成员名单来看，张玉峰没有进入董事局。这就成为引发张玉峰第三次挑战方正"王座"，向方正董事局主席王选"逼宫"的导火索。

B-方正上市应该向校办企业告别

北大方正公司在香港上市是一个复杂、多变的过程，北大方正公司首先把公司旗下优质资产，也就是赚钱多的、效益好的分公司和经营部门，从公司主体剥离出去。用这部分优质资产在香港注册一家公司，即"香港方正控股有限公司"。（注：以下简称香港方正）然后再出具各种证明，证明这家公司的股东组成是合法的，拥有在内地这部分优质资产股份。办完这些事情后，香港方正向香港证券交易所提出上市申请，经过该所指定的会计、法律两大事务所对该公司的审计合格后，公司就可以在香港证交所上市。

什么事情都是有利、有弊，有阳、有阴。香港方正在香港上市总体讲是好事，公司向现代化企业迈进了一大步，用"纸"也就是股票，大把圈来了股民口袋里的金钱，公司上市后"圈"来的金钱可达数亿港币，这就是上市公司的"利"。

同时公司也如同一条放进了透明玻璃鱼缸的"鱼"，一举、一动，向哪个方向游动，都被大家看得清清楚楚。以前方正公司事务北大领导说了算，某某人说了算，想让谁当总裁谁就当。香港方正上市后这事再也行不通了，由控股股东和股东大会说了算。随意挥霍公司钱财，做买卖赔本不赚钱都不行了。因为这样做会引发股票价格下跌，损害股东利益，股东们提出质疑，证交所要请公司负责人去"聆听"诸多提问，公司负责人要说清楚，这就是公司上市后的"弊"。

北大方正公司上市能赚到大笔钱，在这个问题上公司全体员工都能接受，谁跟钱都没有仇，这就是上市公司的"阳"面。

公司上市后要遵守上市公司的规则，公司领导和员工大部分在观念上都没有接受，这就是上市公司的"阴"面。

C—香港方正亏损　引发股票价格暴跌

1998 年，北大方正公司的应收账款和库存产品金额，正好与公司当年的利润相抵。也就是说 1998 年北大方正公司全年利润为 1 亿元，而公司没收回来的钱为 5000 万元，公司库里积压产品的金额为 5000 万元。

这样的事情在非上市公司中很平常，公司没有收回来的 5000 万元钱，公司库里积压产品的金额可以视为不变，在公司账上还以 1 亿元计算，公司还可视为当年盈利赚钱了。

可惜上市公司的财会审计不同，对公司没有收回来的 5000 万元钱，50% 要视为公司坏账，冲抵公司利润。公司库里积压的产品在一年后要全部以亏损报账，冲抵公司利润。当北大方正公司这种经营状态的上市审计报告，在报纸上公开刊登后，引发方正股东们的不满。张玉峰立刻抓住此事，在公司大会上怒斥管理不善。这件事还被刊登在北大方正公司的内部刊物上流向社会。

1998 年，香港方正宣布亏损 1.6 亿港币。

1999 年初，香港方正股票跌到每股只有几港角。

1999 年 6 月 30 日，香港方正公司以增发新股全资收购奥德计算机系统有限公司。（注：以下简称奥德公司）随之更名为"方正奥德"，成为与方正电子一样的香港方正旗下的全资子公司，奥德公司原老板渠万春成为仅次于北京大学方正集团的香港方正第二大股东。

D—渠万春"逼宫"引发方正公司内战

1999 年 9 月 16 日，香港方正的第二大股东渠万春，要求香港方正董事局主席王选辞职。

渠万春列举要王选辞职的理由，核心内容是三个方面。

一、自香港方正 1995 年上市以来，公司市值从 50 亿港元降至 1999 年 2 月的 6 亿港元。从对北大资产负责，及对全体股东利益负责的角度，王选无任何理由留任。

二、王选领导的方正研究院从 1995 年上市以来，未向公司提供任何具有盈利能力的新产品，而在此期间开发的点睛动画系统、飞腾排版软件、虚拟布景系统，不仅未取得任何利益，而且浪费了香港方正的大量人力、财力。

三、王选是社会名人，有很多公众活动，无时间管理香港方正。

1999 年 9 月 20 日，也就是在渠万春要求王选教授辞职之后的第四天，方正电子、方正研究院、方正集团的一些中高层领导联名给北大校方写信，抗议渠万春的所为损害方正形象，要求方正集团董事长张玉峰下台，要求留下王选教授。支持王选教授的名单上有方正总裁张兆东、香港方正高级副总裁李汉生、方正研究院院长肖建国等高层管理者。

1999 年 9 月 20 日，方正公司的员工收到王选的一封电子邮件。王选在电子邮件中指出："渠万春的行为并非只是针对我个人，实际上是对方正严重的伤害，也是对员工们工作的否定。希望海内外员工坚守岗位，相信方正的问题不久会有圆满的结局，因为一旦问题被捅开，离解决也就不远了。"

张玉峰为什么要第三次搞"逼宫"推翻王选教授，问鼎方正"王座"？因为他虽然是北大方正公司董事长，但对于上市的公司他没有权力管，管理的只是公司上市剥离剩下的不赚钱、赚不到大钱的一些分公司和经营部门，权力小多了，这个现象他不能容忍。

人算不如天算。

1999 年的王选教授，已经不是简单的院士、学者、董事局主席。

1995 年，他当选中国八大民主党派之一的九三学社中央副主席、中国科协副主席等职，是国家的重要领导干部。

2003 年，他还当选第十届全国政协副主席。

张玉峰这个人中之精，竟没有看到王选教授已是不可碰的人物，失败是张玉峰必然的结局。

1999 年，张玉峰因为发动"逼宫事件"失败，被排除在方正公司董事会之外，魏新出任北大方正第三任董事长。张玉峰一气之下出走美国。不久后，渠万春把手中执有的方正股份 50% 变现。

2000 年，渠万春投资成立了高阳投资控股有限公司，张玉峰随后也到了高阳公司。

2001 年"高阳集团"的年报显示，在高阳集团的 7 人执行董事名单中，张玉峰出任董事会主席。这也证明张玉峰是"逼宫"王选的真正幕后指挥者。

张玉峰的"逼宫"，虽然引发方正公司内战，但从此方正公司终于摆脱了校办企业的"蛹壳"，进入到真正的现代企业的行列之中！

1999 年，由于"逼宫事件"，方正公司两大创始人张玉峰和王选都被排除在公司最高权力机构之外。

1999 年"逼宫事件"后，北大校方对方正集团董事会作出调整，时任北京大学校办产业管理委员会副主任的魏新，出任方正集团副董事长。

1999 年 10 月，魏新开始担任方正集团和方正香港执行董事。

2000 年 6 月，方正集团董事会调整，王选重返集团董事会，张玉峰彻底退出方正。

2001 年 11 月，魏新成为北大方正集团第三任董事长。

E—北大方正公司事略

一、"748 工程"

1974 年 4 月 8 日，国家计委以"汉字计算机信息处理重大工程"，报请国务院批准。周恩来总理批准后，人们又将该工程称为"748 工程"。（注：

见国家计委文件）

二、王选院士科技成果与专利

1975 年，王选开始从事"748 工程"国家项目《汉字信息处理工程》中的精密排版系统的研制，担任整个科研项目的领导人，他是该项目核心技术的发明者。王选领导和制定了我国计算机汉字激光照排项目的总体技术方案和实施方案，直接承担了该项目中的关键技术部分，汉字高倍率字形信息压缩和还原算法以及照排输出控制系统的研制工作。

（1）欧洲专利 EP0095536（唯一发明人）

（2）中国专利 CN85100285.4（第一发明人）

（3）中国专利 CN85100275.7（第一发明人）

（注：见北大方正公司官方网站，王选纪念室）

三、北大方正公司历史

1. 北京大学科技开发总公司

1985 年 10 月 15 日，北京大学发文宣布成立"北京大学科技开发总公司"，聘任楼滨龙为总经理，黄禄萍、黄晚菊为副总经理。

（注：见北京大学文件，文号为：校发〔85〕185 号）

2. 理科公司

1986 年 8 月 21 日，经海淀区工商局批准，"北京理科新技术公司"正式成立。

（注：见《齐忠中关村电子一条街历史档案库》理科公司营业执照复印件）

3. 北京大学新技术公司

1988 年 5 月 6 日，经海淀区工商局批准，北京理科新技术公司更名为"北京大学新技术公司"。

（注：见海淀工商局档案）

4. 北佳公司

1988 年 5 月 21 日，经国家工商局批准，"北佳信息技术有限公司"正式成立。

（注：见国家工商局档案）

5. 北达服务部

1987 年 7 月 21 日，经海淀区工商局批准，"北京市海淀区北达科技服务部"正式成立。

（注：见海淀工商局档案）

6. 北大方正商标注册

1992 年 2 月 28 日，海淀区工商局批准，"方正标徽 + 方正"的标识，正式注册成立。

（注：见中国商标注册号 584771）

7. 方正集团成立

1992 年 12 月 12 日，经北京市政府批准，北京市工商行政管理局核准登记注册"北京北大方正集团公司"，注册资本 5015 万元，注册地址中关园 3 区。

（注：见北京市工商行政管理局档案）

8. 方正公司香港上市

1995 年 12 月 21 日，方正控股有限公司在香港主板上市，发行股票 1.63 亿股，每股发行价 1.98 港币，募集资金金额 3.22 亿港币。

（注：见方正控股有限公司在香港主板上市招股说明书）

中关村的故事（42）

齐忠写作笔谈：手艺人与工匠精神

　　从古代到今天的互联网时代，一个人如果会一门手艺，就会轻松地在社会上生活，衣食基本无忧。写完北大方正公司创业系列文章，我有一种三年"学徒"期满，终于学会了撰写公司历史传记文章、企业家个人传记这门手艺，有出师当上手艺人的感觉。

　　北大方正公司创业系列文章很难写，因为北大方正公司官方网站，对公司的开创者楼滨龙、晏懋洵、张玉峰等人采用的都是"雪藏"只字不提。甚至公司如何与王选院士合作过程，也是闭口不谈。如何把十多年积累的有关方正公司相关历史资料，对王选院士、陈佳洱、任彦申、楼滨龙、陆永基、晏懋洵、张玉峰、张兆东等人多年来的采访记录，他们的讲话，有关人士撰写的北大方正公司创业的文章，重新组合，重新撰写一篇还原真实历史原貌的文章，是艰苦创作的过程。如果把这种艰苦创作的过程，当作学手艺的过程，压力也就小多了。

　　干什么，干哪行，其实都是一门手艺。陈景润是一名伟大的数学家，可惜在学校当数学老师不合格，因为他不会教书匠这门手艺。

　　撰写中关村电子一条街早期科技公司历史，是个十分困难的写作过程，要会这门手艺必须学习很多知识。

中关村电子一条街早期公司的广告牌，现为中关村家乐福超市东门。齐忠摄影。

第一，要学习很多科学知识

撰写中关村科技公司历史，要学习很多科学常识，才会懂得什么是科技产品。例如陈春先研究的"托卡马克"是什么？有人说是民用核物理，有人说是军用核物理。

2008年1月16日，我拜访严陆光院士向他请教。严陆光院士是与陈春先共同研制"托卡马克"的，1978年，他和陈春先一同去过美国硅谷。

他说："1949年，苏联原子弹之父萨哈罗夫开创的'托卡马克'，而'托卡马克'本身就是民用核物理。"

有人会问，"托卡马克"与陈春先创办中关村首家公司有什么关系？其实正是"托卡马克"，才证明陈春先与陈景润一样是著名科学家，是"托卡马克"把陈春先引入美国硅谷的。

撰写方正公司系列文章也是一样，要弄懂什么是激光照排系统，方正公司的宣传口号"告别铅与火，迎来光与电"这句话是什么意思，什么是信号传输屏蔽、什么是电流干扰、什么是芯片"热阻"等专业知识，还要知道什么是"748工程"。只有懂得这些才能写出王选院士的伟大、方正公司艰苦的创业历程。

现在文学界有一股风，叫"故事不够，爱情来凑"。这种观念还侵入到传记文学领域。有人在描写王选院士研发激光照排过程的文章中，用大量的幻象、臆造的文字描写王选院士与夫人陈堃銶教授从恋爱到结婚的过程。虽然这样写作省力、省事，还会吸引大量的读者，增加阅读流量，让年轻人"感动"得流泪，但是无法证明王选是一位伟大的科学家，无法还原真实的方正公司创业历史原貌。

1994年，我在北京大学光华管理学院攻读MBA研究生时，教国际贸易的王菊国导师是王选院士几十年的邻居，她和陈堃銶教授是好朋友。她向我讲述王选院士与夫人陈堃銶时说："王选知道陈堃銶得了直肠癌后，痛哭流涕自责没有照顾好妻子。"可是我的道行过浅，不知道把这件事如何写进文章中。

第二，要有方方面面的知识

写好中关村公司创业历史文章，还要有会计、税务、经济、公司法、证券、横与纵的当年历史状况等知识。这样才会看懂和领悟公司的现金支票、转账支票、应收账款、应付账款、库存产品、流转税、所得税、合法避税、知青社、乡镇企业、校办企业等概念。只有明白公司状态与流程，才能写出清晰的公司历史回顾文章。

为撰写方正公司创业系列文章，我向不少在中关村公司工作的朋友问询过，是否知道"748工程"？大多数朋友都说不知道。在多如牛毛的中关村早期公司回忆文章中，只有倪光南院士在回忆文章中有两句话提到"748工程"。在百度上有"748工程"的介绍，但是作者本人要知道"748工程"，否则不会去查。

所以不懂什么是校办企业、知青社、"748工程"、合法避税等是可怕的事，撰写的方正公司创业系列文章便一钱不值。

第三，要有谦逊的心态

我年轻时当过木匠，是个真正的手艺人。那时候要学徒三年，学习锛、凿、斧、锯的木匠手艺，要低下头来拜师学艺。

1990年，为了办好北京民办实业家协会的内刊《科技之光报》，我又拜《中国青年报》副总编、中国第一画版高手何春龙为师，学会编辑、采访、画版、写稿的手艺，使《科技之光报》发行量高达十五万份，成为北京民营科技企业的喉舌。

撰写中关村早期公司历史也是一样，也要低下头来，向每一位中关村早期公司历史亲历者，知道中关村早期公司历史的人拜师学艺。

有句名言，"被采访者永远是采访者的老师，哪怕被采访者是犯罪之人。只有这样，被采访者才能说实话，告诉采访者事实的真相"。

今天人们把这种各行各业的"手艺人"，叫作工匠精神。如何成为"手艺人"呢？如何具有工匠精神呢？只有谦逊、谦逊、再谦逊地去学习！

中关村的故事（43）信通公司系列一

信通公司：中关村首家股份制企业

导读：1984 年 6 月 19 日，信通公司成立。1991 年 6 月 14 日，信通公司爆发中国最大的走私案，不久信通公司倒闭。信通公司是中关村电子一条街早期四大公司之一，曾与四通、科海、京海公司齐名，被称为"两通、两海"。信通公司创业历史与走私事件，至今众说纷纭。本文用清晰的事实，珍贵的历史资料，还原信通公司从成立到辉煌，冒险走私而倒闭的过程。

A—信通公司的起源

1984 年 6 月，中关村已经有 10 多家公司成立，开公司干事业如同大潮冲击着中科院及各大科研院所的科技人员。中科院微机应用技术协作组（注：以下简称协作组）的人，也在开始酝酿开办公司。协作组组长曹锦焕（注：女）虽然比较年长，但是她的思想比较开放，提议成立一个由中科院计算所、中科院科仪厂、海淀区政府三方组成的股份制公司。曹锦焕让协作组秘书长金燕静（注：女）游说科学院科仪厂厂长金鹤鸣，金燕静在中科院"五七"干校时和海淀区科委主任、海淀农工商总公司总经理胡定淮的夫人

信通公司最初的营业执照，这是中关村珍贵的历史文献，证实信通公司是在 1984 年 6 月 19 日成立的，而不是《北京民办科技实业大事记》和《中关村电子一条街大事记》所写的"信通公司是在 1984 年 11 月 14 日成立的"。也再次证实 1984 年 6 月，信通公司给倪光南投入风险投资，开发出联想汉卡，而不是联想公司开发出联想汉卡。因为 1984 年 11 月 9 日，联想公司的前身"中国科学院计算所计算机技术公司"才成立。本资料来自《齐忠中关村电子一条街公司资料库》。齐忠摄影。

郑万珍，曾住同一个房间很熟悉，曹锦焕又让金燕静联系胡定淮。曹锦焕让协作组成员蒋士骅去游说计算所所长曾茂朝。

（注：郑万珍，女，中国科学院遗传与发育生物学研究所研究员）

金燕静回忆创办信通公司时说："中科院科仪厂的厂长金鹤鸣、计算所所长曾茂朝、海淀区的胡定淮都非常支持，决定联合成立信通公司。由海淀农工商总公司、中科院科仪厂、计算所各出资 100 股，每股 1 万元，共 300 万元人民币成立信通公司。"

B—信通公司的成立

1984 年 6 月 19 日，北京信通电脑技术公司（注：以下简称信通公司），在北京市工商局注册成立。

信通公司是中国科学院计算技术研究所（注：以下简称中科院计算所）、中国科学院科学仪器厂（注：以下简称中科院科仪厂）、海淀区农工商总公司，三家各投资 100 股，每股 1 万元，总投资 300 万元人民币，成立的中关村首家国有股份制企业，该公司也是中科院直属的院管公司。

当年中科院对下属公司分为"院管""所管"，中科院直接领导的公司为"院管"公司，公司负责人为副局级，当年国家规定局级干部出差可坐飞机和软卧，"院管"公司还有评定副高级职称的权力。中科院研究所创办和管理的公司为"所管"公司。

信通公司董事会成员为：

董事长：曾茂朝（注：曾茂朝时任中科院计算所所长）

副董事长：吴作礼（注：吴作礼时任中科院科学仪器厂副厂长）、丑续（注：丑续时任海淀农工商总公司副总经理）

董事：黄兰友、仲萃豪、金燕静、裴万鑫、尹振凯、王树和（注：王树和时任中科院计算所综合科技处副处长，后任联想公司的前身"中科院计算所计算机技术公司"首任总经理）

总经理：金燕静（注：金燕静时任中科院科学仪器厂计算机应用研究室主任兼中科院微机应用技术协作组秘书长）

顾问：曹锦焕、吴几康、孙仲仟、陈树楷、蒋士骕（注：蒋士骕为中科院计算所著名计算机专家之一，后在京海公司任职，2011 年病故）、萨师煊、杨芙清、郝景州

法律顾问：李新建、孙卫宁

公司地址：海淀路 31 号

C—信通公司股东状况及详细投资

1. 海淀区农工商总公司

海淀区农工商总公司的 100 万元投资，是由该公司向银行贷款 50 万元，以及农工商公司给信通公司的办公用房计价 50 万元组成。

当年海淀区领导改革开放的意识非常强，他们有个想法，要把海淀区的力量组织起来搞技术改革，决定成立海淀区农工商总公司。公司搞得很大，把海淀区农业局、畜牧局、农机局、乡镇企业局，都划在农工商总公司下面，每个局算一个分公司。海淀区农工商总公司又叫"海淀区新型产业联合总公司"，是一个机构两块牌子。

胡定淮是海淀区农工商总公司和海淀区新型产业联合总公司的总经理，他是新中国成立后首批大学生，1953 年毕业于中国农大，在海淀区东北旺农场、上庄公社等地干了 27 年。曾任海淀区科委主任、海淀区农工商总公司总经理、海淀区新型产业公司总经理、海淀试验区办公室副主任等职。

胡定淮对创办科技公司非常支持，农工商总公司给信通公司的办公用房原址为海淀黄庄一座二层小楼，信通公司将该地作为公司办公总部。信通公司因走私破产后，这座二层小楼，出租给"五笔字型"发明人王永民开办的王码电脑公司，后来被拆掉，现为海淀黄庄家乐福东出口。

当时有人对胡定淮的做法表示反对，认为农工商总公司从银行贷款投资公司的做法不妥。胡定淮反驳说："我们没有钱只能用贷款投资，否则公司是无法成立的，我们应该看远一点。"

从胡定淮的做法不难看出，当年如果没有海淀区领导的大力支持，中关村科技公司不可能发展到今天的地步。

2. 中科院科仪厂

中科院科仪厂 100 万元的投资中有一部分是技术入股。中科院科仪厂当年是我国研制与生产电子光学、离子光学、真空技术及其配套的数据系统的厂家，拥有仪器设计、机械、电子和计算机技术的高、中级科技人员近300人。

3. 中科院计算所

中科院计算所100万元的投资，有一部分是技术入股。

中科院计算所是我国最早的计算机科学技术研究单位，拥有高、中级科技人员千余人，并有强大的技术系统，可以开发和研制大、中、小各类型计算机和丰富的软件系统。

D—1987年信通公司返还股东利润情况

1987年底，信通公司向三家股东每家返还利润110万元，投资效益为110%。而三家股东仍保持各自的股权。

参考资料索引：

《希望的火光》中的"信通公司"，信通公司印制的"信通公司简介"，《金燕静小传》。

中关村的故事（44）信通公司系列二

信通发明联想汉卡后的争夺商战

导读：信通公司在中关村最伟大的科技产品发明，是推出联想汉卡。联想汉卡因多种原因被联想公司拿走，并被联想公司编成各种传奇故事。本文以历史事实还原信通公司研制联想汉卡过程，联想公司从信通公司手中争夺联想汉卡惨不忍睹的商战，以飨读者。

A—信通公司的联想汉卡研制过程

1984 年 6 月 19 日，信通公司成立。

1984 年 6 月 28 日，在中科院计算所所长、信通公司董事长曾茂朝协调下，中科院计算所科研人员倪光南与信通公司、中航深圳工贸中心联合研制联想汉卡，由两家公司提供风险投资和设备。

1984 年 11 月 9 日，联想公司的前身"中科院计算所计算机技术公司"成立，但是没有能力研制开发联想汉卡。（**注：中科院计算所计算机技术公司以下简称计算所公司**）

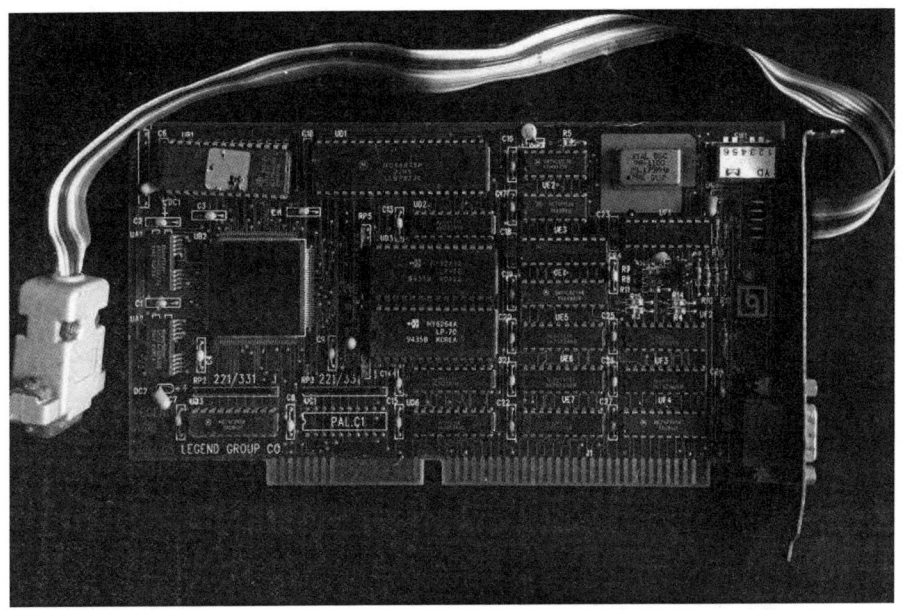

联想汉卡。齐忠摄影并收藏。

B—联想汉卡名称及使用

1984—1985年，中关村各公司开始对计算机的汉字输入系统、打印系统等进行研制，汉卡成为研制方向。

联想汉卡和其他汉卡不同的地方，就在于提供联想功能，利用中国文字的上下文关联性，方便用户的使用。例如，计算机操作人员打出一个"记"字后，屏幕会自动闪现出记者、记录、记分牌等一连串联想出的词组，所以起名"联想汉卡"。这样的功能在现在来看并不算什么，在当年却是新的技术突破，为联想汉卡赢取了大量的市场。

汉卡（Chinese character card）是一种将汉字输入方法及其驱动程序固化为一个只读存储器的扩展卡，这种汉卡是为汉字系统专门设计的。

1984—1987年，人们使用的个人计算机内存和硬盘比较小，硬盘最大也就 100 兆左右，无法存储海量的中文字库，也就无法处理中文，汉卡的出现解决了这个问题。汉卡自身带有存储简体、繁体中文八千字左右的字库芯片，把这种卡插在计算机的主机板上，计算机就能处理中文文件，还可通过打印机打印出来。汉卡成为热销来钱快的电子产品。

联想汉卡的全称为"联想式汉字微型机系统 LX—PC"。联想汉卡一型卡售价为 4000 多元，成本为 1000 多元。

C—信通公司联想汉卡销售引发争夺之战

1984 年 11 月，信通公司首批 100 块联想汉卡投放市场。因为信通公司也是中科院计算所投资的公司之一，所以中科院计算所让计算所公司帮助销售联想汉卡。

为什么刚成立不久的计算所公司，也负责销售联想汉卡呢？倪光南回忆这件事时写道："当年中科院进口了 500 台 IBM 计算机，由计算所公司负责技术服务和质量检查，该公司将中科院这 500 台微机后来全都配有联想汉卡。"

倪光南所写的情况非常真实。初期投放市场的 100 块联想汉卡，拥有强大销售能力、员工众多的信通公司仅销售了 6 块。刚刚成立不久，才有 11 名员工的联想公司，却销售了 94 块。计算所公司如果手中没有中科院 500 台 IBM 计算机大单，短时间是卖不出 94 块联想汉卡的。

信通公司与计算所公司，在 100 块联想汉卡利润的分配上发生争执。信通公司以投入开发资金为理由，要拿走利润的 50%，计算所公司则要以销售数额分配利润。利润分配的结果还是以信通公司为准。

其实计算所公司是无权与信通公司平分利润的，因为信通公司是联想汉卡的制造商与批发商，计算所公司只是"拿货"的二手商，只能拿走联想汉卡批发价格与零售价格的中间差利润，这也是商业规则。但是中科院计算所、计算所公司看到了联想汉卡的巨大商机。

当年每块联想汉卡批发价格在 1300 元左右，零售价格在 1700 元左右，而每块联想汉卡的成本在 700 元左右。如果以批发价格计算，每块联想汉卡利润在 600 元左右。如果以零售价格计算，每块联想汉卡利润在 1000 元左右。当年的 1000 元，相当于 2019 年的一万元。100 块联想汉卡的批发价格所获得利润就是六万元。

联想汉卡生产批量达一万块左右时，成本会降到 400—500 元。在巨大的利润面前，中科院计算所、计算所公司，决心要把联想汉卡从信通公司手中夺过来。

D—争夺联想汉卡的戏说与事实

联想公司公关部早期向媒体提供的资料，对倪光南进入联想公司是这么描写的："王树和、柳传志、张祖祥三人，各自将心目中的进入公司最佳人选写在小纸条上，紧攥在手中然后亮底，纸条上全都写着'倪光南'。"（注：**王树和时任计算所公司总经理，柳传志、张祖祥时任计算所公司副总经理**）

联想公司公关部还写出"十八相送"的文章，文章中写道："柳传志送张祖祥回家的路上讨论公司发展前途，到了张祖祥家没有讨论完，张祖祥又送柳传志回家。来来回回共十八次，最后决定聘请倪光南。"

联想公司公关部还写出给倪光南塑造一个"高、大、全"形象的文章。该文章写道："倪光南出任联想公司总工程师开出三个条件'一不做官，二不开会，三不接受采访'，以便全力以赴以最快速度推出产品。"

当年大批记者按照联想公司公关部提供的这些资料，写成文章发表在大大小小报纸杂志上，不少人还把这些资料加入自己的"大作"之中。

实践是检验真理的唯一标准！联想公司公关部提供的这些资料，遗漏了中科院计算所原所长曾茂朝。当年他不仅是信通公司董事长，还是计算所公司董事长，后来还是联想集团公司董事长，在争夺联想汉卡过程中曾茂朝起到了决定性作用。如果没有曾茂朝的支持，刚刚成立不久，"只有十几人七八条枪"的计算所公司，是无法对抗信通公司另外两个股东——中科院仪器厂、海淀农工商总公司，从信通公司手中夺走联想汉卡的。

曾茂朝要"肥水不流外人田"，他要把联想汉卡送给"亲生儿子"计算所公司，让中科院进口的 500 台 IBM 计算机，以零售价格全部安装联想汉卡，使计算所公司获得第一桶金 70 万元的利润。

曾茂朝手中最大的"王牌"，就是联想汉卡主要研发人员倪光南。因为倪光南是中科院计算所科研人员，倪光南评职称、涨工资、分房子，全要依靠中科院计算所，倪光南必须听从曾茂朝的"指令"进入计算所公司。

曾茂朝对倪光南说："首届工程院院士是单位推荐制不是选举制，也就是说只要单位推荐，就能当选。计算所有不少人的科研成果与你不相上下，为什么推荐你，联想公司起了很大作用。"曾茂朝当年也是联想公司董事长，他的这段话就证明了这一点。

在这种情况下，信通公司只好在争夺联想汉卡商战中败下阵来。

1984 年 12 月，计算所公司拿出 6 万元人民币作为补偿费，给信通公司和中航深圳工贸中心，从此获得联想汉卡的生产与制造权。联想汉卡主要研发人员倪光南，由计算所公司聘任他为该公司总工程师。

（注：以上倪光南院士对联想汉卡的研发过程及任职计算所公司的过程，联想汉卡全称和售价，来自中科院计算研究所出版的《中国科学院计算技术所 45 周年》一书，以及倪光南院士回忆录《计算所与联想式汉卡》）

中科院科技咨询部负责人、中科院高新技术企业局副局长钟琪女士回忆此事时说："当年联想公司和信通公司对联想汉卡争夺很厉害，就是在曾茂朝、王树和的坚持下，联想汉卡才落户联想公司，成为公司的起家产品，倪光南也进入联想公司工作。"

1985 年 4 月到 1987 年 12 月，联想公司出售联想汉卡所得到的利润为

1237.5 万元。

假如信通公司没有失去联想汉卡与倪光南，可能就不会有走私事件的发生。这场联想汉卡争夺战说明商场如战场！

有关资料索引：

联想公司出版的《联想之路》，中国企业家杂志《柳传志心中永远的痛》。资料来自《齐忠中关村电子一条街公司资料库》。

中关村的故事（45）信通公司系列三

信通初期董事会与公司架构

　　导读：信通初期的董事会与公司架构，从表面上看是产权清晰的国有股份制企业，逐步向民营股份制企业转化的架构。实际上公司董事会形同虚设，公司董事会成员不能过问公司经营，是总裁一个人说了算的管理架构，这也是中关村早期对公司管理的一种探索。

A—形同虚设的公司董事会

　　信通公司成立后不久，由公司顾问曹锦焕起草了一份公司董事会管理章程。信通公司对外宣称"该章程是按照股份制企业的思维而定"。该章程内容为"信通公司实行董事会领导下的总经理负责制。董事会由中科院计算所、中科院仪器厂和海淀区新型产业联合总公司各派代表组成。董事会为公司的最高决策权力机构，各方的意志通过各自在董事会中的代表来体现，董事会应以公司整体利益为重，相互尊重，相互信任，平等互利，共同协商，任何一方无权单独干预公司的业务"。

　　其实信通公司董事会章程的主要内容是："公司实行董事会领导下的总经理负责制，企业所有者与经营者两权分离，董事会无权干预公司的业务。"

1988年9月15日，全国首届科技实业家创业奖金奖获得者合影。前排右一王永民，右二金燕静；后排左一为京海公司王洪德。本照片由王洪德提供。

当年金燕静接受记者采访时说："不明确信通公司董事会领导下的总经理负责制，企业所有者与经营者两权分离这一点，我很难开展工作，因为三家股东都可能来指手画脚，公司工作无法开展。"

在这种管理架构下，信通公司的一切事务，由总经理金燕静一个人说了算，无须向公司董事会汇报，公司董事会形同虚设，就跟没有一样。

真正的企业董事会权力很大，是公司最重要的决策和管理机构，对内掌管公司事务，对外代表公司的经营决策和业务执行机构，董事会可以视为股份公司的权力机构的执行机构、企业的法定代表。

信通公司董事会这种奇特的现象，是由于以下几点原因造成的。

1. 中关村早期公司摸着石头过河的探索

1983—1990年，中关村早期科技公司的创办者是科研人员。他们有的人对于什么是公司，什么是公司董事会，基本一无所知。

陈春先回忆创办公司时说："我创办公司时，根本就不知道办公司还会有风险，还会赔钱。"

钛金公司总裁王殿儒回忆创办公司时说："我们力学所大科学家谈镐生先生，是从美国回来的。通过他的讲述，我才知道什么是公司，公司还要有董事会。"

信通公司董事会成员和总经理金燕静也是一样，对于现代公司的管理架构，公司董事会与公司总经理各自的权力，基本一无所知。只能"摸着石头过河"，在实践中探索。

2. 信通公司初期经营良好

信通公司创业资金为300万元，相当于2019年的5000万元左右，是中关村早期科技公司创办时资金最充足的。由于信通公司初期经营良好，利润很大，每年给股东返还利润，也不再需要公司股东的再投资，所以公司董事会成员对自己的权力、对公司总经理金燕静的经营决策不是很关心。

1984年11月9日，联想公司前身计算所公司成立，在创办初期经营不太好，只能向公司董事长、中科院计算所所长曾茂朝求助，曾茂朝把计算所负责检测、中科院进口的美国IBM公司500台计算机大单送给计算所公司。联想公司对这笔大单的解释是"李勤副总裁给引来的"。其实这又是"戏说"。如果没有中科院计算所所长曾茂朝的支持，谁也拿不走这笔订单。

3. 信通公司董事会成员除金燕静外全是兼职

当年信通公司董事会有九名成员，他们是：

董事长：曾茂朝（注：曾茂朝时任中科院计算所所长）

副董事长：吴作礼（注：吴作礼时任中科院科学仪器厂副厂长）、丑续（注：丑续时任海淀农工商总公司副总经理）

董事：黄兰友、仲萃豪、金燕静、裴万鑫、尹振凯、王树和。

信通公司董事会这九名成员，只有金燕静在信通公司任总经理，其他人均为兼职。只要金燕静不找他们，董事会其他成员很少主动过问信通公司经营事务。

4. 福兮祸所伏，祸兮福所倚

虽然信通公司董事会章程规定："公司实行董事会领导下的总经理负责制，企业所有者与经营者两权分离，董事会无权干预公司的业务。"使公司董事会形同虚设，但是"福兮祸所伏，祸兮福所倚"，1991年，信通公司爆发走私案后，信通公司董事会九名成员，只有总经理金燕静被逮捕，其他成员全部无事。

B—信通公司初期的架构

信通公司初期设立经营部、软件部、开发生产部等。

1. 信通公司经营部

经营部经理是高剑宇。高剑宇，男，1959年毕业于福州大学物理系。曾任中国科学院计算技术研究所课题组长、研究室副主任等职。参加组织和领导过717车载机、数控机以及自动绘图机系统的研制工作，还参加了86/330、Apple Ⅱ、IBM-PC等计算机的调试、验收、安装工作。高剑宇后任信通公司副总经理。

1991年，信通公司爆发走私案后，高剑宇被有关方面宣布批捕，但是他从香港出走至今没有回来。

2. 信通公司软件部

软件部经理是朱巧生。

朱巧生，男，1965 年毕业于中国科学技术大学数学系。在中国科学院数学所从事微型机软件及汉字系统研究工作，研制成功的 KSJ 微机汉字系统获中科院成果奖。朱巧生后任信通公司副总经理。

1987 年 1 月 1 日，朱巧生正式离开信通公司到科海公司工作。朱巧生回忆说："如果我不走，也许会制止信通公司走私行为。幸亏我走了，否则至少要被判入狱两年。"

3. 信通公司开发生产部

开发生产部经理是翟文发，他是中科院计算所工程师。曾任计算所工厂总装车间主任，先后领导组织和参加了计算所建所以来研制生产的多种机型（103、104、119、109 乙、109 丙、111 机和车载机、数控机）的工作，并担任 757 大型机的研制组装工程负责人。

C—信通公司鼎盛时期的公司架构

1987—1990 年，是信通公司鼎盛时期。

1987 年，信通公司在全国有 18 家分公司，其中有信通公司与香港商人合资企业一家，信通公司与美国商人合资企业一家。

1987 年，信通公司有正式员工 109 人。销售额 7700 万元，利润 440 万元。公司职工人均利润为 5.2 万元，名列中关村各公司第一位。

1991 年初，信通公司对外宣布，1990 年该公司销售额 1.568 亿元，利税额 781 万元，经营额纯利润为 360 多万元人民币。

有关资料索引:

《希望的火光》。1991 年 1 月信通公司内部刊物《信通之光》。"齐忠中关村电子一条街历史资料库"。

中关村的故事（46）信通公司系列四

信通资金来源与股份制改造

　　导读：信通公司早期资金来源，是众多研究中关村早期公司历史的专家、学者的不解之谜。因为信通公司每次走私都需要上百万美元、上千万元人民币，这在 20 世纪 80 年代中期是天文数字的巨款。本文用真实的历史数据，解开信通公司早期资金来源之谜，还原信通公司早期股份制改造过程。

A—信通公司的第一桶金

　　信通公司早期的经营，是进行技术有偿转让和科研成果二次开发以及将与计算机系统有关的先进设备，进行批量生产和销售。

　　1978 年，中科院计算所研制出具有 20 世纪 70 年代先进水平的抗干扰稳压电源，曾获得科学大会奖。但是多年无人推广。

　　1984 年信通公司成立后，根据市场需求，将这一产品作为电脑配套的专用外设，投资 40 万元，委托计算所下属工厂生产，又根据用户的意见和要求改进工艺，一次投产 1000 台。由于对市场分析准确，技术先进，一年就全部售完，产值 55 万元，利润 12 万元，信通公司得到了第一桶金。

1984 年，初创时期的信通公司。齐忠摄影。

B—信通公司利用互保获银行巨额贷款

1990 年 9 月至 1991 年 6 月，信通公司进行过七次走私，走私金额达到 7000 多万元人民币。这在当年是一笔天文数字的巨款，相当于 2019 年的 70 亿元人民币。

信通公司为了走私还要向对方支付巨额数量的美元，当年小小的信通公司如何获得天文数字的巨款呢？那就是利用"互保"获得银行贷款。

1985 年，银行界对贷款实行的是担保机制，要求贷款的企业要有担保单位，如果贷款企业到期无法归还贷款，担保单位负责归还贷款。

当年银行对企业申请贷款是两种态度，银行对中关村国有公司申请的贷款、国有公司担保的贷款，批准得比较宽松，因为"肉烂在锅里"，国有公司还不上贷款没有事，反正是给国家花了，银行负责贷款的人不会被追究责任。

科海公司首任总裁陈庆振，回忆公司早期向银行申请贷款时说："科海公司是集体所有制企业，向银行申请贷款很难，银行审查的批准手续很严格。科海公司后来承包海淀建筑公司，因为海淀建筑公司是国有企业，向银行申请贷款很容易，银行审查的批准手续也不严格，科海就利用海淀建筑公司向银行申请贷款。"

中关村康拓公司首任总裁秦革，回忆中关村早期公司向银行申请贷款时说："康拓公司是502所开办的公司，502所又是国防科委下属的单位，所以康拓公司在银行的信誉度极高，中关村早期很多民营科技公司都要求康拓公司给予担保，康拓公司给倪振伟的海华等多家民营科技公司进行过数百万元银行贷款担保。"

当年银行对中关村民营公司、私营公司的贷款比较严格，因为民营公司、私营公司的贷款如果不能归还，银行负责贷款的人会被追究责任。

用友公司老板王文京回忆公司获得第一次银行贷款时，他说："用友公司因为是私营公司，第一次向银行申请10万元贷款，申请多次才获得贷款。"

银行界对这种贷款实行担保机制，也是有缺陷的。

1985年，海淀区工业总公司及海淀科委为陈春先开办的华夏新技术研究所，担保工商银行贷款300多万元。

1991年，华夏新技术研究所倒闭。

1992年，工商银行向法院提出诉讼，要求担保单位海淀区工业总公司及海淀科委归还贷款300多万元及利息共700多万元。海淀区科委原副主任孙景伦出庭时说："国家给海淀区科委20年的行政拨款，也不到700多万元，海淀区科委根本无法归还。"华夏新技术研究所这笔贷款至今也没有归还。

今天银行界改变了这种担保贷款的机制，实行的是抵押制贷款。贷款企业必须有相应的抵押物才能获得贷款，如果贷款企业到期不能归还贷款，银行就将企业相应的抵押物拍卖。

上有政策，下有对策。当年中关村早期公司，针对银行界这种担保贷款机制采取了"互保"对策，以便获得银行贷款，这也是中关村早期公司的一大发明。

例如，信通公司贷款时由科海公司担保，科海公司贷款时由甲公司担保，甲公司贷款时由乙公司担保，乙公司贷款时由信通公司担保。

C—信通公司获巨额美元贷款揭秘

1990 年，信通公司为了走私，以开发小型计算机的名义，向中国银行申请贷款 100 万美元，又向工商银行申请贷款 400 万元人民币，全由科海公司担保。信通公司这个贷款过程看似简单，但没有强大的能量与运作能力是不可能完成的。

1990 年，国家外汇短缺，对企业购买外汇实行"额度"管理制度。例如，某企业要想购买外汇，必须有国家批给的每年外汇使用"额度"，如果国家批给该企业每年外汇使用"额度"为 200 万美元，该企业每年可以向外汇管理局，用官方宣布汇率，3 元人民币兑换 1 美元的价格，申请购买 200 万美元的外汇。超过国家批给该企业每年使用外汇的"额度"，外汇管理局是不批准的，该企业只能在"黑市"上购买美元。

1990 年，北京"黑市"购买美元的价格为 5—6 元人民币兑换 1 美元。有些企业的外汇"额度"在该年使用不完，也可以将"额度"在"黑市"出售。1990 年，1 美元"额度"在北京"黑市"价格为 1 元人民币。

1984 年，四通公司为了进口日本打印机，就是采用向国有企业购买外汇"额度"的办法获得美元。

信通公司是国有全资控股的企业，还是中科院管理的"院管"公司，中科院有每年国家批给的巨额外汇"额度"。

2005年，中科院官方网站"中科院大事记"显示："1979年，国家给中科院行政拨款3.2亿元人民币，5600万美元外汇'额度'，中科院在1979年只使用了3600万美元的外汇'额度'。"

信通公司以开发小型计算机的名义，向中科院申请到100万美元外汇"额度"。

信通公司同时又用开发小型计算机的名义，向外汇管理局出示中科院100万美元外汇"额度"的批文，获得100万美元贷款的批准。信通公司由科海公司担保向中国银行申请到100万美元贷款，然后将这100万美元用于走私。

D—信通的互保差点要了中关村电子一条街的命

中关村早期公司针对银行界担保贷款发明了"互保"对策，使企业获得银行贷款。这一策略也有一大缺陷，如果这种"互保"贷款资金链断裂，"互保"贷款的各公司将如同多米诺骨牌一个接一个地倒闭。

例如，科海公司为信通公司在工商行"担保"400万元人民币贷款，在中国银行为信通公司"保担"100万美元贷款，折合人民币800万元左右，共1200万元人民币。信通公司走私案爆发后，无法归还贷款，面对工商行、中国银行的追讨，科海公司是还不上的。

由于信通公司爆发走私案，公司倒闭已成定局。信通公司在银行丧失"担保"贷款资格，那些由信通公司"担保"获得贷款的公司，也成为银行追债的主要目标，银行要求这些公司立即归还贷款，否则将封杀公司账号划走资金。中关村公司虽然是"玩"贷款的高手，可是面对突发的信通公司走私事件，没有能力立即归还银行贷款，这些公司只有倒闭。

1991年，一个幽灵，一个多米诺骨牌的幽灵在中关村游荡，信通公司走私案引发的金融风暴将使中关村电子一条街消失。

面对这种局面，海淀区有关部门与各银行谈判，最后达成协议，"有关信通公司担保的贷款问题将暂缓处理"，使中关村电子一条街度过风险。

E—100万美元贷款百姓埋单

科海公司为信通公司在工商银行"担保"400万元人民币贷款，在中国银行为信通公司"保担"100万美元贷款。

1992年，科海公司接管信通公司后，用信通公司账上的钱归还了工商银行400万元人民币的贷款及利息。可是为信通公司在中国银行"保担"的100万美元贷款及利息，科海公司是还不上的。

不久，中国银行把科海公司告上法庭，科海公司在审理资料中发现，中国银行在发放贷款时没有把钱打到信通公司账上，却按照信通公司的要求打到"深圳宏光实业公司"账上。科海公司以中国银行丧失监管责任打赢了这场官司，中国银行白白损失100万美元。其实这100万美元是老百姓纳税的钱，也就是老百姓埋单。

F—信通公司股份制改造计划

1988年8月31日，信通公司推出以下股份制改造方案。

1.公司将原来三个投资单位拥有的300万元资金，由每股1万元共300股，改为每股100元共3万股。

2.1988年9月，首次在公司内部发放个人股票5000股共50万元，公司共计划发放2万股共200万元个人股。

当年信通公司员工股金证。信通员工董超英提供。

3.1989年1月，第二次在公司内部发放个人股票5000股共50万元。公司的全民、集体股共占60%，个人股占40%。凡是在北京到公司工作已过半年的正式职工都可以购买个人股，每人最高额度为30股共3000元。来公司不到半年的正式职工，可在1989年1月份第二次发放时购买。

4.信通公司的外地子公司，也可分得一定数额的股份向职工发放。个人股票可计息和分红，股息及分红视公司经营情况，准备半年分发一次，年终结算。个人股可内部转让，可赠予和继承。个人出资购买的股票满5年后，

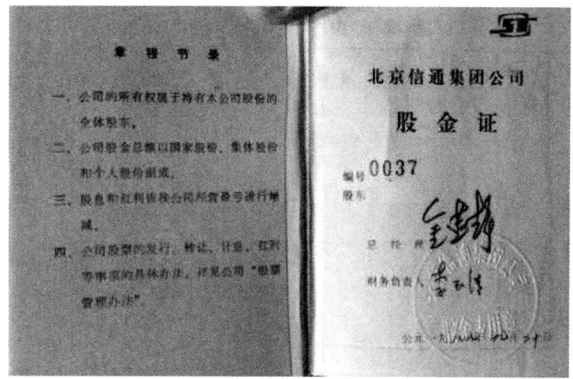

当年由信通公司总裁金燕静亲笔签名的员工股金证。信通员工董超英提供。

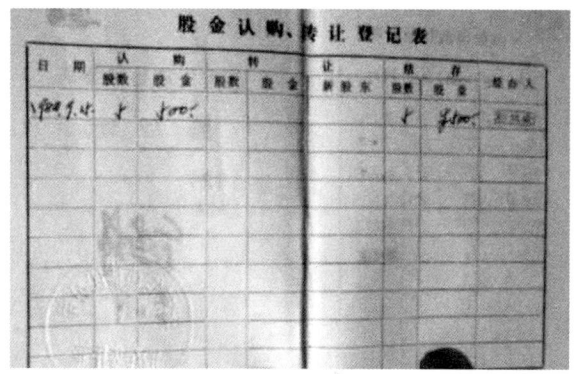

当年信通公司员工董超英认购公司股份证明。信通员工董超英提供。

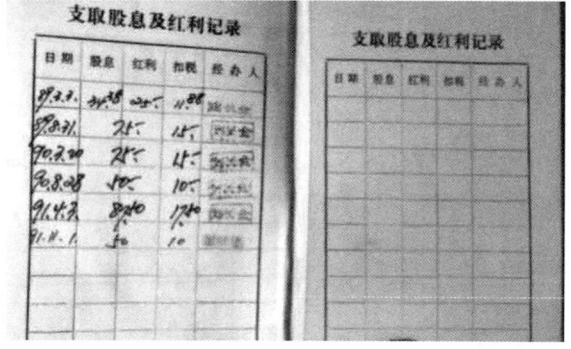

当年信通公司员工董超英股息及分红记录。信通员工董超英提供。

可转让给公司，由公司按相互协议价格收购。

5.公司发行配予股，重点配予给对公司有突出贡献的人，包括公司外的人。配予股股权仍属公司，配予股是一种"影子"股，持有配予股的个人参加分红，但不计息，不能转让、继承，离开公司后收回。持有配予股的非公司人员，同公司脱离直接工作关系三年后由公司收回。配予股按等级分终职股和期限股两种，前者终身有效，后者有效期为三年。

6.信通公司个人股发行两期共 100 万元，在 1989—1990 年又发行剩余的 100 万元。

1988 年 9 月，信通公司首次在公司内部发放个人股票 5000 股共 50 万元。

1989 年 1 月，第二次在公司内部发放个人股票 5000 股共 50 万元。信通公司两次从职工的手中拿到 100 万元认股资金，全是职工的血汗钱。信通公关部部长俞卓立，当年出资 6000 元购买公司股票。信通公司走私案爆发后，信通公司职工的血汗钱全打了水漂。

有关资料索引：

信通公司内部刊物《信通之光》。

中关村的故事（47）信通公司系列五

信通走私案（上）

导读：1991 年 6 月 14 日，中关村爆发中国最大的走私案——信通公司走私案。近三十年来，中关村有关部门、企业家、专家、学者以及有关人士撰写的回忆录等，对信通公司走私案的描述十分模糊，众说纷纭。本文用真实的历史资料、数据、人物、地点、时间等，还原当年信通公司走私案从爆发到结束的整个过程，以及信通公司走私案对中关村科技企业群体带来的灾难。

A—信通员工举报引爆走私案

对于信通公司走私案的引爆，当年在中关村流传不少的版本，有的说"是涉及偷运枪支引起公安部的注意，导致被查处"。有的说"涉及毒品，导致被查处"。一些正式出版的回忆录也众说不一。其实是信通公司员工刘力民（女）的举报，信通公司走私案才被引爆。（注：为保护当事人用的是化名）

1990 年底，研究生学历的刘力民到信通公司应聘工作，当她踏进位于海淀黄庄信通公司总部时，被悬挂在大厅的近 2 米高大照片吸引，那是信通

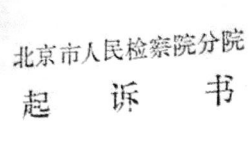

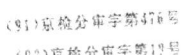

信通公司走私案起诉书。齐忠收藏并摄影。

总裁金燕静与领导的合影。她看到信通公司强大的经济实力后，决心放弃到手的"铁饭碗"，到信通公司干一番事业。刘力军能下这个决心，说明她是个敢想、敢干、有创新思维的年轻人，因为当年的研究生是不发愁在政府部门、各大研究所找到好工作的。

刘力民进入信通公司后很不顺利，发现工作和职位都没有达到预期设想，最不能让刘力民容忍的是，公司让员工半夜到圆明园附近某小学搬货。在那里海关铅封的集装箱被私自打开，员工们把里面的美国康柏、IBM、AST 计算机、日本兄弟牌打印机搬出来，再把打印机机壳装进去。在刘力民的心中，海关铅封是国家法律的象征，是神圣不可侵犯的，公司是在明目张胆地走私。刘力民向海关举报信通公司走私，海关方面得知这件事后非常重视，安排大批人员进行调查，为使铁证如山还安排摄像机，张开大网等着信通上钩。信通公司走私案爆发后，刘力民去了深圳工作。

信通公司员工王大兴回忆信通公司走私案时说："1990年下半年，公司会组织一些年轻人下班后，去圆明园附近某小学加班搬东西，公司在那个小学租下不少房子当库房。半夜集装箱的车来了，我们就把车上的东西搬下来，再把库房的东西搬进集装箱。当年我很年轻，公司只要让我去，我就去。"（注：为保护当事人，王大兴为化名）

1991年6月14日，拉着巨大集装箱的拖车驶进圆明园附近某小学，当随车的某海关人员打开集装箱的铅封后，信通公司员工迅速登上集装箱往外搬运货物。埋伏多时的国家海关工作人员冲入该小学，把院里的人员控制住，并用摄像机录下价值2843.3万余元的走私货物。

B—金燕静与高剑宇在香港得知走私败露

在香港坐镇指挥这次走私行动的信通公司副总裁、信通公司香港分公司经理高剑宇，是第一个知道走私败露的信通公司高管。高剑宇马上向也在香港的信通公司总裁、信通公司香港分公司董事长金燕静报告此事，金燕静决定马上返回北京处理该事，高剑宇则从香港逃往奥地利。

1959年，高剑宇毕业于福州大学物理系。曾任中科院计算所课题组长、研究室副主任等职。1984年，加入信通公司任经营部经理、信通公司副总裁、信通公司香港分公司经理。信通公司走私案爆发后，他被检方认定为走私案的2号人物。高剑宇先后到奥地利、澳大利亚居住。

金燕静回到北京后先后找中科院、海淀区、试验区有关领导，谈信通公司走私事件。她回忆说："我到中科院、海淀区、试验区找领导谈话，我说在这次事件中自己倒与不倒没关系，信通公司应该保住不能倒，否则后患无穷。"

C—信通走私案爆发后各方的反应及影响

2007 年 6 月 20 日，在中国民协组织的中关村创业历史回忆录丛书座谈会上，联想公司总裁柳传志谈到当年信通公司走私案，他感慨地说："当年信通公司走私事件，对中关村公司影响很大，联想等一批公司受到牵连，虽然这些公司没有直接走私，但是联想等多家公司从信通公司购买过大批计算机和电子产品。海关明文规定'明知走私货物购买和贩卖也视为走私，也要受到处罚'。联想等多家公司因为信通公司走私案差点翻船。"

1990 年，我国对进口的计算机和电子产品实行高关税，征收 300% 的税率，所以走私的计算机和电子产品价格，比正常进口的价格低很多。中关村联想等多家公司自然会从信通公司购买低价格的计算机和电子产品，然后再加价售出赚取利润。

信通公司与中关村多家公司，对这些计算机和电子产品自然是"心知肚明"，知道是"水货"，当年中关村各公司管走私的电子产品叫"水货"。海关依据"明知走私货物购买和贩卖也视为走私，也要受到处罚"这条规定对联想等多家公司给予重罚是必然的。

1991 年 7 月 6 日，《北京青年报》首先报道了信通公司走私案，以《中国最大的走私案信通公司》为题，用整版的篇幅报道该案。北京及全国各报刊也纷纷报道该事。

有关部门领导对信通走私案给予严厉的批示，主管部门领导、北京市领导亲自过问该案。国家海关总署组成工作组进驻中关村，海淀区、试验区的领导也纷纷表示，严厉清查信通公司走私案，撤销金燕静与信通公司各种荣誉称号。

海淀区、试验区成立信通公司走私案处理小组，成员有海淀区委副书记、试验区书记李狄生，试验区主任胡昭广，试验区纪工委书记曹永训，中科院科技开发局局长张宏。

曹永训回忆说："我在海淀纪委、试验区工作时，处理过不少中关村公司走私的事情，但是都没有像金燕静这样大规模、大张旗鼓地走私。信通公司走私案不仅是偷逃税款获得暴利的问题，而是侵犯国家外贸权的大是大非的问题，必须严肃处理。"

当年对信通公司走私案也有不同的看法，海淀区原负责人某某某回忆说："不少人说电子一条街的科技企业多数有走私行为，我认为结论不准确，如果说多数企业有'国内买断'行为是不为过。所谓'国内买断'是在境内购买别人已进口的零部件或其他机电产品，把外贸转为内贸。严格说来这种行为也是违规的，但科技企业基本是计划外企业，无进出口自营权，无进出口许可证，无外汇额度，企业没有选择。"

海淀区委原政策调研室相关文件显示，信通公司出现走私问题后，海关在新技术企业中调查走私问题，把"国内买断"列为走私范围，这在试验区内企业中引起波动。

1991 年 11 月，试验区企业的营业额下降 20%，部分原计划在上地信息产业基地投资的企业变得犹豫不决，一些大企业的经理私下聚会商议外迁事宜。海淀区委领导担心出现"多米诺骨牌效应"，决定迅速查清情况向市委汇报。

D—检方对信通公司走私案的认定

在正式出版的《铁骨柔情李天裕》一书中对信通公司走私案，是这样记述的："检察官李天裕是被副检察长紧急抽调，来办金燕静走私案的。信通公司走私案发后金燕静、王锡康等人落网，高剑宇在逃。金燕静把所有的责任都推给高剑宇，声称对走私的事一无所知。如果搞不到金燕静参与走私的确凿证据，她是可以挺直腰板走出看守所大门的。李天裕终于在笔录中发现员工的证言提到，在卸货时似乎看到金燕静远远地站在角落里。李天裕经过调查取证后，掌握金燕静不仅在幕后策划走私，而且还到现场指挥的可靠证据。开庭审理信通走私案时，金燕静痛责自己对不起公司全体员工，对高剑宇的严重走私活动居然丝毫没有觉察，因为自己渎职害了企业害了部下。李天裕当场用证据，证实金燕静不仅是走私活动的幕后策划者，而且还亲临走私现场直接指挥过。"

E—信通公司走私案起诉书

北京市人民检察院分院起诉书

（91）京检分审字第 476 号，（92）京检分审字第 19 号。

被告人金燕静，女，53 岁，捕前系北京信通集团公司总裁兼香港信通电脑有限公司董事长，因犯走私罪，1991 年 7 月 6 日被逮捕。

被告人王锡康，男，37 岁，捕前系香港康美公司总经理，因犯走私罪，1991 年 6 月 26 日被逮捕。

被告人吕进中，男，29 岁，捕前系北京信通集团公司经营部经理，因犯走私罪，1991 年 6 月 26 日被逮捕。

被告人金永生，男，48 岁，捕前系北京信通集团公司应用电子公司总经理，因犯走私罪，1991 年 11 月 20 日被逮捕。

被告人金燕静和高剑宇（男，54 岁，北京信通集团公司副总裁、香港信通电脑有限公司经理，另案处理）伙同被告人王锡康，于 1990 年 9 月至 1991 年 6 月间，利用香港康美公司为内蒙古呼和浩特市电子设备厂进口打印机壳的批文，乘北京海关、天津海关向内蒙古二连浩特海关转关之机，先后将国家限制进口或应缴关税的微机整机、B 超整机、打印机整机等大量货物从香港入境，后由被告人吕进中、金永生等人将货物运到北京信通集团公司租用的仓库等地，私自拆箱取走货物，重新包装后运往内蒙古呼和浩特市电子设备厂等处，应付海关查验，逃避海关监管。被告吕进中还用伪造的"深圳宏光实业公司"印章和发票做假账，办理假入库手续，掩盖走私货物的销售。

　　北京信通集团公司伙同香港康美公司进行走私活动共 12 次，走私货物价额共计 7269.5 万余元。1991 年 6 月，上述被告人在进行走私犯罪活动时被查获，起获走私货物价值人民币 2843.3 万余元。

用大白话"翻译"起诉书，所述的信通公司走私情况如下。

信通总裁金燕静和副总裁高剑宇、香港康美公司总经理王锡康三人合谋，买下内蒙古呼和浩特市电子设备厂进口打印机壳的批文。王锡康利用装有打印机壳的集装箱从香港进口，在天津海关向内蒙古二连浩特海关转关路过北京的机会，提前在香港往集装箱里装进限制进口或应缴纳关税的计算机、B 超机、打印机整机等。当集装箱路过北京时，信通公司将集装箱拉到公司租用的仓库，开箱取出走私货物，再把打印机的机壳重新装箱运往内蒙古二连浩特海关应付查验。

　　吕进中用伪造的"深圳宏光实业公司"印章和售货发票做假账，证明信通是用人民币在深圳购货，也就是说"国内买断"不是走私，然后办理假入库手续。

　　吕进中之事是关键问题，如果信通公司是用"国内买断"的办法，在深圳用人民币向宏光公司购买这批货物，从法律上自然很难认定为走私，因为信通公司没有动用外汇。

　　但是信通公司为加快走私速度，不惜用外汇向宏光公司支付货款。

　　1991 年，信通公司以开发研制计算机小型机的名义，在中国银行申请 100 万美元巨额贷款，让中国银行把 100 万美元直接打到宏光公司，这个事实让信通公司无法自圆其说。

　　信通公司最后一次走私的货物中，有价值 300 万元人民币的医用 B 超机，该机是为延边朝鲜族自治州有关公司所购，并提前收取了 300 万元的货款。

有关资料索引：

北京市人民检察院分院对信通走私案的起诉书，（91）京检分审字第 476 号，（92）京检分审字第 19 号。《铁骨柔情李天裕》。

中关村的故事（48）信通公司系列六

信通走私案：中关村的灾难（中）

导读：信通公司走私案给中关村企业带来两大灾难，第一个是"明知走私货物购买和贩卖也视为走私，也要受到处罚"，中关村许多向信通公司购买计算机与电子产品的企业要遭到海关处罚。第二个是给信通公司提供银行贷款担保的公司，以及信通公司为其他公司银行贷款的担保。信通公司走私案爆发后，银行界向这些有关的企业追要银行贷款，引发中关村企业的金融危机。有关部门对信通公司走私案处理的结局是平和的，这对中关村的企业来说也是一种保护，如果深查下去，中关村的大企业会消失 60% 以上。

A—信通走私案带来的贩私查处

中关村一位不愿透露姓名的老一代企业家，在谈到 1990 年走私计算机的利润时说："当年走私计算机很赚钱，利润在 300% 以上。"

中关村开拓者陈春先在谈到 1985 年辞去中科院公职时说："当年中科院让我停薪留职，档案放在所里我没有同意。因为公司卖一台电脑可以赚到两万元钱，所以没有考虑退休问题。"

1997年9月7日，是信通集团公司在中关村的最后一天，图中信通集团公司招牌中的"集团"两字已经拆除，信通公司已经搬走全部物品。第二天，"五笔字型"发明人王永民开办的"王码电脑公司"搬入该地。该楼原址在海淀路31号，已拆除，现为中关村黄庄家乐福东出口。齐忠摄影。

从以上两人的谈话中，不难看出在1990年卖计算机很赚钱，特别是走私计算机的利润很高。

1990年，一台正常进口的美国康柏286计算机（compaq），在中关村零售价格在3万元左右。当年进口计算机的关税在300%左右。如果扣除300%左右的关税，再扣除5%的企业零售税，扣除1%的运输成本、人力成本，走私的康柏计算机在国内因为没有保修，所以价格还要便宜。一台走私的美国康柏286计算机成本价格只有6000—8000元人民币，利润在22000—24000元。

1990年9月至1991年6月间，在10个月之内，信通公司共走私12次，金额为7269.5万元。如果以走私美国286康柏计算机价格计算，信通公司走私美国康柏286计算机可达7万多台，平均每个月在7000台左右。

信通公司以 12000 元的价格，把走私美国康柏 286 计算机批发给一级代理商。用 16000 元的价格，把美国康柏 286 计算机批发给二级代理商。用 2 万元的价格，把美国康柏 286 计算机批发给三级代理商，就可大发横财。（注：中关村当年的一级代理商、二级代理商、三级代理商，以一次购买计算机数量而定。例如，一级代理商购买数量定在 100 台，二级代理商购买数量定在 50 台，三级代理商购买数量定在 10 台）

当年在中关村，联想等一大批企业购买了信通公司走私的美国康柏、IBM、AST 计算机。这些企业也"心知肚明"这些计算机是"水货"，即走私计算机，因为走私计算机在国内没有保修"金牌"，即国内保修证。按照海关规定"明知走私货物购买和贩卖也视为走私，也要受到处罚"，使购买过信通公司走私货的中关村公司不寒而栗。

柳传志回忆信通公司走私案时，他说："联想等多家公司因为信通公司走私案差点翻船。"

为了不让中关村联想等多家公司，在信通公司走私案后"翻船"，有关方面作出相关决定："清查信通公司走私案的问题时，不涉及中关村其他企业，要把信通公司与中关村企业分开。"

1992 年 1 月 10 日，北京市委书记李锡铭主持召开第 39 次法纪联席会议。听取海淀区委领导情况汇报后，李锡铭认为："试验区的工作带有试验性质，是改革的试验，也是法规的试验。不能用管理特区的办法，不加区别地完全照搬到试验区。对试验区的创新不能不管，但也不能管得太死，检查要适度。要研究新的办法，既促进高新技术产业发展，又保证它沿着社会主义方向发展。对当前试验区出现的'国内买断'等问题，要具体分析，划清界限。对国内配套无法解决、需要购置进口关键零部件，用于开发企业自己的高科技产品，采取'国内买断'的做法，不能作为违规问题对待。对有意购买走私物品直接用于倒卖的，要按照国家有关政策规定严肃查处。"

该会议结束不久，海关撤出在中关村调查人员，海淀区委作出决定，认真贯彻市委第 39 次法纪联系会议的决定，使中关村联想等多家公司平安度过危机。

B—信通走私案带来的中关村金融危机

1990 年，中关村大公司的银行贷款都是以"互保"的形式进行，这种贷款方式是中关村的一大发明。例如，信通公司贷款时由科海公司担保，科海公司贷款时再由信通公司担保，甲公司贷款时由乙公司担保，乙公司贷款时由信通公司担保。这种"互保"贷款资金链条如果断裂，"互保"贷款的各大公司如同多米诺骨牌一个接一个地倒闭。（注：以上只是举例说明"互保"形式，并不代表真实情况）

1990—1991 年 6 月，科海公司为信通公司在工商银行担保 400 万元贷款，在某某银行为信通公司担保 100 万美元贷款，折合人民币 800 万元左右。还有其他大公司为信通公司担保的贷款有 2000 多万元，信通公司贷款总额高达 3000 多万元，信通公司还面临海关方面上亿元的处罚。信通公司走私案爆发后，信通公司账上虽然有 1000 多万元，但是账号被封无力归还贷款。更可怕的是在工商银行紧追下，科海公司"出血"400 万元为信通公司还上贷款，面对某某银行的追讨，科海公司无钱可还。某某银行把科海公司告上法庭，科海公司发现某某银行在发放贷款时，应该把钱打到信通公司账上，却应信通公司的要求打到"深圳宏光实业公司"账上，科海公司以银行丧失监管责任为由打赢这场官司，使公司免于倒闭之灾，某某银行白白损失 100 万美元。

科海公司是中科院在中关村成立最早、实力雄厚的公司，却难渡信通公司"互保"贷款苦海。其他为信通"互保"贷款的大公司，只能让银行"封杀"账号划走资金"等死"倒闭。

由于信通公司走私数额巨大，是中国走私第一案，信通公司倒闭已成定局。信通公司在银行界丧失"互保"贷款资格，那些由信通公司担保的中关村大公司获得的贷款，就成为"不良贷款"，是银行追债的主要目标，银行要求这些公司立即归还贷款，否则将封杀公司账号划走资金。中关村大公司虽然是"玩"贷款的高手，可是面对突发的信通公司走私事件，没有能力归还大笔贷款，只有等待倒闭。

一个金融危机的幽灵，一个多米诺骨牌式的金融危机幽灵，在中关村游荡，所引发的金融风暴，将使中关村电子一条街 60% 以上的大公司消失。

为避免中关村大公司一连串的倒闭，当年海淀区委、试验区与信通公司的三家投资单位开会协商，解决信通公司可怕的烂摊子。大家的决定是把信通交给科海公司，使之成为科海公司的分公司。会议结束时已经是深夜一点多，海淀区委副书记、试验区书记李荻生，打电话把科海公司总裁陈庆振找来，让他全面接管信通公司。

陈庆振不愿接手，他说："信通公司没有值钱的东西，如果接过来大窟窿填不满。"

李荻生给陈庆振做工作，他说："老陈，不要求你把信通公司起死回生，只需要你保持信通的牌子不倒，就是个'僵尸'也得挺在那儿。我们还可以想别的办法，请你顾全大局。"

陈庆振以代管的形式接管信通公司，使信通公司平稳地运行一段时间。

海淀区区委、区政府、试验区的领导，还向各银行的负责人做了大量工作，使信通公司欠银行的贷款，以及信通公司为其他大公司担保的贷款以缓还、挂账付息等多种方式解决。当年试验区纪工委书记曹永训和试验区副主任王晓龙负责银行的协调工作，使中关村大企业度过金融危机免于倒闭。

中关村的故事（49）信通公司系列七

信通走私案：没赚钱之谜（下）

导读：信通公司走私有没有赚到钱？这是中关村信通公司的"哥德巴赫新猜想"。在信通公司走私案的处理中，还出现许多"钱"的故事，某单位获利 200 多万元，有关机构为信通公司的走私支付 300 多万元，让人目瞪口呆，哭笑不得。

A—信通公司走私没赚到钱

1990 年 9 月至 1991 年 6 月 14 日，信通公司在 10 个月之内共走私 12 次，走私总金额为 7269.5 万元。

1991 年 6 月 14 日，信通公司走私时被查获，起获走私货物价值人民币 2843.3 万余元。

从信通公司走私总金额为 7269.5 万元，扣除 1991 年 6 月 14 日信通公司被查获的走私金额 2843.3 万元，信通公司 11 次成功走私的金额为 4426.2 万元，以 300% 的利润计算，11 次走私成功的利润应为 13278.6 万元。

走私是牟取暴利的行业，如果谁说走私不赚钱，大家会认为那人是个白

2000年2月7日，金燕静与中关村企业家们聚会。前排右起：科海公司首任总裁陈庆振、四通公司总裁段永基、京海公司总裁王洪德、信通公司原总裁金燕静（女，已故）、北大方正公司首任总裁楼滨龙（已故）。后排右起：时代公司第一副总裁王小兰（女）、泰山会原秘书长华贻芳（已故）、华海公司总裁冯忠潜、康拓公司首任总裁秦革（已故）、海华公司原总裁（已故）及夫人。齐忠摄影。

痴。科海公司首任总裁陈庆振谈到当年走私计算机的利润时说："1990年，走私计算机的利润很大，在300%左右。"

信通公司11次走私成功，保守地估算，利润应在1亿元人民币左右，相当于2019年的10亿元人民币左右。

1991年4月，信通公司向外宣布，该公司1990年，利润只有360多万元。

1991年6月，信通公司走私案爆发后，公司账上只有1000多万元，其中包括信通公司股份制改造后，公司员工购买公司股份的100万元。

1991年，信通公司贷款总额高达3000多万元，扣除公司账上的1000多万元，信通公司负债高达2000多万元。也就是说信通公司走私没有赚到钱，还赔了 2000 多万元。

信通公司走私赚的钱去哪儿了，是新的"哥德巴赫猜想"。

当年任试验区纪工委书记的曹永训谈到这个问题时说："当年信通公司用'体外循环'做账，走私得到的利润大家发现不了。"

也有人说："在深入调查中发现，信通公司利用在深圳开设的'宏光公司'走账，把利润留在那里，由于跨省办案无法查。"

还有人说："高剑宇时任北京信通集团公司副总裁、香港信通电脑有限公司经理，信通公司走私赚的钱，留在了香港信通电脑有限公司。信通公司走私案爆发后，高剑宇从香港走了至今没有回来，信通公司走私赚的钱也带走了。"

高剑宇的出走，使信通公司走私得到的利润在哪里，谁也说不清，信通公司走私获得多少利润可能永远是个谜！

B—有关方面拍卖信通走私物资赚大钱

1992 年春，有关单位向某单位打报告，以信通公司走私货物查封太久就会自然损坏为理由，请求某单位把这批走私货物由有关方面拍卖出售。不久某单位同意，以 1421 万元的价格出售给有关单位，有关单位又委托下属公司在中关村公开展出拍卖出售。当年四通仪器公司分部负责人说："货物出售的价格很便宜，只是进口价的三分之一。"信通公司走私货物拍卖出售后，有关单位获得 200 多万元的利润。

C—三家单位为信通走私埋单数百万元

信通公司走私案中最尴尬的是延边方面。

1991 年，信通公司预收延边朝鲜族自治州地区某单位，购买 B 超机的预订货款 300 万元，信通公司因走私案被查无法交货，公司账上又没钱归还给人家，使延边的某单位血本无归。

当年延边是经济不发达地区，也是少数民族聚居地区。300 万元在当地是天文数字的巨款。延边某单位组织不少人到某地静坐，讨要 300 万元巨款。因为涉及少数民族问题影响很大，有关方面决定由某某某、某某、某某三家单位各出 100 万元，替信通公司偿还 300 万元巨款，才解决此事。

D—5000 万元打包卖信通公司流产

信通在当年还是有名气的公司，试验区也希望信通公司获得重生，冶金部某单位愿出资 5000 万元打包收购信通公司，后来因各种原因流产。

试验区为了解决信通公司职工的工作，把信通公司重新注册四个独立法人的公司：信通修理公司、信通化工公司、信通通讯公司、信通珠宝公司，信通公司职工的工作也就全部安排下去了。

1993 年，信通珠宝公司又卖给了地质部，更名为"北京戴梦得宝石公司"，"北京戴梦得宝石公司"现更名为"骏业珠宝有限责任公司"。今天"戴梦得"是中国珠宝第一大品牌。

（注：见海淀工商局档案）

金燕静简介

1934 年 12 月，金燕静出生在北京南池子。其父是朝鲜人，曾留学日本学医，精通中文、朝文、日文。因精通医术，自己开办了一家医院。金燕静出身名门，外祖父是詹天佑。

1946 年，其父英年早逝，金燕静的母亲将四个子女全部培养成才考上大学。

1963 年 6 月，金燕静毕业于北京大学物理系，分配到中科院数理化学部工作，后来又到中科院科学仪器厂工作，任三室主任。

1984 年，金燕静出任中科院科学仪器厂计算机应用研究室主任，兼中科院微机应用技术协作组秘书长。

1984 年 6 月 19 日，北京信通电脑技术公司正式注册成立，金燕静出任总经理、北京信通集团公司总裁、香港信通电脑有限公司董事长。

1985 年初，金燕静领导信通公司研制出"联想汉卡"。

1987 年，信通公司在全国有 18 家分公司，销售额 7700 万元，利润 440 万元。公司职工人均利润为 5.2 万元，名列中关村各公司第一位。

1990 年，信通公司销售额 1.568 亿元，利税额 781 万元。信通公司成为中关村早期四大公司之一，与四通公司、科海公司、京海公司被人们称为中关村"两通、两海"。

1991 年 6 月 14 日，信通公司走私案爆发。

1991 年 6 月 26 日，金燕静被公安局收审。

1991 年 7 月 8 日，被逮捕。

1992 年 5 月 28 日，被取保候审。

1993 年 12 月，金燕静被北京市第一中级人民法院以走私罪判处有期徒刑 8 年。不久，由科海公司担保将金燕静从监狱中保释出来。

2018 年 1 月 18 日，金燕静逝世于北京，享年 80 岁。

E—信通公司事略

1984 年 7 月 19 日，信通公司正式在北京市工商局注册成立，名为"北京信通电脑技术公司"。

公司董事长：曾茂朝。副董事长：吴作力、丑续。

公司董事：黄兰友、仲萃豪、金燕静、裴万鑫、尹振凯、王树和。

公司总经理：金燕静。

（注：见《齐忠中关村电子一条街历史档案库》所收信通公司营业执照及信通公司制作的公司简介）

信通公司由海淀农工商总公司、中科院科仪厂、中科院计算所每家出资100股，每股1万元，共300万元成立，是中关村首家国有股份制公司。

（注：见《齐忠中关村电子一条街历史档案库》所收信通公司内部刊物《信通之光》1988年9月10日第9期）

1987年11月16日，中科院把信通公司列入院管公司。

（注：见中科院〔87〕科发技字1360号文件）

1990年，信通公司年销售额达到1.5680亿元，上缴利税781万元，创汇162万美元。

（注：见《齐忠中关村电子一条街历史档案库》所收1991年1月24日《信通之光》第56期）

有关资料索引：

《希望的火光》、《中国科学院促进高技术产业发展大事记》（1985年）。信通公司出版的《信通公司宣传册》《金燕静小传》。信通公司内部刊物《信通之光》合刊、《科技之光》1991年合刊。

中关村的故事（50）科海公司系列一

科海改革开放探索之路

　　导读：科海公司是中科院和海淀区合作在中关村创办的首家公司，是中科院和海淀区对改革开放的探索结晶，也是中科院科技体制改革光辉的篇章。

A—科海公司的起源

　　1982 年 11 月 27 日，在改革开放大潮的推动下，中科院在北京民族文化宫举办"中国科学院科研成果展览交流会"。有关领导人，全国各地省、市相关负责人，全国著名劳动模范吴吉昌、申纪兰等人参观了这次展览。

　　1983 年春，展览会结束后，中科院决定成立科研成果推广机构，由中科院计划局成果处负责推广。计划局权力很大，负责组织协调中科院科研和事业发展的规划和布局，以及相关资金的划拨，当年谷羽女士任计划局局长，她是胡乔木的夫人。

　　科研成果推广机构的名称，是中科院领导开会决定的。先提出叫"咨询部"，大家觉得不够全面，又加上"开发"和"服务"，该机构最后定下来的

早期的科海公司，现为中关村四环路十字路口。齐忠摄影。

名称为"中国科学院科技咨询开发服务部"，任命计划局成果处的钟琪女士为咨询部主任。

1960年，钟琪女士毕业于上海同济大学。她为人诚恳、工作能力强，亲自参与过中科院科海、希望、三环等多家中关村早期公司的创办、发起、筹备等工作。

就在这个时候，海淀区科委主任胡定淮，找到咨询部要求进行合作，钟琪与他交谈后马上同意合作进驻海淀区。

胡定淮是新中国成立后的首批大学生之一，在海淀区当过科委主任和试验区副主任。他为人豪放，坚定支持改革开放，中关村很多公司都是在他的帮助下创办的，他被中关村企业家们称为"开明公公"。

当年海淀区召开有关科技公司会议时，某有关部门官员以嘲笑的口气说："知识分子到我们那连话都说不清楚，还想开公司真是笑话。"

胡定淮听后严肃地说："知识分子都是思路清晰，说话出口成章。为什么到你们那里连话都说不清，是你们的衙门口话难听、脸难看、事难办，把人家给吓的。"胡定淮的话让在场人很是感慨。

钟琪回忆说："当年我们对进入海淀区搞成果转化很重视，因为有个河北廊坊的社办企业负责人，主动找上门要项目。我把地质所的青钢玉砂轮锯科研成果介绍给他，没想到这个企业很快就搞出产品，生意很红火。我们认识到社办企业对科研成果转化很重视，因为转化得好企业赚钱就多，从企业负责人到工人都可以多拿工资。"

B—科海最初是转化科技成果的机构

1983 年初，钟琪从中关村附近的各研究所，调来十几名科研人员考察海淀区的社办企业，其中有物理所的陈庆振。他们想选出几家好的社办企业进行科研成果转化，没想到这些企业只能制造纸板等手工制品，工人也是刚放下锄头，连初中都没毕业的农民。

钟琪等人对考察结果很失望，认为海淀区这些社办企业的"碗"太小，盛不下中科院科研成果的"水"，应该在咨询部下面成立一个新的转化科技成果的机构，专门打造大"碗"，成立科海公司，把科研成果二次开发为产品后再给社办企业，这样科研成果的转化就好推广。

C—科海转化科技成果的两大任务

科海为什么这样做？有以下两个原因。

首先是中科院的科学家在研制科研成果时，不考虑商品化的问题，只要技术水平世界一流、各种性能俱全即可。科研产品的各种零件便宜的不用，要最好的，成本贵得吓人。还有就是科研成果不成形状，当年中科院有项超导低温炉的科研成果，所有的电子元器件都摊开安放在板子上，上面放个玻璃罩就能产生低温用于超导试验，这个样子如何转化成商品？谁也不敢买。

科海的任务是请来产品设计师，对科研成果进行商品化设计，使成本降下来，做出漂亮的商品再向外界转让。成果商品化后，新机构再对接收成果的企业人员进行技术培训，扶上马送一程。

再有接受中科院科研成果的海淀社办企业的人员，知识水平太低，无法消化科研成果。当时中科院化学所的人造大理石科研成果很不错，是用碎玻璃、碎石渣、破布帛熔合，经过工艺处理做成大理石，产品能够以假乱真非常漂亮，这项科研成果获得过科研成果奖。但推广到海淀公社机械厂后遇到很大的问题。人造大理石的硬化温度是 100 度，超过 100 度就会软化，这个温度叫软化温度。机械厂的工人都是农民出身，连化学的酸碱中和都不知道，给他们讲软化温度根本不理解。人造大理石生产出来后，他们把这些大理石卖到面包厂，面包厂把人造大理石贴到烤面包房的墙上，当烤面包房的温度超过 100 度时，人造大理石全都变形、变软掉在地上。机械厂的人就找转让成果的人吵架，说这个成果是假的。

科海的这些工作，后来被称为科研成果的"熟化"过程。北京大学校办产业负责人陆永基，得知这个办法后连连称赞说："北大好多科研成果在乡镇企业转化时都失败，缺少的就是熟化过程。"

D—海淀区为抓住机遇不惜挪用专款创办科海

钟琪向胡定淮商量设立新机构的事后，胡定淮马上向海淀区领导汇报，时任区委书记贾春旺非常支持这项合作，要求海淀区所有社办企业打开大门，欢迎中科院转化科研成果。贾春旺知道中科院不仅有强大的科研力量和科技人才，还有雄厚资金，是难得的合作伙伴。

1983 年时，海淀区特别穷，全年财政拨款只有 3000 万元左右，刚够开工资吃饭的，没有钱创办科海公司。中科院也不敢给钱创办科海公司，因为有不少中科院的人反对创办科海公司。海淀区领导说服海淀农业银行负责人，从农业银行的"蔬菜基金"中借出 10 万元，作为科海公司的启动资金。

1983 年 5 月 4 日，中科院与海淀区携手，在中关村联合创办科海公司，为中国科技体制改革，探索出一条光辉灿烂的大道。

钟琪女士简介

1960 年，钟琪女士毕业于上海同济大学。她为人诚恳、工作能力强，曾任"中国科学院科技咨询开发服务部"主任、中科院高企局副局长。她亲自参与过中科院科海、希望、三环等多家公司的筹备、发起、创建等工作，为中关村早期的发展作出极大的贡献。

1997 年，钟琪女士退休之后，又承担起在中国普及科学知识的重任，出任中国科学院老科学家科普演讲团团长。二十多年来，演讲团在全国 32 个省、自治区、直辖市的几百个市、县演讲 1 万多场，听众超过 800 万人，为中国传播和普及科学知识作出巨大贡献。

2002 年，副总理李岚清亲切接见了钟琪女士和演讲团的代表。

钟琪女士。齐忠摄影。

胡定淮先生简介

胡定淮，1931年出生。1949年考入北京大学农学院，院系调整后进入北京农业大学（后更名为中国农业大学），是新中国成立后的首批大学生之一。毕业后在海淀区工作，曾任公社技术员、公社社长、海淀区科委主任、海淀区农工商总公司（又称海淀区新型产业开发总公司）总经理、北京市新技术产业开发试验区副主任、海淀试验区驻香港办事处主任等。他为人豪放，坚定支持改革开放，中关村早期很多公司都是在他的帮助下创办成功的，例如陈春先的"华夏新技术研究所"、信通公司等。他为中关村电子一条街作出巨大贡献，被中关村老一代企业家们称为"开明公公"。

有关资料索引：

中关村电子一条街调查报告《希望的火光》中的"科海公司"，《中国科学院促进高技术产业发展大事记》。

中关村的故事（51）科海公司系列二

科海从机构转变为公司的历程

导读：科海公司从一家科技转化机构，也就是一般的机关转变为公司的历程，是中科院科技体制改革的探索历程，探索了一种中关村早期科技公司从创办到发展壮大的转化模式。

A—科海公司的成立

1983 年 5 月 4 日，中科院与海淀区政府在四季青乡政府礼堂签订协议，仪式搞得非常隆重和热闹。中科院副院长叶笃正，计划局副局长林文成，计划局成果处副处长、咨询部主任钟琪（女）以及各局委办的负责人，中科院在中关村地区八个研究所和研究所科技处的负责人全部到场。海淀区区委书记贾春旺，海淀区区长史定潮（女），常务副区长邵干坤，海淀区科委主任胡定淮、科委副主任孙景仑，以及海淀区各局委办、各公社的负责人也全部到场。

中科院副院长叶笃正、海淀区区委书记贾春旺在协议上签字，联合成立"中国科学院科技咨询开发服务部北京市海淀区新技术联合开发中心"（注：以下简称科海中心）。科海中心后来成为中关村早期四大公司之一的科海公

1992 年 12 月 23 日，科海公司首任总裁陈庆振（右二）讲解科海公司科研产品。齐忠摄影。

司。（注：科海公司的名称最早见于"中科院官方网站编年史 1983 年"）

从此中科院在中关村创办的首家科技公司诞生了，开启了中科院在中关村创办科技公司的"大门"，也标志着中科院科技体制改革的启动。

中科院物理所科研人员陈庆振出任科海中心主任。

B—科海最初 29 个字的机构名称解释

今天大家看到科海中心的全称"中国科学院科技咨询开发服务部北京市海淀区新技术联合开发中心"这二十九个字的名称都会发笑，谁开公司用这么长的名称？

钟琪女士回忆该事时说："当年中科院架子大得很，不可能与海淀区政府合办什么机构，只能由咨询部出面合办。科海公司壮大以后，'开发部'三个字才取消。"

再有科海中心最初不是真的公司，是转化科研成果和技术服务推广的机构，就是机关体制。

1983 年，人们对公司的印象不太好，管开公司的人叫"倒爷"。如果科海中心是公司的话，中科院的科研人员和海淀区的干部，决不会放弃国家干部的身份开公司与"倒爷"为伍。

C—科海初期的人员及管理体制

科海中心最初在由海淀公社借给畅春园的三间办公室办公。

科海中心初期有 7 个创始人。

科海中心主任：陈庆振，中科院物理所助理研究员，主管全面工作。

科海中心副主任：王贵庭，主管财务，海淀区农委干部。

刘剑锋：中科院力学所科研人员。

宋晓亮：中科院地球所科研人员。

侯改哲：海淀区科委干部。

胡乃宜：海淀区科委干部。

孙晓月：海淀区科委干部。

科海中心初期的 7 个创始人，还是中科院乃至中国"停薪留职"的开创者，他们的档案都放在原单位，但原单位不给工资而由科海中心出，这就是最初的"停薪留职"。这也是中科院改革初期对公司管理方面的一项发明，中科院以后大力兴办公司时全部采用这个模式。

为管好科海中心，中科院与海淀区双方通过协商，联合成立管理委员会，采用由管理委员会管理的模式，管理委员会是科海中心的上级。

科海中心管理委员会主任：海淀区常务副区长邵干坤。

科海中心管理委员会副主任：中科院咨询部主任钟琪。

科海中心管理委员会委员：海淀区科委主任胡定淮、农委干部王贵庭、中科院物理所陈庆振。

科海中心改变为科海公司后，科海中心管理委员会也变成科海公司董事会。

D—科海中心转变为科海公司的过程

1984 年 1 月 7 日，中科院拨款 25 万元，使科海中心正式在海淀工商局注册"北京市海淀区科海新技术中间试验厂"，为科海中心转化中科院科研成果起到巨大推动作用。

1984 年 5 月 5 日，科海中心正式在海淀工商局注册为"科海新技术开发公司"。

1983 年 5 月 4 日成立的科海中心，为什么在 1984 年 5 月 5 日才去海淀工商局注册登记？因为人们开始都认为，科海中心开了成立大会就算成立了，科海中心经营好长时间，都没有去工商局注册登记办手续。直到海淀工商局的人找上门来，问为什么不去登记注册就开始做买卖搞经营，这样干是违法的。这时科海中心的人才明白开公司还要办注册手续、拿营业执照。

E—科海第一桶金带来中科院开公司热

科海中心建立后不久，推广的首项科研成果是中科院电工所科研人员华元涛研制的"计算机控制线切割机床"。当时企业使用的线切割机床都是手动操控的，操作复杂，对工人的技术要求很高。计算机控制的线切割机床操作简便，大大提高工作效率。科海中心向农行贷款几十万元买来计算机，再与线切割机床厂合作，把计算机配到线切割机床上，产品投放市场后非常受

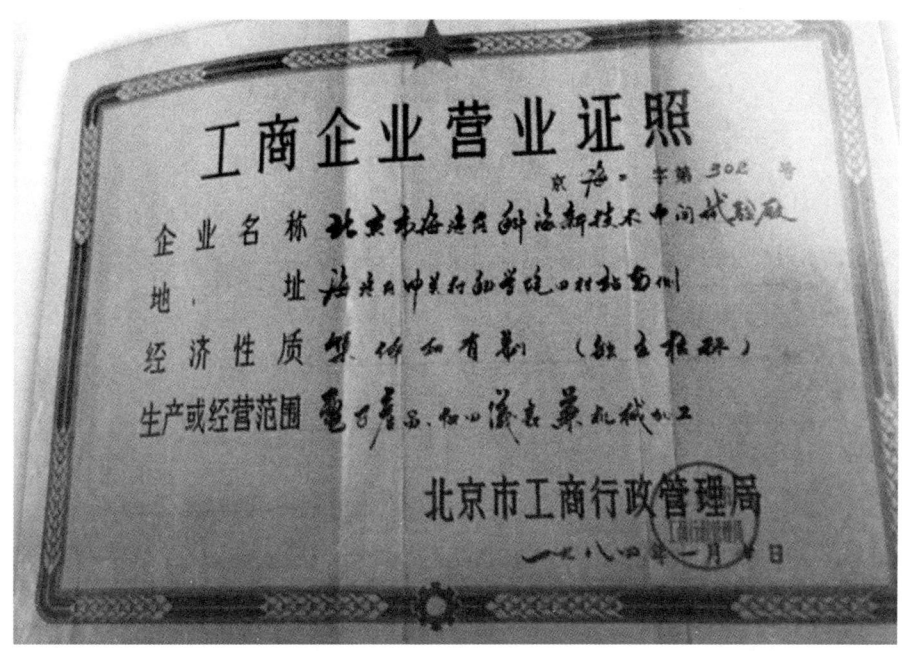

"北京市海淀区科海新技术中间试验厂"营业执照。照片由纪世瀛提供。

欢迎，盈利几十万元。

科海中心首次做买卖就赚了几十万元，在中科院影响非常大。科海中心的工作人员来自中科院各研究所，他们也向所领导建议创办公司。

1983—1984年底，中科院计算所、电子所、声学所、计算机中心、半导体所、科学仪器厂、物理所、自动化所都先后成立公司。有的中科院科研人员还自己开办公司，例如四通公司。

F—科海的快速发展

1983—1987年，科海公司经过四年的快速发展，成为拥有11家分公司的集团企业。拥有固定工作人员283人。四年来共创产值2.1亿元，利润2066万元，上缴利税1342万元，人均创收26.73万元。

G—科海引发"状告中关村四公司事件"

科海公司初期的经营成功，掀起了中科院创办公司的浪潮，也给中关村科技公司带来塌天大祸，"状告中关村四公司事件"使中关村科技公司险些全军覆灭。

1984 年，科海公司赚了大钱。1984 年底，科海公司向员工大发年终奖金，公司每个事业部经理年终奖金高达 1 万元。1984 年，1 万元约相当于 2019 年的 70 万元人民币。

1984 年，中科院普通科学研究人员月薪为 70—100 元，北京市普通工人月薪为 50—70 元。

好事不出门，坏事传千里。科海公司向员工大发年终奖金的事传遍了中科院在北京的各研究所。

当年中科院各研究所的领导，正想创造世界一流科学奇迹，奋力地绘制超越美国等发达国家的科学技术蓝图时，突然发现手下的"士兵"越来越少，有能力的工程师多数不见了，剩下工作的人也是三心二意。他们认真打听后才知道，他们的"士兵"被中关村公司吸引过去了，因为科海公司向员工发放的 1 万元年终奖金，是这些普通科研人员 10 年的工资。

1984 年 12 月 29 日，科海公司为了向中科院各个研究所科技成果转化的负责人对科海公司的支持表示感谢，在饭店大摆宴席请这些负责人，还给每人赠送一条羊绒毛毯。

科海公司首任总裁陈庆振回忆该事时，他说："当天有三十多人参加了这次宴请，当这些人手拿着科海公司给的大礼包，满嘴的酒气出现在中科院各个宿舍区，肯定遭到街坊四邻的白眼。"

当年参加过这次宴请的中科院咨询部负责人钟琪女士回忆该事时，她说："那次聚餐科海公司还发给我顾问费四十三块钱，我没有要。科海公司会计就把这笔钱放进银行开个存折，并写上我的名字，北京市清查中关村公司时，到科海公司查账见到这个存折，并向中科院和我询问了这件事。"

今天来看，这是很简单的人情往来。当年则不然，这件事在中科院各个研究所引起轩然大波，成为中科院内部长期反对开公司人士爆发怒火的导火索。他们找到中科院领导控诉中关村公司的"恶行"，声称如不严办、严惩中关村公司，中科院的科研工作会人心涣散、无人再干。他们的控诉得到中科院不少人的同情与支持。

中科院某研究人员写信向有关方面"状告中关村四公司"。

某研究人员在信中写道："中关村地区开发公司林立，有的是纯属倒卖、投机而牟取暴利的不法组织。"并在信中点了科海、四通、京海、中科四家公司的名字。（注：中科公司是科海公司的下属公司）

某研究人员还在信中写道："中关村企业在收入分配上与科学院差距过大，造成几百名科研人员跳槽，影响了科研人员队伍的稳定，不利于科研工作的长期发展。"

1985 年 5 月 31 日，北京市对中关村四公司进行调查后，对科海公司的结论是："在技术开发、科研成果转化为生产力方面做了大量工作，成绩应予肯定，为转移科研成果闯出了一条路子。"保护了中关村科技公司。但是该事件当年在中关村引起很大震动。

陈庆振简介

陈庆振，男，1940 年 4 月 25 日出生于河北新乐，革命烈士后代。

1965 年 6 月，毕业于天津南开大学化学系，分配到中国科学院物理研究所工作。

1983 年 5 月 4 日，任中国科学院科技开发部北京市海淀区新技术联合开发中心主任。

1987 年 7 月 1 日，任北京科海总公司总裁。

1988 年 4 月 29 日，任北京科海新技术集团公司总裁。

1992 年 11 月，获全国第三届科技实业家创业金奖。

1994 年，从科海公司退休。

1998 年，任中国民营科技实业家协会副理事长、秘书长。

2005 年，任中关村泰山会秘书长。

H—科海公司事略（1983—1992 年）

1983 年 5 月 4 日，中国科学院与海淀区签署联合开发协议，"中国科学院科技咨询开发服务部北京市海淀区新技术联合开发中心"正式诞生。科海为集体所有制，科海中心主任由陈庆振担任。

1983 年 9 月 14 日，为促进科研成果的商品化，科海成立新技术中间试验厂，主要经营项目有微机处理系统、继电器、激光器、微波管、膜片、电子仪器仪表等。

1984 年 4 月，科海研制出国内第一块计算机汉字卡。该汉卡应用范围广，对我国推广微机汉化应用起到积极作用。

（注：1984 年，人们对个人计算机也称为微机、微电脑、PC 机、电脑）

1984 年 1 月 7 日，中科院拨款 25 万元，使科海中心正式在海淀工商局注册"北京市海淀区科海新技术中间试验厂"，为科海中心转化中科院科研成果起到巨大推动作用。

1984 年 5 月 5 日，科海公司正式在海淀工商局注册成立。

1985 年 5 月 31 日，北京市对中关村四公司进行调查后，对科海公司的结论是："在技术开发、科研成果转化为生产力方面做了大量工作，成绩应予肯定，为转移科研成果闯出了一条路子。"

1985 年，科海将中科院声学所的科研成果与鞍钢合作，共同开发了重油掺水超声乳化技术。这项重大节能成果，在全国多家钢厂推广应用后，年节油上亿元。1989 年，该成果获中国科学院重大科技成果一等奖、国家科技进步三等奖。

1987 年 7 月 1 日，中国科学院和北京市海淀区为加强对联合体的组织管理与领导，一致同意修改 1983 年 5 月 4 日的联合开发协议，并将"中国科学院科技咨询开发服务部北京市海淀区新技术联合开发中心"更名为"北京科海总公司"。

1988 年 4 月 29 日，经中国科学院和海淀区政府双方领导批准，北京科海总公司更名为"北京科海新技术集团公司"。

1988 年 9 月 23 日，科海承包经营海淀区建筑工程公司。承包方坚持以建筑业为主，搞好多种经营，深化建筑企业内部改革，提高经济效益。

1989 年，科海开发研制的 KA8801 银行电子保安系统荣获北京市新技术产业开发试验区优秀成果奖。1990 年，列为试验区的拳头产品以及北京市火炬计划项目。

1991 年，科海研制的高精度全自动交流稳压电源，获北京市新技术开发试验区颁发的"拳头产品"荣誉证书。

1992 年，科海集团研制生产的磁平衡式电流电压传感器，通过了北京市电子办计划生产一次性定型鉴定。1993 年被评为国家"火炬计划"项目。

有关资料索引：

1985 年 5 月 31 日北京市调查组《关于部分科研人员致信中央领导同志反映四通等四公司问题的调查报告》，《希望的火光》《中国科学院促进高技术产业发展大事记》《陈庆振小传》《中关村电子一条街大事记》。

中关村的故事（52）京海公司创业历史

京海公司与总裁王洪德

导读：1958 年，大跃进时期，全国兴起大办街道工厂。20 世纪 80 年代，在北京小胡同中还存在不少街道工厂。中关村的京海公司，是街道联社与中科院计算所科技人员王洪德等人合办的企业，也算是街道工厂。京海公司是中国改革开放中科技体制改革的一朵奇葩，是知识分子响应党的号召，不畏艰辛创办科技企业的真实写照。

A—京海公司的创办

1982 年 12 月 22 日，中科院计算技术研究所第四室王洪德等八名工程师，借调到"北京市城市生产服务合作总社"下属的"北京市海淀区海淀街道生产服务合作联社"（注：以下简称联社）工作，并与联社向工商局申请正式注册，创办"北京京海计算机机房技术开发公司"（注：以下简称京海公司）。联社主任周运增兼任京海公司总经理，王洪德任副总经理。京海公司上级主管单位为"北京市城市生产服务合作总社"，企业性质为"集体所有制"，京海公司创业启动资金一万元人民币，由联社提供。不久京海公司

1992 年 12 月 18 日，京海公司总裁王洪德。照片由王洪德提供。

签下第一单生意"北京大学计算机机房工程"。

1983 年底，周运增辞去总经理一职，王洪德出任京海公司总经理。

从企业产权的角度看，"京海公司"是集体企业，企业产权归属于联社这个集体所有。公司创业启动资金一万元人民币也由联社提供。这种奇特的企业产权关系，正是中国改革开放初期，中关村早期创业者对市场经济的探索之一。

1979—1988 年，中国第一次掀起开公司的大潮，从南方到北方各种不同类型的公司如雨后春笋般涌现。当年的公司大多数采用把国家调拨的"计划"内物资弄出来，再用"计划"外价格售出，从中谋取利润。

例如，当年一吨钢材"计划"内的价格为 800 元，而"计划"外价格为 1200 元一吨，当年这种行为属于"投机倒把"罪。所以当年不少人管开公司的人叫"倒爷"，管中关村电子一条街叫"倒爷"一条街。

王洪德等人作为中科院计算所的科研人员、国家干部，为何放弃中科院"尊贵"的身份，愿意与"倒爷"为伍呢？并不是为了多赚点钱，而是为了干点事业。1956 年，王洪德被分配到中科院工作，在家乡也是出了名的"状元"，有一种"男儿有志出乡关，学不成名誓不还"的心愿。

B—王洪德含泪叙述创业经历

2018 年，京海公司创始人王洪德，在接受采访回顾创办京海公司时说："1956 年，我进入中科院计算所工作，是计算所二十几名创办者之一。我满腔热情投入到计算所工作中，不怕吃苦受累自觉加班加点地工作，换来的却是二十多年无休止的挨整、批斗，计算所这样对我是不公平的。"年过八旬的王洪德说到这里，双眼充满了泪水。

1935 年 1 月，王洪德出生在东北辽东宝力镇，自幼聪明，以优异成绩中学毕业后，因家贫只得报考不要学费的哈尔滨电机工业学校。

1956 年夏，王洪德再次以优异成绩毕业后被分配到中科院计算所工作。

1957 年，反右运动开始，17 岁的王洪德对"大鸣大放"写了首打油诗，他写道："鸣、鸣、鸣！你鸣我两耳听；放、放、放！你放我两眼睁。从防后患事，闭目苦修行。"谁想到这首打油诗被领导知道后，对王洪德狠狠地展开批判，他被开除共青团团籍，虽然没被打成"右派"，但是内定为"右派"分子。

1966 年"文化大革命"开始后，王洪德仅说了一句"江青对周总理不够礼貌"，就被抄家挂上大牌子批斗。

王洪德在回忆这段痛苦的经历时写道："当年我在计算所的地沟中负责铺设高压电缆线，计算所墙上全是批判我的大字报，计算所会议室里批判我的口号一阵高过一阵。批斗我时，脖子挂上十几斤重的大牌子，牌子的铁丝都勒进肉里。我都想扑在高压电缆线上一死了之，但是想起家中的老父亲与年幼的孩子，才放弃了自杀的想法。1978 年，我被平反恢复共青团团籍，可是我已经 38 岁，心中五味俱全。"

1979 年，王洪德出任计算所第四研究室供电空调系统组组长，负责计算所计算机机房研究工作。当时的计算机由于硬件和软件技术没有今天先进，必须配备有防静电地板、空调设备防尘，还要有 UPS 临时电源，防止随时停电的计算机专用房间能正常使用。在这段时间内王洪德成为计算所机房工程专家。

1979 年底，王洪德又出任计算所"知青服务社"顾问，指导三百多名"知青社"职工做计算所机房工程。

（注：1978 年开始，大批下乡插队的知识青年返城后无法安排工作，国家推出知识青年就业优惠税收政策，规定"企业中返城知识青年占 50% 的，企业可以享受免税"。人们管这种企业叫"知青社"）

1980 年底，计算所"知青服务社"赢利 60 多万元，职工月工资平均达到 90 多元人民币，在当年算高工资。

这件事又被某些部门看成是"大逆不道"的事情。中科院纪委提出"这是经济大案"，立案查处。当地工商局也以"无照经营"立案查处。虽然王洪德有惊无险地度过这次危机，但是他决定离开中科院。不久，因王洪德带领计算所"知青社"赚钱出了名，联社主任周运增向他提出借调到联社的"知青社"工作。

王洪德向计算所领导提交"五走"申请报告，他写道："计算所领导能给一条宽容的出路，保留他在计算所的职务，允许借调到海淀区联社工作，借调不行，希望能被聘请。聘请不行，希望能调出计算所。调出不批，就辞职。辞职不批，只有被开除，离开计算所。"

计算所领导最终批准王洪德借调到联社，并同意他带走第四室的 7 名工作人员。

C—京海公司的第一桶金及发展

京海公司的第一桶金，是建造北京大学计算机机房工程，赢利 97601.42 元人民币。

1984 年，京海公司已经有职工 480 人，其中科技人员 137 人，知青 251 人。全年经营额 2072 万元，利润 179 万元。

1987 年，京海公司全年经营额 13000 万元，利润 1002 万元，人均利润 1.344 万元，人均纳税 1.186 万元。

1998 年左右，随着计算机技术的普及，计算机机房工程市场逐渐萎缩。王洪德带领京海公司向多方位市场进军。例如，他与俄罗斯人合作进军时装业，开办过香港美食城；他与中医张大宁合作，推出"大宁神茶"；进军房地产推出广源大厦等。

D—中关村的小京海

早期京海公司办公总部位于海淀魏公村，中关村的人称之为"大京海"，对王洪德之子王晓辉在海淀黄庄创办的"京海计算机机房装备公司"称为"小京海"。

1984 年 9 月 18 日，王晓辉、于庆喜等人，在联社的支持下，创办"京海计算机机房装备公司"，主营计算机机房的空调设备，王晓辉任公司总经

京海计算机机房装备公司的营业执照。照片由王洪德提供。

理。该公司位于中关村黄庄，当年与信通公司在同一幢二层楼办公，"小京海"公司拳头产品为"JDC三菱空调"。

E—京海因产权不清引发的内斗

由于京海公司属于"集体企业"，国家规定"集体企业的资产归该企业全体员工所有"。但是这个规定对"集体企业"产权的界定是不清晰的，甚至是引发"集体企业"内斗的根源。

例如，某"集体企业"有100名员工，企业的资产价值100万元人民币。国家只承认企业100万元人民币的资产，是企业100名员工的。但是，

王洪德回忆录《励炼人生》。齐忠摄影。

国家不承认这个企业100名员工每个人可以拥有1万元的资产。所以这个企业的100名员工，每一个人都可以说企业100万元资产有他一份，想拥有多少就拥有多少。

当京海公司在拥有上亿元资产后，公司员工谁都可以说拥有这上亿元资产，公司员工谁都想支配这上亿元资产，由此引发京海公司工作人员有的私自搬运公司仓库价值数十万元货物，有的公开拿走公司财产另开公司。京海公司还发生多次内讧、内斗。最严重的一次，京海公司部分领导将王洪德围堵在公司办公室长达7个小时，王洪德只好辞去京海公司董事长职务，才脱身走出公司办公室。

王洪德回忆往事时写道："1988年，对京海来说本来应该是阳光灿烂的一年。这是因为1987年京海在产业规模上跃上新台阶，在社会知名度上更是远近闻名。如果按照我预定的设想，京海乘势而上发展，京海的产业生态也许会别开生面。但我良苦用心设计的路，在这一年的春天出了轨。诚然，善良的愿望如能实现的话，那也不是今天的京海历史了。

"1988年3月，我正要去香港开董事会。上飞机前，计算所陈工程师找我，向我反映一个始料不及的问题。他急切地告诉我说：'王总，你们京海进了一批电脑，都是假牌子。'我一听很恼火，感觉公司出问题了，立即停止贸易部经理和财务的一切活动。我住在香港帝国酒店时，每天都有人向我报告北京的情况，共有7人向我发难，他们的行为在中高层中造成了混乱。

"我刚从香港归来，公司的三位副总、一位党委书记就闯了进来。这些人给我罗列了10大罪状交到区纪委，并说区纪委领导要找我谈话。我问：'谈什么？'他们说：'我们掌握你重要的经济问题材料，现在要查你。'

"我说：'你们到底要干什么？'

"这些人说：'要么我们跟你平分京海，分一半就走。要么你给我们钱，我们单独办公司。'

"我说：'你们进的1600万元电脑都是假的，京海不是合伙公司！'这场充满火药味的对话整整进行了11个半小时，我被堵在办公室不让喝水，不许吃饭。这帮人知道我有冠心病，希望能通过这种突然袭击的方式，让我心脏病突发，最好把我给逼死。一名嫌犯甚至还雇用了杀手，妄图暗杀我。在这次事件中，一部惊险小说里能有的情节，我几乎都经历到了。由于这些贪赃枉法的人有很深的背景和复杂的社会关系，尽管我报了案，可眼看着就是抓不了人。京海内部也谣言四起，有人臆测我是被他们抓住了把柄，还有人断言我和京海不行了。企业人心惶惶，工作陷入停顿。在当天的日记中我是这样记述的，'我家的玻璃已经三次被石头砸了。我问心无愧，可是，嫉妒和仇恨依然存在，如果中国允许私人有枪，也许我早就倒在血泊中了'。

"由于他们在领导层中人多势众，我孤立无助，一时又未能掌握他们的足够证据。我请的律师张秀文建议我采取简化处理方式，息事宁人，表面友好，内部清除。于是我给了他们每人10万元，总计40万元，将他们从京海打发走。他们在北京大学门口旁边搞了一个新元电脑技术开发公司。我原以为这些人离开京海，成立了新公司，事情就结束了。可谁知，他们还同京海内部一些人勾结，偷盗了京海从日本进口的库房货物。有一天我领着小孙女散步，有人告诉我说京海库房的东西都叫贸易部长拉走了。我一听急了，马上召开紧急会议。当天晚上我找库房主管谈话，随身携带了两个录音机。我说'60万元的东西都到哪了'？他如实告诉说'你别说是我说的'。当时录音机响了一下，库房主管说这可不行，就把录音机拿走了。其实他不知道我还有个备用的。得到了证据，我立即向检察院举报，检察院听我陈述并有录音证据便批捕抓人。赵某、田某等气急败坏地威胁我，要去中央告我的状。

"海淀检察院经过一系列谈话，最后证明60万元确定他们拿走了。这期间，赵某找了北京市两个当权者的高干子弟做律师，使某单位出面阻挠，说是要法办赵某和田某必须由海淀某部门负责人签字。1600万元的假货，从库房偷走60万元的货，这些人还不能绳之以法，谈什么创业？企业还干不干？于是我就找到海淀某部门负责人。他说，办这件事看来有阻力，需要向市里反映。建议去找市委李锡铭书记，我马上打电话给李锡铭秘书。李锡铭秘书回电话了，说李锡铭同志让你到市委办公室会议室来。

"李锡铭的话很有分量很感人。他说：'第一，京海的领导人反映京海的事情是正当的，无可厚非；二是京海是改革大潮中涌现的新型企业，政府要保护；三是犯案人的证据确凿，可以抓捕。'我听了这些话眼泪一下子掉下来。

"1989年1月5日，我和公司另一位领导走出北京市委大门，天空中飘着漫天雪花，我们两个人相对而视，忍不住痛哭。

"2月5日，赃物被取出来，最终4名犯罪嫌疑人被逮捕，其中主犯被判有期徒刑15年。此前我去找过为这伙人说情的某权贵，他说有关方面很重视京海问题，但你也有问题，很危险，希望撤诉。我说撤诉不可能。后来很多领导找我谈话，认为此事做得对。

"1988年，'宫廷事件'对京海的打击是严重的，不仅几千万元的货物成了废钢烂铁，而且京海也丧失了大好发展机遇，直接经济损失在5000万元以上。

"我不相信轮回。但9年后的1997年3月，发生了第二次风波，上演了'逼宫让贤'事件。这一次风波比上一次来得更猛烈，参与的人更多。起因是在广源大厦建设中京海主管工程的领导利用职权贪污和侵占公款劣迹暴露后，他们采取以攻为守的方式，恶人先告状，编造我很多罪名上告到海淀区、北京市以及中央各纪检部门，以达到他们先发制人的目的，继而就上演了一场逼宫的丑戏。

"1997年3月3日，三位副总、一位副董事长、一位副书记及三个重要部门的主任突然闯进我的办公室，宣布罢免我的一切职务。他们指控我有经济问题领导不力，在社会没有好影响，在企业没有好影响，要我让贤回家休息。这些人中有和我一起从中科院打拼出来的集团元老，也有我一手培养起来，看着他们一步步成长、入党、提干、发展到京海的上层领导，他们怎么能造我的反呢？所以我非常不理解，非常痛苦。他们串通一气，重新组织领导小组对我进行审计。当时我心里很清楚，这是'宫廷政变'，绝对不是为京海发展，而是要达到他们不可告人的个人目的。当天晚上我回到家里，感觉到自己年龄大了，为京海事业已经拼搏了十几年了，但京海的事业还必须要发展。我非常冷静地考虑到，我是京海的创始人，我必须战胜敌人，把京海发展下去。所以第二天我满怀斗志准时上班，正好他们在召开临时领导小组会议，策划审查我和决定重新组织领导班子。他们见我来了就问：'你不是辞职了吗，怎么来了？'有个副总裁说：'你身体不好，在家歇着吧。'我说：'对，昨天不好，今天好了，你们看看，站在你们面前的是京海创始人、董事长、法人代表，上级党组织任命的党委书记，谁也无权撤我的职！京海由我主持，你们开什么黑会。'我一挥手大声说：'散！'这些造反的人刚才还很理直气壮，突然都变得特别胆小自卑了，一个个灰溜溜地走了。邪不压正，后来这些人被依法处罚。主要闹事人因贪污罪依法判刑，此人服刑期间先后三次从狱中给我写信，表示悔过自新。1997 年 9 月 2 日，他给我来信说：'我懂得了做人的道理，我非常想见到您。'

"对于京海 1997 年'逼宫'事件，市政府、试验区和新闻媒体高度关注。同年 8 月，"市长参阅""科技内参""工商动态清样"都先后在显著位置刊登。胡昭广副市长在北京市政府《市长参阅》中批示要求'请研究室就此问题，能解剖一下，并能提出政府应如何合理地保护民营科技企业健康发展和民营科技企业家安全地正常行使权力'。正是在北京市委市政府领导的支持呵护下，包括京海在内的中关村数千家民营科技企业才有今天蓬勃发展的大好局面。

"我在业界向来疾恶如仇、仗义豪爽，也许正是这种性情和风格导致我后来的多与寡、淡定与淡出。在京海成立之初，我就为京海拟定了员工守则，提出了'忠于事业，追求卓越'的理念，我认为一个企业的灵魂是职工的道德诉求。但在企业实行人情治理的时候，我对产权制度的改革与明晰，因受种种制约没有深入下去。当中关村的同仁把目光逼近企业发展的核心——产权，开始 MBO 经理层持股，将 35% 的企业产权个人化时，京海的这个根系命脉——产权由于创业初始的不明晰，导致'逼宫'戏的上演。行政的种种干预，也使我在产权明晰上'乏术'。其中重要的是体制原因，'红帽子'的民营体制，'四不像'的产权结构，为京海裂变和发展维艰提供了'温床'。

"当年京海创业是靠我智力劳动创造价值作为初始资本金，为赢得政策优惠和社会认同，才不得不将财产确定为'集体'。由于产权无法量化到个人，权力的更迭往往伴随着利益和物欲的巨大驱动，致使一些人心态失衡乃至铤而走险。在中关村这条街上，不仅仅是京海，许多'集体'民营科技企业都经历过或正在经历着这种不可解脱的历史阵痛。"

王洪德以上的回忆录，是中关村企业家中唯一对本企业的产权、企业文化、内斗的直白回忆，弥足珍贵。

王洪德简介

王洪德，男，1935 年 1 月，出生于辽宁省昌图县宝力镇。他为北京及中关村的民营科技事业，作出巨大贡献。

1956 年 6 月，毕业于哈尔滨电机工业学校。（注：该校 1958 年更名为哈尔滨电工学院，1995 年 4 月更名为哈尔滨理工大学）

1956 年 6 月，王洪德被分配到中科院计算所工作。

1979 年，王洪德出任计算所第四研究室供电空调系统组组长，负责计算所计算机机房研究工作。

1979 年底，王洪德出任计算所"知青服务社"顾问，指导 300 多名"知青社"职工做计算所机房工程。

1982 年 12 月 22 日，中科院计算所王洪德等八名工程师与联社共同向工商局申请正式注册创办"北京京海计算机机房技术开发公司"（注：以下简称京海公司）。王洪德出任该公司副总经理。

1984 年，王洪德出任京海公司总经理。

1985 年，京海公司更名为"京海计算机集团公司"，王洪德出任公司党委书记、董事长兼总裁。

1995 年，王洪德以拥有 4 亿元人民币资产，名列福布斯胡润"中国大

早期的京海公司，现为中关村魏公村绿化地。图片由王洪德提供。

陆富豪排行榜第 47 名"。

2008 年，王洪德在浙江义乌二次创业，推出小商品市场大楼。

2002 年 12 月 22 日，王洪德创办陆洲集团并任董事长，王洪德占陆洲集团 25% 的股份。

王洪德曾任：

北京市人大代表，海淀区人大代表、政协委员，泰山集团总裁，北京民办科技实业家协会首届常务副理事长，中国民办科技实业家协会常务副理事长。（注：泰山集团现更名为"泰山会"。北京民办科技实业家协会现更名为"中关村民营实业家协会"。中国民办科技实业家协会现更名为"中国民营科技实业家协会"）

王洪德曾荣获：

全国五一劳动奖章、全国劳动模范、全国科技实业创业金奖等多项奖励。

有关资料索引：

《中关村四公司调查报告》，中国著名作家丁玲所写《一代天骄》"采访王晓辉"，王洪德回忆录《励炼人生》《王洪德小传》。

中关村的故事（53）中关村泰山会历史系列一

中关村泰山会揭秘

导读：中关村泰山会是拥有中国著名科技企业家最多、名人聚集的商会，也是最神秘的商会。二十多年来，对泰山会各种臆造、戏说、幻想的文章层出不穷，让人哭笑不得。笔者用亲身经历及珍贵的泰山会历史资料，揭开泰山会神秘的面纱，显示中关村及中国民营科技企业家摆脱制造业，向金融、地产、股份制等多种领域探索进军的过程，以飨读者。

2019 年，据泰山会有关人士透露，泰山会已经解散，并向有关部门完成注销手续。

A—泰山会的起源

1993 年 8 月 16 日，中关村四通集团在香港证交所正式上市，发行总股本 6 亿股，融资 3.2 亿港币，这是内地在香港上市的第一家民营高科技企业。当年四通集团业绩颇好，股票价格上升得很快，四通集团市值达到 16 亿港币，成为中国最大的民营高科技企业。

同年 10 月，时任四通集团总裁段永基为推动我国民营科技企业的快速

1994年8月1日，泰山产业集团首次召开董事会。右二，四通公司总裁段永基；右三，全国工商联原主席经叔平；右四，京海公司总裁王洪德；右五，胡德平；右六，陈庆振。照片由王洪德提供。

发展，提议建立一个为上规模、企业资产超过亿元的企业家交流经营理念、开拓民营企业生存环境的平台，如同日本的大型企业会社。段永基委托中国民办科技实业家协会原秘书长华贻芳筹办。

华贻芳在解释"泰山会"的名称来源时说："泰山一词就是指资产在一亿元以上的民营科技企业家，泰山会就是由这些企业家组成的组织。"今天资产过亿元的民营科技企业家在我国数不胜数，在当年却是凤毛麟角。

B—泰山会最初的名称、成立的日期及作用

1993年11月28日，京海公司总裁王洪德在当天日记中写道："初冬，潍坊科技大厅505会议室召开首届泰山会会议。应邀参加会议的有全国工商会副主席胡德平先生、中国世界观察研究所副所长吴明瑜先生、中国民协

秘书长华贻芳先生、中国著名民营企业家陈庆振和我等十名。会议东道主为山东通达经济技术集团公司总裁卢志强先生。首届泰山会议于下午2点正式开始，会议讨论的议题有：换包装，买外壳股票上市；收购兼并企业，股份制操作；高科技企业联合起来，面向国营企业进行收购，先买断国营企业参股，达到控制股份；兼并金融单位，进入金融行业，成立合作银行；买钢铁厂、码头，买联合企业。京海可以与沈阳药厂参股，可以与中经信参股，可以收购北京企业，可以与长城空调厂参股。会议历经两天，本着真实的精神进行讨论，德平、明瑜都作了长篇发言。通达给予热情的款待，卢总已提出在地产方面与四通合作。"

（注：胡德平应为全国工商联副主席，吴明瑜应为科瑞公司高级顾问，华贻芳应为中国民协原秘书长）

王洪德的日记，是中关村企业家个人回忆录中，唯一记载泰山会成立日期和初期作用的珍贵文献。

2003年11月28日，泰山会出版的"泰山会十周年纪念"册中也承认，1993年11月28日，是泰山会成立的日期，泰山会确定的发展方针为"联谊、交流、学习、提高"。

泰山会最初的名称为"泰山产业集团"。（注：以下简称泰山会）

C—首届泰山会会议的成员

首届参加泰山会会议的成员如下。

陈庆振，中关村科海公司创始人、首任总裁，后任泰山会成员，第二任泰山会秘书长。

王洪德，中关村京海公司创始人、董事长兼总裁，后任泰山会成员，泰山产业集团执行副董事长兼总裁。

秦革，中关村康拓公司创始人、首任总裁，后任泰山会成员，泰山研究院副理事长。

华贻芳，中国民协原秘书长，后任泰山会成员，第一任泰山会秘书长。2005年9月8日，在北京病逝，享年74岁。

汪远思，河南思达高科集团董事长，后任泰山会成员。

郑跃文，江西科瑞公司创始人、董事长兼总裁，现任全国工商联副主席、科瑞集团董事局主席，后任泰山会成员。

吴明瑜，曾任国家科委副主任、国务院发展研究中心副主任等。时任科瑞公司高级顾问，后任泰山会成员，泰山会高级顾问。

胡德平，北京大学历史系党史专业毕业，大学学历。历任中共中央统战部副部长，中华全国工商业联合会第一副主席、党组书记。后任泰山会成员，泰山会高级顾问。

卢志强，山东通达经济技术集团公司创始人、董事长兼总裁。历任中国民生银行副董事长、泛海集团有限公司及中国泛海控股集团有限公司董事长兼总裁。后任泰山会成员，泰山会"光彩集团"领导之一，联想集团第三大股东。

汤东宁，原任《科技日报》国内部主任、副社长。

钱沈钢，浙江通普无线有限公司创始人、董事长兼总裁，因工作原因，在杭州用电话形式参加了会议。

四通集团公司总裁段永基因飞机延误，没有参加会议。段永基是泰山会的发起者，后任泰山会成员、泰山产业集团董事长等职。

D—泰山会初期成员与管理架构

1994年4月2日，第二届泰山会在珠海举行，参加这次会议的有陈庆振、王洪德、郑跃文、汪远思、胡德平、吴明瑜、华贻芳、段永基、卢志强、秦革，巨人投资有限公司董事长史玉柱、横店集团董事长徐文荣、万源新世纪集团总裁张晓崧、信远控股集团有限公司董事长林荣强等人也参加了这次会议。在这次会议上决定成立泰山会常设机构，在珠海民政局以"泰山产业集团"的名称用社团形式注册。

1994年8月1日，泰山会在北京中苑宾馆听雨轩召开第一次董事会。四通公司总裁段永基在会议上宣布："泰山产业集团今天正式成立。"所以"泰山产业集团"是泰山会最初的名称。

泰山会有关文件显示：泰山会最初是"中华工商业联合会"，也就是全国工商联批准成立、依法注册的事业单位。在泰山产业集团章程上注明，"本集团自筹资金，自由结合，自主经营，自负盈亏，集团财产归集团成员等额拥有"。

首批会员有15家企业，并成为董事单位。

这15家企业如下。

1. 泰山会董事长，四通公司总裁段永基。

（注：2017年，段永基退出泰山会）

2. 泰山会执行副董事长兼总裁，京海公司总裁王洪德。

（注：2000年，王洪德退出泰山会）

3. 泰山会副董事长，科海公司总裁陈庆振。

（注：1995年，陈庆振被免去科海公司总裁职务，科海公司退出泰山会。2005年，华贻芳去世后，陈庆振兼任泰山会秘书长。2009年后，陈庆振不再担任泰山会秘书长）

4. 泰山会副董事长，联想公司总裁柳传志。

5. 泰山会副董事长，横店集团总裁徐文荣。

（注：不久，横店集团总裁徐文荣退出泰山会）

6. 泰山会副董事长、执行副总裁，山东通达集团总裁卢志强。

（注：山东通达集团现更名为"泛海集团"，总裁仍为卢志强）

7. 泰山会副董事长，杭州通普公司总裁钱沈钢。

8. 泰山会副董事长，河南思达集团总裁汪远思。

9. 泰山会副董事长、副总裁，康拓集团总裁秦革。

（注：1998 年，秦革退休后，康拓集团退出泰山会）

10. 泰山会副董事长、执行副总裁，珠海巨人集团董事长史玉柱。

11. 泰山会副董事长、执行副总裁，江西科瑞集团总裁郑跃文。

（注：江西科瑞集团现更名为"北京科瑞集团"，总裁仍为郑跃文）

12. 泰山会执行副董事长，上海中远公司总裁林荣强。

13. 泰山会副董事长，中发公司总裁陈建。

（注：不久，中发公司总裁陈建退出泰山会）

14. 泰山会副董事长、执行副总裁，蓝通公司总裁陈志方。

（注：不久，蓝通公司总裁陈志方退出泰山会）

15. 泰山会副董事长、副总裁，山东三原公司总裁张晓崧。

注：以上没有注明地域的公司，均为北京公司。

泰山会顾问：

1. 胡德平，时任中共中央统战部副部长。

2. 吴明瑜，原国家科委副主任。

（注：吴明瑜还兼任江西科瑞集团顾问）

泰山会执行董事兼秘书长：华贻芳。

E—泰山会——中国顶级富豪商会

泰山会初期由各会员单位共同出资 25 万元，作为泰山会办公经费，泰山会各会员单位每年还要上交 3 万元会费，并轮流坐庄支付每年一次泰山会的年会所有费用。

初期每年泰山会的年会都是在国内旅游名胜地召开，会议费用在 20 万—40 万元。两次不交会费，两次不参加年会，两次不做庄支付年会费用的会员视为退会。一次不参加年会，交纳1万元罚款。

2007年，史玉柱因筹办公司在美国纳斯达克上市的事，无法参加泰山会年会，他派人送来1万元请假费。

中关村康拓公司原总裁秦革说："我从1993年参加创办泰山会，共交纳会费近30万元。"

康拓公司承办的安徽黄山第七届泰山会，会议费用近20万元。

2000年，泰山会的年会地点多选在国外名胜旅游地，费用较大，泰山会又规定，年会的费用由两位会员轮流做东埋单，每位会员出资20万元。

2007年，泰山会在国外塞班岛召开的泰山会年会就是采用的这种形式。

1994年的25万元，相当于2019年的200万元。没有巨大经济实力的企业，无法成为泰山会会员。一些企业在加入泰山会后又退出泰山会，也是经济上的原因。泰山会是中国真正的顶级富豪商会。

泰山会在初期阶段对新成员的加入不太严格，发展起来后对新成员的加入十分严格，但也不像外面传说的一年就发展一名会员。

泰山会规定："新成员的加入必须有两名泰山会会员介绍，全体成员一致投票通过才能成为泰山会预备成员，一年后转为正式会员。"

有人写道："泰山会入会资格非常严格，每年只批准一家企业入会。"其实这是在写"故事"。

2001年9月24日，泰山会正式接纳沈阳和光集团董事长吴力、哈尔滨红太阳集团董事长冯玉良为会员。

有一次，柳传志介绍我国著名民营企业家——重庆力帆公司尹明善加入泰山会，因有人投反对票尹明善没能加入泰山会，让柳传志很尴尬，他说："我和尹明善都说好了，入会申请表也让人家填了，这个结果让我很难交代。"

泰山会每月出一期内部刊物《泰山通讯》，因该刊物有些文章过于敏感，被柳传志下令停刊。

1994 年，泰山会原秘书长华贻芳（已故）。齐忠摄影。

泰山会初期办公地点在蓝通公司总部，北京海淀区中关村大慧寺路 19 号二层乙 306。

华贻芳简介

1931 年 9 月，华贻芳生于浙江省龙游县。1948 年 11 月，中学时期参加革命，加入中国共产党。

1954 年，华贻芳留学捷克斯洛伐克，在斯洛伐克冶金学院学习。1955 年，因其父华岗冤案受到株连，被召回国进行隔离审查。华贻芳后来调入中国科协工作。

1978 年 5 月 3 日，在宋健的提议下，中国民办科技实业家协会在中关村成立，作为筹备人的华贻芳出任协会首任秘书长。

1993 年初，华贻芳退出中国民办科技实业家协会。

（注：中国民办科技实业家协会，现更名为"中国民营科技实业家协会"）

1994 年 8 月 1 日，华贻芳出任泰山会首任秘书长。

华贻芳对泰山会的工作非常热情，对泰山会的良好运行起到巨大作用，他自称"泰山会的老仆人"。

华贻芳在形容与某位企业家关系好时，会伸出三个手指做乌龟样，然后他说"我经常与某某喝酒成这样"。

2005 年 9 月 8 日，华贻芳因病医治无效在北京逝世，享年 74 岁。华贻芳逝世后，全国各地民协负责人纷纷写文章悼念。每位泰山会成员也都拿出一定款项，慰问华贻芳的家属。

有关资料索引：

《励志人生》、《泰山会十周年纪念册》，《泰山产业集团》简介，《泰山产业研究院》简介，《中国泰山产业投资有限公司筹备文件》。

中关村的故事（54）中关村泰山会历史系列二

泰山会是中国民生银行之父

导读：泰山会最伟大的创举是创办中国民生银行。虽然在中国的各种报刊、电视宣传、中国民生银行官网都指认，中国民生银行是由中华全国工商联合会创办的，但是历史资料证明，中关村泰山会是中国民生银行之父。本文还原中国民生银行创办的历程，展现中国民营科技企业家勇于探索的精神。

A—泰山会筹办中国民生银行

银行被称为企业中的"白马王子"，所以创办银行是每个老板心中的梦想。泰山会的成员们自然会想到这件事，他们利用各种社会关系，手中的巨大财富，在中国特定又复杂的环境下，成功地创办中国民生银行，创造出奇迹。

1993 年 11 月 28 日，在首届泰山会议上，许多企业家在发言中对企业的发展充满信心，但是对企业资金的来源十分头痛。因为银行贷款对国有企业很大方，对民营企业用戒备的心态来对待，使民营企业很难得到贷款。大家认为应该创办一家民营企业自己的银行，解决企业发展资金短缺的问题，

科瑞公司董事长郑跃文。齐忠摄影。

委托江西科瑞公司总裁郑跃文主要负责筹办这件事。

郑跃文，男，1962年1月出生于福建省罗源。1985年，毕业于江西财经大学工业经济管理专业，金融学博士。现任第十三届全国政协常委、委员，全国工商联副主席。郑跃文为人谦和，善于引贤纳士，熟知企业经营之道。

1992年7月，郑跃文、任晓剑、彭中天、郭梓林和吴志江等创办民营企业——南昌科瑞公司。历经20多年的发展，科瑞公司已成为一家具有相当规模、拥有出色的战略投资管理团队，以国际化战略为导向的专业性投资集团公司，投资领域涉及制造、矿产、地产和金融等行业。科瑞集团总部位于北京，在上海、江西、江苏、辽宁、吉林和香港等地设有机构。

1994 年至 1995 年，郑跃文出任中国民生银行筹备组副组长。

1993 年 12 月 28 日，郑跃文负责起草的申报组建银行的相关文件全部完成，送交全国工商联。该文件的主要内容为，"民营高科技企业及民营企业已成为国民经济重要的组成力量，但是急需发展资金。应该成立一家专门为民营企业提供发展资金和贷款的民营银行，因为国家银行主要是为国有企业服务，根本不会为民营企业服务。国家如果批准成立民营银行，所需要的全部资金由民营企业家提供"。

中国民生银行能够得到国家的认可和批准，最重要的是"所需要的全部资金由民营企业家提供"这句话，如果是伸手向国家要钱成立中国民生银行不能获得批准。

B—中国民生银行批准建立的过程

1994 年初，在国务院举办的新春联谊会上，时任全国工商联主席的经叔平，将该文件正式递交给国务院副总理、主管金融工作的朱镕基。当年我国已经进入清理企业"三角债"的金融紧缩阶段，国家是否能够批准，谁心里都没有底。没想到这件事得到朱镕基副总理的大力支持，他亲笔批示："可以试一下。"

C—筹办中国民生银行的资金来源

1994 年 1 月 12 日，全国工商联在北京竹园宾馆召开银行筹备会议。在这次会议上，全国工商联筹集到 300 万元筹办中国民生银行的启动资金。这 300 万元启动资金是以 12 个企业股、每股 25 万元筹集的，泰山会成员占 8 股，按时如数到位。它们是四通、京海、科海、康拓、通达、科瑞、中远、巨人公司。

D—中国民生银行 12 家发起单位

1994 年 7 月，郑跃文再次向泰山会成员提交创办中国民生银行策划方案。该策划方案名为《中国泰山产业投资有限公司筹备文件》。策划方案主要内容为：中国民生银行发起人为谋办人，除牵头人"中华全国工商业联合会"外（注：以下简称全国工商联），还有以下 12 家单位。

1. 北京京海集团公司。

2. 北京科海高技术（集团）公司。

3. 山东通达经济技术集团公司。

（注：后来该公司更名为泛海集团公司）

4. 珠海巨人高科技集团公司。

5. 北京中远经济技术发展公司。

6. 河南思达科技（集团）股份有限公司。

7. 南昌科瑞集团公司。

（注：后来该公司更名为北京科瑞集团公司）

8. 杭州通普电器公司。

9. 深圳市总商会。

10. 昆明市总商会。

11. 四川新希望集团公司。

12. 香港新世界股份有限公司。

（注：1—8 单位，为泰山会成员）

郑跃文的策划方案中还规定"泰山会创办'中国泰山产业投资有限公司'，注册资金为 2 亿元人民币。将公司 50% 注册资金向中国民生银行投资参股，占中国民生银行 5% 的股份"。

E—泰山会成员最终入股民生银行状况

泰山会成员最终入股民生银行，是一个"万花筒"般的状况，让人眼花缭乱。造成这种结局，有以下原因。

1. 对民营企业家不信任

1994 年，中国刚刚进入市场经济，对干什么事都要问个姓"资"还是姓"社"，对民营企业家不信任，是很自然的事。为了防止民营企业家控制注册资本只有 20 亿元人民币的中国民生银行，有关部门规定"民营企业家入股中国民生银行，每家不得超过 1000 万元"，使民营企业家在中国民生银行成为掏钱不管事的小股东，引发许多民营企业家不满，引发筹办中国民生银行的泰山会成员退出对中国民生银行的入股，科瑞集团公司就是一例。

2. 泰山会成员资金不足

1995 年，有些泰山会成员因面临企业亏损资金不足等原因，无法入股中国民生银行。例如，联想公司因企业亏损面临倒闭，京海公司、科海公司也因自身经营不善，无力入股中国民生银行。

3. 入股中国民生银行遭到上级主管反对

对入股中国民生银行这件事，有的企业上级主管强烈反对。例如，泰山会成员康拓公司在当年经营状况很好，公司总裁秦革赞成入股中国民生银行，但康拓公司上级主管 502 所领导极力反对。

秦革回忆当年的情景时说："502 所领导为反对企业入股中国民生银行，召开一个由党、政、工、青、妇、财务、审记等 502 所领导全部参加的会议，参会的有 20 人，19 个人对我一个人'开炮'，表示反对入股。我再三表示，1000 万元入股资金由康拓集团出，赔了是康拓公司的，赚钱是 502

所里的。他们就是不听，还说风凉话，什么所里有的是钱，这世界骗子多。我浑身是嘴也说不过 19 个人。2000 年 12 月 19 日，中国民生银行上市了，开盘价为 20 元一股。当年要是以 1000 万元入股中国民生银行，就是有 1000 万股，价值 2 亿人民币，康拓公司多后悔。"

1996 年 1 月 12 日，中国民生银行正式成立。

2000 年 12 月 19 日，中国民生银行 A 股在上海证券交易所公开上市。

2009 年 11 月 26 日，中国民生银行 H 股在香港证券交易所挂牌上市。

2018 年，中国民生银行名列《财富》世界 500 强排行榜第 251 名。

2019 年，在中国民生银行官网公布的董事名单中，有中国民生银行副董事长卢志强、董事史玉柱两名泰山会成员。

泰山会创办中国民生银行的光辉业绩，是中关村、中国民营科技企业家，在改革开放中永载史册的重要探索篇章！

有关资料索引：

《泰山会十周年纪念册》、《泰山产业集团》简介、《泰山产业研究院》简介、《中国泰山产业投资有限公司筹备文件》。

中关村的故事（55）中关村泰山会历史系列三

泰山会史玉柱的舍取之道

导读：泰山会的会员史玉柱是一个传奇人物，他因巨人汉卡起家，因巨人大厦失败，后来又以"脑白金"东山再起，他的成功是运用了"舍取"之道！

A—史玉柱是泰山会最年轻的会员

1962 年 9 月 15 日，史玉柱出生于安徽省蚌埠市怀远县。

1984 年，史玉柱毕业于浙江大学数学系。

1989 年，史玉柱毕业于深圳大学软件科学系，获研究生学历。

1991 年 4 月，史玉柱在广东省珠海市创办珠海巨人公司，推出巨人汉卡获得第一桶金。

泰山会的创办人及会员中，史玉柱是最年轻的会员。第一届泰山会没能到会的史玉柱，非常热情地要求由他出钱做东，在巨人集团所在地广东珠海召开第二届泰山会。

1994 年 4 月 2 日，第二届泰山会在珠海召开，史玉柱为人热情，颇得人们的好感，大家都管他叫"玉柱"。

1995 年，巨人集团总裁史玉柱。齐忠摄影。

　　1994 年 11 月 12 日，第三届泰山会在杭州举行，联想公司总裁柳传志首次参加泰山会，这也是史玉柱和柳传志首次见面。联想公司和巨人公司都是以汉卡起家的，两人在市场上是竞争对手，但是情感上还是非常和谐的。

B—史玉柱求贤若渴从谏如流

1994 年，32 岁的史玉柱并不像所传言的那样，说话口气大，拍脑袋盖巨人大厦，而是一个求贤若渴、从谏如流的人。

1994 年，正是巨人公司处在巅峰时期，研制开发巨人汉卡，盖巨人大厦，开发巨人脑黄金、巨人电脑、巨人笔记本电脑、巨人笔输入多个项目。李鹏总理在视察巨人公司时，还亲手使用巨人笔记本电脑，巨人集团可谓如日中天。在这个时期，史玉柱把巨人集团总裁的位置让出来，聘请北大方正首任总经理楼滨龙担任。从这点上看，史玉柱是求贤若渴、虚怀若谷。可惜巨人公司刚刚在中关村推出巨人电脑，就因非法预装微软公司软件，被微软公司等三家外企告到北京市中级人民法院，在法院查询此事时又被查封一百多台巨人电脑，巨人公司损失惨重。不久因巨人大厦的事使巨人电脑消失。

巨人大厦的事情，史玉柱要负主要责任，但是当年一些官员也是造成巨人大厦事件的主要推手。官员们每次视察巨人公司后，都提议巨人大厦要往高了盖，史玉柱对高官们的指示是从谏如流。

史玉柱建造巨人大厦，最初的设计是用公司的 1 亿元资金建造 18 层高的巨人大厦，可是事态的发展超出史玉柱的控制。巨人大厦从 18 层长到 40 层、64 层、68 层，最终这幢大厦确定建造 70 层，成为中国第一高楼。没想到巨人大厦的地基是在地质断层上，盖 16 层大楼没问题，盖 70 层大楼就要挖几十米深的大坑做地基，仅地基就花光史玉柱的 1 亿元资金，使巨人公司陷入危难之中，成为败笔。

C—史玉柱的舍取经营之道

1996 年 8 月 28 日，第五届泰山会在山东泰山召开，由信远公司董事长林荣强做东，这次会议的主题是分析史玉柱失败的原因。泰山会成员对史玉柱非常关心，帮助他分析巨人公司经营方式、资本运作上的问题，指出巨人公司在经营方式上用的"大兵团作战""人海战术"等办法，在理论上可以，实际上是行不通的，今后要在资本运作上下功夫。

当年很多人认为史玉柱是一败涂地，泰山会成员却不这么认为。因为史玉柱手中还有"半壁江山"，那就是"巨人脑黄金"和"巨不肥"两个保健产品。

"巨人脑黄金"这个产品，最初来自中关村亚都公司的"亚都10条鱼"项目，就是从美国阿拉斯加深海鱼的脑中提炼出DHA，人服用以后有助于身体健康，不久亚都公司向市场推出该产品取名"鱼机灵"，北京各公司也纷纷上马同类产品。

史玉柱进行大规模调研后，也推出同类产品"巨人脑黄金"，定位在高考、中考的学生中。史玉柱看得准，宣传攻势猛，通过电视广告词"让几亿儿童聪明起来"的地毯式广告轰炸，"巨人脑黄金"在全国走红，成为当时同类产品中的佼佼者。

回忆脑黄金销售情况时，史玉柱说："脑黄金在巨人公司手中，销售额十分惊人。巨人公司下属的某分公司，有一个月向集团上交800万元的销售额，还属于业绩最差的，让我狠狠地批评了一回。"可见巨人公司的脑黄金销量是巨大的。"巨不肥"是巨人公司推出的一种减肥保健品，"巨不肥"在南方的销售量很好，是巨人公司稳定的财源，所以泰山会成员让史玉柱在"巨人脑黄金"和"巨不肥"上想想办法。

河南思达集团董事长汪远思很有远见，在这次会议后他与史玉柱合作得很好，这也是泰山会成员中的双边合作最成功的。泰山会秘书长华贻芳，也给史玉柱出谋划策给他很大帮助，并推荐中关村信通公司原总裁金燕静赴上海与史玉柱合作。"脑白金"宣传口号中的"年轻态"就是出自金燕静之口。

史玉柱不愧为商业奇才，他最大的优点是"舍取"。史玉柱以"巨人汉卡"起家是IT界人士，用现代人的观念来看，搞电子和计算机产品是正业，搞保健品是"不务正业"。而史玉柱却牢牢地抓住"舍取"的真正含义，他放弃巨人汉卡、巨人电脑、电脑笔输入等计算机业务，用"脑白金"进入保健品市场获得巨额利润。随后他又进军网络游戏市场，凭借这个项目在美国纳斯达克上市东山再起。史玉柱的"舍取"经营观念，是他走向成功的关键！

有关资料索引：

《泰山会十周年纪念册》、《泰山产业集团》简介、《泰山产业研究院》简介、《中国泰山产业投资有限公司筹备文件》。

中关村的故事（56）中关村泰山会历史系列四

泰山会的会议

导读：泰山会的会议分为两种，一种是年会，一种是一般会议。年会每年一次，费用是会员轮流坐庄埋单，大型年会每次由两名会员承担费用。泰山会年会是解决重大问题的，如泰山会新机构的设立，会员之间重大合作等。一般会议是解决会员的某种问题而召开的对策会与研讨会，每年视情况而定，有3—6次，费用是用会员上交的会费。

A—泰山会的年会

泰山会的年会每年只开一次，年会费用由会员轮流坐庄埋单，大型年会每次由两名会员承担费用。年会是确定泰山会重大事情，如泰山会新机构的设立，会员之间重大合作问题。

例如，泰山产业集团的建立，泰山产业研究院的设立，筹办中国民生银行，创办光彩事业，同意对新会员的加入投票等。

2001年12月底，泰山会会员四通集团、巨人投资、和光集团与光彩事

泰山会成员参观湖南远大公司。右一，信远公司总裁林荣强；右二，远大公司总裁张跃；右四，联想公司总裁柳传志；右六，著名经济学家吴敬琏。照片来自《齐忠中关村电子一条街公司资料库》。

业合作，成立四通巨光高新技术发展（控股）有限公司，注册资金为 7.125 亿元，就是在泰山会年会上确定的。

　　泰山会的年会由段永基、柳传志轮流主持，出资做东的会员也同为会议主持人。每一次泰山会年会，我国著名经济学家吴敬琏教授都会参加，他是泰山会首席顾问，经常在年会上第一个发言，讲述国内外经济形势的发展。泰山会会员对他很尊敬，叫他吴老或吴老师。吴敬琏教授有一次对泰山会会员讲："你们经常与部门负责人打交道，但是不要与某个部门负责人走得太近，这样会对你们很不利。"

B—泰山会的对策与研讨会

　　泰山会的另一种会议，是为解决某会员的某种问题而召开的对策会与研讨会，每年视情况而定，有 3—6 次，会议费用是泰山会会员上交的会费。

2007年6月8日，泰山会在塞班岛召开的年会，段永基主持会议（图中），右为卢志强。照片来自《齐忠中关村电子一条街公司资料库》。

C—联想股份制改造的研讨会

1999年3月，泰山会在北京郊区某豪华度假村，召开有关联想公司及国有企业股份制改造的研讨会。这次会议为期两天，参加会议的官方人士有，著名经济学家吴敬琏（注：吴敬琏是泰山会首席顾问），时任中关村科技园区副主任陆昊，中科院高企局局长张宏，还有部分国务院发展研究中心工作人员。

参加会议的中关村国有企业负责人有，中科院系统的联想公司总裁柳传志（注：泰山会成员），中国大恒公司总裁张家林，希望公司总裁周明陶，科海公司原总裁、中国民协秘书长陈庆振（注：泰山会成员，后科海公司退出泰山会）；中关村高校系统的清华紫光公司总裁张本正（注：泰山会成员，后该公司退出泰山会）；中关村北京市下属国企的华讯公司总裁戴焕忠。

参加会议的中关村民营企业负责人有，四通公司总裁兼中关村科技公司总裁段永基（注：泰山会成员），原四通公司人力资源部部长、时任中关村科技公司人力资源部部长于冬梅，时代公司第一副总裁王小兰，泰山会秘书长华贻芳，以及本文作者齐忠。

这次会议是由联想公司提议召开的，联想公司总裁柳传志经过多年的探索与努力，终于推出联想公司个人持股的股份制改造方案，使联想公司这个百分之百国有企业的部分股份，由该企业负责人及部分经理人所持有。柳传志本人首次就能得到价值上亿元的企业上市股票。

1999 年，柳传志这个举措在中关村不仅是一场革命，在中国也是惊天之举。但是联想公司股份制改造，不仅需要中科院和中关村园区的认可和批准，还要经过国资委等有关政府机构的认可和批准。

1999 年春节前，中关村园区官方举办春节团拜会，园区领导和各公司负责人参加了这次会议，柳传志在会上向某领导询问有关联想公司股份制改造批准事情。他说："国家有关部门对联想公司股份制改造内部员工持股的批复，为何迟迟不见踪影？"

某领导听后表情很严肃，他说："联想公司股份制改造内部员工持股，是你们往口袋里装钱得好处，让我们签字批准担责任的事情，谁也不愿意干，这件事快不了。"

某领导这话说得有点直，可也是大实话。柳传志听了这话表情很尴尬，也就不再说什么。

D—柳传志说退休后不能裤兜里只是窟窿

在这次泰山会举办的研讨会上，柳传志以联想公司股份制改造为话题，首先"开炮"。

柳传志讲话非常有艺术，他先问陈庆振："老陈，你退休了，每月拿多少退休费？"

陈庆振回答说："中科院每月给的退休费600多元，还有100多元的书报费。科海公司原来给上了个退休保险，每月能拿100多元，每月退休费全加起来不到900块钱。"

在场中关村老板和众人听了陈庆振的话，无不摇头苦笑。

1984年，科海公司中层干部年终奖就能拿到1万元。

（注：见1985年北京市对中关村四公司调查报告）

当年中科院副研究员月工资是100元左右，科海公司中层干部年终奖相当于他们近十年工资。

1990年，科海公司在中关村创办首家BB机寻呼台，当年盈利200多万元。

1993年，科海公司出资百万元庆祝公司成立十周年，并在人民大会堂大摆宴席。

1999年，科海公司首任总裁陈庆振退休后，却"脱富返贫"，每月只拿不到900块钱退休费，不够中关村老板们一顿招待客户的酒席钱。兔死狐悲，打马骆驼惊，中关村国有企业负责人听到陈庆振退休后只有不到900块钱的退休费，怎不心酸伤感？

柳传志马上接过陈庆振的话说："联想公司股份制改造内部员工持股事情，一定要进行下去，一定要成功，我绝对不和陈庆振一样，退休后把手插进裤兜里，只有两个大'窟窿'。"柳传志的话很有感染力，引起大家的共鸣。

某领导也很感慨，他说："我们国家条条框框太多，各部门都紧紧抓住权力不放，想办成一件事很困难。我在昌平当厂长时，想对工厂厕所进行改造重修一下，这点小事没有环保等部门批准，愣是干不成。联想公司股份制改造也是如此，怎么能顺利通过各部门审批，要寻找机会。例如，联想公司申请在上地盖办公大楼，采用的是联合办公办法，不到三个月各项批准手续完成。如果不用这办法，联想公司自己一家家地申请，两年也跑不下来。"

E—联想公司股份制改造的历程

联想公司的股份制改造，对柳传志来说是"血与火"的历程。

1994 年 2 月 14 日，香港联想公司在香港证交所挂牌上市，总共发行 6.75 亿股。以当日溢价发行每股 2 港币计算，香港联想公司当日获得 13.5 亿港币。

柳传志借贷给香港导远公司港商吕谭平等三人 552.58 万美元，用于增资扩股，遭到中科院、计算所、联想公司内部不少人的联名控告，理由是柳传志为什么不借给计算所职工，让职工购买联想股份？为什么肥水外流？

联想公司爆发的总裁柳传志和总工程师倪光南的"柳倪"生死之争，也是这个起因。倪光南为得到联想公司上市的股票，自掏腰包飞赴香港，在香港证交所购买联想上市股票。后来又联合不少人向上告状，有的还是有名气的科学家。这些告状如果成立，柳传志后果难测。

柳传志意志坚强，为联想公司的股份制改造不惜一切代价，面对告状是越告越勇，终于使联想公司的股份制改造获得成功。

F—联想公司与官方述说"柳倪生死之战"

1999 年 8 月 5 日，国务院发展研究中心企业研究所发表《联想发展研究专题报告汇编》，该报告由联想公司委托而成。报告中对倪光南状告柳传志的经过是这样描述的："倪光南两次提出的问题都很敏感，一次是 1993 年北京联想账面亏损，另一次是 1995 年香港联想濒临破产。第一次院里派李志杰、曾茂朝代表计算所，联合调查解决了。1995 年，中科院免去倪光南联想公司董事、总工程师之职。第二次，倪光南告到国务院。1997 年 8 月，中科院派出检查组调查两个月，并向中央领导汇报且经过批示才了结此事。两次问题是由上级行政领导出面解决，不是按照规范的公司制企业的董事会投票方式解决。"

该报告是至今唯一的联想公司与官方公开报道"柳倪"生死之争原因与结果的珍贵历史资料。

有关资料索引：

1999 年 8 月 5 日国务院发展研究中心企业研究所发表《联想发展研究专题报告汇编》,《泰山会十周年纪念册》、《泰山产业集团》简介、《泰山产业研究院》简介、《中国泰山产业投资有限公司筹备文件》。

中关村的故事（57）中关村泰山会历史系列五
泰山会的更名与商业平台

导读：泰山会更名为"泰山产业研究院"。泰山会会员的资格，是以该成员自身拥有的财富变化而变化。也就是说财富在泰山会是决定一切的。对泰山会这个中国超级富豪商会而言，创造财富是唯一的标准。

A—泰山会更名为泰山产业研究院

1999年底，泰山会按照珠海民政局的要求，将"泰山产业集团"更名为"泰山产业研究院"，这个名字一直沿用至今。泰山会也对原来的领导班子进行重组，以下是重组后的领导班子名单：

泰山产业研究院理事长，四通集团董事长段永基。

泰山产业研究院院长、常务副理事长，联想集团总裁柳传志。

泰山产业研究院常务副理事长，中国泛海集团董事长卢志强。

泰山产业研究院常务副理事长，思奇公司总裁汪远思。

泰山产业研究院副理事长，巨人集团董事长史玉柱。

泰山产业研究院副理事长，天衡集团董事长沈宁晨。

泰山会相关历史资料。齐忠摄影并收藏。

泰山产业研究院副理事长，科瑞集团执行总裁郑跃文。

泰山产业研究院副理事长，康拓集团名誉董事长秦革。

泰山产业研究院副理事长，中远公司总经理林荣强。

泰山产业研究院副理事长，万通集团董事局主席冯仑。

泰山产业研究院副院长，紫光集团总裁张本正。

（注：2005年，张本正退休后，紫光集团退出泰山会）

泰山产业研究院副院长，万源公司总经理张晓崧。

泰山产业研究院副院长，步步高公司总经理段永平。

（注：步步高公司后来退出泰山会）

泰山产业研究院特邀研究员，光华战略俱乐部副理事长吴明瑜。

泰山产业研究院特邀研究员，全国工商联副主席保育均。

泰山产业研究院特邀研究员，中国民协秘书长陈庆振。

泰山产业研究院秘书长，中国科协华贻芳。

泰山产业研究院首席顾问吴敬琏。

泰山产业研究院顾问胡德平。

泰山产业研究院顾问刘吉。

泰山会的领导班子，其实也就是泰山会全部成员。不久，泰山会成员中增加了冯仑，是由柳传志介绍加入泰山会的。

1959 年，冯仑出生于陕西西安，是一位白手起家的企业家。

1991 年开始，冯仑领导了万通的企业创建及发展工作。

1993 年，冯仑领导创立了北京万通实业股份有限公司，成为北京著名的房地产企业家。

联想集团董事长柳传志成为泰山会主要负责人，其重要的因素是他所拥有的企业和财富在泰山会雄居第一。

以上这份名单中，有许多首届泰山会成员没有出现。例如，泰山会执行副董事长兼总裁、京海公司总裁王洪德；泰山会副董事长、横店集团总裁徐文荣；泰山会副董事长、中发公司总裁陈建；泰山会副董事长、执行副总裁，蓝通公司总裁陈志方。因为这些人退出了泰山会。

泰山会有三名顾问。

泰山会首席顾问是著名经济学家吴敬琏。

1992 年 4 月，吴敬琏提出将社会主义市场经济确立为我国经济改革目标的建议。这项建议被采纳。吴敬琏从此成为中国经济界顶级学者之一，还被称为"吴市场"。吴敬琏不仅是经济学家，还曾任国务院经济体制改革方案研讨小组办公室副主任。

吴敬琏还是众多上市公司的独立董事。如泰山会成员联想公司下属企业神州数码公司独立董事、中国联通公司独立董事、中石油公司独立董事、中水渔业公司独立董事、华能国际公司独立董事。

吴敬琏无论在经济界、政界、证券市场界，都可"水袖"长舞。

泰山会的第二名顾问是胡德平。胡德平曾任全国工商联党组副书记、副主席，中国光彩事业促进会常务副会长，中共中央统战部副部长，中华全国工商业联合会党组书记，中华全国工商业联合会第一副主席，十届全国人大常委、内务司法委员会委员，十一届全国政协常委、经济委员会副主任委员。

泰山会的第三名顾问是刘吉，他曾任国务院稽查特派员、部长、中国国情调查研究中心主任、中欧国际工商学院院长。

泰山会还有特邀研究员。

吴明瑜原任泰山会顾问，后任泰山会特邀研究员。吴明瑜曾任国家科委副主任、国务院经济技术社会发展研究中心副总干事、国务院发展研究中心副主任。

泰山会特邀研究员保育钧。他曾任《人民日报》副总编兼秘书长、全国工商联副主席、全国政协副秘书长。十几名会员的泰山会，就有五名政府高官，占的比例很大。

B—创办光彩投资公司

泰山会这个中国超级富豪商会，不仅仅是为中国超级富豪们搭建交流与沟通的平台，还要成为这些中国超级富豪更加快速聚集财富的"桥梁"。泰山会的这些超级商业机密，外人是不会知道的，但是通过泰山会的一些文件，人们还是能看出一些蛛丝马迹。

1996年9月27日，上午10点至下午3点，"泰山产业投资有限投资公司"首届股东会议，在北京四通大厦11楼会议室举行。不久，为引入中国光彩事业促进会的投资，创造更好的经营氛围，"泰山产业投资有限投资公司"更名为"光彩事业投资管理有限公司"（注：以下简称光彩投资公司）。

光彩投资公司是泰山会成立的重要公司之一，公司初期注册资金为 1 亿元人民币，最初的办公地点在北京饭店 8 层。

光彩投资公司最初的原始股东，出资情况如下。

1. 山东泛海集团公司出资 5500 万元，占光彩投资公司 55% 的股份。

2. 中国光彩事业促进会出资 1500 万元，占光彩投资公司 15% 的股份。

3. 深圳海商投资发展有限公司出资 1000 万元，占光彩投资公司 10% 的股份。

4. 北京中远经济技术开发公司出资 500 万元，占光彩投资公司 5% 的股份。

5. 南昌科瑞集团公司出资 500 万元，占光彩投资公司 5% 的股份。

6. 中国乡镇企业投资开发有限公司出资 500 万元，占光彩投资公司 5% 的股份。

7. 四通集团公司出资 100 万元，占光彩投资公司 1% 的股份。

8. 联想集团公司出资 100 万元，占光彩投资公司 1% 的股份。

9. 北京京海集团公司出资 100 万元，占光彩投资公司 1% 的股份。

10. 北京康拓集团公司出资 100 万元，占光彩投资公司 1% 的股份。

（注：后退出）

11. 珠海巨人高科技集团公司出资 100 万元，占光彩投资公司 1% 的股份。

光彩投资公司领导架构如下。

泛海集团公司董事长卢志强，任光彩投资公司法人代表董事长兼总裁。

四通集团公司总裁段永基，任光彩投资公司名誉董事长。

时任全国工商联党组副书记、副主席，中国光彩事业促进会常务副会长，后来出任中共中央统战部副部长、中华全国工商业联合会党组书记的胡德平，任光彩投资公司监事会监事长。

时任深圳市政协副主席、秘书长，中国光彩事业促进会深圳分会执行会长廖军文，任光彩投资公司监事会副监事长。

胡德平在光彩投资公司中权力很大。光彩投资公司章程中规定："中国光彩事业促进会的监事长，可行使一票否决权，使公司董事会重大投资决策和决议无效。"（注：见光彩投资公司章程）

光彩投资公司聚集财富的速度是惊人的，据21世纪网、金融界网站报道，"1998年，光彩公司通过增资扩股，注册资金增至5亿元人民币，净资产达10亿元人民币，同时更名为'光彩事业投资集团有限公司'"。（注：以下简称光彩事业）

1998年底，通过股权置换，光彩事业取代深圳南油集团，成为上市公司南油物业第一大股东。

1999年7月，深圳南油集团更名为"光彩建设"。

光彩建设在北京投资12亿元开发的光彩国际公寓，总面积约16万平方米，成为京城售价最高的公寓之一。

泰山会为会员建造了良好生存、发展环境。外人是无法得知泰山会这种操作机密的。但是，从泰山会会员"泛海集团"发展历程就可以看出这种纽带的作用。

1994年，泛海集团只是山东通达集团，一个名不见经传的公司。不到20年的时间，摇身成为涉及北京地产、投资等多个领域的巨型公司泛海集团。

2009年9月8日，泛海集团出资27.55亿元人民币，收购联想控股29%的股权，成为联想公司第三大股东。这件事让很多人大跌眼镜，其实这只是泰山会的一个传奇，今后泰山会还会在中国创造出更多的惊天传奇。

C—段永基退出泰山会

2019年初，据可靠人士透露，四通集团公司董事长段永基，早已在两年前退出泰山会。主要原因是段永基与泰山会某会员发生重大意见分歧，导致段永基退出。

段永基是泰山会的主要创办人，可以说没有段永基就没有泰山会，所以他的退会对泰山会影响巨大。由于泰山会会规严密，会员全是企业界重量级人物，对段永基退出泰山会一事封锁得十分严密。

有关资料索引：

《泰山会十周年纪念册》、《泰山产业集团》简介、《泰山产业研究院》简介、《中国泰山产业投资有限公司筹备文件》。